KB232397

플랜스키 부인의 우아한 복수극

플랜스키 부인의 우아한 복수극

MRS. PLANSKY'S REVENGE

스펜서 퀸 장편소설
김지선 옮김

arte

벤과 캐시와 조지와 오언에게

차례

일러두기

원문에서는 인치, 피트, 야드, 마일 등 미국식 길이 단위를 미터법과 구분해서
쓰고 있으나 우리말 번역에서는 내용을 해치지 않는 선에서 모두 미터법으로 환
산했다.

1장

개인 교습

"여보세요, 저예요. 손자 누구누구요." 디누가 말했다.

"잘했어." 리체우 테오레티크에서 어학을 가르치는 보그단 교수가 말했다. 교수는 의자 등받이에 기대어 체스터필드 담배에 불을 붙였다. "하지만 지나치게 잘했어. 무슨 말인지 알아듣겠니?"

지나치게 잘했다고? 아니, 디누는 무슨 말인지 못 알아들었다. 천식이 있어서 담배를 보기만 해도 폐가 부르르 떨리는 느낌이었다. 물론 학교는 금연이었지만, 드라고미르 삼촌이 돈을 대는 이 개인 교습은 학교에서 이루어지는 것이 아니었다.

보그단 교수가 가느다랗고 밀도 높은 연기를 뿜어냈다. 작은 줄기 하나가 갈라져 나와 디누를 노렸다. "디누, 그냥 영어와 말하는 영어는 서로 다른 여자처럼 생각해야 해." 교수가 격려하는 미소를 지어 보이자 노란 치아가 드러났다. 잇몸 가까운 부분은 아예 갈색이었다.

"영어가 여자예요?" 디누가 물었다.

"제발 좀, 농담한 거야." 보그단 교수가 말했다. "영어에 성별이 있니?"

"없는 것 같은데요."

"그래. 없는 것 같겠지. 좀, 디누. 넌 영어를 3년이나 공부했잖아. 좀 편하게 해."

"편하게 하라고요?"

"미국 젊은 애들은 그렇게 하거든. 좀 편하게, 느긋하게, 더 느리게." 교수는 책상에 놓인 종이컵에 기둥 같은 재를 털었다. "사실 그게 네가 배워야 하는 점이야. 내가 맞게 생각한 거라면. 젊은 애들 은어 말이야." 교수가 디누를 빤히 보았다. 서로 눈이 마주치자 보그단 교수가 먼저 시선을 피했다. "내 요점은……" 교수가 말을 이었다. "미국인 중에 '저예요'라고 말하는 사람은 없다는 거야. '저에요' 하지. 문법적으로는 틀렸지만 그렇게 말해. 넌 틀린 문법을 제대로 배워야 해. 그게 미국인처럼 들리는 비결이야."

"그걸 어떻게 배우는데요?"

"여러 방법이 있지. 우선 유튜브에 '컨트리 뮤직'을 쳐봐. 이제 다시 시작하자."

"여보세요, 저에요, 손자 누구누구요." 디누가 말했다.

"한결 낫네." 보그단 교수가 말했다. "이렇게 말해도 돼, '요, 저에요.'"

"'요'?"

"마지막으로 미국에 갔을 때 '요'를 얼마나 많이 들었는지 몰라. 심지어 내 동생까지 그렇게 말하더라니까."

"동생이 햄푸쉬에 사세요?"

"햄'푸'가 아니지. 그리고 '쉬'가 아니라 '셔'고. 그리고 맞아, 내 동생이 거기 살아."

"사업을 소유하는 중인 동생분요?"

"사업을 소유 중이지. 보그단 배관 및 온열." 보그단 교수는 서랍을 열어 티셔츠를 꺼내어 디누에게 던졌다.

디누는 셔츠를 한 번 턴 후 들어 올려 살펴보았다. 앞판에는 스키를 타는 남자가 만화체로 그려져 있었다. 덥수룩한 검은 턱수염에 아주 작은 고드름이 맺힌 남자는 머리 위로 뚫어뻥을 휘두르고 있었다. 셔츠 뒤편에 적힌 글귀는 다음과 같았다. **보그단 배관 및 온열. 화강암 주**(뉴햄프셔주의 별명—옮긴이) **1위 업체.**

디누는 셔츠를 돌려주려 했다.

"그냥 가져." 보그단 교수가 말했다.

“감사합니다.”

“뭘. 화강암 주는 뉴햄프셔를 말하는 거야. 주마다 별칭이 다 있지.”

“별칭이 뭐예요?”

“별명 같은 거. 예를 들면, 너희 엄마가 널 뭐라고 부르지?”

“디누요.”

보그단 교수가 두어 번 눈을 깜빡였다. 스키 타는 남자처럼 교수도 무성한 턱수염을 기르고 있었는데 하얗게 셌다는 것만 달랐다. “텍사스는 ‘외로운 별’ 주고 플로리다는 ‘햇살’ 주고 조지아는 ‘복숭아’ 주야.”

“조지아요?”

“거기도 조지아가 있어. 전부 다 있지. 하지만 디누……” 교수가 책상 위로 몸을 뻗어 니코틴에 노랗게 물든 손가락으로 디누를 가리키며 말을 이었다. “하지만 거기 사람들은 아무도 그걸 모르고 우리처럼 매일 투덜거리기만 해.”

“동생분도 투덜거리세요?” 디누가 물었다.

턱수염과 달리 듬성듬성한 보그단 교수의 눈썹이 놀란 듯 치켜 올라갔다. “아니야, 디누. 내 동생은 안 투덜거려. 하지만 조카들은…… 걔들이 무슨 차를 모는지 아니? 테슬라야! 할부도 얼마 안 남은 테슬라! 그런데도 투덜거린다니까.”

디누는 주 별명들이 멋지다고 생각했다. 심지어 외로운 별이라는 이름은 마법처럼 들리기까지 했다. 한 가지는 확실했다. 미국에 가게 된다면, 테슬라가 있든 없든, 디누는 절대 투덜거리지 않을 것이다. 아니, 그냥 지금 어머니랑 함께 사는 아파트만 벗어날 수 있어도. 그나마도 드라고미르 삼촌이 도와주기 전에 두 사람이 살던 엘리베이터 없는 원룸 아파트보다는 훨씬 나았다. 하지만 아파트는 아파트라 겨울엔 너무 춥고 여름엔 너무 더운 데다 싱크대에서는 이상한 냄새가 올라왔는데—

그때 문이 열리고 드라고미르 삼촌이 들어왔다. 삼촌의 사전에 노크란 없었다. 안 그래도 좁은 보그단 교수의 사무실이 순식간에 꼭 찼다. 보그단이 의자에서 엉거주춤 엉덩이를 들었다.

"잘돼가나?" 드라고미르 삼촌이 토착어로 말하면서 턱짓으로 디누를 가리켰다. 삼촌의 턱은 커다랗고 네모졌으며 코도 그랬다. 손도 커다랗고 네모졌고, 몸도 커다랗고 네모졌다. 삼촌의 모든 것이 커다랗고 네모졌다. 하지만 눈동자만은, 작고 동그랗고 번들거리는 눈동자만은 예외였다. "아, 잘돼갑니다." 보그단 교수가 말했다. "아주 잘돼가요. 좋아요. 아주 좋죠."

"언제쯤." 드라고미르 삼촌이 입을 열었다.

"언제쯤요?"

"얼마나 더 걸리느냐고. 며칠? 몇 주? 몇 달?"

보그단 교수가 디누를 돌아보고 영어로 말했다. "몇 주면 되지 않을까?"

"모르겠어요." 디누가 대꾸했다.

보그단 교수가 드라고미르 삼촌을 돌아보고 토착어로 바꿔 말했다. "몇 주면 돼요, 드라고미르." 웃음을 짓자 그다지 반짝이지 않는 누런 이가 드러났다.

드라고미르 삼촌은 보그단 교수에게 번들거리는 눈동자를 고정했다. "일을 끝없이 질질 끄는 녀석들이라면 내가 좀 상대해봤는데, 댁은 그런 작자가 아니겠지."

보그단 교수가 가슴에 손을 얹고 말했다. "말도 안 되죠. 몇 주 안 걸릴 거예요, 드라고미르. 정말 몇 주 안 돼요."

"**흐으으음.**" 드라고미르 삼촌은 돌돌 만 지폐 뭉치를 꺼내어 세지도 않고 몇 장을 쑥 뽑더니 책상 위로 몸을 뻗어 보그단 교수의 셔츠 가슴 주머니에 꽂았다. 그 후 뒤돌아 나가려다 말고 문득 디누의 무릎 위에 놓인 티셔츠를 보더니 물었다. "그건 뭐야?"

보그단 교수가 화강암 주에 사는 동생이 배관과 온열 사업을 한다고 설명했다.

"어디 한번 입어봐." 드라고미르 삼촌이 디누에게 말했다.

"제 사이즈 맞아요." 디누가 말했다.

"어디 그런지 보자고."

디누는 새틴으로 밑단을 댄 가죽 재킷 위에 티셔츠를 그대로 뒤집어쓸까 잠시 고민했다. 진짜 새틴도, 진짜 가죽도 아니었지만 보기엔 꽤 그럴싸한 재킷이었다. 어쨌든 티셔츠는 아마 재킷 위에 입기엔 너무 작을 것이다. 바보 같은 생각이었다. 문제는, 디누가 재킷 밑에 아무것도 안 입었다는 사실이었다. 깨끗한 셔츠가 하나도 없는데 세탁기는 고장 났고 엄마는 또다시 손이 부어서 고생하고 있었다. 디누는 재킷을 벗었다.

보그단 교수의 시선이 곧장 디누의 오른쪽 갈빗대 위 커다란 멍에 꽂혔다. 새로 생긴 멍이 아니어서 이제는 보라색과 노란색으로 물들어 있었다. 산에서부터 차차 다가오는 겨울이 오염된 공기를 밀어내는 여름 해 질 녘처럼. 하지만 그래도 눈에 확 띄었다. 드라고미르 삼촌은 거들떠보지도 않고 보그단 교수의 체스터필드 담뱃갑에서 한 개비를 꺼내어 책상 위에 놓았다.

디누는 티셔츠를 입었다.

"배관공이라니, 재미있네." 드라고미르 삼촌이 담뱃불을 붙이며 말했다.

그들의 말로 배관공은 **데스푼다토르**였다. 그 말보다는 영어 **배관공**이 더 나았다. 드라고미르 삼촌이 뿜어내는 연기가 디누에게 닿았다. 디누는 기침이 나왔다. 기침을 하자 가슴의 멍든 곳이 아팠다.

2장
펠리컨 웨이 3번지

1월 2일 점심시간 직전, 뉴 선샤인 골프 및 테니스 클럽의 2번 구장에서는 놀라운 일이 벌어지고 있었다. 비록 단 한 사람에게만 놀라운 일이었지만 말이다. 그 사람은 바로 탄탄한 몸매를 가진, 전체 클럽을 통틀어 여성으로서는 유일하게 한 손 백핸드를 할 수 있는 로레타 플랜스키였다. 일흔한 살의 플랜스키 부인은 남편을 먼저 떠나보냈다. 부인의 파트너는 그날 오전 구장에 들어가기 직전에 처음 만난, 클럽의 신입 회원이었다. 악수를 나누면서 몇 번이나 머릿속으로 되새김질했는데도 파트너의 이름은 플랜스키 부인의 머릿속에서 그예 사라지고 말았다. 두 사람이 함께 뛴 것은 저 먼 1989년으로 그 역사가 거슬러 올라가는, 뉴 선샤인 팀과 올드 선샤인 컨트리클럽 팀 사이에 매주 열리는 거창한 시합이었다. 플랜스키 부인은 어렸을 때 제법 말괄량이에 속했달까, 알고 보면 리틀리그에서 야구도 했고 남자 피위 하키 팀에서 뛴 전력도 있었다. 하지만 테니스를 시작한 건 노엄과 결혼한 후였다. 그러니 플랜스키 부인의 타법은 효과적이긴 하되 딱히 볼만할 것까지는 없었다. 이제 3세트의 타이브레이크에서 5-6까지, 플랜스키 부인과 파트너는 리시빙 팀이었다. 상대 팀의, 아마 부인보다 열다섯 살은 젊을 듯한 키 큰 금발 여성이 톱스핀을 섞어 로브를 쳤다. 로브가 플랜스키 부인 머리 위로 날아가 베이스라인 안쪽에 착륙하면서 확실히 승리가 못 박힌 듯했다. 하지만 플랜스키 부인은 빙글 돌아 공을 쫓아가, 등을 네트에 반쯤 돌린 채로 뻥 뚫린 앨리(단식 코트 라인과 복식 코트 라인 사이의 좁고 긴 부분—옮긴이)를 향해 백핸드를 날렸다. 게임, 세트, 매치. 요행이 컸지만, 그래도 나이스 샷이었다. 하지만 놀라운 부분은 그게 아니었다. 놀라운 부분은 플랜스키 부인이 아무 생각도 없이 몸을 빙글 돌렸다는 것이다. 전혀 생각을 거치지 않은, 본능적이고 빠른 움직임이었다. 빠르다는 건 물론 부인 기준이지만, 어쨌든 9개월 전 고관절 치환 수술을 한 후로 이런 일은 처음이었다. 그 이야기를 들려줄 노엄이 없는 게 한이었다. 노엄이라면 젊음의 샘을 찾아낸 거 아니냐는 둥 농담을 했을 테고, 부인은 그냥 한 방울쯤 입만 댔을 뿐이라고 받아쳤을 테고, 그러면 노엄은 웃으며 부인에게 가벼운 입맞춤을 했으리라. 뺨에 입맞춤의 촉감이 느껴지는 것만 같았다.

"대단하네요!" 파트너가 플랜스키 부인의 어깨를 토닥이며 말했다.

파트너의 이름이 마침내 떠올랐다, 경기를 시작한 지 한참 지난 지금에 와서야. 그 정신적 즐거움으로 부인의 내면에서 작은 행복이 폭발했다. 아주 작고 사적인, 별것도 아닌 일에 부풀어 오르는 그 작은 기쁨의 비눗방울은 어린 시절부터 줄곧 부인의 삶과 함께했다. 부인은 자신이 운 좋은 여자라는 걸 잘 알고 있었다. "고마워요, 멜라니." 부인이 말했다.

두 사람은 서둘러 네트로 가 라켓을 맞댄 후 테니스 가방을 챙기고 점심을 먹으러 클럽하우스의 파티오로 향했다. 플랜스키 부인이 자리에 앉으려고 의자를 잡아 빼는 순간 휴대전화가 울렸다. 가방을 뒤져 번호를 확인한 부인은 파티오에서 나와 퍼팅그린 가장자리로 향했다.

"니나?" 부인이 말했다.

"여보세요, 엄마." 니나가 말했다. "어떻게 지내세요? 잠깐만, 제가 대답할게요. 아무 불만도 없죠, 맞죠?"

플랜스키 부인은 깔깔 웃으며 대꾸했다. "아무래도 좀 예측하기 힘든 사람이 되어야겠다."

"와! 예측할 수 없는 로레타 플랜스키라니! 그러면 세계 정복도 하시겠는데요."

"그럼 그만두지, 뭐." 플랜스키 부인이 말했다. "아이들은 잘 있니?"

"엄청 잘 있죠." 니나가 대답했다. "에마는 아직 겨울방학 중이에요. 지금은 재크랑 아냐랑 같이 스코츠데일에 가 있고요." 캘리포니아 대학교 샌타바버라 캠퍼스 3학년인 에마는 니나와 첫 남편인 재크 사이의 딸이고 아냐는 재크의 두 번째 아내인데, 플랜스키 부인도 딱 한 번이지만 만난 적이 있었다. 노엄의 장례식에서 아주 잠깐 만난 게 다였지만, 그 짧은 순간에 그 여자는 뭔가 몹시 감동적인 말을 했다. 뭐라고 했더라?

"엄마?" 니나가 불렀다. "끊어진 거 아니죠?"

"그래."

"순간 끊어진 줄 알았어요."

"아마…… 아마 전파가 안 좋은가 봐. 엄마 지금 클럽에 있어. 전파가 불안정해." 플랜스키 부인은 퍼팅그린의 다른 쪽으로 갔다. 전파에는 아무 문제도 없다는 걸 잘 알고 있었지만…… 음, 됐다.

"테니스 클럽요?" 니나가 물었다. "어떻게, 잘 치세요?"

"돈 주고 구경하려는 사람은 한 명도 없을 만큼." 플랜스키 부인이 말했다. "윌도 잘 있지?"

"윌요?"

"그래. 잘 있지?"

윌은 니나가 두 번째 남편과 낳은 아이였다. 그리고 셋째 남편도 있었는데, 이름은 테디였다. 사실 좀 헷갈렸다. 테디 또한 이제는 흘러간 과거였고, 플랜스키 부인은 니나의 모든 남편을 그런 식으로 떠올렸다. 재크, 테드, 테디, 번쩍이는 빠른 차 뒤에 남겨진 세 남자. 차가 뿜어내는 후류가 세 남자의 머리카락을 흩날린다. 대머리는 없고 사실 다들 머리숱이 빽빽했다. 그게, 머리숱이 많다는 게 니나가 남편을 고르는 기준인가? 말 나온 김에, 다른 기준이 있긴 했나? 그러고 보니 이 질문을 왜 이제야 처음 떠올렸을까? 그러다 이제 늘 그렇듯 노엄의 빈자리가 아쉬워지는 순간이 다시금 찾아왔다. 노엄이라면 이렇게 말했으리라. 맞다고, 그게 니나의 유일한 기준이라고. 아니면, "아니, 하나 더 있어" 하고는 뭔가 재미있고 놀랍고 상황에 딱 맞는 말을 할 것이다. 플랜스키 부인이 상상도 못 했던 말을. 그런 다음엔…… "이제 다시 무덤으로 돌아가도 돼?"

이런 세상에. 노엄의 목소리가 들렸다. 머릿속에서가 아니라—그야 물론 머릿속에서였다—어딘가 바깥에서 들려오는 것 같았다. 마치 천국에서 뉴 선샤인 골프 및 테니스 클럽의 퍼팅그린으로 내려오기라도 한 것처럼. 하지만 부인은 천국을 믿지 않았다. 잘못 맞은 공이 9번 페어웨이에서 튕겨 날아왔다.

"제가 아는 한은 잘 있어요." 니나가 대꾸했다.

"미안, 못 들었어. 뭐라고?" 플랜스키 부인이 아직도 구르고 있는 공을 피하며 물었다. 순간 기절할 것만 같은 현기증이 몰려왔다.

니나는 마치 귀가 먼 사람에게 말하듯 목소리를 높였다. 플랜스키 부인은 귀가 아주 멀쩡한데도 말이다. 매년 건강검진을 담당하는 내과의인 밍 박사에 따르면 부인의 신체 기능은 모두 멀쩡히 작동하고 있었다. 그냥 지금 이대로만 계속 가면 된다고 했다.

"월요." 니나가 말을 이었다. "잘 있다고요. 제가 아는 한은요."

플랜스키 부인은 가볍게 도리질을 치고 모든 생각을 도로 꾹꾹 눌러 담았다. "학교로 돌아갔니?"

테이블 위로 멜라니와 눈이 마주쳤다. 웨이터가 포도주를 따르는 중이었다. 멜라니가 마실 거냐는 뜻으로 플랜스키 부인 자리에 놓인 빈 잔을 가리켰다. 플랜스키 부인은 원래 점심때 포도주를 마시지 않았지만 지금은 고개를 끄덕였다.

"그런 건 아니고요." 니나가 말했다. "결석을 너무 많이 한 데다 학기도 이미 다 가서요. 그 애는 크레스티드버트에 남아 있을 생각이에요."

"스키 강사 일을 하면서 말이지."

"그게, 문제가 좀 생겼어요. 아마 리프트에서 일하고 있는 것 같아요."

리프트에서 일한다고? 플랜스키사(社) 창업 초창기에 플랜스키 부인과 노엄은 버몬트에서 스키를 몇 번 탔다. 로드아일랜드의 집에서 그리 멀지 않은 곳에 주 최남단의 스키 언덕이 있었다. 주말을 다 쓰는 건 회사 일 때문에 무리라 일요일 당일치기로 아이들과 함께 다녀왔다. 돌아오는 길에는 플랜스키 부인이 운전대를 잡고—갈 때는 노엄이 운전대를 잡았는데 노엄은 야맹증이 있었다—노엄은 조수석에, 니나와 잭은 뒷좌석에 탔다. 황혼 녘에 차를 몰고 집으로 돌아가는 길에는 다들 너무 신이 났고 기진맥진했으며 스트레스는 몽땅 날아가고 없었다. 그게 플랜스키 가족의 가장 좋은 시절이었다. 하지만 리프트에서 일한다는 것은 쉬는 날만 기다리며 하루하루를 간신히 때운다는 뜻이었다. 달리 말하자면 쳇바퀴 같은 노동이었다. 스키 강사는 그렇지 않은데. 윌하고 마지막으로 통화한 게 언제였지? 아마 그 애 생일이었으리라. 7월. 하지만 크리스마스 선물로 수표를 보냈는데. 그때 주소가 어디였더라? 부인은 나중에 확인하자고 머릿속으로 단단히 다짐했다. 그리고 조만간 윌에게 전화하자고 다시금 다짐했다. 아직 수표에 관한 감사 전화가 없었다고 해서 꼭 윌이 돈을 못 받았다는 뜻은 아니었다. 이유가 뭐든, 윌은 어렸을 때부터 지금까지 뭐 하나씩 깜빡깜빡하는 일이 드물지 않았다. 하지만 플랜스키 부인은 그런 일에 그리 까다롭게 구는 사람이 아니었다. 윌은 부인이 고관절 치환 수술을 받은 지 일주일 후에 친구랑 같이 찾아와 자고 갔다. 로더데일에 있는 친구 부모님 댁에 봄방학을 보내러 가는 길에 들렀다고 했다. 두 아이가 가고 난 후 부인은 옥시콘틴병이 없어진 걸 발견했다. 늘 약품 보관함 맨 위 선반 제일 오른쪽에 두는데.

"하지만 제가 전화한 건요, 엄마, 짜릿한 소식이 있어요." 니나가 말했다.

"어디 들어보자꾸나!" 난 얼마나 끔찍한 인간인가. 속으로는 니나가 할 말에 대비해 마음을 굳게 다지면서 겉으로는 이토록 밝고 명랑한 목소리를 내다니. 하지만 부인은 니나가 무슨 말을 할지 알았다.

"멋진 남자를 만났어요." 니나가 말했다. "이름은 매티인데, 전 매슈라고 불러요. 그게 좀 더 진지하게 들리잖아요." 플랜스키 부인은 번쩍거리는 빠른 차가 속도를 높이는 걸 느꼈다. "엄마도 보면 반하실걸요. 키가 얼마나 되는지 맞혀보세요."

플랜스키 부인은 주위를 둘러보았다. 날씨는 화창했고 플로리다 이 지역의 경관은 아름다웠다. 은퇴 후에 이런 장소에서 지낼 형편이 되다니 난 참 운도 좋지. 개인적으로는 애리조나가 더 좋았지만, 부인은 그 말을 한 번도 입 밖에 내지 않았다. 부동산 중개인의 차를 타고 크지만 과하게 크지는 않은 펠리컨 웨이 3번지의 그 집을 보러 갔을 때 노엄의 얼굴에 떠오른 표정 때문이었다. 뉴잉글랜드에 한 번도 가본 적 없는 사람이 그곳을 상상하며 설계한 듯한 건축양식과 뒷문에서 바로 이어지는 내륙수로. 노엄은 잔뜩 들떴고, 가짜 흉내를 전혀 알아채지 못하는—사실 아마 알려줬어도 몰랐을 것이다—노엄을 보며 부인은 남편을 더한층 사랑하게 됐다.

"키가 꽤 큰가 보구나." 플랜스키 부인이 말했다. 노엄은 결혼식 날 170센티미터였고, 40년의 세월이 흐르면서 거기서 3, 4센티미터쯤 줄어들었다. 그리고 몸매 또한 많은 변화를 겪었다. 하지만 웬일인지 노엄은 내내 육체적으로 완벽했다. 적어도 마지막 몇 달만 빼고 말이다. 그것만큼은 부인도 부정할 수 없었다.

"193센티미터요, 엄마!" 니나가 말했다. "193센티미터라니까요."

"아이고, 세상에." 플랜스키 부인이 말했다. "그 남자 얘기 좀 더 해보렴."

니나가 깔깔 웃었다. 그 물결 같고 음악 같은 웃음소리는 어린 시절 그대로였다. 마치 노래 곡조 같았다. 노엄이 말했듯이—이제 와 돌이켜 보면 아마 너무 자주 말한 것 같지만—사랑이 넘쳐서 그런 거였다. 목소리의 음악성에 관해 뭔가 연구 같은 게 있지 않았나? 어쩌면 단순히 부인 혼자만의 상상일 수도 있었다. 저쪽 테이블에서 웨이터가 주문 받기를 마치고 부인을 보고 있는 듯했다.

"샐러드요." 부인이 입 모양으로 말했다. 웨이터가 한쪽 엄지를 치켜세웠다.

"어디서부터 시작해야 할지도 모르겠어요." 니나가 말하고 있었다. "하지만 그거 아세요? 엄마가 내일 직접 보시면 돼요."

"뭐?" 플랜스키 부인이 물었다.

"보카에서 사는 친구들하고 잠깐 주말여행을 하려고 항공편을 예약했는데, 가는 길에 내일 밤에 엄마한테 들러서 저녁 사드리려고요."

"너무 잘됐다." 플랜스키 부인이 말했다. "하지만 저녁은 내가 만들게. 이참에 새집 구경도 좀 하렴."

"짐 정리는 다 끝내셨어요?"

"아, 그럼."

"그럼 잘됐네요. 좋아요, 엄마. 사랑해요."

플랜스키 부인도 "사랑한다"라고 대답했지만 니나는 이미 전화를 끊은 후였다. 부인은 파티오로 가서 자리에 앉아 포도주를 한 모금 마셨다. 그러고 한 모금 더 마셨다. 놀랍게도 잔은 어느새 비어 있었다. 웨이터가 병을 들고 나타났다. "아뇨, 괜찮아요." 부인은 오해 없도록 손으로 잔을 덮으며 말했다.

테니스 클럽에서 집, 그러니까 플랜스키 부인의 새 거처인 리틀 파인 레이크의 콘도로 가는 길은 두 갈래였다. 하나는 숲에서 호수로 곧장 가로지르는 짧은 길이었고, 긴 길은 내륙수로로 3킬로미터 남짓 가야 했다. 따라서 그 긴 길은 펠리컨 웨이 3번지를 곧장 지나갔다. 플랜스키 부인이 마지막으로 그 길을 탔을 때는 이사 오기 전이었다. 이제 클럽 파티오에서 식사를 마치고 길을 나선 부인은 잠시 딴생각을 하는 사이 자신도 모르게 그 길로 접어들었음을 뒤늦게 깨달았다. 노엄의 불꽃나무가 문득 시야에 들어오지 않았다면 그마저도 깨닫지 못했을 것이다. 노엄은 플로리다에서 마지막 나날을 보낼 거라면 본격적으로 해야 한다고 작심했는데, 본격적으로 한다는 말은 곧 앞뜰에 불꽃나무를 심는다는 뜻이었다. 그것도 그냥 흔한 불꽃나무가 아니라 불꽃나무의 제왕을. 그것도 꺾꽂이로—묘목이라니, 어림 반 푼어치도 없는 소리!—심은 뒤 그 어떤 불꽃나무도 받아본 적 없는 보살핌을 주어야 했다. 그리하여 주 전체를 샅샅이 뒤졌지만 그 어떤 묘목원도 노엄이 요구한 수준의 나뭇가지를 제공하지 못했고, 불꽃나무는 결국 저 멀리 마다가스카르에서 와야만 했다. 그곳은 대대손손 불꽃나무의 고향이니까. 앞뜰의 토양 또한 알고 보니 1등급에 미치지 못해서—충분히 양질이 아니었고 유기물질이 부족했다—노엄은 대부분을 교체하고 조지아 숲 깊은 곳의 식림지에서 발견된 유기물질을 추가했다. 그 유기물질은 결국 주택 소유주 협회와의 분쟁의 씨앗이 됐다. 하지만 그 결과는—'빅 마마'는—아, 그 결과는…… 그저 다른 모든 불꽃나무처럼 꽃이 5월에만 피는 것이 아니라 크리스마스에도 피는 불꽃나무였다. 꽃은 대부분 지상에서 가장 붉은 색이었지만 훨씬 희귀한 노란 꽃도 피었다. 한 나무에서 말이다! 노엄은 롤린스 대학 생물학 교수를 초청해서 나무를 보여주었다. "이런 건 들어본 적도 없습니다." 교수가 말했다. "논문을 써도 되겠는데요."

그들은 그날 밤 섹스를 두 번 했다. 전후방으로. 플랜스키 부인의 표현이었다. 부인은 단둘이 있을 때는 꽤 야해질 수 있었다. 적어도 20년간은 없었던—이렇게 불러도 된다면—무용담이었다. 그 이후로 얼마 동안 부인은 예기치 못한 순간에 "뭔가 새로운 나무 심을 생각 없어?" 하고 말하곤 했다.

은퇴 후 또 다른 소일거리는 금속 탐지기를 가지고 해변을 오랫동안 산책하는 거였다. 노엄은 헤드폰을 끼고 잔뜩 집중한 표정을 지은 채 탐지기로 주변을 샅샅이 훑었고, 플랜스키 부인은 그 몰두한 표정을 두어 번쯤 슬그머니 훔쳐보았다. 그런 순간이면 노엄에게서 어린 남자아이의 환영이 보여서, 비이성적이지만 평생 남편을 알아온 듯한 가짜 만족감을 만끽할 수 있었다. 사실 두 사람은 대학 졸업식 날 처음 만났지만 말이다. 어쨌든 금속 탐지기의 가장 중요한 점은 큰 태풍이 지나간 후 노엄이 그것으로 옛 스페인 제국의 은화를 찾아냈다는 거였다. 한 면에는 방패가, 한 면에는 기묘한 기둥 두 개가 그려진 4레알 동전이었다. 플랜스키 부인은 거실에 그 동전을 전시하려고 명패을 샀다. "어느 쪽이 보이게 걸까?" 부인이 물었다.

"당연히 기둥이지."

부인은 속력을 떨어뜨렸다. 빅 마마는 그 눈부신 영광을 한껏 자랑하고 있었다. 타오르는 붉은 불길 속의 태양처럼 찬란한 황금빛. "집을 팔아도……" 노엄은 말을 멈추고 코에 연결된 튜브로 공기를 빨아들였다. "가지를 꺾어 가면 돼."

"내가 집을 왜 팔아?"

침묵. 침묵. "알잖아."

"모르겠는데."

노엄이 침대보 위로 손을 뻗었다. 노엄은 끝내 대여해야만 했던 환자용 특수 침대에 누워 있었다. "보통 난 늘 사라고 하지." 노엄이 말했다. "하지만 이번에는 아닌 것 같아." 그리고 그 손. 그 손은 너무나 시든 데다 정맥주사를 하도 자주 맞아서 보라색으로 멍들어 있었다. 부인은 그 위에 자기 손을 얹었다. 노엄의 손과는 대조되는, 지나치게 혈색이 좋은 자신의 손이 어쩐지 무례하게 느껴졌다.

멈칫. 멈칫. "앞으로 나아가려면."

노엄은 부인을 응시했다. 눈은 이제 두개골 속으로 가라앉아 더한층 깊어지고 있었지만 부인은 여전히 그 깊은 곳에서 노엄을 볼 수 있었다. 자신만의 노엄을. 노엄은 〈마이 퍼니 밸런타인〉을 노래하기 시작했다. 노엄은 거의 매일 노래를 즐겨 불렀지만 사실 음치였다. 쉰 목소리에 음정이 안 맞고 불안정했다. 하지만 이번만큼은, 죽음을 이틀 앞둔 그날만큼은 산소가 다 떨어질 때까지 천사처럼 노래했다. 아니, 더 구체적으로 말하자면 토니 베넷처럼 노래했다.

이제 빅 마마를 지나자 뜰에서 뭔가를 심고 있는 정원사가 보였다. 부인은 그게 뭔지 바로 알아차리지 못했다. 눈에 보이는 것을 정신이 받아들이기를 거부하는 것 같았다. 하지만 정원사가 심고 있던 뭔가는 도색된 승마복을 입은 플라스틱 기수였다. 플랜스키 부인은 그곳을 지나쳤다.

3장

토스터 칼

노엄이 죽은 후 몇 달 동안 펠리컨 웨이 3번지에는 구석구석까지 노엄의 냄새가 감돌았다. 죽음과 죽어가는 것의 냄새가 아니라—그 냄새는 거의 즉시 사라졌다—건강한, 살아 있는 노엄의 냄새였다. 부인이 사랑하는 냄새. 그러던 어느 날 아침, 그것 또한 사라졌다. 그날 점심 무렵 펠리컨 웨이의 집은 시장에 나왔다. 거기서 계속 산다는 건 반은 죽은 채로 산다는 뜻이었다. 둘 중 하나를 택하라고 노엄이라면 말했을 것이다.

리틀 파인 레이크의 콘도는 아주 좋았다. 우선은 언덕 꼭대기에 자리 잡고 있다는 점이 좋았다. 시골에서 언덕은 흔치 않았다. 그다음 장점은 호수였다. 호수는 거의 완벽한 원형에 가까웠고, 아래쪽 샘에서 올라오는 물은 놀랍도록 맑았다. 콘도는 열 몇 동이 다였는데 모두 단층으로 호수를 등지고 비탈 위에 서 있었다. 플랜스키 부인이 차지한 12호는 맨 끝 호수였다. 작은 개인 파티오도 딸려 있어서, 거기 앉아 호수에 불을 지르는 듯한 석양을 지켜보는 것이 부인의 낙이었다. 싸지 않은 가격이었지만 현찰로 완불했고, 그 후에도 여전히 펠리컨 웨이 3번지의 매각 대금에서 40만 달러가 남아 있었다.

플랜스키 부인은 돈 걱정을 할 필요는 없었지만, 어릴 때부터 부자는 아니었던 터라 적어도 돈 걱정이 어떤 건지는 알았다. 부인과 노엄은 빈털터리로 시작했다. 실제로 부인의 아버지에게 기본 이자율 더하기 4.5퍼센트로 빌린 1만 달러를 감안하면 빈털터리보다 못한 처지였다. 두 사람은 그 돈을 형편이 되는 즉시 갚았다. 그 1만 달러와 월급에서 쥐어짠 저금액은—노엄은 당시 프로비던스의 작은 토건 회사에 다녔고 플랜스키 부인은 뉴포트의 작은 법률 회사에서 준변호사로 일했다—노엄의 아이디어를 현실화하려는 노력에 몽땅 투입됐다.

그 아이디어는 사실 플랜스키 부인의 것이었지만 너무도 뜬금없이 떠오른 아이디어였다. 뭐랄까, 번개처럼 머리를 때렸다고나 할까. 그래서 부인은 실제로 그 아이디어가 자기 거라고 내세운 적이 없었다. 비록 노엄은 거기에 강력하게 반발해 모두에게 알렸지만 말이다. 부인이 그 아이디어를 떠올리기 전에 노엄도 몇 가지 아이디어를 냈는데, 다들 하나같이 이런저런 이유로 실현되지 못했다. 알고 보니 영 수요가 없겠다 싶었던 것도 있었고, 이미 시중에 나와 있고 그것도 엄청나게 잘나가고 있음을 뒤늦게 알고 김이 샌 적도 있었다. 그러던 어느 비 오는 주말, 버크셔에서 캠핑하던 도중에 텐트에서 샌드위치를 만들려고 호밀 빵을 썰던 플랜스키 부인이—니나는 배 속에 있었고 잭은 일어서긴 했지만 아직 걸음마를 배우기 전이었다—갑자기 이렇게 말했다. "빵을 자르는 동시에 구울 수 있는 칼이 있으면 좋을 것 같지 않아?"

2인용 침낭 안에서 여전히 꾸벅꾸벅 졸고 있던 노엄이 똑바로 일어나 앉았다. "방금 뭐라고 했어?"

플랜스키 부인은 다시 말했다.

3년 후, 두 사람은 오슬로의 어느 스타트업 주방 용품 상점에 첫 플랜스키 토스터 칼을 팔았다. 사실 쉰 자루였다. 상품명 또한 플랜스키 부인의 아이디어였다. 노엄이 밀었던 이름은 '레이저스 바이 로레타'였다. 첫 고객 또한 플랜스키 부인이 선택했다. 부인은 애틀랜타의 무역 박람회에서 그들을 만났다. 젊고 힙하고 세련된 부부로, 젊다는 공통점만 빼면 부인과 노엄하고는 전혀 딴판이었다. 부인은 그들에게 걸어볼 만하다고 결정했다. 그다음은 바르셀로나의 한 체인점에서 들어온 5000자루 주문 건이었다. 그 회사 대표가 오슬로의 어느 주방 기구 전문점에 들렀다가 칼을 본 것이다. 그 이

후로 주문이 물밀듯 밀려들었다.

"이러다 억만장자 되겠네!" 노엄이 말했다.

"그럼 골치 아플 텐데." 플랜스키 부인이 대꾸했다.

"그럼 백만장자로 할까?"

"금방 두통이 생길 것만 같은 느낌 알지."

결국 노엄이 제조와 유통을 맡고, 플랜스키 부인이 판매와 마케팅을 담당하면서, 두 사람은 수백만 달러의 거액을 벌었다. 그중 일부는 그 돈이 오히려 독이 될 정도로 과한 금액은 아니길 바라며 잭과 니나에게 갔다. 그리고 대략 절반, 그러니까 500만 달러에 가까운 금액은 부부가 회사를 판 뒤 안락하고 긴 마지막 나날을 꿈꾸며 플로리다로 갈 때 다양한 자선단체에 기부됐다. 알고 보니 그 마지막 나날이 얼마 남지 않았다는 사실을 알게 됐을 때, 셰익스피어의 대사 한 구절이 부인의 머릿속을 달갑잖게 자꾸만 맴돌았다. **신 앞의 우리는 짓궂은 남자애들 앞의 파리와 같다.** 플랜스키 부인은 그 대사가 싫어서 한순간도 믿지 않았다. 마침내 그 대사는 잠잠해지거나 부인의 머릿속을 떠났다. 어쩌면 슬픔에 잠긴 또 다른 누군가의 머릿속으로 찾아갔을까. 그것 역시 썩 마음에 드는 생각은 아니었다.

플랜스키 부인은 휴대전화 앱을 이용해 잠긴 콘도 문을 열고—부인은 그런 부문에서 뒤처지는 것을 썩 좋아하지 않았다. 누가 뭐래도 발명가의 아내 아닌가—안으로 들어갔다. 어제는 마리아가 청소하러 오는 날이라 먼지 한 톨 없었다. 비록 늘 먼지 한 톨 없고 마리아가 오기 전날에는 특히 더 그랬지만 말이다. 하지만 플랜스키 부인은 니나가 자고 가겠다고 했는지 어쨌는지 기억이 나지 않았다…… 누구더라, 하여튼 그 남자, 새로운 정인이랑 말이다. 혹시 모르니 위층 다락의 손님방으로 가서 침대를 정돈했다. 그 후 손님방 욕실을 얼른 둘러본 후 플라밍고 타월을—'올 싱스 배스룸'에서 크리스마스 이후 세일 때 산 물건이었다—평범한 흰색 타월로 바꿨다. 그런 다음 부엌에서 차를 한 잔 타서 아일랜드 식탁 앞에 선 채로 마셨다. 쇼트브레드 쿠키를 하나만 먹었으면 싶었지만 방금 저녁을 먹지 않았던가? 로레타! 정신 차려! 부인은 다 마신 찻잔을 씻어 선반에 올려놓고 창밖의 호수를 멍하니 바라보았다.

휴대전화가 핑 하고 울렸다. 문자메시지였다. 플랜스키 부인은 그제야 자신이 팬트리 안에 서 있음을 깨달았다. 아일랜드 식탁 앞으로 돌아와 휴대전화를 확인했다. 잭이 보낸 메시지였다. 엄마?

플랜스키 부인의 검지가 화면 위를 맴돌았다. '그래, 잭, 나 엄마야.' 연락 주니 반갑다. 너무 긴가? 이러면 어떨까. '안녕, 잭. 부르셨습니까.' 맙소사. 어쩌면 간단하게 갈까? '응.' 아마 그게 올바른 결정이겠지만 어쩐지 좀 무례하지 않나? 기계에는 뭔가 사람을 무례하게 만드는 구석이 있나? 아, 노엄이 생전에 즐겨 마시던, 아직 소량 남아 있는 버번을 작은 잔에 따라 노엄에게 건네며 어떻게 생각하느냐고 묻고 싶은 마음이 너무나 간절했는데—

휴대전화—스마트폰이라는 이름만큼 영리하지 않고 영리함의 나쁜 측면만 가지고 있는 너무도 번잡한 작은 기계—가 울려 부인을 백일몽에서 난폭하게 깨웠다. 화면에 발신자 이름이 떴다. 아카디아 가든이었다.

"여보세요." 부인이 말했다. "로레타 플랜스키입니다."

"안녕하세요, 로레타. 지닌이에요. 말씀 나누고 싶은 게 있는데, 혹시 잠깐 들러주실 수 있을까요?"

"무슨 문제 있어요?"

"축구랑 관련된 문제예요."

4레알이 든 명판은 이제 콘도 거실에 걸려 있었다. 당시 펠리컨 웨이 3번지에서, 노엄이 첫 뇌 촬영을 하러 집을 나서기 전에 플랜스키 부인은 등 뒤로 남편이 행운을 빌며 동전을 건드리는 걸 봤다. 부인은 못 본 척했다. 이제 콘도 문을 향해 가면서 플랜스키 부인은 옛날 스페인 동전을 건드렸다. 손이 거의 저절로 움직였다.

리틀 파인 레이크에서 차로 남쪽으로 45분 거리에 있는 아카디아 가든은 조경이 아름다웠다. 잡초 하나 없는 화단은 소라 껍데기와 그늘을 드리운 높은 나무들로 둘러싸여 있었다. 대부분은 캐비지야자였지만 고대의 낙엽송도 몇 그루 있었다. 그리고 건물 자체는 전쟁 전 플로리다 시절에 지어진 호텔을 잘 보존한 것 같아 보였다. 알고 보면 지어진 지 10년도 안 됐지만 말이다. 관리를 잘한 약 40대 여성인 지닌이 황갈색 정장 차림으로 현관에서 기다리고 있었다.

"와주셔서 감사해요." 지닌이 말했다.

"당연히 와야죠." 두 사람은 엘리베이터를 타고 맨 꼭대기 층으로 올라갔다. "축구 문제라고요?" 플랜스키 부인이 말했다.

"페널티를 놓고 언쟁이 좀 있었어요." 지닌이 말했다. "아마 무슨 공격 패스 방해인가? 그런 게 있긴 있나요?"

"네." 플랜스키 부인이 말했다. 잭이 고등학생 때 축구를 했던 터라 축구라면 빠삭했다.

두 사람은 맨 위층 복도를 걸어갔다. 햇살 가득한 복도 벽을 따라 쾌속 범선 프린트를 넣은 액자들이 가지런히 걸려 있었다. 마지막 방문은 닫혀 있었다.

"문손잡이에 뭔가를 끼워놓으셨어요." 지닌이 말했다. "저희는 못 들어가요."

플랜스키 부인이 가볍게 노크를 했다. "아빠?"

문 안쪽에서 잠시 침묵이 흘렀다. "꺼져. 난 1센트도 안 줄 거야. 어림없지." 그 후 더 긴 침묵이 흐르고 뒤이어 "배신자 년" 하는 낮은 목소리가 들렸다. 사람들이 혼잣말을 할 때만 쓰는 비밀스러운 어조였다.

플랜스키 부인이 지닌을 돌아보고 말했다. "무슨 돈을 줘요?"

"라운지의 텔레비전 값이요." 지닌이 말했다. "하지만 돈을 내야 한다는 생각을 왜 하셨는지 모르겠어요. 아무도 그런 말 안 했는데. 보험으로 다 처리되거든요."

"텔레비전을 깨뜨리셨어요?"

지닌이 고개를 끄덕였다. "맥주병으로요."

"그렇게 세게 던지셨어요?"

지닌이 고개를 저었다. "화면 바로 앞까지 휠체어를 굴려 가서 병을 몽둥이처럼 휘두르셨어요. 블루커 씨 혹시 만나신 적 있으세요?"

"없는 것 같은데요."

"새로 오신 분이에요. 그분이랑 말다툼을 하셨죠. 보통은 간식이라든지 그런 걸 챙겨드리는 직원이 현장에 같이 있는데, 너무 순식간에 일어난 일이라서요."

"아버지는 아흔여덟이신데 어떻게 그렇게 빠를 수가 있죠?"

"놀랍도록 빨랐다고 말했어야 했나 봐요. 불행히도 블루커 씨는 유리 조각에 맞아서 한두 바늘 꿰매셔야 했어요."

"맙소사. 어디에 맞았어요?"

"팔에요. 큰일 날 뻔했죠."

플랜스키 부인은 문을 돌아보고 이번에는 더 세게 두드렸다. "아버지, 문 여세요."

목소리가 더 가까이에서 들려왔다. 바로 문 반대편에 바짝 붙어 있는 것 같았다. "내가 왜?"

"아버지! 무슨 질문이 그래요?"

또다시 침묵. 그리고 마침내. "함정 질문."

플랜스키 부인과 지닌은 눈빛을 교환했다. 지닌이 문 너머를 향해 말했다. "따님이 이 먼 곳까지 운전해서 보러 오셨잖아요, 배닝 씨. 제발 문 좀 여세요."

"딸랑 52킬로미터 가지고." 아버지가 말했다. "그리고 난 안 움직여. 여긴 내 방이고 그거로 끝이야. 피니토. 결말. 마침표."

플랜스키 부인은 지닌의 소맷부리를 잡고 한두 걸음 옆으로 갔다. "무슨 말씀을 하시는 거예요?"

"음." 지닌이 말했다. "이 일만이 아니라 다른 일도 몇 건 있었어요. 저희가 3층으로 옮기시면 어떻겠느냐고 권했어요. 방은 똑같이 좋고, 거기서는 도움을 더 많이 드릴 수 있거든요."

"도움이 더 많이 필요하다고 생각하세요?"

"저만이 아니라 전체 팀이 다 그렇게 생각해요." 지닌이 말했다. "앨버트 박사님도 포함해서요."

"더 많은 도움이 필요하다고 해도, 그냥 여기서 받을 수는 없나요?"

"절차가 그렇습니다. 3층이 저희가 상위 단계의 도움을 제공하는 곳이거든요." 지닌이 플랜스키 부인의 손을 토닥였다. "저희는 자해를 염려하고 있어요."

"자해요?"

"의도적인 건 아니고요. 하지만 그분의 다혈질적인 면이 어쩌면 요즘 조금 더 많이 드러나고 있지 않나 싶어서……." 말끝이 흐려졌다.

플랜스키 부인은 다시 문 앞으로 갔다. 이번에는 노크를 하지 않았다. "왜 일을 이렇게 힘들게 만드세요?"

"이건 전부 세켈(이스라엘의 화폐단위로, 여기서는 유대인 혐오적인 정서가 있음—옮긴이) 문제야. 그게 이유지."

"무슨 말이에요?"

"그 소위 '이동하는' 거. 3층은 한 달에 1000달러는 더 받거든." 지닌의 도리질이 일으키는 작은 바람이 부인에게 가닿았다. "혹시 여기에 돈이 얼마나 드는지 알아?" 아버지가 말했다.

그야 이곳 요금이 나가는 지갑의 주인이니 플랜스키 부인은 정확히 알고 있었다. 그 생각을 입 밖으로 내면 어떻게 될까? 확신은 없었지만, 아버지에 관한 실험은 모두 이미 오래전에 포기한 터였다. 부인은 심호흡을 하고 마지막 카드를 내놓았다. 손에 쥔 카드 중에 조금이라도 효과를 기대해볼 만한 건 그뿐이었다.

"니나가 저녁 먹으러 온대요." 부인은 말했다. "같이 드실래요?"

"네 그 아파트에서?"

"거기가 제 집이에요, 아빠."

"옛날 집이 더 좋았어. 그 나무도 있고. 도대체 이사는 뭐 하러 했냐?"

"그 이야기는 이미 다 끝냈잖아요."

"네가 한 결정 중에 제일 잘한 건 아니야. 제일 못한 결정도 아니지만."

마지막 말은 노엄과의 결혼을 암시하는 거였다. 아버지도 알고 부인도 알았지만 다른 사람들은 전혀 짐작도 못 했을 것이다. 그도 그럴 것이 세월이 이렇게 오래 흘렀고, 그 결혼 생활은 너무도 길고 행복했으니까. 그리고 노엄은 특별한 남자였다. 아버지는 늘 노엄이 부인에게 모자란다고 생각했지만, 내 딸은 아무한테도 못 준다는 그런 케케묵은 정서 때문은 아니었다. 부인은 갑자기 그 의미를 이해했다. 그건 아버지가 니나에 관해 생각하는 방식과 더 비슷했다. 아니, 이 경우에는 또 다른 이유가 있었다. **셰켈**이 실마리였다. 부인은 하마터면 다 집어치우자고 말할 뻔했다. 젠장, 그렇다. 그 말이 나오려고 했다. 하지만 그 말이 미처 입 밖으로 나오기 전에 아버지가 먼저 입을 열었다.

"알았다, 알았어. 그 코딱지만 한 아파트로 가자는 거지." 아버지가 말했다. "먼저 똥부터 눠야겠다." 안쪽에서 뭔가가 긁히고 부딪치는 소리에 뒤이어 문이 열렸다. 아버지는 휠체어에 축 늘어져 있었지만 그럼에도 신기하게도 공격적인 모습이었다. 한때는 **매드맨과**(科)의 미남이었지만 지금은 한참 쭈그러들었고, 약간 오크(주로 신화나 전설에 나오는 추악한 괴물─옮긴이) 같기도 했다. 아버지가 언성을 높였다. "훌리오! 훌리오!"

"훌리오가 누구죠?" 부인이 물었다.

"아버님의 위생 관리를 도와드리는 도우미요." 지닌이 대답했다.

"다른 녀석이 더 나았어." 플랜스키 부인의 아버지가 말했다.

"마커스는 그만뒀어요." 지닌의 말에, 플랜스키 부인은 즉시 그 이유를 알 것 같았다.

4장
혼수상태

홀리오가 플랜스키 부인의 아버지가 탄 휠체어를 아카디아 가든 주차장으로 굴려 갔다. 플랜스키 부인이 차 조수석 문을 열자 홀리오가 아버지를 부축해 일으켰다.

"나 혼자 탈 수 있어." 아버지가 홀리오의 손을 찰싹 때리며 말했다. 세게 때릴 생각이었겠지만 뜻은 이루지 못했다. 한 달 전, 마지막으로 외출할 때는 뜻대로 됐었지만. 아버지는 밀크셰이크를 마시고 싶다며 요양원을 나와서는 외관이 마음에 든다는 이유로 술집으로 방향을 틀었고, 거기서 제대로 히트를 쳤다. 버번 두 잔을 원샷하고 자기 나이를 떠벌려 그곳 술꾼들의 감탄을 산 후, 돌아오는 길에 차에서 토했다. 그때 아버지는 혼자 차에 탈 수 있었다. 하지만 지금은 아니었다. 아버지는 채 한 걸음도 떼지 못하고 멈춰서 비틀거렸다. 홀리오가 아버지를 살살 부축해 앞좌석에 편안하게 앉혔다.

"팁을 줘, 로레타."

"팁은 없는 거 아시잖아요." 홀리오가 말했다.

"그래? 크리스마스 땐?"

"그땐 다르죠." 홀리오가 대답했다.

"내가 이겼지." 아버지가 말했다.

플랜스키 부인은 차를 몰고 주차장을 벗어나 북쪽으로 향했다.

"음악 좀 틀까요, 아버지?"

"됐습니다요."

몇 킬로미터를 침묵 속에 달려 상가, 자동차 정비소, 그리고 세차장이 모여 있는 곳에 다다랐다. 젊지만 어리지는 않은 여자들이 비키니 차림으로 거품을 온통 뒤집어쓴 채 일하고 있는 세차장도 있었다. 아버지는 고개를 돌려 세차장을 본 후 다시 뒤로 기대앉았다. 그러더니 옹이 지고 혈관이 튀어나온 양손을 포개고 부인에게 말했다. "누구 만나는 사람 있냐?"

플랜스키 부인은 아버지를 돌아다보았다. 아버지는 똑바로 앞을 보고 있었다.

"만나는 사람이야 많죠." 부인이 말했다. 잠시 항목별로 상세히 읊어줄까 고민했지만, 마치 데우스 엑스 마키나처럼, 컵 받침대에 놓여 있던 부인의 휴대전화가 문자 수신 알림을 보내어 정말 바람직하지 못한 행보를 막아주었다. 2년 전 백내장 수술 이후로—"정말 잘하는 친구를 찾았어." 노엄이 말했더랬다. "눈을 아주 망쳐놓는 그런 별 볼 일 없는 돌팔이가 아니라"—시력이 아주 좋아진 덕분에 휴대전화를 굳이 가까이 가져올 필요가 없었다. 잭이 보낸 문자였는데 내용은 ?가 다였다. 그제야 답장을 안 한 게 생각났다. 플랜스키 부인은 원래 운전 중에 문자를 하는 사람이 아니었지만, 그게 아니더라도 지금은 답장할 기분이 들지 않았다.

"뭔가 소리가 들린 것 같은데?" 아버지가 말했다. "그 핑 소리 있잖니?"

"아뇨." 부인이 말했다.

"내 말뜻 알잖니."

"뭐라고요?"

"남자 같은 거 만나고 있느냐고. 네 XX에 비집고 들어올 XY."

"제발요, 좀!"

"뭐, 넌 그만하면 아직 봐줄 만하잖니."

"고맙네요."

"사실 후보가 있어. 네가 턱이 발달한 타입을 싫어하지 않는다면. 어니 오버스트의 동생 말이야. 이름이 아마 브루노라고 했던가. 면회 온 지는 좀 됐는데, 여자 친구한테 차였대."

플랜스키 부인은 아무 말도 하지 않았다.

"그러니까 자리가 비어 있다고." 아버지가 설명했다. "탬파에 살아. 그 난교쟁이들이 우글거리는 개발 지구 있잖니."

부인은 토하고 싶었다. 아니면 최소한 차를 돌려 아버지를 아카디아 가든에 도로 내려놓기라도 하고 싶었다. 하지만 둘 다 참고 그냥 아무 말 없이 차를 달렸다. 부인의 이런 면, 성적인 면은 확실히 전적으로 부재중이었다. 난교는 애초에 부인의 사전에 없었지만. 육체적으로든 정신적으로든 말이다. 아니, 애초에 난교가 정신적일 수가 있나? 하지만 요점은 그게 아니었고, 요점은 성적인 면이었다. 그건 사라졌다. 아니, 사라지지는 않았을지 몰라도 일종의 혼수상태였다. 부인은 혼수상태라면 잘 알았다. 혼수상태인 노엄을 마지막으로 안았으니까. 눈에 눈물이 차오르고, 급기야 한두 방울이 새어 나와 뺨으로 굴러 떨어졌다. 혹시 아버지가 보고 있는지 건너다보았다. 아버지는 잠들어 있었다. 부인은 마음껏 눈물을 흘릴 수 있었다. 하지만 그러지 않았다.

키가 193센티미터면 NBA 선수처럼 보일 수도 있겠지만 반드시 그런 건 아니었다. 매슈 드보어, 니나의 새 남자가 바로 그 증거였다. 좁은 어깨와 안짱다리, 평발에 무턱. 부인은 머릿속의 재판관을 잠재우고 따뜻한 웃음을 지어 보이며 남자와 악수를 나눴다. 부인의 손이 축축해졌다. 하지만 남자는 숱 많고 붉은 기 도는 머리카락을 갖고 있었다. 머리가 당연히 하얗게 셌어야 할 나이의 남자에게서 흔히 보이는 그런 색깔이었다. 그것은 또 다른 문제를 시사했다. 남자가 니나보다 훨씬 나이가 많다는 문제. 니나는 마흔여섯을 앞두고 있었고 이 신사분은 확실히 60대의 문턱을 넘어서 니나의 엄마, 즉 부인에게 더 가까운 나이였다. 플랜스키 부인은 다시 머릿속의 재판관을 잠재웠다.

"니나한테 정말 말씀 많이 들었습니다." 다소 축축한 악수를 나누는 도중에 남자가 말했다. "그리고 절 매티라고 부르세요."

아. 니나는 매슈가 더 좋다고 하지 않았나? 그쪽이 더 진지하게 들린다

고, 아니었나? 확실히는 기억이 나지 않았지만 플랜스키 부인은 그 사소한 걸림돌을 밀쳐두고 말했다. "로레타라고 해요."

"네?" 매티가 말했다. "저도 로레타가 있었는데요."

"뭐라고 하셨죠?" 플랜스키 부인은 그렇게 물으며 여전히 소개 자리용 웃음을 짓고 있는 니나를 보았다. 보아하니 플랜스키 부인이 당황한 것을 인지하지 못한 듯했다. 어쩌면 부인의 잘못인지도 모른다. 없는 단점을 지어내고 있는 것인지도 모른다. 그 순간 고관절 치환 수술처럼 머릿속의 어떤 부분을 치환하면 도움이 될지도 모른다는 생각이 떠올랐다.

"제 고등학교 때 첫 여자 친구 이름이 로레타였거든요." 매티가 설명했다.

"어쩌면 당시에는 더 흔한 이름이었을 수도 있겠네요." 플랜스키 부인이 말했다. 혹시 그 수술을 받았다면 더 나은 말을 할 수 있었을까.

매티의 웃음이 약간 얼어붙은 듯했다. 니나가 매티의 손을 잡고 거실 구석의 작은 바 옆에 있는 할아버지 앞으로 갔다. 노인은 휠체어에 앉아 손가락으로 팔걸이를 두드리고 있었다.

"안녕, 할아버지." 니나가 허리 숙여 할아버지의 이마에 입을 맞추며 말했다. 노인은 고개를 들고 힘겹게 손녀를 포옹했다.

"안녕, 예쁜이." 노인은 니나에게 매달렸다. 니나는 할아버지의 어깨를 두드리고 이마에 다시 입을 맞췄다.

"할아버지, 매슈를 소개할게요. 매슈, 이쪽은 할아버지예요. 우리 집안의 전설이시죠."

두 남자는 악수를 나눴다. 플랜스키 부인은 아버지의 표정이 바뀌는 걸 알아차렸다. 아마 손을 적시는 축축함을 인지한 순간인 듯했다.

"만나서 반갑습니다, 할아버님." 매티가 말했다. "매티라고 불러주세요."

"아니면 매슈나요." 니나가 말했다.

"어떻게 부르라고?" 플랜스키 부인의 아버지가 말했다.

"할아버님 마음대로요." 매티가 말했다.

"내가 자네 할아버님인가?"

"아뇨, 어르신. 제가 뭐라고 불러드리면—"

"자네 할아버지를 뭐라고 부르나?"

"음, 두 분 다 돌아가셨어요."

"거봐."

"하지만 제가 뭐라고 불러드리면 좋을까요?"

노인은 입을 열었지만 아무 말도 하지 않았다. 그 대신 마른 입술을 마른 혀로 핥고 다시 입을 다물었다. 니나와 매슈는 할아버지를 응시했다. 니나는 걱정스러운 표정이었고 매슈는 어리둥절하고 살짝 짜증이 난 듯도 했다. 플랜스키 부인이 다가갔다.

"챈들러라고 부르면 어때요?" 부인이 말했다. "그게 성함이거든요."

노인은 고개를 끄덕이고 다시 현실로 돌아왔다. "챈들러 윌스 배닝." 노인이 말했다. "프린스턴, 46년도 졸업."

"챈들러, 알겠습니다." 매티가 말했다.

"학교는 어디를 나왔나?" 노인이 물었다.

"파이팅 블루 헨이요."

"응?"

"델라웨어 대학교요."

"누구 술 한잔할 사람?" 플랜스키 부인이 말했다.

니나와 매티와 플랜스키 부인의 아버지는 바에서 술을 마셨다. 니나는 백포도주, 매티는 JD 온더록스, 노인은 플랜스키 부인이 허용한 아주 최소량의 스카치위스키. 부인이 아버지가 가장 좋아하는 골프 채널을 트는 즉시 노인의 온 신경은 거기로 쏠렸다. 니나와 매티는 바 스툴에 앉았다. 니나는 매티에게 몸을 기댔다. 플랜스키 부인은 크랩 수플레를 태우지 않으려고 주방으로 갔다.

크랩 수플레가 좀 불안했다. 플랜스키 부인은 요리하기를 좋아했고 크랩 수플레는 손꼽는 주특기였지만 요리를 손 놓은 지 꽤 된 터였다. 요즘 식단은 아침은 주로 토스트와 과일, 점심은 흔히 클럽에서 샐러드로 때웠고, 뭐든 팬트리에 있는 것, 예컨대 참치나 심지어 정어리가 저녁이었다. 친구랑 같이 나가서 외식을 할 수도 있겠지만 플로리다에는 친구가 많지 않았고 가까운 친구는 하나도 없었다. 부인은 친구가 많아야 할 필요성을 한 번도 느껴보지 못했다. 적어도 결혼식 날 이후로는 줄곧 그랬다. 노엄이 살아 있을 때 부인은 폭풍처럼 요리를 했다. 그 폭풍은 노엄이 식욕을 잃으면서 잠잠해졌고 노엄과 함께 죽었다.

그래서 부인은 주방에서 쪼그려 앉아 오븐 창을 들여다보았다. 왜 이 망할 것이 도무지 부풀 생각을 않지? 니나가 들어왔을 때 부인은 손목시계를 보고 있었다.

"여기, 포도주 좀 드세요, 엄마."

"고맙다." 부인이 불편한 자세에서 일어서자 무릎이 고통의 신음을 토했다. 부디 소리가 안 들렸어야 할 텐데.

"맙소사." 니나가 말했다. "무릎 치환 수술도 받으실 거예요?"

"당연히 아니지." 부인은 잔을 받아 들고 대답했다. "그리고 받는다 해도 그게 뭐 대수라고."

니나는 생각에 잠겼다. 플랜스키 부인은 그 생각을 읽었다. 니나는 노엄 생각을 하고 있었다. 그리고 사실 그게 의학적으로 얼마나 '대수'였는지를. 그 순간 생각에 잠긴 니나의 얼굴은 심오하고 어두워 보였다. 한집에서 살 때는 한 번도 보여준 적 없는, 재크를 떠났을 때쯤 처음 보인 표정이었다. 테드 1호와의 결혼 초기에는 더 자주 보이기 시작한 표정. 테드와 결혼한 후 10년가량 니나는 로스앤젤레스에서 살았다. 플랜스키 부인은 그 시기에 니나의 내면적 여정을 잃어버렸다. 하지만 니나는 얼마나 아름다웠는가. 지금도 그랬다. 섬세한 이목구비와 반짝이는 밤색 눈동자. 둘 다 노엄이 물려준 거였다. 몸매는 엄마를 더 닮아서 보기 좋게 건장했다. 플랜스키 부인은 이제 옛날의 균형 잡힌 맵시를 잃었지만 건장함만은 잃지 않았다.

"이 집 마음에 들어요, 엄마. 비싸요?"

"그럭저럭 괜찮은 정도랄까." 플랜스키 부인이 대답했다.

니나는 음악 소리 같은 웃음소리를 냈다. "그렇지 않으면 여기 있지 않겠죠. 우리 엄마를 내가 아는데." 니나는 플랜스키 부인을 껴안았다. 플랜스키 부인도 마주 껴안았다. 니나를—아니면 잭을—껴안은 게 몇 달 만인지. 놓아주고 싶지 않았다. 동시에, 딸이 속으로 잔뜩 긴장하고 있는 게 느껴졌다. 두 사람은 포옹을 풀고 각자 포도주를 마셨다.

"제가 식탁 차릴게요." 니나가 말했다.

"다 했어." 플랜스키 부인이 말했다. "하지만 비네그레트 드레싱은 네가 만들어도 돼."

"좋죠."

니나는 기름, 식초, 디종 머스터드, 메이플 시럽을 가지고 부산을 떨었다. 플랜스키 부인은 오븐을 다시 한 번 슬쩍 보았다. 아직도 전혀 움직임이 없었다.

"그래서, 어떤 것 같아요?" 니나가 물었다. "매슈 말이에요."

"좋은 남자 같더구나. 하지만 이제 막 만났으니까."

"그리고 이젠 미리보기를 원하시는 거죠."

플랜스키 부인이 깔깔 웃었다. "어디, 던져보렴."

어떤 사람들은 조리 있게 말할 줄 알았지만 니나는 아니었다.

"와, 어디서부터 시작해야 할지도 모르겠어요."

"예를 들면 배경부터?"

"원래 배경요? 웨스트 하트퍼드예요. 아버지가 작은 법률 회사를 하셨는데 매슈도 거기 늘어갔고 결국 주인이 됐어요. 일찌감치 은퇴했고, 우린 선셋 크루즈에서 만났어요. 그 후에 매슈는 힐턴 헤드로 이사 왔어요. 은퇴 생활을 즐기려고요. 무슨 말인지 아시죠."

플랜스키 부인은 무슨 말인지 알았다. "선셋 크루즈 여행을 갔었다고?" 부인이 물었다. 니나는 테드 2호와 결혼하면서 로스앤젤레스를 떠나 힐턴 헤드에 있는 테드의 집으로 들어갔다. 그러고 파경의 대가로 그 집을, 달랑 그 집 한 채만을 챙겼다. 어쨌든 요는 니나가 힐턴 헤드 주민이고, 지역민들이 자기네 항구에서 선셋 크루즈를 간다는 이야기를 플랜스키 부인은 들어본 적도 없다는 거였다.

"알아요." 니나가 말했다. "전적으로 충동적이었죠. 파워 워킹 하는 도중에 배가 눈에 띄길래 그냥 올라탔어요. 믿기 힘들겠지만요."

플랜스키 부인은 충분히 믿을 수 있었다.

"그러고 지금……" 니나가 말했다. "우린 개축 중이에요."

"너희 집 아니면 매슈 집?"

"아, 내 집요. 매슈는 지금 빌려 살고 있어요. 지금 하기엔 너무 이른 얘기지만, 우린 결혼을 생각 중이에요."

"아."

"알아요, 알아요. 네 번째죠. 하지만…… 저더러 보수적이라고 말하고 싶으면 하세요. 전 점점 이 관계가 결국 공식화되어야 한다는 생각이 들었어요."

정확히 무슨 관계? 두 사람이 서로 사랑하나? 하지만 플랜스키 부인은 그런 의문을 속으로 삼켰다. 그리고 그 대신 이렇게 물었다. "매슈는 전에 어떤 공식적인 관계가 있었니?"

"하하. 엄마는 벨벳 장갑 속에 든 강철 주먹 같아요!"

"정말?"

"아뇨, 당연히 아니죠. 미안해요, 엄마. 그리고 네, 한 번 결혼했었고 그 이후로도 여자를 만난 적이 있고요. 또 뭐가 있지? 베이 에어리어에 사는 아들이 있긴 한데 살가운 사이는 아니에요. 그리고 네, 나이가 좀 많죠. 그 이야기를 하시려는 거면요. 하지만 정말 기운이 넘치고 조용한 기지가 있어요. 그리고 나이는 숫자에 불과하잖아요?"

부인의 생각은 달랐고, 매슈의 '조용한 기지'로 말하자면 현재까지는 지나치게 조용해서 부인의 청력 범위에 미치지 못했다. 부인이 매슈가 기운이 넘친다니 참 잘됐다고 말하려는 순간 수플레가 갑자기 확 부풀어 올랐다. 그 부풀어 오르는 모습은 마치…… 음, 말하지 않아도 알 것이다. 더 대담한 엄마라면 아마 이렇게 말했을지도 모른다. "그리고 침대에서는 어떠니?" 하지만 플랜스키 부인은 그런 엄마가 아니었다. 부인은 오븐 장갑을 끼고 놀랍도록 부풀어 오른, 확실히 지금까지 만든 것 중 가장 멋들어진 수플레를 오븐에서 꺼냈다.

“와!” 니나가 말했다. “가요, 엄마!”

플랜스키 부인은 수플레를 조리대에 내려놓았다. 바다 냄새가 주방에 확 퍼졌다.

“그건 그렇고……” 니나가 말했다. “저 화랑 접으려고요.”

“그래?”

니나는 화랑 몇 곳을 연 적이 있는데, 힐턴 헤드에 있는 이 최근 것은 풍경과 바다 경치 사진이 전문이었다. 플랜스키 부인의 견해에 따르면 니나는 안목이 좋았다. 부인은 노엄과 함께 개장식 날 밤에 가서 뭔가 생각에 잠긴 듯 보이는 곰치를 클로즈업한 묘한 사진을 샀다. 펠리컨 웨이 3번지의 노엄의 서재에 걸려 있던 그 사진은 이제 이삿짐 상자 안에 들어 있었다.

“경제 상황도 있고, 사업이 순조롭지 못해서요.” 니나가 말했다. “하지만 그뿐만이 아니에요. 매슈랑 저한테 멋진 아이디어가 있어요. 사실, 엄마랑 그 이야기를 좀 하고 싶어요.”

“말해보렴.” 플랜스키 부인이 말했다.

“저녁 식사 때 할까요?” 니나가 물었다. “다들 모인 자리에서요.”

5장
스탈린스카야 보드카

미국에도 그네들의 조지아가 있었다. 미국의 조지아는 한 주였다. 알고 보니 미국의 주는 전부 해서 50개나 있었다. 그리고 그 많은 주에 다 별명이 있었다. 디누는 낡고 튀어나오고 고장 난 석탄 난로가 일부를 차지하고 있는 7평방미터짜리 방에서 방열기에 기대앉아 무릎에 노트북을 올려놓고 있었다. 방열기는 간혹가다 한 번씩 작동했는데, 오늘은 그런 날이 아니었다. 내일 아침 9시 수업 숙제로 삼각법 문제 열 개를 풀어 가야 했다. 첫 문제를 보았다. 태양의 각도가 70도에서 60도로 줄어들 때 건물의 그림자가 10미터 증가한다면 건물 높이는 얼마인가? 머릿속에 떠오른 첫 답은 이거였다. 건축가가 속임수를 썼고 건물은 무너졌다. 따라서 0미터. 물론 이걸 푸는 방법이 존재했다. 아마도 그림을 그리면 될 것이다. 침대 밑에 떨어져 있는 공책과 연필이 눈에 띄었다. 어제, 아니 실은 며칠째 신고 다니다 벗어놓은 양말에 일부분이 가려져 있었다. 몸을 힘껏 숙이면 손이 닿을 거리였다. 하지만 왠지 내키지 않아서 일단 미루고 그 대신 각 주의 별명들을 찾아보았다.

디누는 거의 단번에 별명 목록을 찾아내고 다른 창을 열어 미국 전체 지도를 띄웠다. 방의 와이파이 수신 감도는 엄청 좋았다. 학교 것보다 훨씬 빨랐는데, 다 로메오 덕분이었다. 디누보다 몇 살 어린 컴퓨터 천재 로메오의 말을 빌리자면, 디누의 와이파이에 목말을 태워주었다고 했다. 그건 루마니아어에는 없는 멋진 미국식 표현이었는데, 두 블록 떨어진 개인 병원의 와

이파이를 이용한다는 뜻이었다. 알래스카가 주 이름이었어? 저 위쪽의 다른 나라랑 사이에…… 그게 캐나다였구나! 그러면 알래스카는 뭔가 트란스니스트리아 비슷한 건가? 알래스카 사진 몇 장을 찾아본 디누는 그건 아니라고 판단했다. 하지만 전체 대륙을 일종의 동물에 빗대본다면 알래스카는 머리고 플로리다는 꼬리일 것이다. 디누는 그 두 주의 별명을 찾아보았다. 알래스카: 마지막 변경. 플로리다: 햇살 주. 아, 그렇구나, 햇살. 변경은 골칫거리를 뜻한다는 걸 디누는 경험으로 미루어 알고 있었다. 햇살 주의 사진과 영상을 찾아보는 건 꽤 즐거운 일이었다. 다소 긴 주 역사도 찾아서 처음부터 끝까지 세심히 읽었다. 디누는 일단 작동시키면 아주 좋은 기억력을 가지고 있었는데, 지금 그걸 작동시켰다. 세미놀족! 젊음의 샘! 키라고섬! 지워지지 않게 머릿속에 전부 다 영원히 새겼다. 그리고 마이애미비치의 고급 차 대리점을 검색하고 있는데 부엌에서 일린카 이모의 예의 거칠고 쉰, 잔뜩 취한 웃음소리가 들려왔다. 부엌은 방열기가 있는 벽 맞은편이었다. 벽은 얇고 단열재가 들어 있지 않아서—이 아파트 건물 전체에 단열 처리가 돼 있지 않았다—일린카 이모의 웃음소리가 귀에서 바로 몇 센티미터 거리에서 들리는 듯했다. 길 건너편 아파트에 사는 일린카 이모는 일주일에 한 번 정도 놀러 왔는데 그때마다 스탈린스카야 보드카를 한 병씩 들고 왔다. 엄마는 작고 검은 빵 몇 쪽과 자마티세라고 부르는 코티지치즈를 이 모임에 보탰다.

"남자들은 다 쓸모없어." 일린카 이모가 말하고 있었다. "하지만 난 왜 늘 그중에서도 가장 쓸모없는 놈들이랑 엮일까?"

"정말 그렇게 형편없어?" 엄마가 물었다.

"그 인간 버릇 몇 가지를 내가 말해줄 수도 있는데, 지금은 먹는 중이니까 참을게."

"버릇?" 엄마가 물었다.

디누는 일린카 이모의 새 남자 친구, 또는 재활용 남자 친구에게 어떤 버릇이 있는지 전혀 알고 싶지 않았다. 그리고 다행히도 그 순간 로메오의 문자가 도착했다. **좀 와줘야겠어.**

디누는 침대 밑에서 양말을 꺼냈다. 메건 더 스탤리언(미국 래퍼—옮긴이)의 얼굴과 작은 동그라미 패턴이 프린트된 얇은 싸구려 양말이었다. 그는 후드 티를 입고 휴대전화를 청바지 주머니에 넣은 뒤 보그단 교수의 대본을 쥐고 부엌으로 갔다. 두 사람은 식탁에 앉아 있었다. 엄마는 울 실내복 차림이었고 일린카 이모는 패딩 코트를 걸치고 있었는데 속에 입은 건 잠옷인 듯했다. 골무보다 크지 않은 앙증맞은 작은 잔으로 술을 마시고 있었다.

"디누구나." 일린카 이모가 말했다.

"안녕하세요, 이모."

이모는 디누를 한번 보았다. 빠르지만 세심하게, 머리에서 발끝까지 살핀 뒤 다시 한 번 보았다. "어이구야, 애 혹시 아직도 자라고 있는 거야?"

"그런 것 같아?" 엄마가 말했다. 디누와 같은 연초록색 눈동자에 잠시 빛이 반짝였다. 그건 엄마와 일린카 이모가 이제 막 술자리를 시작했다는 뜻이었다.

"아, 그럼." 일린카 이모가 말했다. "저 애는 건장한 남자로 자랄 거야. 왜 제 아비……"

이모는 거기서 말을 멈췄지만 이미 늦어서 엄마의 눈가가 살짝 촉촉해졌다. 디누는 문으로 가서 운동화를 신고 거의 가죽으로 된 재킷을 입었다.

"어디 가니?" 엄마가 물었다.

"일하러요."

엄마는 뭔가 말하려는 듯 입을 열었다 다시 다물었지만 이윽고 다시 말하기로 마음먹은 모양이었다. "어쩌면 월급 인상을 얘기해볼 때도 되지 않았니?"

디누는 대답하지 않았다. 볼트를 옆으로 밀고 문을 열었다.

"아니면 수수료는 어때?" 일린카 이모가 무슨 용처럼 연기를 코로 뿜으며 말했다. "사업에는 수수료가 있잖아."

디누는 밖으로 나와 문을 닫았다. 어쩐지 필요 이상으로 좀 세게 닫은 것 같았다.

디누의 직장은 구시가지의 불야성에서 좀 더 고급스러운 축에 드는, 클럽 프레스티코에 있었다. 디누는 클럽에 들어섰다.

"헤이, 키드." 문지기인 마리우스가 영어로 말했다.

"헤이." 디누도 영어로 대꾸했다. 덩치가 큰 마리우스는 영어를 많이 썼다. 음, 엄밀히 말하자면 영어를 많이 쓴다기보다 몇 개 안 되는 영단어를 자주 썼다. 예컨대 "헤이, 키드"라든가. 아니면 "난 심지어 근육에도 근육이 있어"라든가. 나중 것은 예쁜 여자애들이 근처에 있을 때 늘 하는 말이었는데, 그런 일은 자주 있었다. 개중 가장 예쁜 여자애는 디누의 급우인 타사로, 매주 며칠씩 밤마다 바에서 일했다. 엄밀히 말해 그러기엔 나이가 너무 어렸지만 엄밀함이란 원래 클럽 프레스토하고는 거리가 멀었다. 두 아이는 몇 년째 같은 반이었다. 원래 그런 식이었다. 하지만 타사가 디누의 눈에 들어온 것은 최근의 일이었다.

"요." 디누가 타사를 지나치며 말했다.

"요?" 타사가 물었다.

"마이애미비치에서는 그렇게 인사해." 디누가 알려주었다.

타사가 마치 비행기처럼 양팔을 벌리고 파닥거렸다.

디누는 타사 앞에서 멈춰 섰다. 타사의 귀는 무척 아름다웠다. 틀림없이 전부터 줄곧 그랬을 것이다. 귀가 아니라 그 아름다움 말이다. 차갑고 칙칙한 교실에서 책상 앞에 앉아 있던 그 끝 모르게 긴 시간 내내. 왜 한 번도 눈치채지 못했을까? 사실 타사의 모든 것이 아름다웠다. 귀만이 아니라 얼굴과 탱크톱 위로 살짝 보이는 가슴도 확실히 그랬는데, 그런데…… 지금이 주먹 인사를 하기에 딱 좋은 때일까? 디누는 주먹을 쥐고 타사를 향해 살짝 내밀었다.

"뭐 하는 거야?"

"주먹 인사야. 이것도 마이애미식이야."

타사는 고개를 끄덕였다…… 그 말도 안 되는 소리를 납득하기라도 한 것처럼! 그 후 마치 주먹 인사를 하려는 것처럼 손을 들어 올렸지만 그때 바의 한 남자가 손에 낀 두툼한 보석 반지로 잔을 두드리는 바람에 주문을 받으러 가야 했다.

클럽 프레스토 안쪽으로, 계단을 거쳐 붉은 전구 몇 개가 켜져 있는 좁은 복도를 따라가면 캄비오라고 적힌 간판이 붙은 철문이 나왔다. 캄비오는 '환전'이라는 뜻이었다. 그 아래에는 차우셰스쿠 부부가 발코니에 서서 보이지 않는 군중을 향해 연설하는 만화가 붙어 있었다. 머리에 쓴 러시아식 우샨카(귀덮개가 달린 털모자—옮긴이)를 제외하면 부부는 둘 다 알몸이었다. 엘레나는 머리 위의 말풍선으로 니콜라에에게 이렇게 말하고 있었다. "저들하고 얘기 좀 해봐요." 그건 유명한 장면이었고 진실이었다. 알몸 부분만 빼고. 두 사람은 곧 총에 맞을 것이다.

디누는 노크하려고 손을 들었지만 문은 이미 열려 있었다. 로메오 덕분에 클럽 프레스토의 보안은 철통같았다. 디누는 로메오가 관제 센터라고 부르는 방에 들어갔다. 미국인들이 달 착륙을 주관한 곳을 따서 부르는 말이었다. 비록 그 이름하고는 전혀 다르게 그 안은 아주 비좁고 연기 자욱하고 키보드들은 자동차 정비소처럼 기름때로 얼룩져 있었지만 말이다.

"안녕." 디누가 말했다.

"안녕." 로메오가 말했다.

방 안에는 세 사람이 있었다. 문을 열어준 로메오, 입에 담배를 물고 헤드폰을 쓴 채 눈을 감고 발을 까딱거리고 있는 다른 문지기 팀보, 그리고 화면 앞에 앉아 있는 드라고미르 삼촌. 삼촌의 손에는 담배가 들려 있었고 책상 위에는 위스키 잔이 놓여 있었다.

"안녕하세요, 삼촌." 디누가 말했다.

"준비됐어?" 드라고미르 삼촌이 돌아보지도 않고 화면에 시선을 꽂은 채 말했다.

"그러길 바라야죠." 디누가 말했다.

이제 드라고미르 삼촌이 디누를 보았다. "바란다고?"

팀보가 헤드폰을 벗고 눈을 떴다. 핸들 같은 콧수염과 나지막한 목소리를 가진 작고 강인한 남자였다. 마리우스와는 전혀 달랐는데, 취객들은 마리우스에게는 가끔 시비를 걸어도―결과는 항상 안 좋았다―팀보 앞에서는 다들 얌전하게 굴었다.

"'네'라고 했어요." 디누가 말했다. "준비됐다고요."

"브리핑해." 드라고미르 삼촌이 로메오에게 말했다.

디누와 로메오는 방 안쪽 탁자로 갔다. 팀보는 헤드폰을 다시 썼고 드라고미르 삼촌은 위스키를 홀짝이면서 다시 화면을 보았다. 사격 연습장에서 찍은 영상을 보고 있었다. 오늘 밤은 아니지만, 때때로 드라고미르 삼촌은 위층에 있는 아주 작은 방의 일방향 거울을 통해 디누의 업무를 감시했다. 두 방법 다 디누를 불편하게 만들었지만 방식은 달랐다.

로메오가 미란다 오렌지 병을 따서 종이컵 두 개에 가득 따랐다.

"건배."

"건배."

로메오는 여드름투성이에 머리는 까치집인, 디누가 보기엔 도저히 잘생겼다고 말할 수 없는 통통한 아이였다. 거기다 가난한 집안 출신에 유대계 혼혈이라는 소문까지 있었지만 어떤 여자애들은―그 수는 적지 않았다―로메오에게 관심을 주었다. 그야 로메오는 이미 돈을 왕창 벌고 있었으니까. 목에 금사슬을 걸고 다녔고 진품 가죽 재킷이 두 벌이나 있었다. 하나는 검은색, 하나는 빨가색, 하지만 그게 다가 아니었다. 로메오는 천재였다. 컴퓨터니 인터넷이니 하는 그 온갖 것 뒤에 있는 보이지 않는 구조가 로메오에게는 투명하게 다 보였다. 몽땅 공개된 것처럼 말이다.

"가르쳐줘, 로메오." 디누는 여자애들이 그렇게 말하는 걸 들었다. 심지어 어떤 대학생 누나도 그랬다. 여자애들은 천재를 좋아했다. 그건 이해가 갔지만, 물론 자신은 다른 방법을 찾아야 한다는 걸 디누는 오래전부터 알고 있었다.

로메오는 조사 내용이 적힌 인쇄물을 펼쳤지만, 시작하기 전에 디누가 물었다. "적자생존이라고 알아?"

"당연하지. 그게 우리가 하는 일인데."

"그게 무슨 말이야?"

로메오가 인쇄물을 흔들었다. "저쪽은 약해. 우리는 강하고."

"저쪽이 누군데?"

"미국인들. 영국인들, 프랑스인들, 전부 다."

"러시아인들은?"

"아이고 웃겨라. 그놈들은 강하지만 둔해. 우리는 섬세하지."

"그래?"

"로망어는 사람을 섬세하게 만들어. 하지만 다른 놈들은 우리처럼 강하지 못해. 우리가 유일해. 거대한 세력들이 서로 겨루고 있어. 격동의 시대야, 디누."

"무슨 말인지 모르겠어."

"격동의 시대란 가난뱅이가 부자가 되고 부자가 가난뱅이가 되는 게 가능하다는 거지. 하지만 그게 저절로 되는 건 아니야. 일을 해야지. 그러니까 일하자." 두 아이는 인쇄물 위로 머리를 맞댔다. "이번엔 할아버지야. 여든여섯 살. 부인을 먼저 보내고 텍사스에 혼자 살아."

"외로운 별 주." 디누가 말했다.

잠시 어리둥절한 표정이던 로메오가 말을 이었다. "그리고 이건 손자야. 터커. 텍사스 북쪽으로 거의 3000킬로미터 거리에 살아. 펜실베이니아 주립대 학생이지."

"쐐기돌 주." 디누가 말했다.

"무슨 소릴 하는 거야?"

"주마다 별명이 있어. 그리고 꽃이랑 주제가도 있고."

로메오가 의자에 등을 기댔다. "주에 주제가가 있다고?"

"예를 들자면 루이지애나는 〈유 아 마이 선샤인〉이야."

"그게 어떤 노랜데?"

디누는 〈유 아 마이 선샤인〉을 포함해 유튜브에서 주 주제가 몇 곡을 찾아보았다. 도입부를 노래하려고 입을 벌렸지만 그 순간 팀보가 보고 있음을 깨달았다. 노래는 그대로 사라졌다. 디누와 로메오는 로메오가 조사해 온 내용에 집중했다. 로메오는 이따금씩 세세한 부분을 짚어주었고, 디누는 자기 대본의 빈 부분을 채웠다.

"여보세요, 할아버지. 저에요, 터커요."
"응?"
저 멀리 텍사스에서 들려오는 할아버지의 작고 떨리는 목소리는 무척 선
명하게 전해졌지만 디누는 할아버지 쪽에서는 신호가 불안정한 것처럼 들
린다는 걸 알고 있었다. 로메오가 만든, 스위치와 다이얼이 잔뜩 달린 특수
한 상자 덕분이었다. 디누의 헤드셋이 그 박스에 꽂혀 있었다. 다른 사람들
의 헤드폰도 모두 거기 꽂혀 있었다. 로메오, 팀보, 그리고 드라고미르. 그
들은 듣기만 하는 것이 목적이었다. 모두 한데 옹송그리고 있었다. 디누는
다른 사람들이 집중하고 있다는 걸, 그 강렬함을 느낄 수 있었다. 냄새도 났
다. 로메오는 샤워를 안 한 지 좀 된 것 같았고 팀보는 향수 냄새가 났으며
드라고미르 삼촌은 마늘이랑 위스키랑 담배 냄새가 났다.
"저에요, 할아버지, 저요. 터커요. 요." 가뜩이나 살짝 불안을 느끼고 있
던 디누는 더한층 불안해졌다. 양손에 땀이 차서 대본이 젖었다. "저……
전 상황이 안 좋아요, 할아버지. 도와주셔야 해요."
"우리 손자 토미?"
"아뇨, 할아버지. 터커요. 할아버지 손자 터커요. 전…… 전 상황이 안 좋
아요."
"상황이 어떻게 안 좋은데?"
디누는 눈을 찡그리고 대본을 보았다. 이제 군데군데 얼룩이 져 있었다.
"두이요, 할아버지."
"뭐라고?"
로메오가 탁자 밑으로 디누의 다리를 걷어찼다. "실례를 범했습니다,
DUI('음주 운전'을 뜻하는 영어 머리글자―옮긴이)요. 죄송해요, 할아버지.
죄송해요. 그런데 경찰한테 차를 뺏기는 바람에, 차를 되찾으려면, 그리고
거기다 보석금으로 9726달러 18센트가 든대요."
"9000달러가 필요하다고?"

"그리고 726달러 18센트요."

긴 침묵이 흐르고, 마침내 할아버지가 말했다. "내가 그 돈을 어떻게 주면 되겠니?"

"쉬워요, 할아버지. 펜 있으세요?"

"잠깐만."

침묵. 침묵은 얼마간 이어졌다. 디누는 다른 사람들과 시선을 교환했다. 로메오의 눈은 흥분으로 반짝였고 팀보는 생각에 잠긴 듯했고 드라고미르 삼촌의 표정은 읽히지 않았다. 마침내 전화기에서 다시 목소리가 들려왔다. 순간 디누는 할아버지가 잠시 쉰 후 더 기운이 나서 돌아온 줄 알았다. 어쩌면 재빨리 술을 한 잔 들이켰다거나.

"어이, 망할 자식. 너 누구야?"

아니, 할아버지가 아니라 훨씬 젊은 남자였다. 디누는 로메오, 팀보, 드라고미르 삼촌을 재빨리 쳐다보았다. 도와줄 사람은 아무도 없었다.

"비제이? 너야? 재미없어."

"아, 아니, 비제이 아닌데." 디누가 말했다. "나야, 터커."

"내가 터커다, 이 멍청한 개자식아."

딸깍.

로메오는 양손으로 얼굴을 감싸고 벌떡 일어섰다. "맙소사!" 잘못이 있다면 아마 로메오의 잘못일 것이다. 비록 이건 딱히 누구 잘못이라고 할 수 없는 그런 상황에 가깝겠지만. 어쨌든 확실히 디누 잘못은 아니었다, 디누는 그저 남들이 만들어놓은 대본을 읽었을 뿐이니까. 사실 난처한 상황에서 그만하면 임기응변을 꽤 잘하지 않았나? 그럼에도 로메오는 대체가 불가능했고 디누는 가능했다. 그게 디누가 빰을 두 차례 얻어맞은 이유였다. 처음에는 드라고미르 삼촌에게, 다음에는 팀보에게. 삼촌의 매는 별로 안 아팠다. 얼마 전 갈비뼈를 주먹으로 맞았을 때에 비하면 별것 아니었다. 반면 팀보에게 맞은 건 처음이었는데, 그 손은 정말 매웠다. 별로 세게 때린 것 같지도 않고 심지어 보지도 않고 때렸는데. 이빨 하나가 입에서 날아가 바닥에 부드럽게 착지했다. 디누는 이빨을 줍지 않았다. 그리고 수수료나 월급 인상 이야기를 꺼내지도 않았다.

집에 돌아와 보니 생쥐가—그렇다기엔 이상할 정도로 컸지만—식탁에 있었다. 생쥐는 자마티세가 뿌려진 검은 빵 조각을 갉아 먹느라 여념이 없었다. 엄마는 소파에서 가슴에 스탈린스카야병을 얹은 채 잠들어 있었다. 실내복 매무새가 엉망으로 풀어 헤쳐진 채였다. 디누는 엄마에게 담요를 덮어주고 생쥐인지 쥐인지에게 행주를 던지고 침대로 갔다.

6장

예비 사위

플랜스키 부인이 아버지와 새 예비 사위를 부르러 바에 가 보니 두 남자는 바깥 파티오로 자리를 옮긴 후였다. 미닫이문을 열어놓고 호수를 응시하며 담배를 피우고 있었다. 플랜스키 부인은 아버지가 담배를 피우는 걸 평생 한 번도 본 적이 없었다. 이제 와서 시작한 걸까? 아흔여덟에? 하지만 그렇다고 더 해로울 게 있을까? 그래도 그 광경은 어쩐지 부인이 "저녁 다 차렸어요" 하고 외치지 못하고 망설이게 만들었다. 그리고 그렇게 망설이는 사이 두 남자가 주고받는 말소리가 들렸다.

"아이는 만났나?" 아버지가 둥근 재를 휠체어 팔걸이에 털면서 말했다.

"에마 말씀이세요?" 매슈가 물었다.

아버지가 매슈를 돌아보았다. "매티라고 했나?"

"네."

"아니면 매슈? 도대체 어쩌라는 거야?"

"니나는 매슈를 더 좋아합니다."

"왜?"

"좋은 질문이네요." 매슈는 남은 JD 온더록스 잔을 비웠다. 어쩌면 둘째 잔일지도 모른다고 플랜스키 부인은 생각했다. 아버지의 잔에 있는 위스키 높이가 처음 따랐을 때보다 높아져 있다는 사실을 바탕으로 추론한 거였다. "다들 별난 구석이 있으니까요."

"누가 아니래. 어떤 녀석들은 모든 구석이 별난 구석이지. 머리끝부터 발끝까지. 내 여자 친구들 아무나 하나 이름만 대봐."

"여자 친구들이 있으세요, 챈들러?"

"트럭으로 있었지. 앨리스가 죽은 다음에 말이야. 유방암이었어. 그렇게 젊었는데, 빌어먹을." 아버지는 매슈를 향해 손가락을 까딱거렸다. "의사들을 믿으면 그런 꼴을 당하는 법이지."

"앨리스가 로레타의 어머니였나요?" 매슈가 말했다.

"옛날얘기야." 아버지가 말했다. "자네는 내 질문에 대답 안 했어."

"에마 말씀이신가요?"

"내가 뭐 하러 그 애 얘길 하겠나? 에마는 아무 문제도 없어. 매달 첫 일요일에 나한테 전화를 하지. 마치 무슨 시계처럼. 난 그 애 오빠를 말하는 거야."

"윌요?"

"다른 오빠도 있나?"

매슈가 소리 내어 웃었다. "변호사셨어요, 챈들러?"

"개업은 안 했고."

적어도 그 말에 거짓은 없었다. 조금만 더 파고들었으면 이런 완전한 진실에 도달했겠지만. 아니, 난 변호사가 아니었다. 아버지는 처음에는 거침없는 유산 낭비 전문가였고, 그 후에는 금융업계에서 이러저런 일자리를 전전했다. 가족의 소득 대비 생활수준은 갈수록 높아져만 갔다. 마치 줄 끊어진 풍선처럼. 플랜스키 부인의 어머니는 마지막으로 호흡기를 달기 전에 딸에게 이런 말을 남겼다. "난 도무지 이해가 안 가." 처음에는 암과 그렇게 일찍, 정확히 말해 마흔아홉 살에 세상을 떠나야 하는 당신 처지를 두고 한 말인 줄 알았지만 나중에 생각해보니 챈들러에 관한 말이었음이 분명했다. 남편이라는 사람을 결국 마지막까지 이해할 수 없었던 것이다.

"그런데……" 아버지가 말을 이었다. "자네 내 질문을 피하는 건가?"

"월 말씀이세요?" 매슈가 물었다. "만나봤습니다."

"그래서?"

“착한 아이 같던데요.”

아버지가 매슈를 돌아보았다. 그건 플랜스키 부인이 아버지의 뒤통수가 아니라 옆모습을 보게 됐다는 뜻이었다. 이제 보이는 아버지의 눈동자는 이글거리고 있었다. “거짓말에 영 서툴군, 매티.”

매슈 역시 고개를 돌려서 이제 옆모습으로 보였는데, 매슈의 눈동자 또한 이글거리고 있었다. “좋습니다.” 매슈가 말했다. “그 아이는 이기적인 중독자고 태생이 거머리고 찌질이죠. 하지만 니나는 전혀 모르고 있고요.”

“자네 생각하는 방식이 마음에 드는군.” 아버지가 말했다.

“저녁 드세요.” 플랜스키 부인은 그렇게 말하고 자리를 떴다.

“미슐랭 별 세 개 급이네요.” 매슈가 플랜스키 부인이 가장 좋아하는 갈매기 무늬 냅킨으로 한쪽 입가를 두드리며 말했다. 하지만 아주 작은 게살 조각이 윗입술에 그대로 남아 있었다. “기민한 사업가셨다고 알고 있는데, 요리사로서도 일류이신 줄은 몰랐네.”

“아이고, 고마워요.” 플랜스키 부인이 말했다.

“기민한 사업가?” 아버지가 말했다.

저녁 식사 직전에 아버지는 휠체어를 재빨리 굴려 지금 자리를 차지했다. 아마 포도주병과 가까운 자리라 거기가 식탁 상석이라고 생각한 모양이었다. 플랜스키 부인은 그 맞은편에 앉았고 니나와 매슈는 식탁을 사이에 놓고 마주 앉았다. 니나는 매슈가 잘 보이도록 나뭇가지 촛대를 살짝 옮겼다.

“플랜스키사를 세우셨죠.” 매슈가 말했다. “니나한테 그 멋진 사연을 전부 들었습니다. 책으로 나와야 해요. 어떻게 미친 듯 부자가 되는지…… 어떻게 무에서 시작해 성공적인 기업을 세우는지에 관한 사례연구서로요.”

“무에서?” 플랜스키 부인의 아버지가 말했다. “니나 씨께서 내가 1만 달러를 빌려준 부분은 언급 안 하시던가?”

“전…… 기억이 안 나네요. 당신 얘기했었어, 니나?”

“솔직히 기억이 안 나요. 하지만 물론 할아버지도 정말 잘해주셨죠.” 니나가 환히 웃어 보였다.

하지만 아버지는 마주 웃지 않았다. "그리고 또……" 아버지가 탁자를 손으로 때리는 바람에 디저트 포크가 날아갔다. "따옴표 치고 '잘해주셨다' 말고, 그러면 나도 꽤 기민했다는 뜻 아니냐?"

아버지가 한 사람 한 사람 눈을 맞췄다. 잠시 다들 그 미끼를 물지 않고 넘어갈 듯 보였다. 플랜스키 부인은 다행이라고 생각했다. 하지만 그때, 매슈가 포도주를 한 모금 마시더니 입을 열었다. "솔직히, 엄밀히 말해서, 그건 환수금에 달렸다고 봅니다."

"내 환수금? 뭐에 대한 환수금?"

"투자에 대한 환수금이죠." 매슈는 더 뭐라고 말하려 했지만 자신을 보는 니나의 표정을 보고 입을 다물었다. 플랜스키 부인도 그 표정을 보았지만 무슨 뜻인지 읽어낼 수 없었다. 어느 쪽도 응원하고 싶지 않은 선수들이 벌이는 테니스 시합을 구경하는 기분이었다. 부인은 별로 긍정적이지 못한 그 생각을 즉시 접어 넣었다.

"무슨 투자?" 아버지가 매슈를 향해 다시 공을 날렸다.

테니스에서, 대다수 선수들은 능력 닿는 한도까지 공격자였지만 푸셔(pusher)라는 인기 없는 하위 그룹이 있었다. 푸셔란 그저 상대편이 실수를 저지르기만 기다리며 공을 받아치는 데에만 전념하는 사람들을 말하는데, 일부는 심지어 그걸 무척 공격적으로 했다. 그게 바로 아버지였다. 공격적인 푸셔. 그 오랜 세월 후에—무려 수십 년 후에!—부인은 마침내 아버지에 관한 전력 보고서를 갖게 된 것이다.

"그건 대출이었어, 젊은 친구." 아버지가 말했다.

"아." 매슈가 말했다.

침묵이 흘렀다. 테니스에서는 푸셔에게 똑같이 푸시로 맞서서 라켓을 다시는 잡고 싶지 않을 정도로 길고 비참한 하루를 보내든가, 아니면 더는 참을 수 없을 경우 딥 드라이브로 한쪽 구석으로 몰아넣은 후 그 징징대는 개소리를 끝장낼 수도 있었다. 거친 말 죄송. 플랜스키 부인은 속으로 사과하고는 아버지에게는 이렇게 말했다. "정말 고마웠어요, 아버지. 생각이 안 나서 그러는데, 이자율 좀 말씀해주실래요?"

아버지의 입이 벌어졌지만 아무 말도 나오지 않았다. 징징대는 것으로는 더 이상 뜻을 이룰 수 없다는 걸 깨달은 푸셔의 표정이었다. 이제 네트에 발을 들인 플랜스키 부인은 매슈를 보고 말했다. "금방 숫자를 떠올리실 거예요. 기억력이 아주 좋으시거든요."

이런. 너무 갔다. 플랜스키 부인은 그 말을 핵무기고에 도로 집어넣고 싶었다. 핵무기고란, 노엄이 갖고 있는 로레타라는 인물의 청사진에 따르면 로레타가 중화기를 저장하는 곳이었다. 부인은 그걸 거의 열지 않았고 지인들은 거의 누구도 그 존재를 알지 못했다. 가끔 마주치는 적들만이 예외였다. 무슨 사업이든 어느 정도 오래 하다 보면 적을 아예 안 만들 수는 없었으니까. 노엄은 혼자였다면 그 사실을 견디지 못했으리라. 그리고 노엄은 절대 혼자가 아니었다. 한편 지금은 모든 눈이 아버지에게 쏠려 있었다.

"프라임(금융기관이 신용도 높고 경영이나 재무구조가 우수한 기업에 대출할 때 적용하는 금리—옮긴이) 더하기 4.5." 아버지가 기억력을 자랑하며 날카롭게 내뱉었다.

"누구 포도주 더 드실 분?" 플랜스키 부인은 화제를 바꾸려 했다.

하지만 소용없었다. 매슈가 참전했다. 이제 그들은 테니스를 떠나 프로레슬링의 영역에 들어서는 참이었고, 그것도 2 대 1이었다. "당시 프라임이 얼마였죠, 챈들러?" 매슈가 물었다.

"적포도주로 바꿔 마셔도 돼요." 플랜스키 부인이 끼어들었다. "피노가 좋은 게 있거든요."

"기억이 안 나." 아버지가 그렇게 대꾸하고 매슈를 향해 관절염 걸린 손가락을 흔들었다. "하지만 뭔가 낮은 액수였지. 프라임이니까, 맞지? 그 자체가 낮다는 뜻이잖아."

매슈는 직접 맞대응하지 않았다. 그 대신 파우더블루색 블레이저 안주머니에서 전화기를 꺼내며 물었다. "정확히 그게 몇 년도죠?"

아버지의 이미 깊이 주름진 이마에 더 깊은 고랑이 졌다. 아버지도 무기가 있었지만 중화기는 아니고 그저 시끄럽기만 했다. 어쩌면 니나도 중화기가 있을까? 플랜스키 부인은 한 번도 본 적 없었다. 어쩌면, 침실이라는 사적인 공간에서라면 어떤 남자들은 보았을지도 모른다. 플랜스키 부인은 그 생각을 조금이라도 더 붙들고 있고 싶은 마음이 전혀 없었다. 하지만 매슈에게 중화기가 있다는 건 꽤 확실했다. 인생에서 성공하지 못했다고 해서 핵무기고가 비어 있다는 뜻은 아니었다. 그리고 내가 뭘 안다고 저 남자가 인생에서 성공하지 못했다고 섣불리 단정한담? 부인은 웃음을 지으며 매슈의 눈을 똑바로 들여다보았다. 텔레파시를 이용해 매슈의 머릿속에 다음 할 말을 집어넣었다. '피노라니, 너무 좋죠.'

하지만 매슈는 부인의 눈을 똑바로 들여다보고 마주 웃어 보이며 말했다. "연도만이 아니라 정확한 날짜까지 아실 거라는 데 내기를 걸어도 좋습니다."

니나는 홀딱 반한 표정이었다. 매슈가 자신의 어머니를 추켜세운 것이 기쁜 모양이었다. 플랜스키 부인은 의문이 들었다. 왜 그래야 하지? 사실 부인은 이미 알고 있었다. 질문의 세부 사항만이 없을 뿐. 매슈에게 해당 연도를 말해주었는데, 떠올릴 수 있는 모든 답 중 그게 그나마 가장 간단한 답이었다.

휴대전화 화면을 두드리던 매슈가 이윽고 고개를 들었다. "당해 연도의 프라임 이자율은 10에서 10.5퍼센트를 왔다 갔다 했네요. 그러니 거기다 4.5를 더하면……." 매슈는 거기서 말을 끊고 휴대폰을 도로 파우더블루색 블레이서에 집어넣었다.

"고리대금업이야!" 플랜스키 부인은 예전에 아버지의 대출 조건을 노엄에게 알려주며 그렇게 말했더랬다. 노엄은 너털웃음을 터뜨리고는 부인을 껴안고 이렇게 말했다. "장기적으로 보면 그저 잠깐일 따름이야." 그게 노엄이었다. 한편 아버지는 이제 창백해져서 실제 나이보다도 늙어 보였다. 플랜스키 부인은 자리에서 일어서서 말했다. "다들 디저트 집어넣을 배가 남아 있었으면 좋겠네요."

디저트로는 추수감사절 무렵에 구웠던 피칸 파이를 해동했다. 9학년 가정경제 시간에 테런스 선생님에게 배운 레시피를 이용한 거였다. "자, 얘들

아, 너무 달면 안 되는 법이란다." 선생님은 주걱을 휘두르며 말했더랬다. 당시 테런스 선생님은 고대인처럼 느껴졌지만 아마 실은 지금 니나 정도 나이였으리라. "사람이든 이 파이든 말이야. 설탕을 덜 넣어! 피칸을 더 넣고! 그리고 부모님이 괜찮다고 하시면, 버번 온스를 넣으렴. 하지만 오늘 아침에는 그건 안 할 거야."

"와." 매슈가 말했다. 매슈는 두 조각, 플랜스키 부인은 한 조각, 아버지는 그냥 아주 조금 깨작거린 다음 다시 좀 더 깨작거렸고 니나는 한두 입쯤 먹었다. 그 후 플랜스키 부인은 커피를 따랐다. 매슈는 한 모금 마시고 뒤로 기대앉아 니나에게 눈짓을 했다.

"그래서, 엄마." 니나가 말했다. "우리 생각 들을 준비 됐어요?"

"나는?" 아버지가 말했다. "나도 들어도 되냐?"

"당연하죠, 할아버지." 니나가 말했다. "할아버지가 의견을 주시면야 감사하죠."

플랜스키 부인의 아버지가 손녀에게 환히 웃어 보였다. 아버지는 손녀에게 홀딱 반해 있었고, 늘 그랬다. 니나가 부탁하는 거면 뭐든 들어주었다. 하지만 문제는 줄 게 아무것도 없다는 거였다. 적어도 플랜스키 부인이 생각하기에 니나가 원하는 것은 전혀 없었다. 하지만 부인의 생각이 틀렸을 수도 있었다. 제발 틀렸으면 했다.

"매슈?" 니나가 말했다.

"아, 아니야. 자기가 말해." 매슈가 말했다. "난 필요할 때 끼어들게."

니나가 양손을 비볐다. 양손에 다 반지를 하나씩 끼고 있었다. 재크에게 받은 플래티넘 세팅에 작고 귀여운 에메랄드가 박힌 것과 테드 1호에게 받은 꼬인 황금 밧줄 세팅에 터질 듯한 루비가 박힌 것. 테드 2호가 준 커다란 다이아몬드 반지도 있었지만 크기를 조정하려고 티파니에 가져갔다가 진품이 아닌 걸 알게 됐다. 그리고 그건 테드 2호의 또 다른 진품 문제들의 시발점이었다. 그 상세한 내용은 플랜스키 부인도 알지 못했지만, 그 결혼은 그로부터 얼마 안 되어 끝났다. 이혼 자체는 바위처럼 단단한 진품이었다. 하지만 부인은 반지 생각에 지나치게 오래 빠져 있었다. 그보다는 바짝 물어뜯은 니나의 손톱에 관해 생각해야 하지 않을까? 그건 새로운 사실이었다.

"음, 엄마." 니나가 말했다. "우린 레드 오션에서 싸울 수도 있고 블루 오션을 새로 개척할 수도 있어요, 맞죠?"

"그건…… 합리적인 것 같구나." 플랜스키 부인이 말했다.

"좋아요. 그러니까 잠깐만 기다려주세요. 자, 그 전에 우선, 인간 감정 중 가장 중요한 게 뭐죠?"

"어리석음." 플랜스키 부인의 아버지가 말했다.

매슈가 가슴 앞에 팔짱을 끼고 입술을 삐죽 내밀었다. 예전에 노엄이 유통업체 후보를 만나러 가는 길에 이렇게 말했더랬다. "대화는 늘 동시에 두 가지로 진행되는 법이야. 말로 하는 대화와 몸으로 하는 대화." "아, 그래?" 플랜스키 부인은 남편의 머리를 헝클어뜨리며 대꾸했다. 그 만남은 재앙으로 끝났지만 바로 이튿날, 그보다 훨씬 큰 유통업체가 갑자기 연락을 해왔다.

"어리석음은 머리 상태에 더 가깝지 않아요, 아빠?" 플랜스키 부인이 말했다. "전 니나가 다른 얘길 하는 것 같아요. 예컨대 사랑 같은 거요."

"와, 엄마, 바로 그거예요!" 니나가 외쳤다. "사랑. 그게 우리의 전체 콘셉트예요."

매슈가 팔짱을 풀고 나왔던 입을 집어넣고 고개를 저었다. "이런, 이런." 매슈가 말했다. "기민하시다고는 들었지만 그 이상이네요, 로레타. 그렇게 불러도 된다면요. 아니면 어머님이라고 부를까요?"

"로레타요." 플랜스키 부인이 말했다.

"우리 콘셉트는……" 매슈가 말했다. 플랜스키 부인은 지금이 매슈가 말한 '필요할 때'라는 걸 깨달았다. "사랑에서 태어났고 사랑에 관한 거랍니다. 아마 너무 감정적으로 들리겠지만, 감정적인 걸 팔아서 망한 사람이 있었나요? 너트와 볼트로 말하자면, 저와 니나, 우리 둘 다 진정한 사랑을 찾아내서 운이 너무 좋다고 느끼고 있어요. 한두 번쯤 실패를 겪긴 했지만요."

"몇 번 더 겪었을 수도 있고요!" 니나가 말했다.

"하지만……" 매슈가 말을 이었다. "우린 알죠. 풋내기 시절을 지난 사람들 중에 얼마나 많은 사람들이……" 여기서 매슈는 손으로 따옴표를 그렸다. "그들 세대 전체가 포기해버렸다는 걸요. 네, 그 애들은 아무나 아무 데서나 만날 수 있지만, 그다음엔 뭐죠? 전부 전혀 집중이 없어요. 그게 우리 콘셉트가 끼어드는 부분이에요. '사랑과…'라는 제목이죠. '과' 다음에 점 세 개가 있어요. 쩜 쩜 쩜."

"이게 망할 인터넷하고 관련된 건가?" 플랜스키 부인의 아버지가 물었다.

"알아요, 할아버지." 매슈가 말했다. "하지만 그거랑 인터넷의 관계는 오로지……." 매슈는 말을 멈췄다. 머릿속을 뒤지는 걸까? 아니면 그냥 자기가 어디까지 말했는지를 기억하려 애쓰는 걸까? 플랜스키 부인은 니나가 말하기 전까지 답을 찾지 못했다.

"단지 컬럼버스와 배의 관계 같은 식이에요."

"아름다워요, 내 사랑!" 매슈는 식탁 위로 손을 뻗어 니나의 손을 건드렸다. 식탁의 가로 폭 때문에, 그리고 키가 193센티미터인 남자치고는 팔이 짧다는 사실 때문에 그 동작은 다소 어색해 보였다. "'과' 뒤에는 그냥 아무거나 다 올 수 있어요. 그게 사랑의 후보군을 실제 가망이 있을 정도로 좁혀주기만 한다면요. 예컨대……" 식탁 주위를 둘러보던 매슈의 시선이 아래로 떨어졌다. 아마도 너무 극적으로 피칸 파이의 잔해 위에. "피칸 파이도요." 매슈가 말을 이었다. "우리 목록에 있는 건 아니지만, 안 될 거 있나요? 사랑과 피칸 파이."

니나가 휴대전화를 냉큼 꺼냈다. "이걸 당장 추가해야겠어요."

"그래서, 파이가 핵심이라고?" 플랜스키 부인 아버지가 말했다.

"네, 모두가 각자 자기 파이를 한 쪽씩 얻는다는 의미에서요." 매슈가 말했다. "하지만 폭넓게 말하면 모든 딱 적절한 장소에서 사랑을 찾는다는 게 핵심이죠. 저희는 사랑과 카리브해에서 시작할 계획이에요. 사랑을 찾아 헤매는 카리브의 연인들을 위한 장소죠."

"카리브해는 태양이 비치지 않을 때는 대규모 슬럼인데." 플랜스키 부인의 아버지가 말했다.

매슈가 눈을 깜빡였다.

니나가 말했다. "할아버지! 무슨 그런 말씀이 있어요!"

플랜스키 부인이 말했다. "장소란 인터넷 사이트를 의미하는 거니?"

"우린 다이너마이트급 개발자도 구해놨고, 시작할 준비는 다 갖췄어요, 엄마." 니나가 말했다.

"지금은 물론 기다리는 중이죠." 매슈가 말했다.

"매슈는 이렇게 좋은 스타트업 아이디어는 태어나서 처음 들어봤대요." 니나가 말했다.

"당연히 개발자는 몸값이 무척 비쌉니다." 매슈가 말했다. "우린 25만 달러가 더 필요해요. 작업은 돈이 들어오는 즉시 시작할 거고요."

이제 모두의 눈이 플랜스키 부인에게 쏠렸다. 일련의 질문들이 머릿속에 펼쳐졌다. 부인이 생각하기에 그중 딱히 기민한 것은 하나도 없었다. 전부 뻔한 것들이었다. 매슈가 실제로 어떤 법률 분야에서 일했을까? 얼마나 잘나갔을까? 본인 자금은 여기에 얼마나 투입하는 걸까? 왜 니나의 집으로 들어갔을까? 대출 기관에서 빌리려는 노력은 해봤을까? 혹시 그쪽에는 이미 빚을 지고 있어서 달리 갈 데가 없었나? 그리고 니나는 어떻지? 플랜스키 부인이 이미 니나에게 준 돈은…… 음, 정확한 액수를 말하는 건 무의미했다. 품위도 없고. 하지만 그걸 전부 다 써버렸다고? 어디다가?

"혹시 수익률이 궁금하시면……" 매슈가 말했다 "서비스는 구독자 기반이고 가입비에 매달 조회 수가 더해질 거고 광고 수익 전망도 있어요. 예컨대 리조트 광고 같은 거요. 사랑과 카리브해의 경우에는요."

플랜스키 부인이 궁금해하는 건 결코 그런 것들이 아니었다. 그런 종류의 것들은 대충 추측할 수 있었다. 그 수많은 질문? 아니. 부인은 그 돈을 줄 수 있었다. 그리고 니나는 딸이었다. 손톱을 바짝 물어뜯은 딸. 자신이 착취당하는 걸 알면서 당한다면 그것도 착취라고 할 수 있을까? 플랜스키 부인은 착취당하는 기분이 들지 않았다. 자발적으로 도와주려는 거였다. 그것뿐이었다.

"내가 투자자니, 대출자니?" 부인이 물었다.

"아아, 엄마." 니나의 눈에 물기가 차올랐다.

매슈의 눈은 여전히 건조했다. "대출자죠. 괜찮으시다면요."

"이자를 줘야 해요." 플랜스키 부인이 말했다.

"당연히 저희도 그걸 원합니다." 매슈가 말했다. 만면에 웃음이 번졌다. 어째 오른쪽 아랫니 하나가 없는 것 같은데. 저 안쪽에. "마음대로 부르세요."

플랜스키 부인은 프라임에 99퍼센트를 부르고 싶은 미친 충동을 간신히 억누르며 프라임 플러스 제로를 불렀다. 아버지는 충격받은 표정이었지만, 어쩌면 그저 그 순간 뭔가 다른 생각이 떠올랐거나 갑자기 어딘가가 아팠을지도 모른다.

"사랑해요, 엄마." 니나가 서둘러 다가와 요란하게 입을 맞췄다. 플랜스키 부인은 익숙한 생각을 묻어버렸다. 다가오는 결혼은 정략결혼일 것이다. 비록 그걸 준비한 사람들이 어떤 구식 부모가 아니라 혼인의 당사자들이라 해도.

니나는 사랑과 사랑에 빠져 있었다. 매슈는 자신과 사랑에 빠져 있었다. 두 사람은 마지막 기회라는 이름의 카페에서 셔터를 내리고 있었다. 그렇다면 함께하면 안 될 이유가 뭐람? 그게 두 사람의 관계였다. 플랜스키 부인은 그 생각을 조금 더 깊이 묻어버렸다.

7장

콜드 체인

니나와 매슈는 플랜스키 부인이 손가락 하나 까딱 못 하게 하고 둘이서 뒷정리를 했다. 그동안 부인은 아버지와 함께 골프 채널을 보았다.

"남자들이 여자보다 공을 60퍼센트 더 멀리까지 칠 수 있어." 아버지가 말했다. "아마 넌 몰랐을 거다."

"몰랐네요." 플랜스키 부인이 말했다. "수치가 좀 높은 것 같은데요."

아버지의 언성이 높아졌다. "네가 알면 얼마나 안다고!"

플랜스키 부인이 고개를 끄덕였다. "제 의견이 그렇다고요, 아버지. 다들 운전해서 돌아갈 준비 됐나요?"

"나 여기 오늘 밤 자고 가도 되냐? 아니, 한 이틀 밤 정도. 사나흘 밤이나. 일주일은 어림도 없겠지."

"그러면 좋겠지만 오늘 밤엔 니나가 손님방에서 잘 거예요."

"그리고 매티도?"

"네."

"매티가 같이 잔다고?"

"그러지 마세요, 아버지. 가시기 전에 화장실 가실 거예요?"

"그건 가봐야 알지."

아버지는 혼자 가겠다고 고집하면서 욕실로 휠체어를 굴려 갔다. 그러고 얼마 안 지나 다시 휠체어를 굴려 나와서는 말했다. "안 나와."

플랜스키 부인은 니나와 매슈에게 기다리지 말고 먼저 자라고 했다. 아버지를 태우고 남쪽으로 아카디아 가든을 향해 차를 몰았다. 부인은 이 시간에 드라이브를 가는 아기들이 흔히 그렇듯 아버지가 잠들 거라고 예상했다. 하지만 아버지는 눈을 초롱초롱 뜨고 있었다. 눈동자가 대시보드의 빛을 반사해 녹색으로 빛났다. 도로가 동쪽 커브를 돌아 멀리 대양이 보이는 지점에 이를 때까지 아버지는 줄곧 침묵을 지켰다. 불을 환히 켠 유람선이 남쪽으로 향하고 있었다.

"오늘 밤은 모든 게 다르구나." 아버지가 말했다.

"네." 플랜스키 부인이 대꾸했다.

"난 비아그라를 몇 번 써봤어."

플랜스키 부인은 아무 대답도 하지 않았다.

"당연히 네 엄마가 세상을 떠난 다음이지. 여자 친구들을 만나기 시작하면서. 난 네 엄마 생전에는 한 번도 딴짓한 적 없다. 단 한 번도."

플랜스키 부인은 고개를 끄덕였다.

"음, 그렇게 인상 쓸 거라면, 사실 딱 한 번 있었다. 한 번으로 끝이었고 내 잘못도 아니었어. 내가 무덤까지 가져갈 비밀이지."

플랜스키 부인은 속도를 올렸다. 길은 내륙으로 휘어 대양과 유람선이 시야에서 사라졌다. 아버지는 아카디아 가든 정문까지 내내 침묵을 지켰다.

"난 그 계약에 들어가고 싶다."

플랜스키 부인이 차를 세우고 아버지를 돌아보았다. "무슨 계약이요?"

"무슨 계약? 얼어 죽을! 카리브 섹스 계약인지 하여튼 그 뭐 있잖느냐. 개들이 계속 지껄이던 그거 말이야."

아카디아 가든 문이 열리고 조수가 아버지를 맞으러 나왔다.

"하룻밤 자고 생각해보시죠?" 플랜스키 부인이 말했다. "서둘 필요 없잖아요."

"서둘 필요 없다고? 난 아흔여덟 살이야, 망할. 난 들어가고 싶어."

조수가 차 문을 열었다. "바로 안으로 들여드릴게요, 어르신."

잠시 플랜스키 부인은 아버지가 폭발할 거라고 생각했지만 노인은 바람

빠지듯 서서히 쭈그러들었다.

집으로 가는 길에 그린 터틀 클럽이라는 고급스러워 보이는 바가 있었다. 길가의 작은 공터에서 운하를 등지고 있었다. 플랜스키 부인은 한 번도 들어가본 적 없었고, 마지막으로 바에 혼자 들어간 게 언제인지도 까마득했다. 하지만 지금은 잠시 속도를 늦췄다. 실제로 차를 세우고 안에 들어간다면 어떻게 될까? 하지만 결국 그건 알 수 없었다. 그 순간 휴대전화가, 바꾸려고 했던 그 신경에 거슬리는 윙윙 소리를 냈기 때문이다. 잭이었다. 아직도 답장을 안 했던가? 맙소사.

"여보세요, 엄마. 신호 불량이에요, 뭐예요?"

"미안, 잭. 정신이 없었어. 니나가 왔는데―" 부인은 더 변명하려다 말고 말을 멈췄다. "하지만 네 목소리를 들으니 좋구나." 그건 사실이었다. 백미러 속에서 그린 터틀 클럽의 불빛이 흐려졌다. "어떻게 지내니?"

"나쁘지 않아요. 니나는 어때요?"

"좋아 보여. 그 애의 새…… 친구를 만났어."

"친구요, 엄마? 도대체 우리가 몇 세기에 살고 있죠?"

플랜스키 부인이 깔깔 웃었다. 아들의 한 가지 특징은, 비록 기복이 심하긴 하지만, 부인을 웃게 만들 수 있다는 거였다. "이름은 매슈야. 때로는 매티도 되고. 무척 좋은 사람 같더라."

"그렇게 심해요?"

"지금은 안 돼." 플랜스키 부인이 말했다. "거기 날씨는 좋은가 보구나."

"파란 하늘에 20도죠. 매일매일."

그 후 침묵이 흘렀고, 그 침묵 속에서 부인은 클럽에서 이렇다 할 활동이 없었나 보다고 짐작했다. 클럽이란 애리조나에서 가장 큰 테니스 시설로 손꼽는 스코츠데일의 레드 데저트 테니스 센터를 말하는데, 잭은 거기서 감독이자 헤드 프로로 일했다. 잭은 뛰어난 테니스 선수였다. 엄마 손을 잡고 코트를 처음 찾은 세 살 때부터 명확한 재능을 드러냈다. 비록 그 뛰어나다는 게 예컨대 로저 페더러나 어떤 순회 경기에서 뛰거나 하는 프로 선수에 비할 바는 아니었지만 말이다. 테니스라는 피라미드의 정점은 그러기엔 너무 가파르고 좁았다. 하지만 잭은 D-3 프로그램의 넘버 원 싱글스에서 능히 뛸 만큼 잘했다. 사실 아마 잭이 보든 칼리지에 들어갈 수 있었던 것도 테니스 덕분이었으리라. 성적에만 의존했다면 그런 결과는 보기 힘들었을 것이다. 그리고 테니스 덕분에 잭은 티칭 프로로서 전 세계를 돌아다닐 수 있었다. 플랜스키 부인이 알기로, 그 테니스 여행은 마침내 뿌리를 내릴 수 있는 행복한 목적지로 잭을 데려다주었고…… 그리고 원하기만 하면 뭐든 가능하게 해주었다. 아마도 어떤 여자를, 잭의 인생에 등장했던 흔한 여자들에 비해 문제가 더 적은 여자를 찾을 수 있게…… 그리고 심지어 망할 놈의 가정을 꾸리게 해주었다! 그렇다! 부인은 말해버렸다. 비록 머릿속으로 말한 거지만. 그런데 내 생각이 왜 이렇게 널을 뛰고 있지? 부인은 다시 정신을 가다듬었다. 그리고 그때 갑자기 기억이 까무룩해졌다…… 기억이 안 났다…… 그러고 다시 기억이 났다. 파란 하늘! 파란 하늘과 20도, 애리조나 여행철 성수기, 그런데 클럽에서 이렇다 할 활동이 없다? 도대체 이게 무슨 상황이람? 그거다. 부인은 다시 본궤도에 올랐다.

"음, 엄마, 인생이 참 재밌는 거 아세요?" 잭이 말했다.

그렇기도 하고 아니기도 했다. 플랜스키 부인은 안전한 갓길을 찾아 야자수 옆에 차를 세웠다. 대양에서 미풍이 불어왔지만 나뭇잎은 거의 미동도 하지 않았다.

"저 사실 사직했어요." 잭이 말했다. "지난 금요일부로요."

"아."

"제가 그 일이 싫었거나 그런 건 아니에요. 전 늘 사람들이랑 어울려 일하는 게 좋았거든요, 엄마. 그건 아시죠. 하지만 그거론 부족해요. 제 말, 무슨 뜻인지 아시겠어요?"

"잘 모르겠는데."

성깔이 있다는 건 테니스에서 장점이 될 수 있었다. 많은 챔피언이 내면의 분노의 고삐를 틀어쥐고 핵심적인 순간에 이용할 수 있었다. 하지만 성깔이 있는 유형의 선수들은 대부분 결국 그 성깔에 져서 무너졌다. 잭은 늘 성깔 흘려보내기가 안 되는 유형이었다. 플랜스키 부인은 이제 그게 깨어나는 걸 느낄 수 있었다. 태양의 계곡 저 멀리에서부터.

"전 소유권을 말하는 거예요." 잭이 말했다. 다소 지나치게 의도적이고 과하게 명확한 투로 들렸다. 하지만 어쩌면 통신 문제일지도 모른다. "엄마와 아빠처럼요." 잭이 설명했다. 아니, 통신 문제가 아니었다. "그리고 기회가 왔어요. 사실은 정말 두근거려요. 테니스랑은 전혀 상관없는 일인데, 솔직히 말하자면 오히려 그래서 뭔가 신선해요. 콜드 체인에 관해 혹시 좀 아세요?"

"골드 체인?" 플랜스키 부인이 말했다.

"콜드요. 골드가 아니고요. 콜드 체인요, 엄마."

"한 번도 못 들어봤는데."

"콜드 체인은 공급 체인의 하위 부문이라는 식으로 생각하시면 돼요." 잭이 말했다.

"알겠다."

"요는, 콜드 체인의 사슬 하나만 끊겨도 큰 문제가 된다는 거죠. 그리고 그 약한 사슬이 바로 냉동 저장고예요. 그냥, 용량이 충분하질 않아요. 공급은 낮고 수요는 높죠. 그럼 가격이 어떻게 되죠?"

"기억이 날 것도 같은데." 플랜스키 부인이 말했다.

잭이 껄껄 웃었다. "냉동 창고예요, 엄마. 우린 앞으로 10년 동안 매년 1000채씩 창고를 지을 거예요."

"우리가 누군데?"

"제 동업자들이요, 레이와 루디. 템피에서 활동하는 개발자들인데, 둘 다 아주 명민한 친구예요. 보시면 정말 마음에 들 거예요. 그 친구들이 끼워줬다는 것만으로도 전 정말 운이 좋았어요."

"어디에?"

"우리가 만들 이 회사요, 엄마. RJR 주식회사. 냉동 창고를 짓는 거죠. 제 설명이 애매했다면 죄송해요."

"그걸 지어서 판다고?" 플랜스키 부인이 말했다. "아니면 소유하고 운영

한다고?"

잠시 침묵이 흘렀다. 그 질문이 레이나 루디나 잭에게 떠오르지 않았다는 게 가능한 일인가? 확실히 불가능했다. "정말 좋은 질문이에요, 엄마. 아직은 그냥 주거니 받거니 이야기한 게 다고, 다음 단계로 진행하면서 확실히 정리할 거예요. 음. 다음 단계로 진행한다는 얘기가 나왔으니 말인데, 이건 뭐랄까, 미리 귀띔드리는 거예요."

"뭐가?"

"이 전화요, 엄마."

다시금 침묵. 이번 침묵은 저번 것보다 길었고, 덕분에 부인은 머릿속으로 웰플리트의 노동절 주말을 돌이켜 볼 수 있었다. 그때 잭은 일곱 살이고 니나는 다섯 살이었다. 두 아이는 거친 파도에 휘말려 비명을 지르기 시작했다. 노엄은 얼어붙었다. 아니, 얼어붙은 건 아니었다. 다만 부인만큼 민첩하게 반응하지 못했을 뿐이었다. 부인은 들고 있던 새우 꼬치와 어니언 링을 모래밭에 그대로 떨구고 고함을 지르며 바다로 달려갔다. "몸부림치지 마! 그냥 파도를 타!" 파도는 약 20미터쯤 가서 가라앉았고, 엄마가 시키는 대로 한 니나는 놀에서 까딱거리며 떠 있었다. 하지만 잭은 몸부림치는 바람에 물에 잠기고 말았다. 플랜스키 부인은 물에 뛰어들어 잭을 붙잡고 수면으로 끌어 올려 안전한 곳으로 헤엄쳐 나왔다. 잭의 얼굴을 자기 가슴에 대고 잭의 가슴에 한 손을 얹은 채 배영을 했다. 아이의 조그만 심장이 어찌나 빨리 뛰던지! 마치 벌새처럼 빨랐다. 그 감각이 지금 손에 되살아났다.

"요는요." 잭이 말하고 있었다.

이런. 뭔가 놓쳤나? 플랜스키 부인은 전화기를 귀에 바짝 갖다 댔다.

"전 아마…… 그걸 영국식 영어로 뭐라고 하죠? 첫발을 잘못 디뎠다? 전 준비를 철저히 갖추려고 했어요. 그게 다예요. 하지만 어쩌면 제 일하는 순서가 잘못됐을지도 모르죠. 만약 그렇다면 제 잘못이고요."

"무슨 말인지 모르겠구나." 플랜스키 부인이 말했다.

"음, 그게 제가…… 혹시 코니 맬후프한테 무슨 연락 받으셨어요?"

"최근에는 없었는데. 왜?"

코니 맬후프는 로드아일랜드의 개인 변호사로, 플랜스키 부인의 법률 고문이었다.

"음. 어쩌면 그분이 엄마한테 연락할지도 모른다고 생각했어요. 요는, 엄마, 코니가 아무래도 저한테 좀 화가 난 것 같아요."

플랜스키 부인은 좀처럼 갈피를 잡을 수 없었다. "네가 코니를 아는 줄은 몰랐는데."

"우린 펜웨이 파크에서 만난 적 있어요."

"펜웨이…… 하지만 그건 너무 옛날 일이잖아. 너 고등학교 때 아니니?"

"사실은 대학 때죠. 제가 파울볼을 잡아서 조던한테 줬었어요."

"조던이라고?"

"코니의 아들요, 엄마. 그때 한 열 살쯤 됐었죠."

"난 조던이 누군지 알ㅡ" 플랜스키 부인이 말을 끊었다. 중요한 건 이 오랜 세월이 지난 후에 잭이 그 아이의 이름을 기억한다는 거였다. 잭은 사람 대하는 데 능했다. 그건 확실했다. 하지만 그 한 가지 사실을 빼면 그 순간엔 모든 게 안갯속이었다.

"조던은 지금 싱가포르에 있는 모양이에요. 뭔가 컨테이너 선박이랑 관련된 일을 한다나 봐요." 잭이 말했다. "우리 대화가 뭐랄까, 옆길로 새기 전에 코니한테 그렇게 들었어요." 잭이 깔깔 웃었다. 약간 으스대는 듯한 웃음소리였는데, 처음 듣는 소리였다. 아, 플랜스키 부인은 이런 표현이 정말 내키지 않았다. 전화기는 실제로 위험한 발명품이었다. 나와 대화하는 상대는 눈으로 직접 볼 수 있어야지. 잭의 얼굴에 지금 아무런 으스대는 기미가 없다면 어쩔 텐가? 부인은 자기 안의 재판관에게 자중하라고 타일렀다. 그것도 당장. 하지만 소용없었다.

"대화가 옆길로 샜다고?" 플랜스키 부인이 물었다.

"하지만…… 어쩌면 코니가 엄마한테 전화를 안 했다면 전…… 제가 생각을 너무 많이 했나 봐요."

"잭? 그냥 터놓고 말하렴. 그래도 괜찮다면 말이야."

이윽고 길게 숨을 들이켜는 소리가 났다. "이유는 이 전화가 일종의 과제였다는 거예요."

"무슨 과목의 과제인데?"

"아, 제발, 엄마. 꼭 그렇게 빡빡하게 구셔야 해요?"

"그런 식으로 넘어갈 생각은 마라." 플랜스키 부인이 말했다.

"아, 그럼요."

"난 듣고 있다."

"좋아요, 좋아요. RJR 주식회사를 위한 장래 자금 확보, 그러니까 창조적인 유형의 자금 확보에 관해서 엄마의 의견을 듣고 싶은 게 좀 있었어요. 돌이켜 보면 코니의 말이 이해가 가요. 전 그냥 엄마한테 곧장 갔어야 했어요. 루디 말을 듣는 게 아니라요."

"루디?"

"RJR의 맨 처음 R요, 엄마. 어떤 남자들은 이런 꼼수들이 있어요. 레이가 그런 식이에요. 그리고 어떤 남자들은 그냥 딱 한 방이 있죠. 하지만 그게 또 죽여주거든요. 그게 루디예요."

플랜스키 부인은 깊은숨을 들이켰다. "그래서, 루디가 그렇게 충고했다고?"

"엄마랑 직접 이야기하기 전에 알아낼 수 있는 건 다 알아내라고요."

"뭐에 관해서?"

"엄마의 유산요, 엄마."

플랜스키 부인의 심장은 이제 너무 빨리 뛰고 있었다. 어쩌면 벌새처럼은 아닐지 몰라도, 평소 절대 생각하지 않는 뭔가를 떠올리게 만들 만큼은 빨랐다. 그러니까 나이 말이다.

"레이가 어떤 남자를 안대요. 대출업자인데, 평판 좋은 대출업자요. 그 남자가 나중에 받을 상속금을 담보로 미리 돈을 빌려주는 서비스를 해요. 음, 뭐, 아빠가 돌아가신 후에 엄마가 하신 말씀은 당연히 기억하고 있어요. 모든 건 자손들한테 똑같이 분배될 거라고요. 엄마한테는 정말 감사하죠. 하지만 레이가, 제가 그 자손이 저랑 니나라는 가정을 바탕으로 움직이고 있다고 지적하더라고요. 사실 에마와 윌도 있는데 말이에요. 그래서 제가 하고 싶었던 건—"

그 대목에서 플랜스키 부인이, 아니 부인의 목소리가 멋대로 말을 끊었다. "알아들었다."

부인은 말을 끊는 사람이 아니었다. 양측 다 채 1분도 채워서 말하지 못했다. 차 한 대가 속도를 올려 쌩하니 지나갔고, 열린 창 밖으로 빈 캔이 빙빙 돌며 날아가다 다른 차의 전조등 빛을 받아 번뜩였다.

"죄송해요, 엄마. 어쨌든 코니는 그 이야기를 하지 않으려 하더라고요. 제가 큰 실수를 한 거죠. 아마 이런 일은 다시는 없을 거예요. 전 전혀 그럴 뜻이 아니었어요. 그게……."

플랜스키 부인이 지금 하고 싶은 일은 부엌 식탁에 앉는 거였다. 콘도의 부엌 식탁 말고, 심지어 펠리컨 웨이 3번지의 식탁도 아니고, 저 옛날 로드아일랜드의 원래 식탁에. 그리고 노엄과 함께 이걸 속속들이 상의하고 싶었다.

"그 돈이라는 게 얼마쯤을 말하는 거니?" 부인이 물었다.

잭의 목소리가 대뜸 밝아졌다. "75만 달러면 좋겠지만 50만 달러라도 괜찮을 거예요."

바깥 늪에서 날카로운 동물 울음소리가 들렸다. 플랜스키 부인은 차가 서 있는 야자수 너머의 시골 허허벌판이 골프 코스일 거라고 짐작했었지만 이제는 그게 뭔지 깨달았다.

"비행기를 잡아타고 이리로 오지 그러니?" 부인이 말했다. "이건 전화로 할 이야기가 아니야."

"그럼요, 엄마. 고마워요." 1, 2초도 안 되는 찰나, 부인은 잭이 비행기 삯을 달라고 할 거라고 생각했다. 하지만 그 대신 잭은 이렇게 말했다. "사랑해요."

잭은 부인의 아들이었다. 부인은 잭이 원하는 걸 들어줄 형편이 됐다. 하지만 레이와 루디는 부인의 아들이 아니었다. 어쨌든, 하느님 감사합니다. 그리고 잭이 코니한테 전화한 건 좀 약삭빠른 짓 아니었나? 부인은 그 행보에 딱지를 붙이고 싶지 않았지만, 어째서인지 노엄이 고개를 끄덕일 것 같은 기분이 들었다. 확실히 약삭빠른 짓이지. 마치 부인의 생각을 읽고 있는 것처럼. 그렇다면 신기한 일이겠지만.

"엄마도 사랑한다." 플랜스키 부인이 말했다. 그건 사실이었다. 더할 나위 없이 사실이라 그저 그 말을 하는 것만으로도 모든 의심이 사라졌다.

20분 후, 부인은 다시 콘도에 돌아와 있었다. 집 안은 조용했다. 니나와 매슈는 위층 손님방에 있었다. 플랜스키 부인은 문득 금붕어를 키울까 생각했다. 심지어 이름도 고민해보았다, 골디와 플래시. 그런 생각에 잠긴 채 이 방 저 방을 돌아다니며 불을 껐다. 그러다 보니 어느새 자신도 모르게 바의 주류 진열장 앞에 서 있었다. 왜? 여기가 골디의 어항을 놓기 좋은 자리일 것 같아서? 충분히 그럴싸했다. 부인은 노엄의 버번병에 손을 뻗었다. 노엄과 함께 마지막으로 저녁 반주를 한잔한 후로는 손도 댄 적 없었다. 병마개를 열어 냄새를 맡은 후—굳이 잔도 꺼내지 않고!—병째로 아주 크게 한 모금 벌컥 마셨다. 마치 광란의 밤을 앞둔 여학생 클럽의 학생처럼.

그리고 잠자리에 들었다.

8장

세이프모

플랜스키 부인은 얼마 동안 침대에 누운 채로 이런저런 자세를 다양하게 시험해보았다. 뒤, 옆, 앞, 다른 방향. 그러다 문득 칫솔질을 안 한 게 생각났다. 칫솔질을 안 하고 잠자리에 든다고? 그런 일이 마지막으로 있었던 게 언제지? 있긴 했나? 부인은 잠시 바보 같은 상상, 그러니까 이렇게 외치는 상상에 탐닉했다. "훌리오! 훌리오! 칫솔질 부탁해!" 하지만 그래도 이건 잘못됐다. 올바른 행동 경로는 명확했다. 일어나서 2분간 소니케어를 하고 양심의 거리낌 없이 다시 잠자리에 든다. 하지만 몸이 협력하기를 거부했다. 아니면 그냥 납으로 변해버렸다. 부인은 그대로 누운 채 노엄이 가장 좋아하던 버번 맛을 혀끝으로 느꼈다. 버번 맛이 점점 변하기 시작하더니 서서히 노엄 그 자체의 맛이 되었다. 밤은 낮과 달랐다. 그렇다. 누가 그런 말을 하지 않았나? 그것도 심지어 최근에? 플랜스키 부인은 그게 누군지 생각하려 했지만 답이 떠오르지 않았다. 그 대신 모든 생각을 끄고 노엄의 맛이라는 사치를 탐닉했다.

위층에서 발소리가 들렸다. 니나의 발소리보다 무거운 소리였다. 그 후 변기 물 내려가는 소리가 들렸다. 그러고 다시 돌아가는 발소리에 이어 고요. 특정한 나이대에 이른 남자의 흔한 밤 여정을 그려보게 하는 모든 것. 하지만 내가 왜 매슈 생각을 계속하고 있지? 늙은 남자가 훨씬 어린 여자와 결혼하는 건 어쩐지 좀 징그럽지 않나? 좀이 아니고 매우 징그러웠다. 아리스토텔레스 오나시스, 휴 헤프너, 래리 킹, 클린트 이스트우드……. 아무도 개의치 않는 것 같았다. 하지만 플랜스키 부인이 보기엔 아주 징그러워 보였다. 클린트 이스트우드만 예외로 하고.

애넷 프랑코는 6개월 전에 남편인 밥과 사별했는데—그 부부는 부인과 같은 콘도의 옆옆 호실에 살았다—벌써 플랜스키 부인이 살짝 아는 테니스 클럽의 어떤 남자를 만나고 있었다. 그 남자의 서비스 동작은 마치 루비 골드버그 장치 같았다. 더 은밀한 행위에서도 루비 골드버그식으로 움직일까? 아, 제발 좀! 이제 그만! 그리고 6개월은…… 그게 뭐? 시계는 똑딱똑딱 움직인다. 그게 다였다. 어쩌면 늙은 나이에는 섹스가 결혼보다도, 심지어 데이트보다도 말이 될지도 모른다. 구애는 젊은이들을 위한 거 아닌가? 확실히 자연에서는, 예컨대 오리에게는 그게 진리였다. 플랜스키 부인은 임신한다는 게 어떤 느낌일지 떠올리려 해보았다. 지금 이 순간, 지금 이 몸에. 하지만 그럴 수 없었다. 혀끝에 맴도는 노엄의 맛으로 생각을 돌렸다. 노엄은 가버렸다. 플랜스키 부인은 몸을 뒤집고 자신이 아는 가장 편안한 자세를 취했다. 일종의 뒤틀린 K 비슷한 자세를. 그러고 처음에는 어지럽지만 차차 잠잠해지는 꿈 속으로 빠져들었다.

휴대전화가 울리고 있었다. 꿈이 그 소리를 중심으로 형태를 만들었다. 거기서 부인은 클럽에서 애넷 프랑코의 남자 친구를 두들겨 패면서 신나게 놀고 있었다. 그 후 점차 의식이 또렷해지면서 상상이 아닌 실제 전화가 울리고 있다는 사실을 깨달았다. 손을 뻗어 침대 옆 협탁을 더듬다 하마터면 전화기를 떨어뜨릴 뻔했다. 방 안은 무척 어두웠고 전화기 화면은 다소 흐릿했다. 어쩌면 시력 문제였을지도 모른다. 반대 손 손등으로 눈을 비비자 비로소 화면에 뜬 발신자명이 보였다. 윌이었다.

윌. 이 한밤중에.

"여보세요." 부인이 말했다.

"요."

연결이 불안정했다. 잡음과 숨죽인 목소리가 들렸다. 윌이 '요'라고 말한 것 같았지만 '헬로'의 끝부분일 수도 있었다. 플랜스키 부인은 콜로라도의 눈보라를 머릿속에 떠올렸다. 물론 거기 시간은 여기보다 일렀고, 어쩌면 리프트 라인 직원들을 비롯한 그곳 사람들에게는 아직 파티 시간일 수도 있었다. 부인은 다음 수순이 뭔지 짐작하는 데 꽤 능숙했다. 윌이 마침내 크리스마스 수표에 관해 감사하려는 거겠지.

"여보세요?" 부인이 다시 말했다.

"요. 여보세요, 저에요, 할머니. 윌이에요. 할머니 손자 윌요."

부인은 윌의 목소리가 별로인 걸 곧장 눈치챘다. 평소보다 목소리가 새된 게, 뭔가 불안해하는 게 분명했다. 비록 통화한 지가 좀 돼서 확신은 없었지만 말이다.

"우리의 관계에 관해서라면 나도 익히 알고 있단다." 부인은 아이를 좀 진정시킬 수 있길 바라며 살짝 웃음기를 섞어 말했다. 어쩌면 크리스마스랑은 전혀 무관한 용건일지도 모른다. 어쩌면 뭔가 문제가 생겼을지도. 예컨대 니나와의 문제라든가. 그리고 그 문제의 근원은 윌과의 문제일까? 아하.

침묵이 흐른 후 윌이 말했다. "아, 네, 관계요. 할머니와 손자라는 거요."

이건 새로웠다. 일종의 건조한, 색다른 유머. 하지만 통화 연결은 여전히 형편없었다.

"윌? 좀 다른 데로 가보렴."

"간다? 할머니가 원하시는 것은…… 제가 움직이는 것인가요?"

"연결이 안 좋구나. 어쩌면 다른 자리로 가보든가."

"연결요? 맞아요, 맞아요. 좋아요. 이렇게 좀 움직여볼게요. 어떻게, 지금은 연결이 어때요, 할머니?"

"좀 나아진 것 같기도 하구나."

윌이 목소리를 낮췄다. 연결이 너무 안 좋아서 거의 다른 사람 목소리처럼 들렸다. "사실은요, 할머니, 제가 이 상황에서는 멀리 움직일 수가 없어요."

"무슨 상황?"

"어…… 문제요. 어, 두이…… DUI요. 전 DUI 상황이에요."

플랜스키 부인이 벌떡 일어나 앉았다. "너 괜찮니? 어디 다쳤니?"

"다쳐요? 아, 아뇨, 다치진 않았어요. 조금도 다치지 않았어요."

"네 엄마랑 직접 통화하는 게 좋을 것 같구나. 마침 여기 와 있어."

"네…… 뭐요?"

"네 엄마. 저녁 먹으러 와서 자고 가기로 했거든. 엄마랑 매슈랑. 가서 깨울게. 기다리렴."

"아뇨! 아니, 안 돼요, 제발. 안 돼요."

"넌 안……"

"아뇨, 제발 그러지 마세요. 전…… 제가 원하는 것은, 저는 할머니와 이야기하고 싶어요."

부인은 이게 어떻게 된 상황인지 명확히 알았다. 매슈의 이름이 나왔기 때문이다. 윌은 엄마의 새 애인과 관련해서 자신의 처지가 썩 좋지 않음을 아는 게 분명했다.

"죄송해요, 할머니. 하지만 달리 도움을 청할 곳이 없어요. 의지…… 의지할 곳이요. 경찰이 제 차를 압류했는데, 차를 되찾고 보석금을 내려면 9726달러 18센트가 필요해요. 일시적인 거예요, 할머니. 다음 달에 제가 법정에 가면 돈은 곧장 돌려받을 거예요."

플랜스키 부인은 자신도 모르게 침대에서 일어서 있었다. 심장이 너무 급히 뛰었고 머릿속은 난장판이었다. 무슨 말을, 무슨 행동을 해야 할지 갈피를 잡을 수 없었다. 다른 사람이 된 기분이었다.

"죄송해요, 할머니." 윌이 목소리를 더한층 낮췄다. "이 구치소엔 나쁜 사람들이 있어요. 무서워요."

"누구든 거기 책임자를 좀 바꿔주렴." 플랜스키 부인이 말했다.

"책임자요?"

"경찰이나 보안관이나, 뭐 그런 사람."

"하지만…… 하지만 그 사람들은 저한테 전화기가 있는 걸 몰라요. 이것도 압류할 거예요. 이것도요. 이것도 압류할 거예요!"

딱한 아이는 겁에 질려 있었다. 비록 취한 느낌은 전혀 없었지만, 아마 콜로라도가 혈중알코올농도 기준이 엄청나게 낮은 주인가 보지. 아이는 몇 개 안 되는 단어도 조리 있게 늘어놓지 못하는 판이었다. 어떤 문제는 객관적으로 무섭고 어쩌면 해결이 불가능했지만 이건 그런 문제가 아니었다. 돈으로 해결 가능한 문제였다. 그리고 아주 많은 돈도 아니었다. 심지어 윌이 법정에 출두하기만 하면 그 대부분은 돌려받을 것이다. 벌금은 빼고, 불가피한 추가 비용도 빼고.

"괜찮을 거야, 윌. 진정하렴. 금액이 얼마라고 했지?"

"금액요?"

"액수 말이야. 차랑 보석금이랑 전부 다."

"아. 네. 그럼요. 금액은 9726달러 18센트예요."

예전에, 아니 그리 오래전도 아니지만, 플랜스키 부인은 그런 숫자를—그보다 훨씬 복잡한 숫자도—들으면 머릿속에 선명하게 떠올릴 수 있었다. 마치 흑판에 적힌 걸 보듯이. 하지만 그 시절은 아무래도 가버린 모양이었다. "반올림하자." 부인이 말했다.

"반올림해요?"

"1만 달러로. 세세한 건 나중에 정리하면 돼. 구치소로 그걸 어떻게 보내지?"

"구치소요?"

"아니면 경찰서나. 너한테 돈을 어떻게 줄까?"

"아, 경찰서는 말고요, 할머니. 전 이 사람들 안 믿어요. 저한테 곧장 와야 해요."

"어떻게?"

"가장 좋은 시스템은 제 세이프모 계좌로 보내는 거예요."

"세이프모가 뭐니?"

"벤모나 페이팔 같은 건데 더 좋아요."

플랜스키 부인은 그런 이름들을 들어본 적은 있었지만 그게 뭔지는 전혀 몰랐다. "어떻게 더 좋은데?"

"훨씬. 훨씬 좋아요."

“하지만 어떤 면에서, 월? 난 그걸 묻는 거야.”

“아, 알겠어요.” 월이 말했다. “더 안전해요. 더 빨라요. 둘 다예요. 더 안전하고 더 빨라요. 이체 전체가 암호화돼서 즉시 사라져요.”

“이해가 안 가는데.”

“스냅챗처럼요, 할머니. 아니면 왓츠앱처럼요. 전부 다요. 몇 초 동안 완전히 우리 사이에만 존재하다가 완전히 사라져요.”

플랜스키 부인은 살짝 현기증이 났다. 부인은 침대 가장자리에 걸터앉았다.

“할머니?”

“그래.”

잠시 침묵이 흐른 후 월이 말했다. “깜빡 잊고 말 안 한 게 있어요! 세이프모는 수익의 1퍼센트를 고래 구조에 기부해요!”

플랜스키 부인의 뇌는 마치 좋아하는 냄새를 맡은 개처럼 노엄이 함께 갔던 고래 구경의 기억에 탐닉하고 싶어 했다. 하지만 부인은 그렇게 휩쓸려 가지 않고 다시 현실로 돌아와서 말했다. “어떻게 수익을 내는데?”

“광고로요, 할머니. 그 사람들은 그…… 그 거래에서 하나도 안 가져가요.”

광고라. 왜 그걸 몰랐을까. 이 분야에서는 아니지만 플랜스키 부인은 그 부분에 관해 빠삭했다. 플랜스키사의 초기 광고를 모두 혼자 집행했으니까. “그렇구나.” 부인이 말했다. “무슨 정보가 필요하니?”

“정보요?”

“너한테 자금을 보내려면.”

“자금요?”

“돈 말이다, 월.”

“아, 고마워요, 할머니, 고마워요. 그냥 저한테 은행 송금 번호랑 계좌 번호만 주시면 돼요.”

플랜스키 부인은 자리에서 일어나 침대 옆 협탁을 더듬어 지갑을 찾고 수표책을 꺼내어 욕실로 가져갔다.

“할머니?” 월의 목소리는 이제 더한층 낮아졌다. 갑자기 떨리고 있었다.

"괜찮아. 잠깐만 기다리렴." 부인은 머리 위 등을 켜고 갑작스러운 빛에 적응하려 잠시 눈을 깜빡인 후 말했다. "팜 코스트 신탁은행." 그리고 계좌번호를 불러주었다. "받아 적고 있니?"

"아, 네. 할머니. 휴대전화에요."

"네 휴대전화에?"

"제 세이프모 계좌에요. 이제 비번을 묻는데요?"

"무슨 비번?"

"계좌 비번요, 할머니. 암호화해서 곧장 사라질 거예요, 즉시요, 투 드 스위트(tout de suite. '곧장'이라는 뜻의 프랑스어―옮긴이)."

투 드 스위트라고? 그렇다, 아이는 유머 감각이 생겼고, 웬일인지 학교를 졸업한 후에도 공부를 아주 놓지는 않은 모양이었다. 프랑스어 억양이 전혀 나쁘지 않았다. 부인은 비번을 알려주었다. 거의 모든 것에 사용하는 비번이었다. !NorManConQuest!

"뽀로롱. 할머니, 벌써 영영 사라졌어요. 고마워요, 할머니!"

"그게 다니?"

"피니토!"

"윌? 나오는 대로 전화하렴."

"나와요?"

"구치소에서."

"아, 네. 자유로워지는 즉시 할게요. 저기…… 저기 오네요…… 저기 경찰이 와요."

"그래, 그만 끊을게. 사랑한다, 윌."

"전…… 저도 사랑해요, 할머니."

딸깍.

플랜스키 부인은 고개를 들어 거울에 비친 자기 얼굴을 보았다. 엉망이었다. 엄청 늙었고 심란함 그 자체로 보였다. 10분 후, 다시 침대로 돌아와 말똥말똥한 정신으로 누워 있는데 휴대전화가 울렸다.

"전 자유예요, 할머니. 새처럼요. 거리에 나와 있어요."

통화 감도는 이제 더 선명했다. 정말로 아이는 나이를 먹으면서 꽤 재미있는 사람이 되어가고 있었다. 플랜스키 부인은 즉시 기분이 좋아졌다. "좋은 소식이구나. 계속 연락 주렴."

"네, 당연하죠."

"그리고 변호사를 구하는 게 좋겠다."

"네?"

"법정에서 널 대변해줄 사람 말이야."

"좋은 생각이네요, 할머니. 안녕히 주무세요."

"잘 자렴."

플랜스키 부인은 잠시 몸을 뒤척인 후 뒤틀린 K 자세를 하고 잠이 들었다. 잠에서 깨어나 커튼을 열었을 때는 해가 이미 중천에 떠 있었다. 아니, 그 정도가 아니었다! 햇살이 쏟아져 들어왔다. 시계를 보았다. 11시 15분. 11시 15분이라고? 11시 15분은커녕 6시 반 넘어서까지 잔 기억조차 까마득한데. 플랜스키 부인은 샤워를 하고 옷을 입고 봐줄 만하게 단장을 했다. 너무 의식하는 것처럼 보이지 않으려고 애쓰며 침실 문을 열고 나갔다.

하지만 니나와 매슈는 이미 간 후였다. 커피포트 옆에 쪽지 하나가 세워져 있었다.

엄마, 전부 다 고마워요. 엄마를 봐서 너무 좋았어요. 엄마는 정말 온 가족의 반석이에요. 매슈 말로는 지브롤터 같대요!(대출 건에 관해서는 곧 연락드릴게요. 급할 건 없어요.) 정말 사랑해요. 니나.

그리고 또 다른 글씨로. 매티도요.

9장

대포폰

등을 두드리는 드라고미르 삼촌의 손길은 따귀처럼, 아니 심지어 주먹질처럼 느껴졌다. 하지만 디누는 정상적으로 등을 두드리는 게 어떤 건지 몰랐다. 그야 태어나서 한 번도 받아본 적 없었으니까. 디누가 아는 건 그저 묵직한 손으로 등을 두드리는 이 느낌이 엄청나게 기분 좋다는 거였다. 전반적으로 기분이 엄청나게 좋았다. 이런 기분을 또 언제 느껴봤는지 기억도 나지 않았다. 그들은 클럽 프레스토 맨 꼭대기 층의 개인 VIP 라운지에 앉아 있었다. 디누는 처음 와보는 곳이었다. 그 자리엔 디누 외에 드라고미르 삼촌, 드라고미르 삼촌의 폴란드인 여자 친구와 몰도바인 여자 친구도 함께 있었지만 삼촌의 아내인 시모네 숙모는 없었다. 시모네 숙모는 시구로 자주 여행을 갔다. 그리고 로메오, 문지기 팀보, 드라고미르 삼촌과 아주 잘 아는 사이 같은 러시아 사업가, 러시아 사업가의 경호원, 그리고 러시아 사업가의 그날 밤 데이트 상대인 아름다운 젊은 여자도 같이 있었다. 디누는 그 여자의 이름을 알지 못했지만 기차역 맞은편 간판에서 본 적 있는 얼굴인 건 분명했다. 지역 치약 브랜드 광고였다.

타사가 추가로 쟁반에 샴페인을 받쳐 들고 들어왔다. 그 맛있는 카르파티아 샴페인은 디누의 몸을 간지럽혔다. 타사는 잔을 채우면서 디누의 눈을 똑바로 들여다보았다.

"숙제는 했어?" 디누가 물었다. 지금은 방학 중이니 바보 같고 전혀 무의

미한 소리였다. 하지만 타사는 퍽 재미있어하는 듯했다.

"주먹 인사." 타사가 쟁반을 들지 않은 손을 들어 올리며 말했다. 두 사람은 주먹 인사를 나눴다. 타사가 어쩐지 손을 좀 오래 맞대고 있었던 것 같은데, 사실일까 아니면 그냥 디누의 망상일까? 심지어 망상이라도 기분 좋은 망상은 정말 기분 좋지 않은가? 지금까지 디누의 망상은 대체로 다른 방향으로 전개되곤 했다.

"봤어?" 드라고미르 삼촌이 러시아 사업가에게 말했다. "저 좆만 한 새끼가 여자한테 먹힌다니까. 젊었든 늙었든 차이가 없어요."

러시아 사업가가 러시아어로 뭐라고 말했다. 디누는 러시아어를 몰랐지만 상관없었다. 디누가 관심 있는 언어는 오로지 영어, 그것도 미국 영어뿐이었다. 루마니아어도 포함해서였다. 사실 드라고미르 삼촌이 자신을 좆만한 새끼라고 부른 건 별로였다. 딱히 나쁜 뜻으로 한 말은 아니고, 그냥 원래 그런 사람이었다. 하지만 그래도 별로였다. 디누는 샴페인을 한 모금 마시고 전부 잊어버렸다.

다른 문지기인 마리우스가 VIP 라운지에 들어왔다. 보그단 교수가 그 뒤를 따라왔다.

"안녕하신가, 교수님." 드라고미르 삼촌이 말했다. "와줘서 고마워. VIP 라운지에는 이번이 처음이지?" 삼촌이 손가락을 튕기자 타사가 서둘러 교수에게 샴페인을 따라주었다.

보그단 교수는 주위를 둘러보다 샴페인을 트위드 재킷 옷깃에 살짝 엎지르고 말았다. 벙벙한 재킷은 소매에 보풀이 잔뜩 일어 있었다. 교수의 눈길이 딱 달라붙는 파티 드레스 차림의 여자들에게 잠시 멈췄다 재빨리 다시 움직였다. 아무도 웃지도, 손 인사를 하지도 않았다. 디누는 교수가 여자들 앞에서 쭈뼛댄다는 걸 깨달았다. 남자들 앞에서도 그렇고.

"당신 클럽 자체가 처음인데요." 보그단 교수가 말했다.

"하지만 마지막은 아니지!" 드라고미르 삼촌이 말했다. "팀보, 교수님께 상품권 드려."

"10유로짜리요, 20유로짜리요?" 팀보가 물었다.

"50유로! 교수는 일류 영어 교사고 우린 일류 기업이야."

팀보가 보그단에게 상품권을 주었다. 교수는 안경을 쓰고 상품권을 자세히 뜯어보았다. 다들 웃음을 터뜨렸다. 교수의 뺨이 분홍빛으로 물들었다.

드라고미르 삼촌이 일어섰다. "자, 교수. 이제 당신이 일을 좀 해줘야겠는데?"

"그래서 내가 여기 온 거죠." 보그단 교수가 말했다.

드라고미르 삼촌은 그 말이 마음에 안 든 모양이었다. 콧구멍이 말처럼 잠시 벌름거렸다. 디누는 그 신호를, 그리고 그 밖의 몇 가지 신호를 알았지만 정확히 어떤 것들이 삼촌의 기분을 건드리는지는 짐작도 가지 않았다.

VIP 라운지 안쪽, 황금색 띠로 이루어진 커튼 뒤에는 작은 벽감이 있었는데 거기서 드라고미르 삼촌, 로메오, 보그단 교수, 그리고 디누는 좁은 원탁에 둘러앉았다. 모두 이어버드를 꽂고 있었다. 로메오가 전화기를 조작하자 다른 통화, 연결이 좋지 않은 통화 내용이 이어버드를 통해 들려왔다.

"여보세요?" 미국인 여성이 말했다.

그리고 그때 디누의 목소리가 들렸다. "요."

보그단 교수의 눈썹이 올라갔다. 놀란, 아니 심지어 감탄한 것 같았다. 다들 잠시 아무 말 없이 듣고 있었다. 그러다 영어에는 거의 문외한인 드라고미르 삼촌이 이어버드를 빼고 뒤로 기대앉아 무거운 눈꺼풀을 반쯤 감은 채 샴페인을 홀짝였다. 깊은 생각에 잠긴 듯했다. 이유는 몰라도 디누 역시 이어버드를 빼고 싶었다. 그만 듣고 싶었다. 그런 기분이 처음 든 건 대화 도중에 할머니가 이렇게 말한 대목에서였다. "너 괜찮니? 어디 다쳤니?" 그러고 그 후로도 몇 번 더 있었다. 하지만 디누는 이어버드를 빼지 않았다. 이건 숙제 아닌가? 업무의 필수적인 부분?

그래, 그만 끊을게. 사랑한다, 윌.

전…… 저도 사랑해요, 할머니.

녹음이 끝났다. 둘째 전화, 길거리로 나가 할머니를 안심시킨 짧은 통화는 대본에 없었고 녹음되지 않았다. 디누는 로메오가 준 대포폰으로, 사무실에 둘만 남았을 때 그 전화를 걸었다. 왜? 로메오도 그걸 물었다. 자신도 몰랐지만 디누는 이렇게 대답했다. 왜냐하면 난 아직 월이라는 배역에서 빠져나오지 못했거든. 로메오는 마치 그게 말이 된다는 것처럼 고개를 끄덕이고 이렇게 말했다. 쿨하네. 영어로. 그러니 어쩌면 사실 그게 이유였을지도 모른다.

디누와 로메오와 보그단 교수는 이어버드를 뺐다. 보그단은 디누를 보았고, 나머지 모두의 시선은 교수를 향했다.

"그래서?" 드라고미르 삼촌이 말했다.

보그단이 입술을 핥았다. "난…… 난 매혹적이라고 해야겠군요. 이런 건 한 번도 들은 적 없어요."

드라고미르 삼촌이 두툼한 손을 휘저어 일축했다. "내가 묻는 건 무슨 계집애 같은……" 그러고 로메오를 보았다. "내가 찾는 말이 뭐지?"

"감상평요." 로메오가 말했다.

"난 댁의 계집애 같은 감상평을 원하는 게 아니야." 드라고미르 삼촌이 말을 이었다. "어떻더냐고 묻는 거지."

"디누요?"

"누가 또 있어?"

"디누 말이군요. 어떤 의미에서 물으신 거죠?"

"영어에 관해서 말이야, 멍청아. 그거 아니면 내가 뭐 하러 돈을 줘?"

교수의 뺨이 다시 분홍색으로 물들었다. "영어는 좋았어요. 놀랍도록 좋았죠." 보그단이 디누를 보았다. 하지만 눈을 마주치지는 않았다. "정말 향상됐구나." 그 말은 영어로 나왔다.

"쿨." 디누가 말했다.

"뭐라고?" 드라고미르 삼촌이 물었다. "뭐라고 지껄인 거야?"

"그냥 나아졌다고요."

드라고미르 삼촌이 끙 소리를 냈다. 담뱃갑을 꺼내어 한 대 피워 물고 보그단에게도 권했다. 보그단이 담배를 받아 들자 삼촌은 라이터를 들고 앞으로 몸을 숙였다. 잠시 두 남자의 얼굴이 거의 맞닿을 뻔했다. 디누가 보기에 그 순간 그 둘은 서로 극명하게 대비되는, 인류의 서로 다른 두 종 같았다.

"실수는 없었나?" 드라고미르 삼촌이 뒤로 기대앉으며 물었다.

보그단이 연기를 깊이 빨아들이고 천천히 내보낸 후 조금은 긴장이 풀린 듯한 투로 말했다. "당연히 있었지만 미국인들은 늘 문법에 오류를 저질러요. 우리처럼 라틴어 기반이 있지만 전혀 다른 앵글로색슨 어족과 섞여 있어서, 우리가 매일 듣는—"

"내가 강의를 해달라고 했나?" 드라고미르 삼촌이 말을 잘랐다. "믿음이 가더냐고."

"확실히요. 그냥 성과만으로 판단해도 그렇죠."

드라고미르 삼촌의 콧구멍이 벌름거렸다. 보그단이 움츠러들었다. "성과는, 댁은 전혀 모르고 알 바도 아니야. 알아들었어?"

"아, 네."

"모든 면에서 완전히 알아들었어?"

"일백 퍼센트요."

"그럼 우린 아무런 문제도 없고 오로지 앞으로 매끈하게 열린 길만 있는 거야. 미국에 매끈한 도로들이 있나, 교수?"

"최고로 매끈하고 너무 많죠. 아이젠하워 대통령이 전체 주간 고속도로 시스템을……" 이번에 교수는 스스로 말을 끊었다. "디누로 말하자면, 믿음이 가는 것만이 아니라……" 교수는 그 대목에서 디누를 보았지만 이번에도 눈을 마주치지는 못했다. "재능이 있어요." 교수가 말을 맺었다.

"재능이 있다고? 얘가 재능이 있어?"

"임기응변 재능이요."

"설명해봐."

"순발력이요. 그 자리에서 생각하는 거요. 이 통화에는 그런 순간들이 있었어요. 도덕은 완전히 배제하고 엄격하게 서사로만, 엄격하게 서사로만 보자면, 사장님을 실망시킬…… 어쩌면 사장님이 좋아하지 않을 방향으로 흘러갔을 수도 있는 순간이요. 하지만 디누는 상황을 바로잡았어요. 고래를 구하는 부분은 어땠죠? 눈부시다고 해도 무리가 없을 정도예요."

드라고미르 삼촌이 디누를 오래 바라보았다. "거기까지 해, 교수."

보그단이 일어섰다. 드라고미르 삼촌이 봉투를 건넸다.

"감사합니다." 교수가 말했다.

"섭섭하진 않을 거야." 드라고미르 삼촌이 말했다.

"감사합니다, 감사합니다."

보그단이 황금 커튼을 헤치고 방을 나갔다.

"너희도 전부 섭섭하진 않을 거야, 로메오." 드라고미르 삼촌이 말했다.

"저한테도 봉투를 주시나요?" 로메오가 물었다.

드라고미르 삼촌이 기분 좋은 듯 시끄러운 웃음소리를 냈다. 악의는 전혀 담겨 있지 않았다. "넌 엉덩이를 한 대 걷어차이게 될 거야."

로메오도 웃었지만 그 웃음소리는 로메오가 황금 커튼을 헤치고 나간 순간 즉시 끊겼다.

드라고미르 삼촌이 담뱃갑에서 담배를 한 대 뽑고 디누에게도 뽑으라고 내밀었다.

"아뇨, 괜찮아요."

"담배 안 피워?"

"안 피워요, 삼촌."

"대마초는? 좀 있는데."

"아뇨, 괜찮아요."

"네 나이대 애들은 몽땅 대마초를 하는데."

"전 천식이 있어서요."

"계집애 같은 자식. 샴페인이나 마셔."

디누는 샴페인을 홀짝였다. 마치 잠든 것처럼 꽤 오랫동안 디누를 괴롭히지 않았던 천식이 갑자기 깨어나려 하는 게 느껴졌다.

"네 아버지가 자랑스러워했을 거다." 드라고미르 삼촌이 말했다.

"그러셨을까요?"

두 사람이 디누의 아버지 이야기를 하는 건 처음이었다. 아버지는 드라고미르 삼촌의 동생으로, 디누가 아주 어릴 때 죽었다.

"당연하지." 드라고미르 삼촌이 말했다. "모든 아버지는 재능 있는 아들을 원하니까. 그 녀석도 다를 거 없었지." 드라고미르 삼촌이 꼬나쥔 담배를 디누를 향해 휘둘렀다. "아주 강한 남자였다, 네 아비는. 황소 같았지. 어쩌면 너도 어느 순간 확 자랄지도 몰라." 샴페인 잔을 든 삼촌은 잔이 빈 걸 깨닫고 그 대신 병나발을 불었다. 손등으로 입을 문질러 닦고는 말했다. "이 나라의 제1원칙은 이거야, 디누. 정치에 엮이지 마라."

"다른 나라들은 뭔데요?"

"똑같아. 우린 모두 인간이야. 정치가들한테 할 일은 하나뿐이야. 그게 뭔지 짐작이 가니?"

여자를 공급해라. 디누는 그것밖에 생각이 안 났다. 클럽 프레스토의 출입 통제구역인 플레이룸에 몇몇 정치가를 모셔 오는 걸 본 기억이 있었다.

"아뇨." 디누가 말했다.

드라고미르 삼촌이 앞으로 몸을 기울였다. "우릴 가만 놔두도록 놈들에게 돈을 먹이는 거지. 그게 다야. 피니토." 그러고 봉투를 내밀었다. "이걸 가지고 있으면 더 들어올 거야. 훨씬 더 많이."

"훨씬 더…… 음, 네?"

"돈 말이야, 우리 영재 군. 아니면 이걸 왜 했겠어? 처음엔 공연. 그다음엔 돈. 고래를 구하고, 이 새끼야."

디누는 봉투를 받아 들었디.

"그리고 비지 박사한테 예약해놨어. 보러 가."

"비지 박사가 누군데요?"

"치과 의사. 이가 하나 빠졌잖아. 잊었어?"

비지 박사의 진료실은 알고 보니 디누의 아파트에서 두 블록 떨어진 개인 진료소였다. 진료소 앞에는 심지어 병원 이름이 찍힌 자체 구급차까지 주차돼 있었다. 디누가 개인 병원에 가는 건 이번이 처음이었다. 그런 데에는 부자 아니면 외국인들이나 가는 거니까. 하지만 지금까지 타본 엘리베이터와는 전혀 다르게 벽과 천장이 거울로 된, 얼룩 한 점 없고 조용한 병원 엘리베이터에 타자 전혀 다른 생각이 떠올랐다. 자신이 로메오 덕분에 이 병원의 와이파이를 몰래 빌려 쓰고 있다는 거였다. 전에 영어 수업 도중에 보그단 교수가 이렇게 말한 적이 있었다. "온 세상이 무대야." 아마도 뭔가 축약형 같은 걸 가르치면서 한 이야기였을 것이다. 그러자 어떤 건방진 학생이 말했다. "그럼 누가 연출을 하죠?" 그 말에 교수는 이렇게 반문했다. "만약 연출자가 없다면?" 그 말은 당시 디누에게 아무런 흥미도 불러일으키지 못했다. 그래서 디누는 문법 수업으로 돌아갔다. 하지만 이제 디누의 머릿속은 온통 와이파이 생각에 사로잡혀 있었다. 디누는 생각했다. 나, 내가 **연출**하고 있다. 적어도 이 작은 와이파이 연극의 무대에서는 그랬다. 하지만 인생이라는 커다란 무대에서는? 거기도 비밀 감독들이 있나? 예컨대 드라고미르 삼촌 같은?

문이 열리고 디누는 엘리베이터에서 내렸다. 예상과는 달리 복도가 아니라 비지 박사의 대기실이 곧장 나왔다. 공간은 널찍하고 조명은 은은한 것이, 마치 미국 영화에 나오는 거실 같았다. 다른 환자는 한 명뿐이었는데, 살짝 긴 검은 머리에 하얗게 센 수염을 바짝 깎은 남자였다. 남자는 잡지 책장을 넘기고 있었다. 디누는 유리벽 뒤가 아니라 개방된 말끔한 책상 뒤에 앉아 있는 접수원에게 다가갔다.

"디누 티리아크인데요."

여자가 모니터를 확인했다. "드라고미르 티리아크 씨가 보내셨죠?"

"네." 디누가 말했다. 다른 환자가 고개를 드는 게 곁눈질로 보였다. 그 눈길은 이제 그리 무심해 보이지 않았다. 그 연푸른 눈동자는 지성이 엿보였고 읽어내기 어려웠다.

여자는 책상 버튼을 눌렀다. 반대편 벽의 문이 미끄러지듯 열렸다. "왼쪽 두 번째 방이에요." 여자가 말했다.

디누는 안으로 들어갔다. 문이 등 뒤로 닫혔지만 어쩐지 등 뒤로 그 연푸른색 눈동자가 느껴졌다.

두 시간 후 완전히 새로운 최신 이를 해 넣고 나왔을 때—다른 치아들과 완전히 동일한 색깔로, 비지 박사 말에 따르면 백색 척도에서 최상위 10퍼센트라고 했다. 그리고 이 모든 게 공짜였다―흰 턱수염을 바짝 깎은 남자는 가고 없었다. 비지 박사는 진통제 알약이 든 병을 주었다. 전혀 아프지는 않았지만, 그래도 디누는 내려가는 엘리베이터에서 한 알을 꺼내어 먹었다. 집으로 가는 길에 약기운을 느끼고 싶었다. 가는 길에 있는 여자 옷 가게 진열창에서 빨간 가죽 허리띠가 눈에 들어와 엄마 선물로 샀다. 비쌌지만 이제는 살 수 있었다. 하지만 엄마는 소파에서 잠들어 있었다. 숨결에서 술 냄새가 풍겼다. 디누는 비지 박사가 준 알약을 변기에 버렸다.

10장
팜 코스트 신탁은행

플랜스키 부인은 토스트와 완숙 달걀 그리고 커피로 아침을 때우며 니나의 쪽지를 읽었다. **매슈 말로는 지브롤터 같대요!** 부인과 노엄은 실제로 지브롤터에 간 적이 있었다. 말라가에서 당일치기 코스였다. 두 사람은 서 윈스턴이라는 펍에서 점심을 먹었다. "현실감이 느껴지려면 맥주를 얼마나 마셔야 하지?" 노엄이 물었다. "첫째, 우린 실험해볼 수 있어." 플랜스키 부인이 말했다. "아니면 둘째, 스페인으로 쌩하니 돌아갈 수도 있고." 두 사람은 동전을 던졌고, 실험이 이겼다. 각자 두 파인트씩 마시자 서 윈스턴이 오히려 더 비현실적으로 느껴졌다. 예기치 못한 결과였다. 또 한 가지 예기치 못한 결과는 노엄이 당장 방을 빌리자고 제안한 거였다. 광장 건너편의 넬슨 제독 호텔에서 그냥 오후만 잠깐 쉬어 가자고. 플랜스키 부인이 그날 오후 넬슨 제독 호텔에서 있었던 일에 관련된 백일몽에 빠져들려던 순간 전화벨이 울렸다.

"로레타? 멜라니예요. 클럽의."

플랜스키 부인은 제독을 곧장 놓아 보내지 않았다.

"요전 날 시합 같이했죠." 멜라니가 말했다.

"당연하죠. 그냥…… 그냥 잠깐 딴생각이 나서요."

"바쁠 때 전화한 건가요?"

"전혀 아니에요."

"너무 급하게 연락드려서 죄송해요. 핀다르…… 제 남자 친구랑 제가 케브 디나르도랑 1시에 복식 시합을 하기로 했거든요. 혹시 케브 아세요?"

"아뇨."

"그 사람도 저처럼 신입 회원인데 잘 쳐요. 어쨌든, 폰테베드라에서 온 케브 사촌도 같이하려고 했는데 그분이 못 오게 돼서 혹시나 하고……."

"좋죠." 플랜스키 부인이 말하고 시간을 보았다. 마침 딱 필요했던 제의였다.

케브 디나르도는 대략 부인과 동년배로, 크지도 작지도 않은 딱 보기 좋은 몸매에 여전히 발이 가벼웠다. 알고 보니 코트에 있는 모든 순간을 즐기면서 다른 사람들 역시 즐길 수 있도록 최선을 다하는 그런 선수였다. 모두에게 칭찬을 아끼지 않았다.

"그 원핸드 백핸드는…… 로레타! 슈테피 그라프 이후로 제가 본 사람 중 최고예요."

"고마워요." 플랜스키 부인이 말했다.

또한 케브는 계속 자기 실력에 대해 사과했지만, 아니라는 말을 들으려고 일부러 유도하는 식은 아니었다. 무엇보다도 케브는 노엄처럼 왼손잡이였고, 플랜스키 부인은 왼손잡이 파트너가 좋았다. 게다가 어디든 원하는 곳으로 공을 보낼 수 있는 믿음직힌 슬라이스 서브를 하고 바로 맞받아치기를 하는 좋은 선수였다. 그리고 비록 복식에서는 거의 늘 남자가 애드 코트를 맡지만 케브는 플랜스키 부인에게 공을 돌렸다. "부인의 코트 대각선 방향 백핸드 덕분에 정말 편했어요. 거의 움직일 필요도 없었어요." 간단히 말해 두 사람은 복식 경기에서 더 바랄 게 없는 한 쌍이었다. 1 더하기 1은 2가 아니라 그 이상이었다. 그들은 6-4. 6-2로 이겼다. 심지어 끝날 때쯤엔 일부러 힘을 빼고 설렁설렁 할 정도였다.

"완패하고도 이렇게 재미있는 경기는 살면서 처음이었어요." 멜라니가 말했다. 비록 멜라니보다 젊고 빅 서브와 빅 포핸드를 가진 핀다르는 만족스러워 보이지 않았지만 말이다. "다음에 또 같이하죠."

케브가 기대에 찬 표정으로 플랜스키 부인을 돌아보았다. 정확히 어느 부분인지 콕 집어 말할 수는 없었지만 그럭저럭 잘생긴 얼굴이었다. 어쩌면 나중에 생각을 좀 해볼까.

"좋죠." 부인이 말했다.

"전화번호를 교환해도 괜찮을까요?" 케브가 말했다. "그편이 서로 편리할 테니까요."

"당연하죠." 플랜스키 부인이 말했다.

케브가 휴대전화를 꺼냈다.

"내 번호는……." 부인이 입을 열었지만 망할 놈의 전화번호가, 자신의 전화번호가 생각이 안 났다.

"그런다니까요." 케브가 말했다. "저도 맨날 그래요. 이젠 아무도 자기 번호는 기억할 필요가 없거든요. 내 비번을 기억 못 하는 건 물론이고, 심지어 어디 적어놨는지조차 까맣게 잊어버리죠."

플랜스키 부인은 테니스 가방을 뒤지며 웃음소리를 냈다. 비번을 적어둘 필요는 없었다. 그냥 거의 하나뿐이니까. !NorManConQuest! 확실히 평생 잊지 못할 것이다. 그런데 휴대전화는 테니스 가방 안에도 없었다. "아무래도 차에 두고 왔나 봐요."

케브가 명함을 건넸다. "저한테 전화하시면 제 휴대전화에 입력되니까 전 손 하나 까딱 안 해도 되죠."

"좋아요." 부인은 그렇게 대답하고 주차장을 향했다. 차 문을 여는 순간 번호가 떠올랐지만 전화기는 거기 없었다. 즉시 기억력이 완전히 깨어났다. 이전의 선명함을 온전히 되찾았다. 그러고 침대 옆 협탁에 있는 휴대전화가 머릿속에 그려졌다. 윌과 통화하고 나서 거기 둔 것이다. 니나에게 그 비밀을 감춘 건 확실히 잘못이었다. 우선 윌에게 알려야 했다. 그게 올바른 행동 경로였다. 하지만 여기서 비롯될 소동은 어쩔 것인가. 심지어 니나는 아들과 약혼자인지 뭔지 가운데서 양자택일해야 하는 입장으로 내몰릴지도 모른다. 좀 더 큰 그림을 보면, 어쩌면 잘못된 길이 옳은 길일 수도 있을까? 부인은 그 문제를 하룻밤 더 묵혀둘까 하는 생각도 해보았지만 아직 정오도 안 된 시각이었다. 차에 시동을 건 채 손에 든 명함을 멍하니 내려다보았다.

케브 디나르도라고 쓰여 있었다. 사진은 없이 스케치만 하나 있었는데, 선 몇 개로 쓱쓱 그린 요트 그림이었다. 그리고 휴대전화 번호와 이런 문구가 적혀 있었다. 돈 버는 일에서는 은퇴했지만 다른 일에서는 은퇴 안 했음. 부인은 공회전하는 차 안에서 잠시 가만히 앉아 있었다. 마치 자기 집 안에서 처음 보는 문을 갑자기 맞닥뜨린 듯한 다소 묘한 기분이 부인을 사로잡았다.

플랜스키 부인은 침실로 갔다. 휴대전화는 생각한 대로 침대 옆 협탁에 놓여 있었다. 그 순간 노엄에 관한 한 가지 깨달음이 떠올랐다. 노엄은 그저 육체적으로만이 아니라 모든 다른 면에서도 왼손잡이였다. 정신적으로, 감정적으로, 그리고 영적으로. 그러니 세상을 떠났음에도 불구하고 노엄은 새로운 자기표현이 가능했다. 망자로서 새로운 삶을 시작했다.

부인은 윌이 남긴 음성 메시지를 확인했다. "안녕, 할머니, 윌이에요. 크리스마스 선물 감사하다고 말하려고 했어요. 정말 통이 크세요! 그리고, 음, 잘 지내시길 빌게요. 건강하시고요. 안녕히 계세요."

플랜스키 부인은 웃음을 지으며 고개를 저었다. 어젯밤 소동에 관해서는 한마디도 없었다. 젊고 걱정이 없다는 건, 그리고 그 걱정 없는 재시동 지점으로 그렇게 빨리 돌아갈 수 있다는 건 얼마나 좋은 일인가. 얼마나 됐지? 한 얼두 시간쯤 됐나. 하여튼 그 전보다는 훨씬 나은 목소리였다. 더 깊어졌고 긴장은 완전히 사라졌다. 하지만 그 메시지를 듣고 있으니 니나에 관한, 그 애를 아무것도 모르는 상태로 두는 게 나은가 하는 문제의식이 다시 고개를 들었다. 윌의 목소리가 이렇게 좋아졌으니 그만 마침표를 찍고 앞으로 나아가도 괜찮지 않을까. 하지만 큰 그림을 보자면—

휴대전화가 윙윙 울리고 발신자명이 화면에 떴다. 팜 코스트 신탁은행.

"로레타 플랜스키입니다."

"안녕하세요, 플랜스키 부인. 앨리슨 수아레스입니다. 은행 대리예요."

"아, 알아요. 안녕하세요, 앨리슨."

"그냥 혹시 계좌를 닫으실 생각이신지 궁금해서 전화드렸어요. 어디 이

사 가시거나 그러실 예정이신가요? 저희 서비스 문제는 아니었으면 좋겠는데요."

"아뇨, 이사 안 가는데요. 계좌를 닫지도 않을 거고요. 왜 제가 그럴 거라고 생각하시죠?"

"제가 너무 앞서 나갔다면 죄송해요. 그냥 어젯밤에 잔고를 0으로 비우셨길래, 그래서 혹시나 했어요. 평소에 너무 좋은 고객이셔서……."

"제가 뭘 했다고요?"

"잔고를 비우셨다고요. 0으로요. 원래 예치금이…… 어디 잠깐만요…… 음, 6만 8300달러 21센트였죠."

"이런, 맙소사, 아니에요." 플랜스키 부인이 말했다. "뭔가 착오가 있었나 봐요. 전 1만 달러만 인출했어요. 딱 떨어지는 1만 달러요. 제발 다시 확인 부탁드려요."

앨리슨 수아레스는 아무 대답도 없었지만 전화기 너머로 키보드를 두드리는 손가락 소리가 들려왔다. "말씀하신 액수 1만 달러에 관련된 기록은 안 보이네요."

"하지만 그게 그 액수였어요. 제 손자한테 보냈고 받았다는 확인도 받았는걸요. 1만 달러예요. 에누리 없이."

"어떻게 보내셨는데요?" 앨리슨이 물었다.

잠시 그 이름이 떠오르지 않았다. 왜 하필이면 지금? 하지만 그때 머릿속의 뭔가가, 말하자면 옛날의 부인 자신이 그 상황에 반응해 깨어났다. "세이프모요." 부인이 말했다. "우린 세이프모를 사용했어요."

"세이프모요?"

"그게 최고라고 했어요."

다시 침묵. "플랜스키 부인? 제가 다시 연락드려도 될까요?"

"네, 제발요. 바로 여기 있을게요."

은퇴하기 전, 플랜스키 부인은 노엄과는 달리 늘 기다리는 데 능숙했다. 사업할 때 흔히 있는 유예기간을 견뎌냈다는 뜻이었다. 부인은 은행 대출 승인이 났다는, 대량 주문을 따냈다는, 경쟁자가 건 소송에서 벗어났다는 소식이 오기를 별다른 동요 없이 기다렸다. 하지만 지금 부인은 동요 중이었다. 어지러움과 쿵쿵 뛰는 심장을 안고 앞뒤로 서성였다. 노엄의 검사 결과를 기다리던 때에 견줄 정도였다. 물론 당시에는 서성거리지도 않았고, 겉으로는 조금도 티를 내지 않았다. 그게 노엄한테 무슨 도움이 됐겠는가? 하지만 지금은 누굴 신경 쓸 필요가 없었다. 잔고를 몽땅 인출해? 미친 거지. 도대체 어떻게—

"됐어." 플랜스키 부인이 소리 내어 말했다. 기다리는 건 집어치우자. 부인은 전화기를 집어 들고 윌에게 전화를 걸었다.

"여보세요, 할머니."

"윌, 난—"

"제 메시지 들으셨어요?"

"메시지? 그래, 그래, 들었지. 고맙다. 아니, 고마워할 것 없다고. 하지만 내가 이야기하고 싶은 건 어젯밤 일이야."

"어젯밤요?"

"그 전체 사건 말이다."

"사건요?"

"윌? 자는 걸 깨운 거니? 제발 질문에 질문으로 답하는 건 그만해라. 돈은 받았니?"

윌의 목소리가 부드러워졌다. "할머니? 괜찮으세요?" 윌은 아주 작은 웃음소리를 냈다. "질문을 또 했네요, 죄송해요. 하지만, 네. 수표 받았어요. 그래서 음성을 남긴 거잖아요. 정말 감사해요. 너무 늦게 연락드렸죠. 죄송해요."

"수표?" 플랜스키 부인이 말했다. "수표는 없었어."

"왜 없어요, 할머니. 크리스마스 선물로 500달러 수표를 보내주셨잖아요. 정말 손이 크세요. 그리고 '메리, 메리'라고 메모에 쓰신 것도요. 그건 정말—"

"윌! 크리스마스 수표 이야기가 아니야. 난 DUI 얘길 하는 거다. 체포, 보석금, 1만 달러. 세이프모랑 그것들 전부 말이야."

"네?" 윌이 물었다.

플랜스키 부인은 처음부터 되풀이했다. 천천히 그리고 주의 깊게.

잠깐 침묵이 흐른 후 윌이 말했다. "할머니? 괜찮으세요?"

"그건 그만 물어. 제발, 윌. 그냥 네가 어젯밤 1만 달러 이체를 받았다고만 말하렴. 그리고 어떻게 된 건지 몰라도 액수가 그걸 넘었다면, 그걸 한참 넘어버렸다면, 그래도 괜찮다. 비록 네가 왜 그랬는지는…… 아니, 다 괜찮아. 전부 해결할 수 있어. 쉽게 해결할 수 있어. 그냥 내가 뭔가 조치를 취할 수 있게, 무슨 상황인지만 말해주면 돼."

"맙소사, 무슨 말씀인지 모르겠어요. 무슨 말씀을 하시는 건지 이해가 안 가요. 전혀 이해가 안 돼요. 죄송하지만 전혀 이해가 안 돼요."

"있잖니, 윌, 너 혹시 어젯밤 나한테 말하지 않은 무슨 문제가 있는 거니? DUI보다도 큰? 아니면…… 아니면 지금 혹시 자유롭게 말할 상황이 아니거나…… 아이고, 혹시 그런 거니? 만약 그런 거면, 자유롭게 말할 수 없으면……" 부인은 목소리를 낮췄다. "뭔가 신호를 주렴. 예를 들면 헛기침을 하거나."

플랜스키 부인은 귀를 세웠다. 아주 쫑긋 세웠다. 윌의 헛기침 소리를 놓치지 않으려고. 하지만 아무 소리도 안 들렸다.

마침내 윌이 말했다. "할머니? 혹시 엄마랑 최근에 이야기하신 적 있어요?"

"당연하지. 어젯밤 네가 전화했을 때 여기 있었어. 너한테 통화하고 싶으냐고 물어봤더니 네가 싫다고 했지."

"아이고, 이런." 윌이 말했다. "아이고, 이런."

"윌?"

"전 어젯밤에 전화 안 했어요, 할머니."

"하지만…… 하지만 분명히 너한테 전화를 받았는데." 플랜스키 부인은 침대 끄트머리에 걸터앉았다. 아니, 털썩 주저앉았다. 평소에는 그토록 든든하던 다리가 후들거렸다.

"아니에요." 윌이 말했다. "전 오늘 아침에 수표 감사하다고 전화했어요. 음성을 남겼죠. 우린 통화하지 않았어요. 아침에도, 어젯밤에도요. 제가 알기로 지금이 오랜만에 처음 한 통화예요."

플랜스키 부인의 머릿속은 맹렬한 속도로 돌아가고 있었지만 같은 동그라미를 그리고 있었다. 몇 번이고 몇 번이고.

"할머니? 엄마 아직 거기 있어요? 엄마랑 통화할 수 있어요?"

"엄마?"

"우리 엄마요. 니나."

"니나? 아니, 내가 잠든 사이에 갔어. 난 절대 늦잠 자는 법이 없는데……." 플랜스키 부인은 자신이 횡설수설하고 있음을 깨달았다. 이건 말도 안 돼. 틀림없이 뭔가 설명이 있어야 해. 말하자면…… 윌이 어젯밤에 무슨 마약 같은 걸 했다든가. 바로 최근에 신종 마약에 관한 이야기를 읽지 않았던가? 10대들이 많이 한다는, 그걸 하면 일종의 행복한 섬망에 빠지지만 단기 기억력이 저하된다고 했던가? 부인은 윌을 몰아세우고 싶지 않았다. 하지만 그 이야기를 좀 점잖게 꺼낼 수 있는 방법이 있을까? "난 네가 좀 걱정되려고 한다, 윌."

"제가 걱정되신다고요?"

"너 괜찮은 거니? 평소의 너 맞니?"

"전 괜찮아요. 그냥 지금은 할머니가 걱정돼요."

"나도 괜찮아, 젠장!" 잠시 후 한층 차분해진 어조로 플랜스키 부인이 덧붙였다. "다만 이 일만 빼면. 난 네가 무슨 꿍꿍이인지 모르겠다. 전혀 이해가 안 가."

"할머니! 전 아무 꿍꿍이도 없어요. 무슨 말을 해야 할지 모르겠어요. 음, 혹시 약을 바꾸셨어요?"

약? 부인은 멍청한 약 같은 건 하나도 복용하고 있지 않았다. 음, 엄밀히 말하면 그건 사실이 아니지만, 확실히 정신에 영향을 미칠 만한 약은 없었다. 이 순간 부인은 윌이 무슨 말을 하려고 하는지 퍼뜩 깨달았다. 이 모든 일이 할머니의 상상이나 망상이나 환각이 아니냐는 것. 전화 통화, DUI, 이체.

"윌? 듣고 있니?"

"네."

"난 이걸 지어낸 게 아니야. 난 정확히 너한테 일어난 일을 말하고 있어. 그러니 무슨 착오가 있든 그건 네 쪽에서……" 그 순간, 니나와 통화할 수 있느냐는 윌의 물음이 뜻하는 바가 머릿속에서 펼쳐지기 시작했다. 그러려면 자기가 체포된 이야기를 전부 까발릴 수밖에 없을 텐데? 그토록 간절히 니나가 모르게 하고 싶어 했던, 한밤중에 할머니를 잠에서 깨울 만큼 간절했던 윌이? 따라서 이제 니나와의 통화를 꺼리지 않는다는 사실은 그 자체로 의미…… 아, 맙소사. 또 다른 맹렬한 동그라미가 머릿속에서 돌아가고 있었지만, 그때 부인은 출구를, 앞으로 나아갈 길을 찾았다. "친구들은 어떠니? 산에 있는 네 친구들?"

"걔들이 왜요?"

"혹시 걔들 중 누군가가 너한테 장난을 쳤을 가능성은 없니? 혹시 장난이 도를 넘었다든가?"

윌의 목소리는 차갑지는 않았지만 약간 더 쌀쌀맞아졌다. "제 친구들은 그런 애들이 아니에요. 그리고 걔들은 할머니를 알지도 못해요. 아마 할머니는, 모르겠어요, 누구랑 이야기를 하셔야 할 것 같아요."

"너하고 이야기하고 있잖니."

"누군가 도와줄 수 있는 사람요."

"그게 도대체 누구를—" 또 다른 전화가 들어왔다. '앨리슨 수아레스, 팜 코스트 신탁은행'이 화면에 떴다. "잠깐만, 윌, 그냥 좀—" 플랜스키 부인은 전화기 화면을 두드렸다. 그리고 다시 두드렸다. "여보세요? 여보세요?" 아무 반응도 없이 삐 소리만 들렸다. 어찌 된 일인지 전화 두 통이 모두 끊겨버렸다.

플랜스키 부인은 작고 폭 파인 동그란 버튼을—이름이 생각이 안 났다—눌렀다. 그리고 우선 앨리슨 수아레스에게 전화했다.

"팜 코스트 신탁은행의 앨리슨 수아레스입니다. 메시지를 남겨주시면 최대한 빨리 연락드리겠습니다."

"앨리슨?" 플랜스키 부인은 숨을 들이쉬고 낮은 목소리로 말했다. "전화

주셨는데 제가 놓친 것 같아서요. 다시 전화 주면 감사—"

그때 다른 전화가 들어왔다. 이번에는 니나였고, 끊기지 않고 연결됐다.

"엄마? 괜찮으세요? 방금 월한테 전화를 받았는데 신경이 쓰여서요."

"무슨 얘길 들었니?"

"음, 방금 통화한 내용 전부 다요."

"혹시 그 이야기도……" 플랜스키 부인은 잠시 망설인 후 질렀다. "……DUI 상황에 관해서도?"

"엄마? DUI 상황은 없었어요. 월은 체포되지도 않았고 그 비슷한 일도 전혀 없었어요."

"음, 걔는 네게 알리고 싶어 하지 않았어. 그게 핵심이었어."

긴 침묵이 흘렀다. 그 후 니나가 유달리 다정하지만 동시에 짜증이 묻어나는 어조로 말했다. "엄마 괜찮으세요? 혹시 어디 불편하신 건 아니죠?"

"난 이 일만 빼면 괜찮다." 플랜스키 부인이 말했다. "그리고 그 질문은 다시 안 해도 돼."

"좋아요." 니나가 말했다. "하지만 월은 어젯밤 엄마한테 전화 안 했고, 구치소에서 한 건 더군다나 아니었어요. 그 애는 크레스티드버트에 있지도 않았어요. JFK 공항에서 밤 비행기를 타고 덴버로 갔거든요. 제 아빠 집에서 주말을 보내고 돌아오는 길이었어요."

"하지만…… 하지만…… 테드는 뉴욕에서 살지 않샀니. 힐턴 헤느에서 살지." 부인은 무심코 그 말을 입 밖에 내기 전에는 그게 얼마나 통탄할 말인지 미처 깨닫지 못했다.

아니, 그게 얼마나 통탄할 말인지 깨달은 건 사실 니나의 다음 말을 들은 후였다. "그건 테디고요, 엄마. 테드는 브루클린에서 살아요."

플랜스키 부인은 침대로 가서 걸터앉으려 했지만 이미 거기 앉아 있다는 걸 깨달았다. 그냥 앉은 채로 숨만 들이쉬고 내쉬었다. 내 자제력은 어디로 갔지? 품위는? 내면의 강인함은? "아무래도 은행에 무슨 착오가 있었나 보다, 니나." 이러면 좀 낫게 들렸을까? 어쩌면 조금은 평온하고 무감정하게? 하지만 분명히 더 낫게? "확실히 알아보고 다시 전화하마."

"확실해요? 제가 그리로 갈까요?"

"괜찮을 거야." 플랜스키 부인이 말했다.

"정말 확실해요?"

"확실해. 내 걱정은 마라."

"알았어요. 사랑해요, 엄마."

"사랑한다. 끊을게."

다른 전화가 곧장 들어왔고, 발신자명이 떴다. '뉴포트 자산 관리사.' 뉴포트 자산 관리사는 중간 규모의 재정 서비스 회사로, 플랜스키 가족의 모든 투자를 담당하는 곳이었다. 전에는 계좌가 몇 군데로 나뉘어 있었지만 회사 매각과 노엄의 죽음 이후로는 모두 하나로 합쳐졌다. LP 계좌로. 세금과 부동산 관리를 위해서였다.

플랜스키 부인은 전화기를 귀에 갖다 댔다. "로레타 플랜스키입니다."

11장

잔고

"여보세요, 로레타. 제리 레빈이에요."

"여보세요, 제리." 제리는 노엄의 프로비던스 시절 고교 친구였다. 나중에 워턴 스쿨에 갔고, 플랜스키사 창업 초기부터 재정 고문을 담당했다. 당시 제리는 혼자였지만 두드러진 재능을 보였고 몇 군데 기업에서 높이까지 올라갔었다. 플랜스키 가족은 제리와 끈끈한 관계를 이어갔고, 제리는 이제 뉴포트 자산 관리사의 2인자가 되어 큰 그림과 가장 오래된 고객 몇 명의 계좌 관리만 맡고 있었다.

"어떻게 지내요? 아이들이랑 손주들은 잘 있죠?"

"잘 있죠. 당신은요?"

"나도요. 내가 전화한 이유는, 당연히 당신 목소리를 듣고 싶은 것도 있지만, 일이 좀 생겨서 혹시 설명을 좀 들을 수 있을까 해서요."

플랜스키 부인과 노엄의 결혼 생활과 사업에서 정신적 곡예사는 늘 부인이 아니라 노엄이었다. 적어도 부인의 생각에 따르면 그랬다. 부인은 좀 더 정신적인 닻 역할을 했다. 하지만 지금 부인은 앞으로 닥칠 일을 예상하기 위해 직접 정신적 곡예를 했다. 돈, 그저 1만 달러가 아니라 전액이—그 정확한 액수는 물론이고 심지어 근삿값조차 현재로서는 떠올릴 수 없었지만—뉴포트 자산 관리사의 LP 계좌에서 사라졌다. 어떻게? 부인은 짐작도 가지 않았다. 하지만 제리는 정말 머리가 좋은 친구였다. 어찌 된 영문인지 필히 알아낼 수 있을 것이다.

"요약하자면, 로레타, 내가 이처럼 오랫동안 알아온 당신이 갑자기 나한 테 말도 없이 계좌를 폐쇄한다는 게 쉽게 믿기지가 않아요. 아니, 사실 안 믿어요."

"하지만 난 계좌를 안 폐쇄했는데요. 심지어 몇 주 동안 들여다본 적도 없어요."

"그럼 돈이 다 어디로 갔죠?"

"돈요?"

"잔고요. 당신이 어젯밤 전액 인출했잖아요."

이 방을 나가야만 했다. 방 안에 공기가 하나도 없었다. 모두 한순간에 소리 없이 빨려 나갔다. 부인은 황급히 방을 나가려다 발가락으로 뭔가를 걸어찼지만 넘어지지는 않았다. 부인은 미닫이문을 벌컥 열고 파티오로 나가 몇 번이고 심호흡을 했다.

"로레타? 끊긴 거 아니죠?"

"네, 네, 말해요."

"말하라고요?" 제리가 말했다. "난 당신이 무슨 말이든 해주길 기다리고 있었는데요."

"하지만…… 하지만 제리!" 부인은 정신을 가다듬으려 애쓰며 다시 심호흡을 했다. "이게 무슨 상황인지 이해가 안 가요. 전혀요. 그리고 난 계좌를 폐쇄하지 않았어요. 전액 인출하지도 않았고요. 그리고…… 아무것도 안 했어요. 건드리지도 않았다고요."

"혹시 다른 사람이 계좌에 접근하게 허용했나요?"

"아뇨."

"비번을 누구한테 알려줬어요?"

"아뇨."

"그 '아뇨'에 약간 망설임이 들리는데요." 제리가 말했다.

플랜스키 부인 자신은 그 망설임을 듣지 못했지만, 어젯밤 팜 코스트 신탁은행 비번, !NorManConQuest!를 윌에게 알려준 건 사실이었다. 하지만…… 월은 아니다. 이제 월이 아니었다는 사실이 확실하게 느껴졌다. 그리고 그때 아주 끔찍한 종류의 깨달음이 떠올랐다. 부인은 동일한 비번을 거의 모든 것에 쓰고 있었다. 뉴포트 자산 관리사의 LP 계좌를 포함해서. 하지만 그러면 안 될 게 뭐람? 녹색 체크 표시가 있다는 건 지극히 안전하다는 뜻인데. 항상, 그리고 적어도 그 비번만큼은 절대 잊지 않을 것이다.

"로레타?"

"확실해요?" 부인이 물었다. "계좌가 빈 거 확실해요?"

"몇 번이나 다시 확인했어요. 내 조수도요."

"하지만…… 하지만 그게 어딜 갔죠?"

"젠장, 로레타. 난 당신이 말해줬으면 했는데요."

"하지만 나도 모르는걸요, 제리. 난―" 또 다른 전화가 들어왔다. 은행의 앨리슨 수아레스였다. "내 은행에서도 같은 문제가 일어나고 있는 것 같아요. 사실 은행의 대리가 지금 전화를 걸어왔어요."

"내가 그 사람이랑 직접 통화해도 돼요?"

"네. 난 그냥 어떻게 하면―"

"통화 버튼을 눌러요."

부인은 버튼을 눌렀다.

"여보세요?" 앨리슨이 말했다.

"여보세요." 플랜스키 부인이 말했다. "지금 제리 레빈이링 통화 중이에요. 그분은…….” 갑자기 부인은 숨이 찼다. 통상적인 거래처 소개조차 지금은 버겁게 느껴졌다.

"실례지만 전화 받으신 분은 누구실까요?" 제리가 말했다.

"팜 코스트 신탁은행의 앨리슨 수아레스입니다."

"만나서 반갑습니다. 뉴포트 자산 관리사의 제리 레빈입니다. 전 플랜스키 부인의 오랜 재정 고문이자 친구이기도 합니다. 그분의 그쪽 계좌에 좀 이상한 활동이 있었다고 들었는데요."

"어젯밤 완전히 비었어요." 앨리슨이 말했다. "확실히 로레타가 알지 못하는 사이에요. 제가 지금 전화한 건 여쭤볼 게 있어서…… 로레타, 혹시 누군가에게 비번을 알려주셨는지 말씀해주실 수 있나요?"

"아뇨." 부인이 말했다. "아뇨, 그러니까 어젯밤까지는 아니에요."

"어젯밤요?" 제리와 앨리슨이 동시에 말했다. 그 화음은 약간 오싹하게 들렸다. 플랜스키 부인은 여전히 상황을 이해하지 못했지만 그 순간 최악의 가능성을 깨달았다. 생각하는 게 아니었다. 그냥 깨달았다.

"전화로 손자한테 알려줬어요. 노먼 컨퀘스트에 두 개의—" 부인은 말을 멈췄다. "하지만…… 그 애가 아니었어요. 이제 알겠어요. 그 애가 아니었던 게 거의 확실해요."

침묵. 이윽고 제리가 말했다. "우리한테도 같은 비번을 쓰나요?"

"네." 플랜스키 부인이 말했다. 마치 잘못을 저지른 현장에서 딱 붙들린 네 살짜리 아이처럼 아주 가냘픈 목소리였다.

"내가 손자하고 통화해도 될까요?" 제리가 말했다. "월이었나요?"

"네." 플랜스키 부인이 말했다. "하지만 그 애한텐 말하지 마세요……" 부인은 가장 좋은 표현을 찾아 머릿속을 뒤졌다. "아무것도요." 부인은 설명했다. "월한테 아무것도 말하지 마세요." 그러고 제리에게 번호를 주었다.

다시금 침묵이 흘렀다. 제리가 다시 입을 열었을 때 목소리는 다정했다. "가족한테 알리고 싶지 않아요? 아니면 직접 말하고 싶어요?"

부인이—그게 뭐든—이 일에 관해 바라는 건 그게 현실이 아니었으면 하는 거였다. "둘 다요." 부인이 말했다.

"내가 그 애랑 직접 통화할 필요는 없을 것 같네요." 제리가 말했다. "이미 엎질러진……." 말은 거기서 끝났다.

"레빈 씨?" 앨리슨이 말했다. "로레타한테 혹시 세이프모 이야기 들으셨어요?"

"그게 뭐죠?"

"세이프모요." 앨리슨이 철자를 하나하나 불러주었다. 논의가 시작됐다. 제리와 앨리슨 둘만 말하고 플랜스키 부인은 듣기만 하는, 기술적이고 아주 중요한 논의였다. 부인은 처음에는 귀를 기울이고 있었지만 이윽고 호수

건너편 나뭇잎의 움직임에 시선을 빼앗겼다. 그러고 악어가 나타났다. 비록 거리가 있어서 확신할 수는 없었지만 그리 크지는 않았다. 콘도로 이사 온 후로 처음 보는 악어였다. 악어는 전혀 서두르는 기색 없이 물가로 다가가 미끄러지듯 물속으로 들어갔다. 그러고 잔물결 하나 남기지 않고 자취를 감 췄다.

하지만 그 순간 다른 물결이 일었다. 부인의 등골에 인 그 물결은 얼음처 럼 차가웠다.

제리는 그날 오후 비행기를 잡아타고 6시 반 미팅 시간에 딱 맞춰 팜 코 스트 신탁은행 회의실에 도착했다. 플랜스키 부인의 콘도에서 20분 거리였 다. 부인은 일종의 무아지경 상태로 그날 오후를 보냈다. 처음에는 실내에 만 있다가—이제 실내는 마치 판지로 만들어진 무대처럼 실체가 없는 공 간으로 느껴졌다—나중에 밖으로 나갔다. 호숫가에 서서 물을 바라보았다. 한 시간쯤 후, 아니 그보다 더 지났을까, 북쪽에서 흔히 보기 힘든 홍학 한 쌍이 날아와 얕은 물속에 섰다. 부인에게서 멀지 않은 곳이었다. 〈카사블랑 카〉. 부인은 그 영화를 노엄과 함께 열두 번, 아니 아마 스무 번은 보았을 것 이다. 거기서 릭은 일사에게 이 미친 세상에서 작은 사람 세 명을 합쳐봐야 아무것두 되지 못한다는 문제에 관해 이야기했고, 그 대사가 나올 때마다 노엄은 고개를 저으며 부정하곤 했다. 저기 어딘가에 도사리고 있을 아어 생각에 부인은 손뼉을 치며 외쳤다. "저리 가, 저리." 홍학들은 아무런 관심 도 보이지 않고, 부인이 마침내 은행을 향해 출발할 때까지도 여전히 각자 한 다리로 그 자리에 가만히 서 있었다. 그 오후에 관해 부인이 기억하는 건 니나의 전화 한 통과 문자 몇 개가 전부였다. 부인은 모조리 무시했다. 윌이 니나에게 말한 게 분명했다. 어쩜 그 당연한 걸 예상하지 못했을까? 그리고 다른 가족들도 이미 다 알았을지도 모른다. 하지만 어쩌라고? 그냥 부인은 어떤 착오 때문에 1만 달러, 어쩌면 그보다 살짝 큰 금액을 잃어버렸거나 잘 못 송금했을 뿐…… 전부 잃은 건 아니다. 그리고 아직은 기회가 있지 않은 가? 착오, 일종의 컴퓨터 오류 같은? 그런 일은 늘 있지 않나? 예컨대 바로 지난주만 해도 소프트웨어 문제 때문에 우주 비행이 중단되지 않았던가? 클럽의 바텐더 하나가 그걸 보겠다고 아이를 학교까지 조퇴시켜 데려갔었다. 그러니 여전히 희망이, 합리적인 희망이 있었다. 은행 주차장에 차를 세운 플랜스키 부인은 아이라이너를 칠하려고 백미러를 향해 몸을 기울였지만 손이 덜덜 떨렸다.

제리와 앨리슨, 그리고 부인이 모르는 여자 하나가 이미 회의실 탁자에 앉아 있었다. 제리가 곧장 다가와 부인을 포옹했다. 부인은 제리가 곧장 이 먼 길을 날아올 만큼 중요한 고객이 아니었다. 이건 우정 때문이었다. 제리와 부인의 우정. 하지만 단순히 그것을 넘어, 제리와 노엄의 우정 때문이기도 했다. 부인은 제리를 껴안았다. 불안감을 잊기 위해 매달리고 싶은 걸 억누르며 우정의 포옹인 척했다. 그 깨달음에 부인은 민망했다. 그런 말도 안 되는 짓을 해서는 안 된다.

"얼굴 보니 좋네요, 제리." 부인은 더없이 태연한 목소리로 말했다. "그리고 와줘서 정말 고마워요."

"당연하죠." 제리가 말했다. "그리고 FBI의 상임 특수 요원 레인스 씨를 소개할게요. 저랑 같이 비행기 타고 왔어요."

테이블 앞에 앉아 폴더를 뒤적이고 있던 상임 특수 요원 레인스가 일어나서 부인과 악수를 나눴다. 키가 훤칠한 40대 초반의 여성인 레인스는 검은 바지 정장을 입고 머리를 단단히 당겨 묶었다.

"만나서 반갑습니다." 레인스 요원이 말했다. "이런 일을 겪으시게 돼서 유감입니다."

"감사합니다." 플랜스키 부인이 말했다. 사실 하고 싶은 말은 이거였다. 당신이 여기 와 있다는 건 컴퓨터상에 뭔가 착오가 일어났을 가능성이 없다는 뜻인가요?

"레인스 요원은 사이버 담당 부서 소속이에요." 제리가 말했다. "우린 전에 협력한 적이 있어요."

"실라라고 부르세요." 레인스 요원이 말했다. "그리고 시작하기 전에, 전 부인의 토스터 칼의 왕팬이에요."

"아, 네, 우린 이젠…… 고맙습니다." 플랜스키 부인이 말했다.

다들 자리에 앉았다. 레인스 요원이 폴더를 열고 펜을 꺼냈다. "우선 확인할 게 있습니다. 앨리슨 말에 따르면 이체는 세이프모라는 걸 통해서 이루어졌다던데요. 맞습니까?"

"네." 플랜스키 부인이 말했다.

레인스 요원이 체크 표시를 했다. "좋아요, 처음부터 훑어보죠…… 통화에서 기억나는 걸 전부 말씀해주세요."

잠시 플랜스키 부인은 단 한 가지도 생각이 나지 않았다. 그러니까 세이프모만 빼고. 마치 머릿속에 번쩍이는 거대한 네온사인이 켜진 것 같았다. 세이프모! 세이프모! 세이프모! 그 후 자신에게 쏠린 모두의 눈길을 의식했다. 다들 똑똑한 사람들이었다. 그리고 또 다른 공통점이 있었으니, 다들 이 노인네가 감을 잡기를 기다리고 있었다. 심지어 제리조차. 같은 나이인데도. 노엄의 3학년 급우인데도. 그 후 그 생각이 불현듯 머리를 때렸다. 이게 무슨 상황이든, 무슨 일이 일어났든 부인이 당한 일은 노엄 역시 당한 거라는 생각이었다. 그 깨달음은 속을 뒤집어놓았지만 동시에 부인의 뇌를 걸어 차 시동을 걸었다. 부인은 노엄을 오로지 최고로만 대접해주어야 했다.

"한밤중이라 잠들어 있었어요." 부인이 말했다. "콜로라도에 있는 제 손자 윌한테서 전화가 왔어요." 부인은 모두를 향해 화난 표정을 지어 보였다. "화면에 딱 그렇게 떴어요. 그 애가 저한테 DUI 혐의로 체포됐다면서 보석금이랑 차를 되찾으려면 돈이 필요하다고 하더군요." 그러고 거기서부터, 플랜스키 부인은 곧장 항해해 나아갔다. 심지어 마치 여흥을 목적으로 지어낸 이야기를 들려주듯 살짝 극적인 표현까지 더했다. 그러다 비밀번호 대목에 도달했을 때─"뾰로롱, 할머니. 벌써 영영 사라졌어요. 고마워요, 할머니!"─플랜스키 부인은 수 세기 만에 처음으로 중화기가 핵무기고에서 달궈지고 있음을 어렴풋이 의식하며 도전하는 표정으로 한 사람 한 사람의 얼굴을 차례로 쳐다보았다. 레인스 요원, 앨리슨, 제리. 마치 그들 셋이 이 일에 무슨 책임이라도 있는 것처럼! 맙소사. 부인은 정신을 수습하고 조용히 이야기를 끝맺었다. 그리고 그 지점에서 자신이 저도 모르게 고개를 떨궜음을 깨달았다. 부인은 다시 고개를 들었다.

세 사람은 서로 얼굴을 마주보고 있었다. 레인스 요원이 먼저 입을 열었다. "통화 연결 상태는 어땠나요?"

"그다지 선명하지 않았어요." 플랜스키 부인이 말했다. "하지만 그래도 완벽하게 잘 들렸어요." 그러고 이렇게 덧붙이고 싶은 걸 간신히 참았다. 난 청력이 좋아요! 시력도 좋고요! 심지어 후각도요!

레인스 요원이 고개를 끄덕였다. "이 통화 이전에 마지막으로 윌과 통화한 게 언제였죠?" "그걸 기억하려 애쓰는 중이었어요." 플랜스키 부인이 말했다. 아, 그걸 떠올릴 수만 있다면 얼마나 좋을까! 사람들의 눈빛을 확인했다. 미묘하고 감춰져 있었지만 그 눈빛들엔 확신이 담겨 있었다. 잠깐…… 내가 도중에 이미 그걸 떠올리지 않았나? 아하! "그게…… 7월에, 그 애 생일날이었을 거예요."

"7월 며칠요?" 레인스 요원이 말했다.

미국의 모든 할머니는 모든 손주의 생일을 알았다. 그건 할머니 개론 101이었다. 하지만 부인이 확실히 아는 건 그게 4일은 아니라는 것뿐이었다. 그랬다면 절대 까먹지 못했을 테니까. "집에 적어놨어요." 부인이 말했다. "확인해서 알려드릴 수 있어요."

"중요한 건 아닙니다." 레인스 요원이 말했다. "넉넉잡고 8개월이라고 치죠. 혹시 전화한 사람이 윌이 아닐 거라는 생각은 한 번도 안 떠오르셨나요?"

"당연히 아니죠! 왜 제가 그런 생각을……." 그 지점, 다소 뒤늦은 그 지점에서 플랜스키 부인의 머릿속에 그 누군가와—누구라고 불러야 하지? 윌 모방자?—나눈 대화의 한 대목이 언뜻 떠올랐다. 그러고 마치 햇살이 두꺼운 안개를 뚫고 비쳐 온 듯 갑자기 머릿속이 환해졌다. "요, 저에요, 할머니. 윌이에요. 할머니 손자 윌요." 그 인사 다음에 부인은 침묵으로 맞았다. 윌의 목소리가 별로인 걸 곧장 눈치챘어. 평소보다 목소리가 새된 게, 뭔가 불안해하는 게 분명했다고. 비록 통화한 지가 좀 돼서 확신은 없었지만. 맙소사. 부인은 처음부터 의심을 품었지만 곧장 그걸 합리화해버렸다. 그리고 그거로도 모자라서 가벼운 농담으로 상대를 진정시키려 했다. "우리의 관계에 관해서라면 나도 익히 알고 있단다." 이렇게 민망할 데가! 플랜스키 부인은 얼굴이 붉어지는 걸 느꼈다. 목에서 시작된 체열이 올라가고 있었다.

그러는 동안 레인스 요원은 대답을 기다리고 있었다. 플랜스키 부인은 원래 사람들과 눈을 잘 마주쳤다. 아주 자연스러웠다. 하지만 지금은 아무리 안간힘을 써도 도저히 그럴 수 없었다. 그 지점에서 앨리슨이―플랜스키 부인은 그 여자가 결혼했는지 아이가 있는지 같은 기본적인 사항들도 알지 못했지만 오늘은 결혼반지를 끼고 있지 않았고 지쳐 보였다. 그러니 아무래도 싱글맘이 아닐까―입을 열었다.

"이게 무슨 상황이든 로레타에게는 아무 잘못 없다는 걸 다들 인지하는 게 중요하다고 생각해요."

"당연하죠." 제리가 말했다.

레인스 요원도 간신히 알아볼 수 있을 정도로 아주 살짝 고개를 끄덕였다.

플랜스키 부인이 시선을 1, 2밀리미터쯤 간신히 들어 요원과 눈을 마주쳤다. "돌이켜 보면, 그 생각이 났었는지도 모르겠어요. 당시에는 아니었지만."

레인스 요원이 뭔가를 끄적였다. "우리 세이프모로 돌아가봅시다. 전에 들어보신 적 있나요?"

"아뇨."

"뭐라고 설명하던가요?"

"페이팔 같은 거라고요."

"그런데 왜 페이팔을 쓰지 않고요?"

"세이프모가 더 안전하댔어요."

"어떤 식으로요?"

"이미 말씀드렸듯이, 사라지는 거요." 그리고 다른 것도 있었다, 이를 테면…… "암호화요. 사라지기 전에 모든 게 암호화된다고 했어요. 게다가…… 게다가 수익의 몇 퍼센트가 기금으로 간다고…… 고래 자선기금으로 간다고도 했고요."

바쁘게 적고 있던 레인스 요원의 펜이 멈췄다. 요원이 고개를 내리깔고 있어서, 플랜스키 부인은 요원의 눈에 실제로 즐거움의 빛이 반짝인 건지 아니면 자기 혼자 상상한 건지 확신할 수 없었다.

"하느님 맙소사." 제리가 말했다. "악마가 따로 없네."

"맞아요." 앨리슨이 말했다.

"그 말씀은 그게 진실이 아니라는 건가요?" 플랜스키 부인이 말했다. "고래 부분요."

레인스 요원이 고개를 들었다. 요원의 눈빛은 읽어낼 수 없었다. "고래 부분요? 썩 그럴싸하진 않아도 불가능한 건 아니죠. 그리고 그 밖에 부인이 세이프모에 관해 기억하시는 것들은 뭐든 전부 저희한테 도움이 될 겁니다."

"다른 건 하나도 기억이 안 나요." 플랜스키 부인이 말했다. "하지만—" 부인은 이미 몇 시간 전에 벌써 했어야 할 생각을 그제야 떠올리고 충격받았다. "하지만 우리가 그쪽에 연락을 취해야 하지 않나요? 곧장?"

레인스 요원은 살짝 놀란 표정이었다. 제리와 앨리슨은 서로 얼굴을 마주 보았다. 플랜스키 부인은 두 사람의 표정을 읽어낼 수 없었다. 하지만 부인의 말에 대한 열의는 전혀 보이지 않았다.

"세이프모 측에 연락하라고요?" 레인스 요원이 말했다.

"당연하죠." 플랜스키 부인이 말했다. "돈이 아직 그쪽 회계장부에 있을지도 모르잖아요. 아니면—" 부인은 딴에는 살짝 농담을 했다. "아니면 회계장부도 사라지나요?"

아무도 웃지 않았다. 아무도 전혀 이해하지 못하는 듯했다. 다들 다시금 알 수 없는 표정으로 서로 마주 보았다. 플랜스키 부인은 그게 지겨워졌다.

"아마도 둘째 경우일 것 같습니다, 로레타." 제리가 말했다.

"무슨 둘째요?" 플랜스키 부인이 물었다.

"회계장부도 사라진다고요." 레인스 요원이 말했다.

아. 그걸 왜 몰랐을까. 하지만 디지털 세계의 너무 많은 것이 부인에게는 수수께끼였다. 전혀 어려움 없이 할 수 있는 것들도 많았다. 링크 걸기, 파

일 첨부하기, 내려받기. 하지만 익숙한 경로에서, 보통은 실수로, 조금만 벗어나면 IT 팀을 호출해야 했다. 물론 이젠 은퇴했으니 호출할 IT 팀은 없었다. 좋은 소식은 회계장부가 사라진다는 사실이 적어도 세이프모의 존재를 입증한다는 거였다. 그렇지 않다는 끔찍한 생각이 머릿속에서 스멀거리고 있었던 것이다.

"그래도……" 부인이 말했다. "그쪽에 연락해볼 가치는 있지 않을까요?"

"누구와 말씀이시죠?" 레인스 요원이 물었다.

"세이프모요." 플랜스키 부인이 말했다. 짜증을 억누르기가 힘들어졌다. "혹시 이게 실제로 모두……" 부인은 힘겹게 내뱉었다. "사기라면요. 이 모든 게 사기라면, 우리가 해야 할 일은…… 아니, 당신, 레인스 요원이, 결국 FBI가 해야 할 일은…… 그쪽에 캐묻거나 압박하거나 하여튼 뭔가 필요한 일을 해서 범인들의 정체를 불게 만드는 거 아닌가요? 그리고…… 그리고 잠깐만요! 제리! 맙소사, 제리! 당신 말은 내 뉴포트 계좌 잔고도 동일한 이체로 굴러들어갔다는 거죠?"

잠시 침묵이 흘렀다. 그 후 제리가 말했다. "그건 이미 이해한 줄 알았어요."

"하지만 어떻게 그런 일이 일어나죠?"

"방법은 다양해요." 레인스 요원이 말했다. "알려진 방법도 여러 가지 있고, 거기다 알려지지 않은 방법들노 있쇼. 하시만 가장 간단한 긴 비밀번호예요. 제리한테 듣기로는 같은 비밀번호를 뉴포트 계좌와 팜 코스트 계좌에다 쓰신다던데, 맞나요?"

플랜스키 부인은 고개를 끄덕였다. 가냘픈 패배의 몸짓이었다. 다시 더 힘주어 그 동작을 되풀이할까 생각해보았지만 그 순간엔 그럴 힘이 없었다. 그래도 그냥 하기로 했다.

"그러면 그거겠네요." 레인스 요원이 말했다. "놈들이 운이 좋았어요. 그런 일이 왕왕 있죠. 사실은 아주 자주요. 우리가 총액을 계산했나요? 확실히 해둬야 하니까요."

"우리의 총액은 6만 8300달러 21센트예요." 앨리슨이 말했다. 적어놓은 걸 확인할 필요도 없었다는 사실, 그 금액을 그냥 외워서 술술 말했다는 사실이 어쩐지 그것, 그 전체 일을 돌이킬 수 없는, 부정할 수 없고 최종적인 것으로 만드는 듯했다.

"우리는……" 제리가 정장 재킷 안주머니에서 종이를 꺼내고 돋보기를 썼다. "369만 9000달러에……" 그러고 입술을 깨물고 종이를 내려놓으며 말을 이었다. "잔돈입니다. 포트폴리오는 대략 에쿼티 65퍼센트, 채권 25퍼센트에 현금 5퍼센트, 나머지가 5퍼센트예요."

"그러면 어림잡아 380만 달러군요." 레인스 요원이 말했다. 플랜스키 부인을 돌아보았다. "다시 생각해보시면, 통화에서 상대방의 출신이 어디인지 짐작할 만한 단서가 있었나요? 예컨대 발신자에게 외국 억양이 있었다든가?"

플랜스키 부인은 생각해보았다. 돌이켜 보면, 아 정말 돌이켜 보면 뭐든 다 알게 된다니까. 그 애의 말투는 콘라트 바이트나 아널드 슈워제네거나 모리스 슈발리에나…… 하여튼 그 비슷하게 들렸다. 부인은 그 모든 생각을 떠나보내고 다시금 생각했다. "어쩌면 억양까지는 아니었던 것 같아요. 그리 티 나지 않았어요. 그보다는 때때로 더듬거렸어요. 하지만 전 월이 아직 다 자란 게 아니라서, 약간의 무심한, 역설적인 유머 감각을 키우고 있나 보다 했어요. 제 말을 이해하신다면요." 재빨리 건너다본 부인은 그렇지 않다는 걸 확인했다.

"제 영역은 아니지만……" 앨리슨이 말했다. "주식과 채권에 관해서는 가능할 수도—"

레인스 요원이 끼어들었다. "빼돌리기의 용이함으로 보자면 현금과 동일합니다. 제 생각에는 그것도 이미 다 빼 갔을 겁니다. 해외 브로커, 온라인 브로커, 크립토 브로커, 다크웹 브로커나 그들의 조합을 통해서요. 하지만 생각은 좋았어요."

앨리슨은 플랜스키 부인의 손을 다독이려는 듯 손을 뻗었다. 플랜스키 부인은 손을 무릎에 얹어서 피했다.

"이제 어떻게 하죠?" 제리가 물었다.

"우선……" 레인스 요원이 입을 열었다. "전 당연히 이 사건 조사를 시작할 거고, FBI는 모든 자원을 투입해 범인을 찾아내고 정의를 실현하려 노력할 겁니다. 그리고 도둑맞은 돈도 되찾으려 노력해야죠. 하지만 아시다시피, 제리, 그리고 아마 앨리슨도 확실히 아실 것 같은데, 이런 유형의 사건은 전형적으로 해결이 무척 어렵고 제가 말씀드린 그 세 가지 목표에 관한 우리의 성과는 그리 좋지 못합니다."

"세 가지 목표라뇨?" 플랜스키 부인이 말했다.

침묵이 흘렀고, 그 침묵 속에서 플랜스키 부인의 사라졌던 홍조가 다시 올라왔다. 제리가 나지막이 말했다. "찾아내고 응징하고 되찾는 거요."

"특히 두 번째와 세 번째죠." 레인스 요원이 말했다. "특히 셋째요."

플랜스키 부인은 레인스 요원이 상황을 슬슬 마무리하려 한다는 느낌을 받았다. 아니면 이미 다 마무리했고 이제는 떠나려는 참인 것 같았다. 레인스 요원은 따뜻하거나 매력적인 사람으로는 보이지 않았지만 강인하고 끈질겨 보이긴 했다. 플랜스키 부인은 요원을 그대로 보내고 싶지 않았다. 혼자 있고 싶지 않았다. 머릿속으로 간절히 몸부림쳤다. 그러고 뭔가를 떠올렸다.

"하지만ㅡ" 플랜스키 부인이 낮은 목소리로 입을 열었다. "세이프모를 잊으신 긴 아닌가요? 그게…… 적어도 실마리 아닌가요?"

레인스 요원이 고개를 끄덕였다. "우리가 가진 실마리는 그것뿐이죠, 만약 아직 존재한다면요."

"이해가 안 가는데요."

"세이프모는 그냥 이 특정한 목적을 위해 만들어진 일회용일 수도 있고……" 레인스 요원은 양손으로 따옴표를 만들며 말을 이었다. "일이 끝나면 사라질 수도 있습니다. 하지만 전 거기서 시작할 겁니다."

레인스 요원이 자리에서 일어섰다. 이제 보니 부인이 생각했던 것보다 키가 작았다. 요원은 모두와 악수를 나누고 플랜스키 부인에게 명함을 건넸다. "연락드리죠. 뭔가 생각나신 게 있거나 혹시 추가로 연락이 오면 곧장 전화 주세요."

"그 사람들의 연락요?" 플랜스키 부인이 물었다. 자기 목소리에 담긴 공포가 선연히 들렸지만 어쩔 수 없었다.

"그럴 가능성은 낮지만요. 놈들이 아주 멍청한 게 아니라면."

그렇게 말하면 내가 뭐가 돼? 플랜스키 부인은 속으로 생각했다.

제리가 부인을 차까지 바래다주었다. 부드러운 미풍이 바다 냄새를 싣고 오는, 날 좋은 저녁이었다. 플랜스키 부인은 역조를 이기고 잭을 안전한 곳으로 끌어냈던 그 기억을 다시금 떠올렸다. 정말? 그게 지금 나와 동일한 사람이라고?

"와줘서 고마워요." 플랜스키 부인이 말했다. "그리고 이렇게 전부 다 알아서 준비해줘서요."

"제발……" 제리가 말했다. "로레타? 난 꼭 물어봐야겠어요. 이거 말고 당신의 재정 상황이 어떻게 되죠? 만약 아무것도 되찾지 못하면 어떻게 되느냐고요. 다른 보유 자산 같은 게 있나요? 다른 투자는요? 다른 곳의 계좌나? 기분 나빠하지 않을게요." 제리가 재빨리 웃음을 지었다. 참 사랑스러운 남자였다.

플랜스키 부인은 마음을 단단히 굳혔다. 내적으로, 보이지 않게. "걱정 말아요." 부인은 말했다.

12장

서류 작업

"비극이랄 것까지는 없어." 팜 코스트 신탁은행에서 집으로 차를 몰고 돌아오는 길에 플랜스키 부인은 혼잣말로 그렇게 중얼거렸다. 누가 죽은 것도 아니고, 병에 걸린 것도 아니잖아. 콘도에 차도 여전히 갖고 있었고 주행거리도 아직 꽤 짧았다. 사실 플랜스키 부인은 주행거리가 얼마나 되는지 전혀 몰랐다. 대시보드를 확인했다. 자세히 들여다본 건 지금이 처음이었는데, 너무 복잡했다. 곧장 눈에 들어오지 않았다. 아, 이게 분명해. 2만 8714킬로미터. 차 자체는 3년 된 거였고, 매년 한 1만 킬로미터쯤 달렸고 요즘 치는 워낙 오래가니까 어쩌면 이 한 대면 충분할지두 모른다 숫자가 내 편일 때는 얼마나 좋은가! 부인과 노엄은 그런 순산이 많았다. 예컨대 〈월 스트리트 저널〉의 주말 「온 듀티」 지면에 실린 주방 도구 목록에 플랜스키 토스터 칼이 포함된 지 한 달쯤 됐을 때처럼.

왼편으로 그린 터틀 클럽이 지나갔다. 간판에서 형광 거북이 뒷다리로 곧추선 채 잔을 들고 있었다. 부인은 방향 지시등을 켜고 고속도로를 벗어나 그린 터틀 주차장으로 향했다. "들어가야겠어." 부인이 말했다. 또 소리 내서 혼잣말하고 있었다. 평소라면 절대 하지 않는 일이었다. 아니, 그랬나? 최근에 줄곧 혼잣말을 했는데 이제야 의식한 걸까? "신경 쓸 것 없어. 난 앉아서 술 한 잔 주문하고, 멀쩡한 사람답게 멀쩡하게 행동할 거야." 물론 술은 돈이 든다. 부인은 그 〈타이타닉〉의 벨 에포크풍 공간에서 술을 주문하는 자신의 모습을 머릿속으로 그려보았다. 조금 전에 배가 빙하와 충돌했지만 아직은 그 사실을 알기 전이다. 와. 부인은 자신을 장엄하고 우스꽝스럽게 극화하고 있었다. 보는 사람이 없는 게 다행이었다. 하지만 이제 숫자들은 부인의 편이 아니었다. 조금 전 회의실에서 논의된 숫자들이 마구 머릿속으로 밀려들었다. 플랜스키 부인은 그린 터틀 클럽으로 술을 마시러 가지 않고, 그 대신 고속도로의 교통 행렬에 다시 조심스레 합류해 집으로 향했다.

플랜스키 부인은 식탁에 앉았다. 천장에 일렬로 달린 캔 조명의 스위치를 켜고 콘도의 나머지 부분은 어둠에 잠긴 채로 두었다. 펜과 계산기와 종이 한 장과 물 한 잔을 식탁 위에 갖다 놓았다. 먼저 물을 한 잔 마신 후 아주 작은 잔에 브랜디를 따라 마셨다. 종이에 줄 세 개를 그었다. **자산**, **부채**, **소득**. 머릿속이 윙윙 울리고 있었다. 이건 일이었고, 부인은 일을 놓은 지 꽤 된 터였다. 아마도 너무 오래된 모양이었다. 일 없는 인생에는 모호함이 너무 많았다. 일에도 예측할 수 없는 것들은 있었지만 구체적인 것도 있었다. 부인은 구체적인 것들에 매달릴 작정이었다. '소득' 항목 아래에 이렇게 썼다. **사회보장 연금**. 그러고 멈췄다. 부인은 매달 나오는 연금액이 얼마인지 알지 못했다. 대충 어림조차 불가능했다. 그 사실이 혹시 부인의 과거와 현재와 미래에 관해 너무 많은 걸 알려주는 걸까? 양손으로 얼굴을 감쌌다. 감정이 저 깊숙이에서부터 요동쳤고 당장이라도 눈물이 쏟아질 것 같았다. 마음을 단단히 굳히고 허리를 꼿꼿이 세우고 앉아 사회보장 연금 아래에 이렇게 썼다. TK.

또 뭐가 있지? 부인과 노엄이 사업을 매각했을 때, 협상에서 유일한 장애물은 특허권을 둘러싼 문제였다. 물론 칼 자체의 특허가 아니었다. 그건 합리적인 거래라면 반드시 포함되어야 하는 거였으니까. 문제는 노엄의 이름으로 된, 노엄의 기술에 기반했지만 다른 잠재적인 도구들에도 쓰이는 다른 특허권들이었다. 노엄은 그것들을 유지하고 싶어 했다.

"하지만 왜?" 부인이 물었다. "우리 은퇴하는 거 아니야?"

"어쩌면 장래에 누가 관심을 가질지도 모르잖아."

"장래라니, 무슨 장래?"

"우리의 유전학적인 장래."

당시 그건, 지금도 그렇지만, 니나, 잭, 에마, 그리고 윌을 포함했다.

"예를 들면 누가?"

"그건 아직 모르지."

결국 매수자는 20만 달러 정도를—정확한 액수는 기억나지 않았다—더 불렀고, 노엄은 특허권을 넘겼다. 너무나 유감이었다. 그러지 않았으면 그 아직 모르는 사람이 나일 수도 있었는데. 그러니까 당장 내일부터. 부인은 뒤로 기대앉았다. 처음부터 다시 시작한다면 어떤 심정이 들까. 그것도 이제 저 허공에 둥둥 떠 있는 노엄과 함께? 플랜스키 부인은 새로운 엉덩이에 찌릿하는 가벼운 통증을 느꼈다. 몇 달 만에 처음이었다. 그때 휴대전화가 울렸다. 니나였다. 부인은 받지 않았다. 내일 설명하는 편이 더 나을 것이다. 오늘 밤은 그 설명을 찾아내기 위한 시간이다. 전부는 아니라도 일부에 대해서라도. 가능한 한 놀라지 않게. 하지만 어차피 상황이 아직 해결되지 않았으니 일부만 설명하는 것도 당연하지 않은가? FBI가 수사 중이었다. 이제 막 시작했다. 사람들, 실제로 이 짓을 저지른 사람들이 있었다. 세이프모는 그냥 0과 1과 코드 체인으로만 이루어진 게 아니었다. 사람들이 있었다. 물리적 공간을 차지하는 사람들. 지구상의 어딘가에 있는, 찾으려면 찾아낼 수도 있는 사람들이 있다.

플랜스키 부인은 펜을 집어 들고 **자산**이라고 적힌 항목을 오랫동안 들여다보았다. 그 밑에 이렇게 썼다. **콘도, 차, 장신구.** 브랜디를 한 모금 마시려 했지만 잔은 비어 있었다. **부채**로 넘어갔다. **공과금, 가스, 음식.** 정확한 액수는 전부 오리무중이었다. **콘도 월세 1000달러. 클럽 회원권 1200달러, 6월 만기. 클럽 월간 식사권 최소 금액 300달러. 선물, 팁, 기타 등등.** 플랜스키 부인은 통상적으로 자신이 얼마나 지출하는지 잘 몰랐다. 물질적으로 베풀 형편이 되면 꼭 가족으로 한정하지 않더라도 나갈 곳이 많아지는 법이다. 그렇지 않다면 무슨 의미가 있겠는가?

부채 아래에 하위 항목을 만들었다. **가족.** 가족은 부채가 아니지만 부인은 회계적인 목적을 위해 엄격하게 하려는 거였다. 머릿속으로 그 점을 강조한 후에야 다시 그 하위 항목을 썼다. **약속.** 우선 니나만 해도 그 대출 비슷한 걸 썼다. **25만 달러, 중매 스타트업.** 그다음은 **잭: 75만 달러.** 정확히 약속한 건 아니지만, 그 애가 이 먼 길을 오는데 빈손으로 돌려보낸다면…….

부인은 잭 항목은 그냥 비워둔 채 다음으로 넘어갔다. **아버지.** 아, 맙소사. 부인은 자리에서 일어나 침실로 가서 모든 파일이 들어 있는 책상 서랍을 열고 **아버지**라고 적힌 폴더를 꺼내어 식탁으로 돌아왔다. 아버지 폴더에는 더 작은 하위 폴더들이 있었는데 모두 플랜스키 부인의 또렷한 필체로 적혀 있었다. 부인은 자신의 필체가 또렷하다는 걸 노엄이 지적한 후에야 알게 됐다. "글자를 그런 모양으로 쓰는 사람은 아무도 없어. 또렷함 그자체지만 아주 통통하고 섹시하지." 노엄에게는 부인의 글씨마저 섹시했다. 부인보다 더 운 좋은 사람이 있을까? 플랜스키 부인은 잠시 백일몽에 빠졌다. 아니, 통신 두절 지역으로 끌려 들어갔달까. 다시 정신을 차리고 아카디아 가든의 하위 폴더를 열었다. 아버지는 이제 한 달 7500달러에 2급 간병을 받고 있었다. 술값, 간식값, 소풍 비용, 그리고 다른 이름 없는 비용들과 그냥 비용. 기타 등등 아래에 포함된 다른 여분들은 전부 제외하더라도. 또한 반환 불가인 입소비 10만 달러가 있었다. 그리고 이제는 아버지를 한 달에 1만 달러 더 나가는 3층으로 옮기는 문제가 있었다. 아니, 그렇지 않았다. 사실은 겨우 2500달러 더 추가되는 거였다. 하지만 '겨우'라는 건 예전에나 가능한 말이었다. 예컨대 어제라든가. 플랜스키 부인은 브랜디를 한 모금 더 마셨지만 다시금 잔은 비어 있었다. 침실로 가서 금고에 든 보석함을 꺼내어 부엌으로 가져왔다. 그리고 그 자리에 우두커니 멈춰 섰다. 지금 이 어둡고 조용한 콘도에서 보석함을 뒤적이는 일을 진심으로 하고 싶은가? 부인은 그렇게 하는 자기 모습을 떠올려보았다. 생각에 잠긴 채 반짝이는 것들의 조그만 더미를 굽어보는 모습을.

플랜스키 부인은 보석함을 그대로 두고 옷을 벗고 침대로 갔다. 온몸에 힘이 다 빠졌고 피로했다. 머릿속은 몇 번이고 같은 원을 그리고 있었다, 멈출 수 없었다. 이런저런 재시도를 거듭하고 있었다. 얼마인지 가늠조차 할 수 없는 시간이 지난 후 부인은 자신이 잠옷을 입지 않았다는 걸 깨달았다. 침대에 들기 전엔 늘 잠옷으로 갈아입었는데. 부인은 곧장 자신이 오늘 밤 잠옷을 입지 않는다면 문이 하나 닫히는 것임을 깨달았다. 어떤 우주적인 방식으로. 상황을, 구체적으로 이 사건을 다시 옳게 바로잡을 가능성의 문이. 엄청난 정신적 차력을 통해 부인은 무기력한 몸을 억지로 일으켜 잠옷을 입고 칫솔질과 치실로 치아 관리까지 모두 마쳤다. 그것 역시 잠자리에 들기 전에 한 번도 빼먹은 적 없는 일이었다. 부인은 그 모든 걸 어둠 속에서 해치웠다. 도저히 거울 속의 자신을 볼 엄두가 나지 않아서였다.

하지만 침대로 돌아왔을 때 잠은 멀리 도망간 후였다. 심지어 그 뒤틀린 K 자세도 소용없었다. 몇 시간이나 지났을까. 부인은 최저점에 도달했다. 자신의 어리석음, 엉성함, 취약함의 최저점에. 그리고 더 나쁜 건, 전에는 몰랐지만 이제는 너무나 명확히 보이는 그것은 자신이 노엄을 실망시켰다는 거였다. 베푸는 사람이라는 위치에 딸려 오는 권력을 사랑한 나머지 손쉬운 표적이 되고 말았다. 생각하면 측은할 정도였다! 세이프모는 배꼽이 빠져라 웃고 있었을 것이다. 그리고 이제 부인과 노엄이 쌓아 올린 모든 게, 그저 돈만이 아니라 더 중요한 것, 부인에 대한 노엄의 신뢰까지도 전부 쓰레기통에 처박혀버렸다. 그제야 눈물이 흘렀다. 플랜스키 부인은 눈물을 억누르지 않았다. 억누르려는 노력조차 하지 않았다.

그렇게 울고 나면 적어도 잠은 올 거라고 생각힐 수도 있겠지민, 현실은 그렇지 않았다. 그 대신 부인은 그냥 그대로, 몸도 머리도 무기력한 채로 가만히 누워 있었다. 하지만 완전히 그런 것만은 아니었다. 작은 생각 하나가 마치 달 표면의 어떤 생물체처럼 머릿속에 떠올랐다. 옥시콘틴, 그러니까 고관절 치환 수술 후에 남은 옥시콘틴 생각이었다. 부인은 실제로 회복 기간 중에 그 약을 전혀 복용하지 않았다. 심지어 밤에도 말이다. 하지만 상황이 상황이니만큼 옥시 한 알이나 최대 두 알 정도면 잠을 부를 수 있지 않을까? 플랜스키 부인이 다시 일어나려고 하는데 그때 깜빡했던 사실이 생각났다. 그러니까 윌이 봄방학을 맞아 친구와 함께 하룻밤 묵고 간 후에 그 작은 병이 사라졌다는 것. 그 둘이 로더데일에 있는 친구 부모님 집으로 가는 길에 들렀을 때.

그 수상한 친구. 이름은 기억나지 않았지만 어쩐지 부인은 그 아이의 얼굴을 선히 떠올릴 수 있었다. 덥수룩한 턱수염, 부실한 턱, 교활해 보이는 눈, 그리고 웅얼거리는 말투. 부인은 그 아이가 문자를 치는 모습을 상상할 수 있었다. 그 어린애 같은 말랑말랑한 손가락이 화면 위를 가볍게 날아다니는 모습을. 그 애가 컴퓨터에 능숙할까? 확실히 그런 유형이었다. 세이프 모를 떠올리고 그런 계획을 실행할 정도로 영리할까? 그건 아직 모르는 일이지만, 도덕적 질문은 형태를 갖췄다. 그 친구가 도둑이라는 건 이미 입증된 사실이었다.

플랜스키 부인은 꿈속으로 빠져들었다.

누군가가 문을 두드리고 있었다. 플랜스키 부인은 눈을 떴다. 침실이 빛으로 가득했다. 내가 잠들기 전에 커튼을 안 쳤던가? 이상한 일이었다. 도대체 어떻게 커튼을 안 칠 수가……. 그런데 그때 모든 게 다시 떠올랐다. 부인은 머리가 어지러워지고 바닥에 주저앉을 뻔했다.

그러는 동안에도 노크는 멈추지 않았다.

"가요. 잠깐만요. 가요."

부인은 서둘러 침실을 나와 복도를 지나 부엌으로 갔다. 식탁과 그 위에 있는 모든 것이 눈에 들어왔다. 종이, 폴더들, 보석함.

똑똑. "엄마? 계세요? 저예요."

니나다. 니나? 보카에 있어야 하지 않나? 부인은 앞문을 향해 망설이며 한두 걸음 내디뎠지만 이윽고 다시 몸을 돌려 반쯤 뛰다시피 욕실로 향했다. 니나에게 이런 꼴을 보여줄 수야 없지. 플랜스키 부인은 봐줄 만한 몰골이 되기 위한 단계들을 서둘러 거친 후 결국 테니스 의상을 입었다. 단순히 가장 가까운 옷걸이에 걸려 있어서였다. 그 와중에 짬을 내어 다른 화장은 관두고 색 없는 립스틱만 하나 발랐다. 그 후 침대에서 벗긴 퀼트로 주방 식탁을 덮어 그 위의 모든 것을 감춘 다음 잠긴 앞문을 열었다. 웃음을 짓는 건 한 박자 지나서야 떠올렸다.

그러고 니나가 있었다. 얼굴에 걱정이 가득한 니나가. 하지만 혼자가 아니었다. 그 옆에는 잭이 서 있었고, 역시 걱정스러운 표정이었다. 플랜스키 부인은 즉시 그 걱정에 마침표를 찍어야만 했다. 단순히 잭을 보는 것만으로도 도움이 됐다. 몇 달 만에 처음 보는 거였다. 잭은 아직 젊은, 적어도 젊은 축에 속하는 잘생긴 남자였다. 태어났을 때부터 잘생겼었다. 또한 아주 어린 나이부터 재미있는 아이였다. 변기 훈련 때는 똥 크기에 따라 다른 이름을 붙이곤 했다. 아기 코끼리 바바, 스튜어트 리틀, 기타 등등. 플랜스키 부인은 자신의 미소가 조금은 진짜로 변하는 걸 느꼈다. 부인은 양팔을 벌려 잭을 꼭 끌어안았다.

"정말 놀랍고 기쁘구나!" 부인이 두 사람을 안으로 들이며 말했다. "내가 뭘 했기에 이런 좋은 일이 생겼지?"

"안녕하세요!" 잭이 말했다. "혹시 저희 엄마 맞으세요?"

"무슨 질문이 그러니!" 플랜스키 부인이 나무랐다. "이유야 아무러면 어때. 들어오렴. 커피 마실래?"

"하지만 저희는 이유가 있어서 온 건 맞아요." 니나가 부엌으로 가는 길에 주위를 둘러보며 말했다. "혹시 테니스 클럽에 가시려고 했어요?"

"지금 당장은 아니고." 플랜스키 부인이 대답했다.

"아, 잘됐네요. 왜냐하면 잭이랑 저는 윌이랑 있었던 일이 약간 걱정돼서요."

"걱정할 것 없다." 플랜스키 부인이 말했다. "우린 지금 어떻게 된 건지 다 알아내려는 참이야." 부인은 커피메이커를 꺼내며 부산을 떨었다.

"정확히 뭘 다 알아내요?" 잭이 물었다.

"그것도 걱정되는 점이야." 니나가 말했다. "상황이 좀 혼란스러워."

"그냥 은행에서 큰 착오가 있었어." 플랜스키 부인이 말했다. 커피포트가 어디 있더라? 거실에 놔뒀나? 아버지랑 니나랑 매슈랑 같이 저녁 식사를 한 후에? 부인은 포트를 찾으러 가면서 어깨 너머로 외쳐 불렀다. "이런 일에는 시간이 걸린단다."

커피포트는 사이드보드에 있었다. 여전히 반쯤 차 있었다. 청소한답시고 그걸 빼놓다니 참 정신도 없지. 부인은 포트를 집어 들어 주방으로 가져 갔다.

니니와 잭은 이제 퀼트가 벗겨진 식탁 앞에 서 있었다. 잭은 퀼트를 손에 든 채 부인의 서류와 폴더와 보석함을 보고 있었다. 니나는 종이를 들고 거기 적힌 걸 읽고 있었다. 통통하고 섹시한 글씨로 적힌 그 목록을. 니나의 눈동자가 위아래로 아주 빨리 반복해 움직였다. 이윽고 니나가 고개를 들었다.

"엄마? 이게 다 뭐예요?"

"아무것도 아니야. 별로 중요한 거 아니야." 부인은 잭에게서 퀼트를 빼앗아 식탁의 모든 걸 도로 덮으려 했지만 너무 늦기 전에 멈췄다. "그냥 서류 작업 좀 한 거야. 그게 다야."

니나가 종이를 내려놓고 보석함을 열었다. "엄마? 도대체 이게 무슨 일이에요?"

"이미 설명했잖니! 제발 우리 다른 이야기 좀 해도 될까?"

니나와 잭은 한 번도 본 적 없는 표정으로 부인을 보고 있었고 부인은 그게 조금도 마음에 들지 않았다. 자기 자식들에게 살짝 화가 났다.

"좀 도와줘도 될 텐데 말이지." 아, 맙소사. 방금 그 말이 정말 내 입에서 나왔단 말인가?

두 사람은 깜짝 놀란 눈치였다.

"당연하죠." 니나가 말했다.

"어떻게요?" 잭이 물었다.

"어떻게?" 이제 부인은 자제력을 잃었고 멈출 수 없었다. "우선 나한테 월의 친구 이름부터 좀 대주면 어떻겠니?"

"무슨 친구요?" 니나가 물었다.

"봄방학 때 우리 집에서 묵은 친구."

"루크 이스터브룩요? 하지만 왜요? 뭐, 카드 같은 걸 보내시게요?"

"무슨 소릴 하는 거니?"

"그 애, 사고 당했잖아요."

"이게 무슨 소리야?" 잭이 물었다.

"월의 힐턴 헤드 시절 친구. 지난달에 끔찍한 사고를 당했어. 아직도 병원에 있어. 턱을 철사로 고정해야 했어. 그것뿐만이 아니었고."

"턱을 철사로 고정해야 했다고?" 플랜스키 부인이 말했다.

"그냥 당분간, 얼굴이 다 나을 때까지만요. 드문 일은 아니에요, 엄마. 그리고 결국 괜찮아질 거라고 했어요."

하지만 세이프모는? 저 위의 어떤 신이 보우하셨는지, 부인은 그 말을 삼킬 수 있었다.

"이해가 안 가요, 엄마." 잭이 말했다. "그 애한테 도대체 무슨 도움을 받으려고 하신 거예요?"

"난—" 플랜스키 부인은 입을 열었지만 어떤 멍청한 말이 또 새어 나오기 전에 노크 소리가 들렸다. 마치 이 작은 희극이 본궤도에 오른 것 같았다. 부인은 문간으로 갔다.

또 다른 혼성 2인조가 현관 계단에 서 있었다. 여자는 아는 사람이었다. 실라 레인스. 남자는 처음 보는 얼굴이었다.

"안녕하세요, 로레타." 레인스 요원이 말했다. "이쪽은 개틀링 요원이에요. 우리 소속 기술 전문가죠. 휴대전화를, 그 통화가 이루어진 전화를 직접 확인하고 싶다고 해서요."

니나와 잭이 뒤에서 다가왔다.

"엄마?"

플랜스키 부인은 옆으로 비켜섰다. 곧 개틀링 요원은 부인의 휴대전화를 자신이 가져온 무슨 장비에 연결했고 레인스 요원은 니나와 잭에게 이 상황의 전말을 들려주었다. 플랜스키 부인은 테니스 운동복 차림으로 식탁 앞에 가만히 앉아 무겁고 어두운 기분에 잠긴 채 거의 입을 다물고 있었다.

13장

똘마니들

"스티브 잡스가 뭐라고 말했게?" 드라고미르 삼촌이 물었다.

그들은 클럽 프레스토의 캄비오 사무실에 있었다, 디누와 로메오는 삼촌의 연락을 받고 아침 일찍 도착했다. 팀보가 커피를 따르고 있었다. 로메오도 디누도 답을 듣지 못했다. 로메오야 워낙 영리하니 알았을지도 모르지만 조심하는 편을 택했다. 디누로 말하자면, 스티브 잡스라는 이름을 들은 건 이때가 처음이었다.

"애들 좀 봐, 팀보." 드라고미르 삼촌이 말했다. "블레그에 블레그네." 블레그(bleg)는 그들 말로 **얼간이**였다. "스티브 잡스가 뭐라고 말했는지 들려줘."

"A급 보스는 A급 직원을 고용한다." 팀보가 그렇게 말하며 드라고미르 삼촌의 머그잔에 크림을 추가했다. "B급 보스는 C급 직원을 고용한다."

"바로 그거야." 드라고미르 삼촌이 말했다. "여기 팀보는 자기 업무에 통달한 A급 직원이지." 디누의 혀가 입속에서 말려 새로운 이를 더듬었다. "내가 A급 보스인가?"

"네." 디누가 대답했다.

"A 플러스죠." 로메오가 말했다.

"넌 나쁜 놈이야, 로메오. 둘 다 나쁜 놈들이야. 너희가 A에서 미끄러지는 순간, 아니 심지어 미끄러질 것 같은 낌새라도 나한테 들키는 순간 너희는 길거리로 내쫓길 거야. 하지만 그 전에 팀보와 마리우스가 너희를 살짝 손봐주겠지. 팀보는 손보는 거라면 전문이야. 집시니까, 잊지 마."

"일부예요." 팀보가 말했다. "한쪽 할머니만요."

"손보는 재주가 핏속에 흐르기엔 충분하지. 다 알아들었겠지, 신사분들?"

디누와 로메오는 고개를 끄덕였다.

"펜." 드라고미르 삼촌이 말했다.

팀보가 황금 펜을 건넸다. 드라고미르 삼촌은 노트패드에 재빨리 뭐라고 끄적인 후 맨 위 장을 찢어 로메오에게 건넸다. "가서 이 남자를 만나봐. 올 거라고 말해뒀어."

"이 남자가 누군데?" 밖으로 나와서 디누가 물었다.

"그냥 미르체아라고만 적혀 있는데." 로메오가 디누에게 쪽지를 보여주었다. **미르체아 96 이온 기카 로드**. 이온 기카 로드는 이 시의 산업 지구였다. 강 건너편 약 2킬로미터 거리였다. 두 아이는 걸어갔다. 추운 날이었지만 햇살이 비쳤고 강은 평소보다 갈색으로 보였다. 한복판에서 백조 한 마리가 물결에 몸을 싣고 흘러가는 중이었다.

"넌 타사한테 데이트를 신청해야 해." 로메오가 말했다.

"응?"

"널 좋아해."

"네가 어떻게 알아?"

"나한테 말했으니까."

"그렇게 말했다고? '난 디누가 좋아' 하고?"

"그렇게 말한 건 아니야."

"그럼 뭐라고 말했는데?"

"'걔 나쁘지 않아.'"

디누는 로메오를 밀쳤다.

"어이쿠. 난 수영 못 해."

"못 해?" 디누는 수영을 잘했다. 세 살 때 아버지에게 배웠다. 그게 아버지에 관한 거의 유일한 기억이었다. "개처럼 물장구를 쳐, 디누. 개처럼 물장구를 쳐!"

"아마 이 높이에서는……" 로메오가 말하고 있었다. "난 아마 물에 닿는 순간 죽을 거야."

"그럴 것 같아?"

"당연하지. 여기서 고체와 액체 사이의 밀도 차이는 중요하지 않아."

디누는 곁눈질로 로메오를 보았다. 로메오는 턱의 하얗게 부풀어 오른 여드름을 짜고 있었다. 로메오의 머리는 A 플러스급이었다. 거기엔 의심할 여지가 없었다.

96 이온 기카 로드는 알고 보니 정비소였다. 시멘트 공장에서 몇 걸음 거리였고, 숯으로 얼룩진 낡은 공산주의 공장들에서 멀지 않았다. 열려 있는 셔터 안쪽으로 리프트에 올려진 차 한 대가 보였다. 그 밑에서 한 남자가 작업 중이었다. 남자의 머리는 그림자 속에 가려져 있었지만 두껍고 기름으로 얼룩진 양팔은 볼 수 있었다. 내부 전체가 기름으로 얼룩졌고 벽은 연기에 검게 그을렸으며 바닥에는 담배꽁초들과 음식 포장지들이 아무렇게나 나뒹굴었지만 리프트에 올려진 차는 메르세데스 500으로, 반짝이는 신차였다.

남자가 리프트 밑에서 나왔다. 다부진 몸집으로 머리털과 수염은 짧고 뻣뻣했으며 시선에 까칠한 느낌이 있었다.

"미르체아를 보러 왔는데요." 로메오가 말했다.

"실컷들 보셔. 드라고미르의 똘마니들인가?"

"어, 네." 로메오가 말했다.

"그분이 우리를 보내셨어요." 디누가 새로운 임기응변술을 선보이며 말했다.

"그럼 너희는 그 친구의 똘마니들이지." 미르체아가 말했다. "들어와."

미르체아는 그들을 안쪽으로 이끌고 들어갔다. 방수포에 덮인 뭔가가 있었는데, 커다란 혹 두 개가 튀어나온 게 보였다. "부알라!" 미르체아는 디누가 듣기에 나무랄 데 없는 프랑스어로 말했다. 루마니아의 이쪽 지역에서는 드물지 않은 일이었다. 남자가 방수포를 치우자 반짝반짝 광이 나지만 아마

새것은 아닌 듯한 오토바이 두 대가 드러났다.

"이게 뭐죠?" 로메오가 말했다.

"장님이야?" 미르체아가 말했다. "야마하 XT660Z잖아. 곱하기 둘. 4스트로크, 4밸브, 연료 주입식. 이 두 손으로 개조한 거야. 그러니 순정보다 낫지." 미르체아가 덩치에 비해 거대한 양손을 들어 올렸다. "그리고 타이어는 완전히 새거야, 거의." 미르체아는 그렇게 말하며 가장 가까운 타이어를 가볍게 찼다. "자, 누구 나이가 더 위지?"

"저요." 로메오가 말했다. "제가 더 위예요."

"그럼 하나 골라." 미르체아가 말했다. "빨간색 아니면 검은색?"

"가격이 같은가요?" 로메오가 물었다.

"응?"

"저 둘요. 가격이 똑같은지 아니면 하나가 더 비싼지요."

미르체아가 눈을 찡그리고 로메오를 보았다. "나 놀리는 거야?"

"아닌데요, 선생님." 로메오가 손을 가슴에 갖다 댔다.

"그럼 넌 멍청한 거구나." 미르체아가 디누를 돌아보았다. "너, 예쁜이. 너도 멍청하냐?"

"선물인가요?" 디누가 말했다.

"정답!" 미르체아가 말했다. "알아들었이? 정답!"

디누와 로메오는 둘 다 알아들었지만 미르체아만큼 신나게 웃지는 않았다.

"그래서?" 미르체아가 로메오에게 말했다. "어떡할 거야? 빨간색 아니면 검은색?"

"하지만 전 모르는데요."

"뭘 고를지 모른다고?"

"타는 법요."

"바이크 타는 법을 모른다고?"

"바이크는 탈 줄 몰라요."

"젠장, 뭐야? 몇 살인데?"

"열여섯 살요."

"그럼 여기 네 친구가 알려줄 거다."

"저도 모르는데요." 디누가 말했다.

"젠장, 뭐야?" 미르체아가 말했다. "러시아인들이 오면 어쩌려고 그러지?"

"러시아인들요?" 로메오가 말했다.

"너희 같은 계집애들이 도대체 어쩌려고?"

"러시아인들은 안 와요." 로메오가 말했다.

"우린 맞서 싸울 거예요." 디누가 말했다.

미르체아가 고개를 끄덕이고는 말했다. "하나 골라라, 디누."

디누는 빨간색을 골랐다. 미르체아는 둘에게 중고 헬멧을 싼값에 팔고 바이크 타는 법을 잠깐 알려주었다. 로메오가 탄 검은색 660Z는 엄청나게 흔들렸지만 디누는 곧장 감을 잡았다. 마치 안장 위에서 태어난 것 같았다. 두 아이는 출발했다. 다리를 건너 구시가지의 신흥 지구로 돌아왔다. **신흥**이란 오토만의 패배를 기준으로 따진 거였다. 로메오는 신난 동시에 겁먹었지만 디누는 오로지 신나기만 했다. 두 아이가 다리의 경사로를 내려가 대로를 탈 때, 검은 머리를 살짝 길게 기르고 흰 턱수염을 바짝 깎은 남자가 몸을 돌려 두 아이를 보았다. 디누는 그 남자를 전에도 봤다고 생각했지만 언제 어디서 봤는지는 생각나지 않았다.

토요일에 디누는 타사를 바이크에 태워 외출했다. **데이트**라는 말은 아직 입에 오르지 않았다. 그냥 드라이브였다. 디누는 타사가 사는 아파트 건물로 데리러 갔다. 디누가 사는 곳과 마찬가지로 소비에트 양식의 아파트였다. 허름한 건물을 등지고 서 있는 타사의 모습이 어찌나 아름다운지 디누는 감히 쳐다볼 엄두도 나지 않았다. 타사야 항상 예뻤지만 이 정도라고? 이게 도대체 어떻게 된 거지?

"난 바이크 처음 타보는데." 타사가 말했다.

"그냥 내 뒤에 올라타. 우선 이걸 써." 디누는 그날 하루 로메오에게서 빌린 헬멧을 건넸다. 로메오는 처음 탄 이후로 한 번도 타지 않았다. 디누는 틈날 때마다 탔다.

타사는 헬멧을 쓰고 오토바이에 올라탔다. "이 헬멧을 쓰면 다른 데는 전부 박살 나도 머리만은 무사하겠지."

디누는 소리 내어 웃고 엔진을 켰다. "아무 일도 안 일어날 거야."

"내가 어딜 잡으면 돼?"

"지붕 올리기 동작을 해."

타사는 깔깔 웃고 디누의 허리를 양손으로 감았다. 두 아이는 괴성을 지르며 도시를 벗어나 타사 언니의 집으로 향했다. 그곳은 야트막한 언덕에 있는 농장으로, 대략 40킬로미터 거리였다. 거의 아무런 대화도 오가지 않았다. 그저 타사가 "여기서 꺾어" 또는 "두 번째에서 우회전" 하는 게 다였다. 길은 넓고 붐비는 2차선 포장도로에서 통행량이 적고 좁은 2차선 포장도로로, 다시 자갈길과 흙길로 변했다. 이따금씩 지나가는 트랙터와 말이 끄는 마차만 빼면 길에는 거의 아무도 없었다. 그리고 바이크를 따라오며 짖어대는 개들을 빼면. 처음에는 타사의 손이 영 어색하게 느껴졌지만 타사가 자세를 약간 바꾸자—어쩌면 그저 긴장을 푼 것일까—상황이 아주 자연스럽게 느껴졌다. 마치 그들 셋, 그러니까 디누와 타사와 660Z가 한 몸이 된 것 같았다. 타사는 콧노래를 불렀다.

"그 노래, 뭐야?" 디누가 목소리를 높여 물었다.

"미국 노래야." 타사가 디누의 귀에 대고 말했다. "에이트 마일 하이."

작고 외풍이 심한 농가에서 사는 타사의 언니 부부는 포도주 제조업자에게 팔 포도를 재배했다. 연중 이맘때는 할 일이 그리 많지 않아서 그날 오후엔 두 어린 아들을 데리고 영화를 보러 갈 거라고 했다. 그 전에 우선 맛있는 점심을 먹었다. 검은 빵과 소시지와 양배추로 만든 샌드위치에, 창밖으로 보이는 넝쿨에서 자란 포도로 만든 적포도주. 디누와 타사는 그냥 살짝 한 잔씩만 마셨다. 그 후 디누는 두 아들을 바이크에 태워주었다. 아이들 아빠가 바이크를 잡아주었다.

"타사랑 같은 반이니?" 타사의 형부가 물었다.

"다만 타사는 위쪽이고 전 아래쪽이지만요."

"정말? 아래라고?"

"중간요."

"혹시 졸업하면 뭐 할지 생각해둔 게 있니?"

"별로요. 어쩌면 영어와 관련된 뭔가를 할 수도 있고요."

"영어 할 줄 알아?"

"약간요." 디누는 영어로 말했다. "하지만 슬슬 감을 잡은 것 같아요."

"바이크 좋네." 잠시 침묵 후에 형부가 말했다.

가족이 영화를 보러 간 후 디누와 타사는 조용한 포도밭을 산책했다. 수확이 끝나 넝쿨은 모두 비어 있었고 땅은 단단했다. 둘은 손님용 별채에 다다랐다. 초가지붕을 인 낡아빠지고 작디작은 구조물이었는데, 산 쪽으로 계곡이 바라다보였다. 가장 먼 계곡은 눈으로 덮여 있었다. 창가의 울퉁불퉁하지만 깨끗한 소파에서는 풍경이 아주 잘 보였다. 잠시 후 그 소파 위에서 둘은 진도를 나가기 시작했지만, 꽤 멀리까지 갔을 때 타사가 중단시켰다.

"뭐야?" 디누가 말했다.

"지금은 여기까지만."

"무슨 뜻이야?"

"우린 시간이 있어."

"하지만 지금 시간이 있잖아."

"내 말뜻이 그게 아닌 거 알잖아." 타사가 말했다.

"그럼 무슨 뜻인데?"

"어려운 게 더 가치 있어. 그게 내 말뜻이야."

"그럼 이게 가치 있는 거지!"

타사가 웃었다. "뭔가 앞으로 기대할 거." 타사는 가운뎃손가락을 구부려 손톱으로 엄지를 밀다가 튕겼다. 놀랍도록 강력하고 완벽하게 겨냥된 딱밤이 대화를 바꿔놓았다.

14장
취업

"로레타! 만나서 너무 반가워요!" 실비 베누아가 책상 뒤에서 급히 일어나 부인을 맞았다. 사무실은 아름다웠다. 조명 하나만으로도 앙상블의 효과를 내는, 현대 디자인의 기적이었다. 실비가 플랜스키 부인의 양 뺨에 입을 맞췄다. "오늘 정말 예쁘세요!"

포트 로더데일로 오는 길에 백미러로 자신의 모습을 비춰 보았던 플랜스키 부인은 그 말이 사실임을 알았다. "음." 부인이 말했다. "실비도요."

두 사람은 퇴창 앞에 놓인 소파에 앉았다. 저 아래로 미들강과 그 위를 오가는 배들이 보였다. 소파는 딱히 형체랄 게 없어 보였지만 인체의 굴곡에 완벽하게 적응했다. 적어두 플랜스키 부인의 인체에는 그랬다. 조수기 차를 따라주면서 프랑스제 페이스트리 같은 걸 권했는데, 원래는 좋아하는 거였지만 부인은 갑자기 그 이름이 떠오르지 않았다. 그래서 그냥 이렇게 말했다. "맛있어 보이지만 사양할게요."

"아, 하나 드셔보세요." 실비가 하나 집어 먹으며 말했다. "실망 안 하실 거예요. 조엘 르메어 건데, 아세요?"

"아뇨." 사실 플랜스키 부인은 들어본 적도 없었다.

"조엘은 델리스 모데른을 떠받치는 두뇌예요."

델리스 모데른이라면 플랜스키 부인도 알고 있었다. 고급 페이스트리 체인점으로, 아카디아 가든에서 멀지 않은 곳에 지점이 하나 있었다. 아버지를 데려간 적이 있었는데, 아버지는 조금도 저어하는 기색 없이 가격에 대한 놀라움을 노골적으로 드러내고는 나폴레옹의 최신 플로랑틴과 모카 에클레르를 먹어치운 뒤 씩씩거리며 휠체어를 굴려 나갔다.

부인은 페이스트리 하나를 먹어보았다. 맛있다는 걸 머리로는 알겠는데 어쩐지 아무 맛도 느껴지지 않았다. 먼지를 한입 가득 문 것만 같았다. 부인은 그 먼지를 차로 씻어 내렸다.

"맛있네요." 부인이 말했다.

실비가 고개를 끄덕였다. "조엘은 진짜예요. 생각해보면, 아마 부인이 은퇴한 후에야 대박을 치기 시작했지만요. 그 사람도 물론 고객이죠. 버터와 설탕만 제외하고 나머지는 전부 제가 공급한답니다." 전 세계 주방 디자인 사업을 소유한 실비의 가족은 플랜스키 토스터 칼을 수십만 자루는 팔아치웠다.

실비는 부인을 곰곰이 뜯어보았다. "무슨 생각 하시는지 알아요. 조금도 변하질 않으셨네요! 여전히 그 내적인 유머 감각이 똑딱거리고 있죠. 이렇게 생각하시는 거죠. '실비, 이 얼간이, 버터와 설탕 그 자체로 사업인데!'"

플랜스키 부인은 그런 생각을 하고 있지 않았다. 어떻게 하면 대화를 자신이 원하는 방향으로 끌고 나갈 수 있을지 고민 중이었다.

실비가 환한 미소와 함께 말했다. "전화해주셔서 너무 반가워요. 안 그래도 연락하려던 참이었어요. 마지막으로 본 게 언제였죠?"

"틀림없이 노엄의 장례식 때였을 거예요." 플랜스키 부인이 말했다.

"그건 절대 못 잊죠." 실비가 말했다. "특히 부인이 연단에 올라가서 말씀하셨을 때는요. 정말 안 우는 사람이 한 명도 없었어요. 부인만 빼고요. 어떻게 그럴 수 있었는지 전 지금도 모르겠어요. 아, 하지만, 정말 멋진 남자였죠." 실비가 한숨을 쉬었다. "그러니 이제 말씀해보세요. 어떻게 지내고 계세요? 여전히 테니스 코트에서 연전연승하고 계세요?"

"그냥 채를 놓지 않는 정도예요." 플랜스키 부인이 찻잔을 내려놓고 말을 이었다. "사실 난 직업의 세계로 다시 돌아올 생각을 하고 있어요."

"정말요?" 실비가 말했다. "은퇴한 분들이 지루함을 느낀다는 건 알지만,

부인처럼 재능이 넘치는 분들은 많지 않아요."

"난 잘 모르겠어요. 내가—"

"당연하죠! 부인은 여전히 넓고 큰 세상에 관심이 많으시잖아요. 게다가 반석처럼 든든한 가족이 있고요."

"그렇긴 하지만……" 플랜스키 부인이 대꾸했다. "그리워져서……" 직업 세계의 뭐가 그리웠지? 사실은 아무것도 없었다. "문제를 해결하던 게 그리워져서요."

"스도쿠를 하세요." 실비가 웃으며 말했다.

플랜스키 부인도 웃었다. 살짝만. 실비의 눈동자에 생각의 그림자가 스쳐가는 게 보였다. 실비는 약삭빠른 계획가였다. 실비도 찻잔을 내려놓았다. 그 순간 플랜스키 부인은 사교적인 인사치레를 한두 마디 하고 거기서 이 만남을 끝낼까 생각했다. 하지만 마음을 바꿨다.

"게다가……" 실비가 물었다. "무슨 일을 하시게요?"

플랜스키 부인은 내질렀다. "자문요."

"어떤 사업에서요?"

"이 사업에서요." 플랜스키 부인은 양손으로 그 공간 전체를 가리켰다.

"아이고, 로레타, 전 이 사업에서 자문에 관련된 업무는 상상도 안 가요. 성공적인 자문은요."

"전 그보다는 내부 조직을 생각하고 있었어요."

"내부 전략가들은 당연히 있죠. 전 기획 위원회를 두고 있어요. 하지만 그 사람들은 부서의 장들이지 자문들이 아니에요. 그리고 부인을 김새게 하려는 건 아니지만, 아마 분명히 제 경쟁자들도 다 거의 똑같을 거예요."

아, 그냥 한번 생각해본 거예요. 플랜스키 부인은 그렇게 말했어야 했다, 그런 다음 우아하게 퇴장했어야 했다. 하지만 부인은 그 대신 이렇게 말했다. "혹시 여기 부서장들이 전부, 어, 확실히 제대로 자리를 잡았나요?"

"아이고, 이런." 실비가 말했다. "정말 일이 하고 싶으신 거군요." 실비의 입꼬리가 다시 올라가 환한 미소를 지었다. 하지만 이번 미소는 가짜였다. 그러고 표정이 다시 바뀌었다. 이번에는 솔직하고 숨김없는 표정이었다.

"부인은 당연히 모르셨겠지만 우리 회사에는 규칙이 있어요. 재능 있는 젊은이들의 발전을 독려하기 위한 거죠. 65세면 아웃이라는 규칙이에요. 일부 특수한 경우에는 66세에서 67세까지 연장했어요. 하지만 보편적이죠. 8년 7개월 후면 저도 여길 떠날 거예요."

"아." 플랜스키 부인이 말했다.

"그러니 쓸데없는 데 괜히 시간 낭비하지 마세요, 로레타. 부인은 이미 여기 있어봤고 전부 다 해보셨잖아요. 이제 가서 인생을 즐기세요. 그럴 자격 충분해요."

"핵심 사실은, 기본적인 사실은 말하지 않았어." 플랜스키 부인은 다시금 혼잣말을 하고 있었다. 차는 95번 도로로 접어들어 북쪽으로 향했다. 부인은 수많은 취업 면접에서 책상 반대편에 앉아 있어봤다. 보통은 입 밖으로 나오지 않는 핵심적인 사실을 충분히 알고도 남았다. 부인은 예전에 그게 입 밖으로 나왔던 상황을 명확히 기억하고 있었다. 회사 설립 초기에 한 지원자가, 아무런 관련된 경력이나 두루뭉술한 추천장조차 갖추지 못한 패배한 얼굴의 중년 여성이 불쑥 이렇게 내뱉은 것이다. "전 빈털터리예요. 그냥 일자리가 필요해요."

그런 상황을 피하게 해주셔서 하느님 감사합니다. 플랜스키 부인은 머릿속으로 말했다. 이번에는 그 말이 입 밖으로 나오지 않도록 자신을 단속했다. 간절한 지원자 이야기로 돌아가서, 초기에는 사업가적 면모가 아직 부족했던 플랜스키 부인은 그 여자를 고용했고, 결과는 좋지 않았다. 부인은 백미러를 들여다보며 자신에게서 간절함의 흔적을 찾았지만 보이지 않았다. 그런데 뭐 하러 이렇게 감상적인 드라마를 찍고 있담? 개틀링 요원이 부인의 휴대전화에서 뭔가를, 예컨대 세이프모의 배후에 있는 이름들을 찾아내서 FBI를 움직이게 하는 것도 얼마든지 가능하지 않나? FBI는 교활한 범죄자들을 법정에 세운 혁혁한 역사를 자랑했다. 예컨대 마약왕들이라든가. 노리에가라든가. 비록 노리에가는 마약왕이 아니었을 수도 있지만. 하지만 그래도 요는 분명했다. 부인은 혼자가 아니었다. 지구상에서 가장 강력한 국가의, 범죄와 싸우는 기관을 등에 업고 있었다. 플랜스키 부인이 이 모든 것이 과거가 되고, 칵테일파티에서 모두를 빠져들게 할 일화가 될 햇살 가득한 고지대를 그려보고 있는데 전화벨이 울렸다. 화면을 확인했다. 아카디아 가든의 지닌이었다. 플랜스키 부인은 다음 출구에서 길을 벗어나 넓고 안전한 갓길에 차를 대고 걸려온 번호로 다시 전화를 걸었다.

"아, 안녕하세요." 지닌이 말했다. "다시 전화 주셔서 고마워요. 그냥 혹시 전에 했던 이야기와 관련해 어떤 문의 사항은 없으신지 궁금해서요."

무슨 이야기를 하고 있었지? 플랜스키 부인은 기억을 뒤졌지만 아무것도 나오지 않았다. "텔레비전요?" 부인이 물었다.

"그건 모르겠…… 아, 화면이 깨진 거요? 그건 보험으로 처리돼서 문제없어요. 혹시 제가 깜빡하고 말씀드리지 않았다면 죄송해요. 아뇨, 제가 전화드린 건 근본적인 상황에 관해서예요."

"또 다른 사고가 있었다는 말씀만은 참아주세요."

"음, 네, 사실은 있었어요. 비록 손상이나 부상은 없었지만요. 하지만 그 일 때문에 저희는 정말 가능한 한 빨리 그 조치를 취하고 싶어지긴 했죠. 전 그냥 그 상황을 알려드리고 이제 서류 작업을 시작했으면 해서요."

"그래서 전화하신 용건이……?"

"층을 옮기는 거요. 계약서를 새로 작성해야 할 것 같아요. 저희는 절차를 단순화하려고 하는데, 그리고 내년에 새로운 소프트웨어가 들어오면 더 단순화되긴 할 텐데, 지금은 처음 시작하는 거라서요. 물론 재정과 신용도 확인은 필요 없어요. 이미 저희 아카디아의 가족이시니까요."

재정과 신용도 확인은 필요 없다. 말은 좋게 들리는데 그래서 뭘 하자는 거지? 그 이사, 그게 분명하다. 플랜스키 부인의 머릿속에서 가장 총명한 부분은 이 일이 아니라 다른 것들로 인해 진흙탕 상태였다. 제아무리 강력한 국가를 등에 업고 있어도. 부인은 주사위를 굴렸다. "다른 층으로 이사하는 것 말씀이신가요?"

"맞아요. 제가 좀 더 명확하게 말씀드릴 걸 그랬죠. 그리고 좀 헷갈리실 만도 해요. 아버님이 받으시는 간병의 급수는 올라가는 대신 층수는 내려가니까요. 2급으로 올라가고 3층으로 내려가죠."

"그렇군요." 플랜스키 부인이 말했다. "알겠습니다. 전 우리가 막힌 부분이 지금 계신 곳에 있으면서 2급 간호를 받으실 수는 없는지인 것 같아요. 아버지가 그 방에 애착이 있으신 것 같거든요."

"맞아요. 그래서 거기에 맞서 싸우는 것보다, 저희 계획은 이래요. 평수와 구조가 동일한 3층의 방을 이달 말 5일 전에 준비해두려고요. 그러면 페인트칠을 다시 하고 재단장할 시간이 있거든요, 현재 방의 쌍둥이로 만드는 거죠. 아무 추가 비용 없이요."

"빈틈이 없으시네요." 플랜스키 부인이 말했다.

"그러려고 노력하죠." 지닌이 말했다. "그럼, 혹시 궁금한 거 있으세요?"

"아버지한테 비용 이야기를 듣긴 했어요. 아버지가 한 달에 1만 달러라고 하신 건지 아니면 한 달에 1만 달러 추가라고 하신 건지 헷갈려서요. 지금 내고 있는, 우리가 이미 지불하는 액수에다가요."

지닌이 소리 내어 웃었다. "정말 보통 분이 아니세요. 답은 둘 다 아니다예요. 맙소사! 한 달에 1만 달러 추가라뇨! 지금 내고 계신 건 한 달에 7500달러예요. 비록 다음 회계연도, 그러니까 저희 기준으로는 4월에 9000달러로 조정되겠지만요. 그리고 지금은 2층이 특별 프로모션 기간이라 6개월간 15퍼센트 할인이 들어가요. 그러면 총 월세가…… 어디 보자…… 1만 6000달러로 딱 떨어지네요. 그러니 겨우 7000달러 인상이죠. 1만 달러가 아니고요."

플랜스키 부인은 사업을 하면서 숫자로 술수를 부릴 줄 아는 사람들을 상대한 경험이 없지 않았다. 다만 지닌이 그런 타입인지는 가늠이 안 됐다. 지금까지는. 하지만 그게 중요한가? 그 모든 숫자들은 세이프모 문제가 해결되지 않으면 어림도 없었다. 아니, 부인은 머릿속으로 고쳐 말했다. 세이프모 문제가 해결될 때까지는.

"제 생각에 지금은……" 부인이 말했다. "아버지를 지금 계신 곳에 그냥 둘까 해요."

침묵. "로레타? 아무래도 오늘은 제 소통이 영 서툰 것 같네요. 아버님 같은 단계에서는, 주에서 승인받은 저희 프로토콜에 따르면, 2급 간호로의 이동이 필수예요. 그건 3층으로 물리적으로 이동해야 한다는 뜻이죠. 그분이 가끔 고집을 부리시는 건 알지만 그래도 따님 말씀은 들으시잖아요. 따님이라면 하실 수 있다는 걸 전 알아요."

"다시 연락드릴게요." 플랜스키 부인은 그날 아침 두 번째로 그 말을 했다. 그 밑에 숨겨진 사실은 모두 가슴속에 담아둔 채로.

"좋아요. 그리고 시간에 관련해서 문제가 좀 있는데, 지금 계신 방에는 이미 그달 첫날 입소하시는 새로운 고객분이 오시기로 정해졌거든요."

플랜스키 부인은 처음에는 훨씬 더 싼, 그리고 나중에는—개인적 인맥이나 전화 문의를 통해—조금이라도 더 싼 요양원을 찾아보느라, 그리고 그런 시설들을 아버지에게 소개하고 아버지를 그런 시설들에 소개하는 상상을 하느라 남은 하루를 몽땅 보냈다. 전망은 암울했다.

플랜스키 부인이 리틀 파인 레이크 콘도의 전용 진입로로 가려면 작은 방문객 주차장을 지나쳐야 했다. 거길 지나가는데 똑같이 생긴 검은 세단 두 대의 운전석 문이 열리고 각각 한 명씩 내렸다. 레인스 요원과 개틀링 요원이었다. 플랜스키 부인은 브레이크를 밟았다. 수년간 부인과 노엄은 사업에 적용되는 일련의 간결하지만 함축적인 진실을—노엄은 늘 거지 같은 진실이라고 불렀다—습득했다. '좋은 소식은 빨리 전해진다', '나쁜 소식은 천천히 전해진다' 같은 것들이 그 예였다. 플랜스키 부인은 차에서 내렸다. 뛰어내리지 않았지만 일흔한 살치고는 꽤 재빠른 편이었다.

두 요원이 부인에게 다가왔다. 표정은 읽히지 않았다.

"안녕하세요." 레인스 요원이 말했다.

"그래서요?" 플랜스키 부인이 빠른 소식을 얼른 듣고 싶은 열망에 예의도 깜빡하고 말했다.

"저희는 정보를 수집하는 중입니다. 주로 여기 개틀링 요원 덕분이죠. 개틀링 요원?"

"음, 플랜스키 부인, 보아하니 다른 쪽에 부주의함이 좀 있었던 것 같습

니다. 세이프모는 이전에도 이용되었습니다. 딱 한 번요. 하지만 그 정도로
도 제 기대 이상이었습니다. 제 생각엔 일회용인 것 같습니다. 이 조그만 작
전을 위해 설정한 후 파묻어버린 거죠. 물론 실수는 누구나 저지르기 마련
입니다. 좋은 사람도, 나쁜 사람도, 추한 사람도요."

레인스 요원이 얼굴을 찌푸렸다. 플랜스키 부인은 알아차리지 못했지만
개틀링 요원은 그 순간적인 표정을 알아차렸다.

"요점은……" 개틀링 요원이 말을 이었다. "이전 사건에서, 부인의 사건
과는 무관한 복잡한 일련의 사건들을 통해 FBI가 해당 지역을 파악했다는
겁니다."

"무슨 말씀인지 모르겠네요." 플랜스키 부인이 말했다. 부인은 **내가 돈을
돌려받을 수 있나요, 없나요**를 안에 꾹꾹 눌러 담고 있었다.

"죄송합니다." 개틀링 요원이 말했다. "이런 사기꾼들은 다수가 동유럽에
서 활동하고 있습니다. 물론 러시아도 포함해서요. 저희가 확신하는 건—"

"99퍼센트 확신합니다." 레인스가 보탰다.

"세이프모 사람들이 루마니아에서 활동한다는 겁니다. 구체적인 도시명
은—" 개틀링 요원이 주머니를 뒤졌다.

"알바제미나예요." 레인스가 말했다. "그리고 그 부분에서는 정확도가
좀 떨어집니다, 말하자면 75나 80퍼센트로요."

"그러면 진척이 있는 거군요." 플랜스키 부인이 말했다. "그럼 다음은 뭐
죠? 첫 사건은 해결된 거죠?"

"이해하셔야 할 게……" 레인스가 말했다. "이건 우리 모두가 배우게 되
는 쓰디쓴 교훈인데, 각국은 각자 다른 규칙을 따른다는 겁니다. 정치학이
많이 개입되고, 주고받기가 있고—"

"그런데 그 첫 사건의 사람들이 돈을 돌려받았나요?" 플랜스키 부인이
물었다.

레인스가 고개를 저었다. "대사관은, 그러니까 사이버범죄 연락망은 적
어도 현재까지는 범법자들을 밝혀내지 못했습니다."

"하지만 그 사람들이 세이프모의 배후잖아요!"

"그럴 수도 있습니다. 아닐 수도 있고요."

"하지만 아니라고 해도, 세이프모는 그 사람들이 누군지 알 거 아니에요!"

"그것도 아직은 결론이 나지 않았습니다." 레인스가 말했다. "우린 대사관의 사이버범죄 담당 부서에 전체 파일을 넘겼습니다. 그쪽에서 소식이 오는 즉시 알려드리겠습니다."

"그게 언제인데요?"

"그건 알 수 없죠."

"그게 다인가요?" 플랜스키 부인이 말했다.

"지금으로서는요." 레인스 요원은 몸을 약간 더 꼿꼿이 세웠다. 이미 꼿꼿이 서 있었는데도. "현실은, 이런 사건들이 무척 어렵다는 겁니다, 플랜스키 부인. 하지만 희망을 잃지는 마세요."

레인스 요원과 개틀링 요원은 작별 인사를 하고 차로 돌아갔다. 플랜스키 부인은 떠나는 두 사람의 뒷모습을 바라보고 있었다. 하지만 개틀링 요원은 떠나지 않았다. 차에서 도로 내려 타이를 느슨하게 풀며 부인에게 다가왔다.

"이건 제 마지막 사건입니다." 개틀링이 말했다. "전 이번 주말에 은퇴하거든요."

"그러기엔 너무 젊으신데요." 플랜스키 부인이 말했다.

"민간 부문으로 갑니다. 사실은 그래서 좀 덜 빡빡하게 굴어도 되죠. 전 사람들이 망상에 빠져 사는 게 보기 싫습니다. 솔직히 너무 많이 봤거든요. 요는, 저쪽 나라에, 물론 부패는 말할 것도 없겠지만, 그게 아니라도 의욕을 꺾는 다른 요인들 역시 존재한다는 겁니다."

"그게 뭐죠?" 플랜스키 부인이 물었다. 왠지 몰라도 지금은 개틀링 요원의 말을 이해하기가 쉬웠다.

"우리 관점에서 사기꾼들은 나쁜 놈입니다. 그거로 끝이죠. 하지만 거기서 전체 쇼를 관장하는 상류층에게 그 사기꾼들은 나쁜 놈이면서 동시에 소소하지만 탄탄한 사업을 운영하는 사업가들이거든요. 양키 달러를, 그것도 잔뜩 가져오는 사업가요. 그래서 그런 종류의 범법자들에게 무른 구석이 있죠."

"로빈 후드처럼요."

"맞습니다."

두 사람은 서로를 빤히 응시했다. 개틀링 요원은 눈빛으로 말을 전하고 있었다. 플랜스키 부인은 그 말을 소리 내어 말했다.

"희망을 버리라는 거죠."

"그렇게까지 말씀드리진 않았습니다."

15장

거의 마지막 말

플랜스키 부인은 이튿날 새벽에 일어났다. 사실은 밤새 말똥말똥 눈을 뜨고 있었고, 침대에서 일어난 게 새벽이었다. 부인은 계획이 있었다. 그걸 실행하려면 내면을 강철같이 굳혀야 했다. 그건 가능했다. 하나만 예를 들자면, 그런 때가 있었다. 생명이 거의 마지막에 다다랐을 때 노엄은 플랜스키 부인에게 아직 시험 단계인 새롭고 급진적인 방사선치료를 받으면 어떨 것 같으냐고 물었다. 종양 전문의에 따르면 성공 확률은 아주 낮았다. 하지만 플랜스키 부인은 남편의 눈빛에서 자신이 그러자고 하기를 얼마나 바라는지 알 수 있었다. 그리고 남편의 눈빛에서 남편이 이미 거의 죽어 있다는 것도 알 수 있었다. 입 밖에 내어 말하진 않았지만 부인은 그냥 한 번 고개를 작게 내저었다.

우선 부인은 노트북을 앞에 놓고 앉아 승차 공유업체에 신청서를 작성했다. 클럽의 웨이트리스 하나가 거길 이용해보고 강력 추천한 터였다. 아니, 강력 추천까지는 아니라도 적어도 역겨워하지는 않았다. 둘째로, 부인은 다시 보석함을 꺼내서 내용물을 침대에 비웠다. 보석이 많지는 않았지만 전부 좋은 것들이었고 그중 일부는 최상급이었다. 이 백금 고리에 에메랄드 컷 다이아몬드처럼. 잘 기억은 안 났지만 거의 꽉 찬 1캐럿이었다. 플랜스키 부인은 어머니에게서 물려받은 그 반지를 에마의 스물한 살 생일 선물로 줄 생각이었다. 아니면 결혼 선물, 그도 아니면 그냥 아무 때나 줄 수도 있고.

어쩌면 그 대신 다른 걸 주면 되지 않을까? 하지만 보석함의 모든 것은 이미 미래가 결정되어 있지 않았나? 이것이 강철 같은 내면이 필요한 순간이었다. 플랜스키 부인에게 남은 건 지갑에 든 약간의 현금과, 금고에 들어 있는 얼추 500에서 600달러가 전부였다. 더 나아가 콘도를 팔고 뭔가 더 싼 곳을 빌릴 수도 있었다. 나머지는 여기저기서 조금씩 절약하고……. 부인은 거기서 생각을 중단했다. 그건 나중 일이었고 지금은 지금이었다.

플랜스키 부인은 샤워를 하고 머리를 빗고 화장을 한 뒤 면바지와 연푸른 색 실크 셔츠를 입고 로열블루색 허리띠를 매고 로열블루 펌프스를 신었다. 그러고 어머니의 반지를 핸드백에 넣고 프리스케티 파인 보석상을 향해 차를 몰았다. 상점은 펠리컨 웨이 3번지의 옛집에서 멀지 않은 시 중심가에 있었다. 그곳에서 부인은 적어도 어느 정도는 알아주는 고객이었다.

프리스케티 씨는 상점에 혼자 있었다. 한쪽 눈에 루페를 끼고 한 손에는 팔찌를 든 채였다.

"아, 플랜스키 부인. 이렇게 뵙게 되니 참 좋네요. 얼마 전에 이사 가셨다고 들었습니다."

"안녕하세요, 프리스케티 씨. 네, 하지만 멀리 안 갔어요. 저기 리틀 파인 레이크에 있어요."

"숨은 보석이죠." 프리스케티 씨가 말했다. "이런! 저 같은 일을 하는 사람에게는 좀 재미있는 표현이네요."

플랜스키 부인은 그 말을 이해하지 못했다.

"제가 어떻게 도와드리면 될까요?" 프리스케티가 물었다.

플랜스키 부인은 남자에게 반지를 보여주었다. 프리스케티는 몹시 마음에 드는 기색으로 주의 깊게 살펴보더니 더한층 마음에 들어 하며 2만 9000달러를 써주었다. 차로 돌아와 부인은 몇 캐럿인지 묻는 걸 잊었음을 깨달았다. 하지만 그 숨은 보석 농담은 이제 이해가 갔다. "결국에는 모든 게 안정되는 거야." 부인은 소리 내어 말했다. 부인이 생각하기에 그건 흔하고 평범한 지혜인 것 같았다. 그냥 우리가 이해할 수 있는 방식이 아닐 뿐이지. 부인은 속으로 그렇게 덧붙였다. 그길로 곧장 팜 코스트 신탁은행으로 가서 드라이브스루 기계에 수표를 입금했다.

집으로 돌아오는 길에 아카디아 가든에 들러서 체크인하고 4층으로 올라갔다. 다행히 도중에 지닌과 마주치는 일은 없었다. 부인은 아버지의 방문을 두드렸다.

"저녁 식사가 아니면 꺼지는 게 좋을걸." 아버지가 안쪽에서 외쳤다.

플랜스키 부인은 시계를 확인했다. 2시 15분이니 저녁 식사를 하기엔 좀 일렀다. "저예요, 아버지."

"너라고?"

부인은 문을 열고 안으로 들어갔다. 아버지는 전신 거울 앞에서 웃통을 벗은 채 휠체어에 앉아 있었다. 이두박근을 자랑하는 듯한 자세였다.

"여긴 왜 왔냐?" 아버지가 거울에서 눈을 떼지 않은 채 물었다.

"그냥 잠깐 들를까 했죠." 플랜스키 부인이 말했다. "초대를 받아야 올 수 있나요?"

"그건 아닌 것 같구나. 여긴 진짜 내 집이 아니니까, 안 그러냐? 하늘이 주신 내 집이 아니지."

"그렇게 말씀하시니 흥미롭네요. 사실은—"

"난 안 흥미로운데. 내가 흥미가 있는 건 HGH야. 좀 구해다 줄 수 있냐? 오늘 당장이면 더 좋고. 너만 괜찮다면."

"HGH가 뭔데요?"

"진심이냐? 넌 아는 게 도대체 뭐냐?"

여전히 거울 속 자기 모습에 눈길을 꽂고 있는 아버지는 플랜스키 부인의 얼굴이 재빨리 붉어지는 걸 미처 보지 못했다. 그 맹렬한 붉은색은 곧 쏟아질 눈물의 홍수를 알렸다. 하지만 강철 같음의 시대로 들어선 부인은 그걸 가슴속에 억눌렀다. 부인은 가슴 앞에 팔짱을 끼고 말했다.

"앞으로 한 가지 확실히 해둘 게 있어요, 아버지. **셰켈**이나 그 비슷한 언사는 하지 마세요."

아버지가 부인을 보았다. "무슨 소릴 하는 게냐?"

"반유대주의요. 전 그 말 듣기 싫어요."

"내가? 반유대주의자라고? 난 인정 못 한다. 그리고 이해도 안 가. 설마 내가 유대인들이 HGH를 통제한다고 믿는다는 말은 아니겠지. 난 절대적으로 그렇게 생각하지 않아."

플랜스키 부인은 아버지의 텔레비전 의자 등받이에 몸을 기댔다. 갑자기 다리에서 힘이 빠졌다. "두 손 들었어요. HGH가 뭐예요?"

"내 희망과 구세주." 아버지가 말했다. "인간 성장호르몬."

"인간 성장호르몬을 투여하고 싶다고요?"

"바로 지금 이 순간부터."

"왜요?"

아버지는 맨살을 드러낸 팔로 부인을 가리켰다. "내 총이 어떻게 됐는지 좀 봐라."

"총이요? 팔이 아버지 총이에요?"

"그게 아니라 이두박근 말이야. 그 표현을 한 번도 못 들어봤다고? 운동광인 네가?"

"전 운동광 아니에요."

"아니긴 뭐가 아니야. 유일한…… 내가 너한테 유일하게 항상 마음에 드는 점인데."

플랜스키 부인은 다시금 눈물을 가슴속에 억눌렀다. 그러고 아버지에게 다가갔다. "저희 집에 와서 사시면 어떻겠어요?"

아버지의 얼룩덜룩하고 주름진 얼굴에 환한 미소가 떠올랐다. 그러자 기묘하게도 좀 더 오크 같아 보였지만 그래도 호감 가는 오크였다. "정말이냐?"

"정말로요."

아버지는 휠체어를 굴려 옷장으로 갔다.

"오늘은 아니고요, 아버지. 이달 말예요."

"왜 기다려야 하는데?"

"겨우 며칠이에요. 그리고 전 아버지를 모실 준비를 할 시간이 필요해요.

게다가 여기에 그때까지 비용을 지불했고요."

"그래서 뭐 셰켈이—"

아버지가 입을 다물었다.

"며칠 있다 짐 꾸리는 거 도와드리러 올게요. 그때까지만 사고 치지 마세요."

"뭐, 네가 대장이니까."

그 말에 부인의 심장이 쿵 떨어졌다. 부인은 그 정반대 편에 있었다. 세이프모가 부인의 대장이었다.

"왜?" 아버지가 물었다. "뭐 잘못됐냐?"

"아뇨."

"HGH, 알았지? 그건 지금은 신경 쓰지 마라. 대망의 이삿날까지는 미뤄둘 테니." 아버지가 일종의 축하의 엉덩이춤을 추었다. 하지만 휠체어에 앉은 채로는 쉽지 않았다.

"이 상황에서 내가 기분 좋은 게 뭔지 아니?" 플랜스키 부인의 어머니가 임종 침상에서 물었다. 당시 죽음에 훨씬 덜 친숙했던 플랜스키 부인은 의사들의 말을 믿기를 거부했다. 그리고 병원에서 보내는 나날이 길어질수록 의사들의 말에서는 완곡어법이 점점 더 사라졌다.

"괜찮을 거예요, 엄마. 나들 이번 화학 치료가 효과를 발휘하려면 시간이 걸린대요."

"내가 관짝에 눕기 전에 그게 효과를 발휘할 것 같진 않구나."

플랜스키 부인은 훗날 그 말을 떠올리며 웃음을 지은 적이 몇 번 있었지만 당시에는 그 말에 기겁했더랬다.

어머니는 부인의 손을 두드리며 말했다. "그냥 듣기만 하렴. 기분 좋은건, 내가 살 수도 있었지만 살지 못했던 삶을 내가 가고 나면 네가 살 수 있을 것 같아서야."

"아, 엄마, 난 그런—"

"그냥 너 자신을 좀 보렴. 난 널 제대로 키워냈어."

그 말은 플랜스키 부인이 들은 어머니의 거의 마지막 말이었다. 이제, 아카디아 가든에서 차를 몰고 나오면서—부인은 그곳을 두 번 다시 보고 싶지 않았다—부인은 프리스케티에게서 반지를 되찾아 오고 싶은 마음이 간절했다. 하룻밤의 부주의 때문에 부인은 어머니가 가질 수도 있었던 삶을 내던져버렸다. 아니, 다르게 말하면, 세이프모가 플랜스키 부인만이 아니라 부인 가족의 과거, 현재, 미래의 한 조각을 가져가버렸다. 부인은 되찾고 싶었다. 주차장이 눈에 띄자마자 곧장 차를 세웠다. 휴대전화 화면을 스크롤해—자신과 노엄의—변호사인 코니 맬후프의 이름을 찾았다. 코니는 회사의 첫 공식 문서로 거슬러 올라가는 그 오랜 옛날부터 함께였다.

"아, 로레타. 연락할 줄 알았어요."

"그래요?" 플랜스키 부인은 시작부터 영문을 알 수 없었다.

"그 일, 잭 일 때문에요. 제가 혹시 입 다물고 있어야 하는 건 아닌지 모르겠네요."

잭? 도대체 이게 무슨……? 그때 조각들이 하나로 맞춰지기 시작했다, 전체 그림을 완성하려면 도움이 좀 필요한 작은 퍼즐 조각들. 콜드 체인? 레이와 루디? 75만 달러? 유언장? 그렇다, 잭은 유언장 문제로 코니에게 전화를 한 것이다. 그건 그 전에도 별일 아니었지만 지금 와서는 아무래도 좋았다. 이미 옛날 일이었다.

"로레타?"

"맞아요, 잭 말이죠. 저랑 통화했어요. 문제없어요. 적어도 그건 문제가 아니에요. 기껏해야 변두리 문제죠."

"그럼 뭐가 문젠데요?"

플랜스키 부인은 깊은숨을 들이쉬었다. 코니가 반대편에서 집중하고 있는 게 느껴졌다. 코니는 맹렬하게 집중하는 타입이었다. 아무것도 놓치지 않았고, 절대 속일 수 없었다. 예컨대 이 세계의 세이프모에게는 난공불락이었다.

"한밤중에 전화를 한 통 받았어요." 일단 입을 열자 모든 난장판이 저절로 쏟아져 나왔다. 누구라도 듣기만 하면 화자가 쉽게 속아 넘어갈 타입이라는 걸 절대 의심할 수 없을 만큼 뒤죽박죽이고 두서없고 멍청한 방식으로. 이윽고 이야기는 결말에, 희망이 없는 부분에 다다랐다.

"맙소사." 코니가 말했다. "FBI에서 나온 남자가 그렇게 말했다고요?"

"그렇게까지 말하지는 않았어요. 그것 못지않게 말했죠."

"맙소사." 코니가 다시 말했다. 그 후 전적으로 진심에서 나온 연민의 표현들이 뒤따랐다. 코니가 평소 따뜻하고 푸근한 타입이 전혀 아니라서 그 말들은 더욱 의미 깊었다. 하지만 그건 부인이 코니에게서, 아니 그 누구에게서도 원하는 게 아니었다.

"어떻게 생각해요?" 플랜스키 부인이 물었다.

"내가 방금 말한 것 말고 말이죠?"

"네."

"뭔가 내가 도와줬으면 하는 게 있나요?" 코니가 물었다.

"해결해줘요."

역겹게 들렸을까? 코니는 잠시 침묵을 지켰다. 그렇다, 역겹게 들린 거다.

"혹시 뉴포트 자산 관리사나 팜 코스트 신탁은행에 그 손실의 책임을 따져줄 가능성을 말하는 건가요?" 코니가 물었다.

플랜스키 부인의 의도는 정확히 그거였지만 차마 입 밖으로 내어 말할 수는 없었다. 그건 교활하고 비겁한 짓이었으며 품위도 없었다. 부인은 아무 밀도 하시 않았나.

"만약 그렇다면……" 코니가 말을 이었다. "세 가지를 이야기할게요. 우선, 난 뉴포트 일도 좀 맡고 있어요. 그건 내가 당신을 대리할 수 없다는 뜻이에요. 둘째로, 당신은 어쩌면 이 일을 맡을 변호사를 찾아낼 수 있을지도 몰라요. 셋째로, 내가 판례법을 새로 찾아봐야겠지만, 당신에게 승산이 있다고 하는 변호사는 모두 거짓말쟁이일 거예요."

"고마워요." 플랜스키 부인이 말했다. 기묘하게도 그건 부인이 원하는 답이었다.

물갈퀴에 잔을 들고 뒷발로 서 있는 바다거북은 못 보고 지나치기가 힘들었다. 이번에 플랜스키 부인은 가게 앞에 차를 세우고 안으로 들어갔다. 바 끝자리에 혼자 가서 앉았다.

"마침 해피 아워에 딱 맞춰 잘 오셨네요." 바텐더가 말했다.

"해피 아워라고요?" 플랜스키 부인이 물었다.

"지금부터 6시까지 한 잔 가격에 두 잔을 드립니다. 뭐로 드릴까요?"

순간 부인은 술 이름이 단 하나도 떠오르지 않았다. "맥주로 할까나." 부인이 말했다.

"뭐가 좋으세요?" 남자는 이름을 끝도 없이 줄줄 읊었다. 플랜스키 부인은 자신이 뭘 주문하든 두 잔이 나온다는 걸 깨달았다. 맥주 두 잔이면 엄청난 양이잖아.

"맥주 말고 버번으로 할게요." 부인은 자신이 바에 처음 온 사람처럼 말하고 있음을 의식했다.

"특정한 종류가 있으신가요?"

남자는 흥미를 잃어가고 있었다. 그것도 급속히. 부인은 노엄이 가장 좋아하는 버번의 이름을 떠올렸다. 그건 여기 없었지만 그만큼 좋은 게 있었다. 남자는 병을 꺼내어 버번 온더록스 두 잔을 따랐다. 병 라벨에는 질주 중인 품종마가 그려져 있었다.

플랜스키 부인은 한 잔을 홀짝였다. 그린 터틀 클럽은 밝고 통풍이 잘됐으며 부인의 자리는 바에서 가장 어두웠다. 인테리어 테마는 바하마였고 소라고둥 튀김이 공짜 안주로 나왔다. 부인은 소라고둥 튀김에 약했지만 배가 조금도 고프지 않았다. 방 반대편에서 기타 연주자가 연주를 시작하자 실내가 부산해졌다. 플랜스키 부인은 그 변화를 의식했다. 두 잔째로 넘어갔다. 부인 옆자리만 빼고 바 좌석은 전부 채워졌다.

플랜스키 부인이 다섯째 잔을 비웠을 때 뒤에서 누군가가 말했다.

"로레타?"

부인은 돌아보았다. 앞에 서 있는 남자, 테니스 반바지에 웜업 재킷을 입고 있는 남자는…… 케브인가? 그렇다, 케브 디나르도였다, 왼손잡이, 죽이는 슬라이스 서브와 호감 가는 매너, 그리고 유쾌한, 심지어 잘생긴 얼굴의 소유자.

"안녕하세요, 케브. 난 원래 이런—" 무슨 말을 할 생각이었든 그 말은 끝내 입 밖으로 나오지 못했다. 왜냐하면 케브를 잘 보려고 몸을 비틀던 부인이 그만 균형을 잃고 스툴에서 타일 바닥으로 추락하고 있었기 때문이다.

하얀 테니스 운동화에 버번을 뒤집어쓴 케브 디나르도는 부인을 공중에서 잡아 똑바로 일으켜 세웠다. 부인은 주위에서 오르락내리락하는 소음과 흐려진 얼굴들을 흐릿하게 인식했다. 몸짓으로 괜찮다고 말하려 했지만 중심을 잡지 못해 다시 넘어질 뻔했다. 그러자 다시금 케브가 잡아주었다.

케브는 부인의 차를 몰아 부인을 집까지 안전하게 데려다주었다. 케브가 타고 갈 택시가 뒤따라왔다. 플랜스키 부인은 조수석에 앉아서 모든 것을 두 개씩 보고 있었지만 머릿속에 떠오르는 자신의 모습은 하나뿐이었다. 술에 취해 몸도 제대로 가누지 못하는 늙은 여자.

케브가 부인을 넘겨다보며 "걱정 마세요" 하고 말했다. "술 마시면 어지러울 수도 있죠."

부인은 침묵을 지켰다.

리틀 파인 레이크 콘도에 도착하자 케브는 부인을 부축해 문간까지 간 다음 부인이 문을 열고 안에 들어가 등을 켜는 것까지 확인했다.

"고마워요, 디나르도 씨." 부인은 혀가 꼬이지 않도록 안간힘을 쓰며 말했나.

"우리 서로 이름으로 부르기로 하죠." 케브가 말했다.

플랜스키 부인은 옷도 갈아입지 않은 채 침대로 가 까무룩 곯아떨어졌다. 깨어나 보니 이미 날이 저문 후였다. 수도꼭지에 바로 입을 대고 물을 벌컥벌컥 마시고 또 마셨다. 활활 타는 분노의 불길이 파도처럼 밀어닥쳤다. 그중 자신을 향한 것은 일부에 불과했다. 부인은 노트북을 열어 루마니아 지도를 띄웠다.

16장

미국 무비

"혹시 어디 다쳤니?" 보그단 교수가 물었다.

"아뇨." 영어 공부를 위해 다시 리체우 테오레티크에 있는 교수의 사무실을 찾은 디누가 대답했다.

"그냥 절뚝거리길래 물어봤어."

디누는 '절뚝거리기'가 뭔지 몰랐지만 맥락으로 이해했다. "새 부츠 때문에 그래요. 아직 길이 안 들었거든요."

보그단 교수는 의자에서 엉거주춤 일어나 책상 너머로 디누의 새 부츠를 보았다. 진짜 카우보이 부츠로, 산타페의 한 상점에서 온라인으로 주문한 거였다. 미국인들은 자기네 조지아만 있는 게 아니라 자기네 멕시코도 있었다. 더 새것이고 더 좋은 멕시코였다. 디누는 새 카우보이 부츠만이 아니라 새 가죽 재킷도 입고 있었다. 진짜 가죽이었고 안감은 빨간 새틴이었다. 그리고 찢어진 새 리바이스 501도 있었다. 오로지 양말, 메건 더 스탤리언 양말만이 옛날 거였다. 세탁기가 아직도 수리 전이었고 어차피 양말은 겉으로 보이지 않으니까.

"길을 들여?" 보그단이 말했다. "그거 정말 좋은 미국 영어구나. 하지만 난 그걸 너한테 가르친 적이 없는데. 어디서 배웠니?"

디누가 어깨를 으쓱했다. 사실 상점에서 우연히 어떤 여자랑 이야기를 나누게 됐는데, 여자는 약간 느릿하고 귀여운 말투를 썼고, 디누를 "허니"라고 불렀다. 디누는 그 표현을 그 여자한테서 배웠다.

"상관없어." 보그단이 말했다. "네 어휘가 무의식중에 늘고 있다는 건 좋은 신호니까. 너 '무의식중에'를 이해했니?"

"네."

"정의해보렴."

"저절로 그렇게 되는 거죠. 알지 못하는 사이에."

보그단이 뒤로 기대앉아 고개를 끄덕였다. "억양까지 좋아지고 있네. 마치 그동안 원어민하고 연습이라도 한 것처럼."

"원어민이 뭐예요?"

"이 경우에는 타고난 미국인."

디누는 보그단의 얼굴에 떠오른 표정이 마음에 들지 않았다. 교수는 디누가 원어민과 이야기했다는 걸 잘 알고 있었다. 그게 핵심이었다. 다 알면서 날 놀린 거야?

보그단이 노트패드를 꺼냈다. "우리 오늘 문법은 잊어버리고 그냥 대화만 하자. 무슨 이야기를 하고 싶니?"

"모르겠어요."

"스포츠?"

"좋아요." 디누가 말했다. 그 후 한 가지 생각이 떠올랐다. "야구를 설명해주세요."

보그단이 웃었다. "난 그건 못 해. 철저한 수수께끼야, 그리고 너, 내가 진짜 야구 경기를 구경한 거 아니? 양키 스타디움에서 말이야. 지난번 동생네에 갔을 때 동생이 데려가줬거든. 나한테 가르쳐주려고 했는데 영 신통치 않았어. 보크를 하는 방식이 열세 가지는 있더라. 상상이 가니?"

"보크가 뭐예요?"

"난 이해가 안 가지만 결국 요란한 말다툼으로 끝나고 심판이 코치를 경기에서 쫓아내지."

"쫓아내요?"

"물리적으로는 아니고. 나가게 하는 거야. 그런데 우리 다른 이야기를 하자꾸나. 무비 이야기는 어떠니? 미국인들은 보통 무비라고 하지. 필름이라고 안 하고."

"좋아요, 무비."

"미국 무비 많이 봤니?"

"아뇨."

"어떤 종류의 무비를 좋아하니?"

디누는 어깨를 으쓱했다. 국적을 막론하고 본 영화가 몇 편 없었다. 엄마는 텔레비전을 많이 봤지만 무비는 아니었다. 만화나 게임 쇼를 더 좋아했다. 영화관으로 말하자면, 거긴 너무 비쌌다.

"내 생각에 넌 범죄 영화를 좋아할 것 같은데." 보그단이 말했다.

디누가 의자에서 허리를 세웠다.

"잘 만든 미국 범죄 영화들이 많아. 〈몰타의 매〉." 교수는 패드에 적기 시작했다. "〈이중 배상〉, 〈스팅〉. 하지만 넌 아마 좀 더 폭력적인 걸 좋아할 테지. 〈펄프 픽션〉, 〈저수지의 개들〉, 아니면—"

"그거 좀 꺼줄 수 있어요?" 디누가 교수의 재떨이에서 타고 있는 체스터필드를 턱짓으로 가리키며 말했다.

보그단이 쳐다보자 디누는 다시 턱짓을 했다. 말로는 다시 부탁하지 않고, 굳이 천식 이야기를 꺼내지도 않았다. 사실 최근 들어 천식은 훨씬 나아졌다. 보그단은 담배를 껐다.

수업은 곧 끝났다. 보그단은 디누에게 범죄 영화 제목을 적은 목록을 건넸다. "우리 이번을 마지막 수업으로 하자." 교수가 모국어로 말했다. "내가 가르칠 수 있는 건 다 가르쳤어."

디누는 그날 밤 업무 보고 때 드라고미르 삼촌에게 수업이 끝났다고 말했다.

"누가 그래?" 드라고미르 삼촌이 말했다.

"교수가요."

문지기인 마리우스가 근처에 서서 칼로 손톱을 정리하고 있었다. 발목의 칼집에 늘 안 보이게 차고 다니는 칼이었다.

"듣고 있어, 마리우스?" 드라고미르 삼촌이 말했다.

"꽤 웃기네요." 마리우스가 말했다.

"웃긴다고?"

"와하하 웃긴 그런 거 말고, 다른 쪽으로요. 전화해서 오라고 할까요?"

드라고미르 삼촌이 고개를 저었다. "사업을 할 때는 늘 직접 만나는 게 최선이야. 가서 직접 만나서 대화해봐."

"그냥 말로만요?"

"지금은. 아마 합리적으로 나올 거야."

"만약 수업료를 더 달라고 하면요?"

"이제 그게 와하하 웃긴 거지. 수업에 할인이 들어간다고 말해줘. 나중에 다시 공지가 있을 때까지 25퍼센트 할인이라고."

"안녕하세요, 할부지, 저예요, 로비."

이 경우엔 할부지였다. 할아버지나 그 비슷한 다른 말이 아니라. 로메오의 연구는 계속해서 발전하고 있었다.

"우리 손자 로비?" 디누가 지금까지 들은 것 중에 가장 가냘프고 떨리고 거친 목소리였다.

"세상에 하나뿐이쇼." 디누가 말했다. 디누 역시 계속해서 발전하고 있었다. "빅 스카이 컨트리는 지내기 좀 어떠세요?"

"우물 파는 일꾼의 엉덩이보다 차가워지고 있지."

와. 정말 멋진 표현이다! 혹시 다른 사람들도 자기처럼 감탄하는지 궁금해진 디누는 클럽 프레스토의 캄비오 안을 둘러보았지만 그들 중 누구도— 드라고미르 삼촌도, 로메오도, 팀보나 타사도—그걸 이해할 만큼 영어를 잘 알지 못했다. 타사는 안쪽 구석에 혼자 앉아 있었는데, 자기가 먼저 오고 싶다고 한 거였다. 디누는 살짝 놀랐지만 기분이 좋았다. 드라고미르 삼촌도 좀 놀란 눈치였지만 허락해주었다. 디누는 마치 천 번째로 비행기를 착륙시키는 조종사처럼 완벽하게 여유로운 상태였다.

"여긴 꽤 따뜻해요, 할부지."

"아직 애리조나주에 있냐? 소식 들은 지 꽤 됐구나."

"선 데블스 만세! 그게, 공부하느라 바빠서요. 그래도 전화 못 드려서 죄송해요. 그리고 이런 일로 전화드리게 돼서, 그것도 죄송해요."

"응?"

디누는, 영어 표현을 빌리자면, 전체 이야기를 발진시켰다. DUI, 무서운 경찰, 9726달러 18센트—디누에게 이제 그건 행운의 숫자였다—저절로 파괴되는 비밀번호, 새로운 세이프모인 시큐로. 로메오는 자신만의 영리하고 조심스러운 방식으로 그 앱을 설정했고 늘 한발 앞서갔다. 가장 좋아하는 부분인 고래 구조 대목에—미국식으로 말하자면 디누의 '묘수'에—도달했을 때 디누는 타사를 건너다보았다. 그리고 다시금 놀랐다. 타사는 디누를 빤히 보고 있었다. 어찌나 얼굴을 심각하게 찌푸렸던지 못생겨 보일 정도였다. 어쩌면 전혀 다른 생각을 하고 있었을지도 모른다. 디누랑 똑같이 엉망인 집안 꼴이라든가. 하지만 지금은 그걸 생각할 때가 아니었다. 클라이맥스가 왔다. 이건 마치 셰익스피어 연극 같았다. 보그단 교수는 늘 클라이맥스가 있다고 말했다. 은행 계좌, 비밀번호, 돈. 이 경우에 돈은 9726달러 18센트에 추가로 계좌의 전체 잔고였다. 2만 달러 조금 못 됐지만 디누는 감사와 애정의 대단원에 온정신을 쏟아붓느라 로메오의 화면에 깜빡이는 정확한 액수를 포착하지 못했다. 미국인들이 말하듯이 최종 결산 결과는: 다른 건 없었다. 채굴할 다른 진짜 재산은 없었다. 로메오는 다른 계좌를 찾아내지 못했다. 달리 말하면 그냥 적당한 건수였다.

그래도 드라고미르 삼촌은 기분이 좋아 보였다. 하이파이브를 한 후 팀보에게 옆 건물의 고급 음식점인 살 프리베의 상품권을 나눠 주라고 했다. 그 음식점 역시 삼촌 소유였다. 이윽고 다들 떠나고 디누, 로메오 그리고 타사 셋만 남았다. 로메오는 키보드 몇 개를 바쁘게 조작하며 디지털 기록을 지우고 그 사건을 아예 존재하지 않았던 것으로 만들었다. 누가 와서 본대도, 심지어 그들 자신이 봐도 아무것도 찾지 못할 것이다.

"나 배고파 죽을 것 같아." 디누가 말했다.

세 사람은 밖으로 나왔다. 날은 추웠고 눈발이 휘날리고 있었다. 디누는 타사의 손을 잡으려 했지만 타사는 손을 뺐다.

"뭐 잘못됐어?"

타사는 디누를 보지 않았다. "입맛이 없어졌어."

"그래도 가자. 어쩌면 다시 생길지도 모르잖아."

타사가 고개를 젓고 살 프리베의 문 앞을 지나쳐 계속 걸어갔다.

"타사! 어디 가?"

"집에."

"하지만 왜?"

"말했잖아."

"그럼 그냥 와서 앉아 있기만 해."

타사는 고개를 내젓고 계속 걸어갔다.

"기다려. 바이크로 태워다 줄게."

"바이크는 지옥에나 떨어지라고 해."

"무슨 뜻이야?" 디누가 타사의 등 뒤를 향해 외쳤다.

타사는 대답하지 않았다. 그리고 잰걸음으로 블록 끝까지 가더니 모퉁이를 돌아 시야에서 사라졌다.

"왜 저래?" 디누가 물었다.

"그날인가 보지." 로메오가 말했다. 그리고 웃음을 터뜨렸다. "넌 그러기만 빌고 있겠지, 응?"

디누가 로메오의 어깨를 쳤다. 살짝 친 게 아니었다.

"아야! 뭐 잘못 먹었어?"

디누는 깊은숨을 쉬고 기분을 가라앉혔다. "미안해."

둘은 안으로 들어가 아늑한 구석 자리로 안내받아 스테이크 프라이와 콜라를 주문했다.

"우린 점점 능숙해지고 있어." 로메오가 입에 프라이를 한가득 문 채 말했다.

"맞아."

로메오가 가까이 몸을 숙였다. "드라고미르가 왜 필요한지, 의문을 가진 적 있어?"

"아니." 디누가 말했다.

"생각해봐."

디저트로 둘은 초콜릿 아이스크림과 초콜릿 케이크를 시켰다. 로메오는 시계를 보고 곧 자리를 떴지만 디누는 아직 배가 차지 않아서 디저트를 하나 더 주문했다. 이번에는 초콜릿 케이크에 메이플 호두 아이스크림이었다. 처음 먹어보는 거였다. 디누가 알기로 메이플은 푸른 산 주에서 나오는 시럽이었다. 디누는 메이플 호두 아이스크림에 홀딱 반하고 말았다. 한입 한입 미국의 맛이 흘러넘쳤다.

바에 앉아 있던 연상의 여자가 다가왔을 때 디누는 여전히 먹느라 여념이 없었다. 여자는 디누보다 연상이었지만 그렇다고 많은 나이는 아니었다. 어쩌면 20대쯤일까. 자기보다 나이 많은 사람의 나이를 짐작하는 건 쉬운 일이 아니었다. 디누는 여자를 전에 본 적이 있었다. 부쿠레슈티의 어떤 화려한 카지노의 딜러로, 여기 알바제미나에서 드라고미르 삼촌과 일종의 카지노 설립을 위해 같이 일하고 있었다.

"디누, 맞지?"

"네." 향수 냄새가 디누의 코를 간지럽혔다. 입술을 닦아야 할 것 같았지만 냅킨이 바닥에 떨어져 있었다. 은발의 굵은 고수머리를 한 여자는 몸에 딱 달라붙는 빨간 드레스에 높고 투명한 힐을 신었으며, 어깨에는 장미와 피 묻은 가시를 그린 문신이 있었다. 한마디로 영화배우처럼 보였다.

"난 아니카야."

"맞아요, 아니카. 본 적 있어요. 어, 옆 건물에서요."

"맞았어. 내가 듣기로, 디누, 넌 머리가 좀 된다던데."

"어, 음, 전 그건 잘……."

"또 다른 건 뭐가 있지?"

처음에 디누는 무슨 말인지 전혀 알아듣지 못했다. 하지만 이윽고 한 가지 생각이 떠올랐다. "부츠요." 디누가 말했다. "산타페에서 온 카우보이 부츠요." 그리고 여자가 볼 수 있도록 발을 내밀었다. 여자는 부츠를 보았다. 타사와의 문제는, 그게 뭐였든, 금세 아주 작아졌다.

17장

누아르 영화

산티아고 씨는 리틀 파인 레이크의 콘도 관리를 맡고 있었다. 플랜스키 부인은 산티아고 씨를 데리고 집 안을 이곳저곳 돌아다니면서 아버지가 뭘 할 수 있고 할 수 없는지를 설명했다.

"걱정 마세요, 플랜스키 부인, 저한테 맡기세요. 전 플로리다에서 30년간 유지 보수 일을 해왔어요. 이런 식의 개조 작업이라면 뭘 생각하시든 전부 할 수 있어요."

"그것 참 반가운 말씀이네요. 혹시 뭔가 조언해주실 게 있나요?"

"나중에 필요하실 게 있으면 지금 미리 설치하셔야 합니다. 그게 장기적으로 돈을 아끼는 방법이에요."

"나중에 필요한 거라면 상태가 지금보다 더 나빠졌을 때를 말씀하시는 거죠?"

"제 경험상 반대로 가는 일은 절대 없거든요. 누가 들어오시는지 혹시 여쭤봐도 될까요?"

"저희 아버지예요. 제 생각엔—"

"죄송합니다. 전 부인을 도와주러 오는 사람을 말한 거였어요. 입주 간호 도우미요. 전문적인."

"전 제가 잘할 수 있다는 확신이 있어요. 적어도 지금은요."

"알겠습니다." 산티아고 씨가 말했다. "혹시 상황이 바뀌면 제 형수인 루크레시아의 연락처를 드릴 수 있습니다. 경험 많고 믿음직하고 부지런하고 정직하고 에이전시에서 소개받는 것에 비해 절반밖에 안 받는답니다."

"기억해둘게요." 플랜스키 부인이 말했다.

플랜스키 부인의 콘도는 투룸으로 큰방은 1층에, 손님방은 위층에 있었다. 계단 문제를 피하기 위해 산티아고 씨는 1층 서재를 침실로 바꿨다. 아버지는 마음에 들어 했다.

"이건 샴페인으로 축하해야 해. 난 크루그가 좋지만 꼭 아니라도 괜찮다."

"크루그는 없어요. 어쩌면 샴페인이 아예 없을 수도 있고요."

"그래서야 안 되지. 내가 지금 바로 사마. 내가 사야지. 네 계좌는 어디 있냐?"

"무슨 계좌요?"

"네 주점 계좌. 내가 배달시키마."

"전 주점 계좌 없는데요."

"별 희한한 소리를 다 듣겠구나."

잠시 후 부인은 아버지를 팬트리에서 찾았다.

"프리토도 없어? 프리토 없이는 못 산다. 네 계좌는 어디 있냐?"

그 직후 아버지는 졸려 했고 플랜스키 부인은 아버지를 침대에 눕혔다. 그 후로 며칠간 부인은 아버지가 잠이 늘었나는 걸 깨달았다. 아침잠, 낮잠, 그리고 밤잠. 보통 두 번의 긴 낮잠 사이에 활동 시간이 있었다.

"난 생쥐처럼 조용히 있을 거야." 아버지는 그 활동 기간에 관해 그렇게 장담했다. "넌 그냥 미용 수면이나 즐기렴. 깨우지 않으마."

그리고 실제로 아버지는 부인을 깨우지 않았다. 하지만 그건 플랜스키 부인이 미용 수면은커녕 그 어떤 종류의 수면도 취하지 않았기 때문이었다. 매일 밤 부인은 뜬눈으로 누운 채 머릿속으로 꿈을 꾸고 있었다. 똑같은 꿈, 아니 사실은 악몽을 몇 번이나 되풀이해 꾸었다. 마치 주인공만 제외하고 모두가 무슨 일이 벌어지고 있는지 아는 누아르 영화 같은 꿈이었는데, 구체적으로 말하면 오로지 전화 통화로만 이루어진 짧은 단편영화였다. 플랜스키 부인은 침대에서 눈을 뜨고 누워 이따금씩 땀에 흠뻑 젖거나 벌벌 떨었고, 도저히 영화를 멈추지 못했다. 나흘째인가 닷새째 아침 식사 때—아버지는 매일 아침으로 베이컨과 반숙 달걀을 먹었다. 베이컨 세 줄과 달걀 두 알로 딱 정해놓았지만 둘 다 절대 하나 이상은 못 먹었다—아버지가 말했다. "기분 나쁘게 듣지 말고. 우리가 가족이고 뭐 그렇다 보니 하는 소린데, 넌 썩 좋아 보이지 않는다, 로레타."

아버지가 아침잠을 자러 간 사이 플랜스키 부인은 산티아고 씨에게 전화를 걸어 형수 루크레시아의 번호를 받았다.

"아버지, 루크레시아를 소개해드릴게요. 전에 말씀드린 산티아고 씨의 형수예요."

"웬 소개냐?" 아버지가 물었다.

"제가 없는 동안 루크레시아가 여기서 지낼 거예요. 그냥 잠깐 출장을 좀 다녀오려고요. 이미 설명드렸듯이요."

"하지만 넌 은퇴했잖느냐."

"이건 새로운 상황이에요. 기억하시죠?"

"아니, 하지만 듣고 있다."

"돌아와서 더 자세히 말씀드릴게요. 지금은 그냥 루크레시아하고 인사하세요. 루크레시아 산티아고, 이분은 챈들러 배닝, 저희 아버지세요."

두 사람은 악수를 나눴다. 루크레시아는 50대로, 어딘가 카르멘 미란다를 닮았으나 다만 외모나 매력에는 조금도 관심이 없는 카르멘 미란다였다. 화장도 하지 않은 맨얼굴로, 성품이라는 내면의 힘을 있는 그대로 보여주는 사람이었다.

"만나서 반갑습니다, 배닝 씨." 루크레시아가 말했다.

아버지가 루크레시아를 휠체어에서 올려다보았다. 교활한 표정이 얼굴에 번졌다. "챈들러라고 부르시게." 아버지가 말했다.

"그게 더 좋으시다면 그러죠." 루크레시아가 말했다. "그리고 저는 루크레시아라고 부르시면 돼요."

"그럴 작정이었어."

루크레시아가 웃으며 아버지를 내려다보았다. 크고 아름다운 치아가 웃음에 약간의 매력을 더해주었다. 오로지 약간만 우호적인, 복잡한 종류의 매력이었다. "그럼 우린 출발이 아주 좋네요." 루크레시아가 말했다. "마치 핑퐁 같아요."

"핑퐁?"

"핑퐁은 제 인생철학이에요." 루크레시아가 말했다. "저한테 핑 하시면 퐁을 받게 돼요. 하지만 저한테 퐁을 하시면 저도 퐁을 하죠."

플랜스키 부인의 아버지가 루크레시아를 보았다. 침묵이 막 불편하게 커지려는 순간 아버지가 말했다. "난 핑퐁이 늘 별로였어."

다들 그 말이 퍽이나 우스운 모양이었다. 세 사람은 웃고 또 웃었다. 플랜스키 부인은 솟아 나오려는 눈물을 간신히 억눌렀다.

플랜스키 부인은 이제 겨울옷이 많지 않았다. 남은 것을 뒤져보니 벽장 안쪽 삼나무 상자에 말끔하게 개어놓은 것이 있었다. 양가죽 장갑, 눈송이가 ALTA라는 글자를 이루고 있는 로고가 박힌 니트 모자. 아마 30년 전 유타 스키 여행 때의 물건인 듯했다. 그리고 7부 길이의 네이비색 울 코트가 있었디. 부인이 기억히기로는 보기보다 따뜻한 옷이었다. 그기면 되겠지. 이윽고 상자를 낟으려는 순간 한쪽 구석에 처박힌 복도리가 눈에 띄었다.

플랜스키 부인은 목도리를 꺼냈다. 부인은 한 번도 목도리를 두른 적 없었지만 노엄은 목도리가 잔뜩 있었는데, 어찌 된 일인지 이것 하나만 살아남았다. 스코틀랜드 타탄 무늬로, 가을 색조가 작은 네모 모양 격자로 펼쳐져 있었다. 노엄의 목도리 중 가장 추레한 것으로, 여기저기 해져 있었다. 하지만 그걸 두르고 거울에 비춰 보자 어울려 보였다. 아니, 더 정확히 말하면 어울린다고 느껴졌다. 그래서 합격이었다. 노엄과 달리 플랜스키 부인은 가벼운 몸으로 여행했다. 이 여행을 위해서는 여행 가방 딱 하나만 챙겼다. 바퀴 달린 하드케이스로, 머리 위 짐칸에 욱여넣을 수 있는 크기였다. 신발은 늘 고민거리였다. 결국 부인은 최소한도로 제한해, 오로지 끈 없는 낮은 굽 부츠와 시장에 나와 있는 것 중에서 앞코가 가장 넓은, 퀼트로 된 따뜻한 실내외 겸용 검은색 뮬, 그리고 도저히 두고 갈 수 없는 이탈리아산 발레 플랫만 챙겼다.

플랜스키 부인은 워터웨이에 있는 델리아로 가서 머리를 잘랐다. 너무 급하게 예약한 터라 평소보다 팁을 더 주었다. 지킬 건 지켜야 하니까. 또한 지금 나왔거나 다음 달에 내야 할 모든 공과금을 지불했다. 혹시 모르는 거니까 안전하게. 그리고 2600달러를 현금으로 인출했다. 1600달러는 루크레시아의 2주 치 봉급이었고 1000달러는 음식과 그 밖의 지출을 위해서였다. 플랜스키 부인은 일부러 잔고를 보지 않으려 했다. 그 외에 아버지가 어디선가 주워들은 새 쿠바 음식점의 식비도 있었다. 아버지는 제3세계 음식이라면 으레 깎아내리곤 했는데 갑자기 웬 쿠바 음식인가 하고 궁금해봐야 쓸데없는 일이었다. 답은 뻔했으니까.

플랜스키 부인은 마이애미에서 출발해 취리히를 경유해 부쿠레슈티로 가는 왕복 항공편을 예약했다. 돌아오는 날짜는 미정이었다. 루크레시아의 출근 둘째 날에—첫날은 잘 흘러갔다—아버지는 이전에 비해 앞가림을 훨씬 잘했고, 또한 플랜스키 부인이 옆에 있지 않아도 된다는 것을 명확히 보여주었다. 부인은 누구보다도 일찍 일어나 여행 가방을 차 트렁크에 싣고 마이애미로 출발했다. 공항 밖 주차장에 차를 세우고 이번 여행을 위해 일부러 산 공책에 주차 칸 번호를 적은 뒤 셔틀을 타고 터미널로 가서 아주 넉넉히 시간 여유를 두고 게이트에 도착했다.

게이트에서 옆자리에 앉은 남자는 전화 통화 중이었다. 플랜스키 부인에게는 귀에 선 언어였다. 하지만 고교 시절에 프랑스어와 라틴어를 둘 다 들은 부인은 단어 몇 개를 알아들은 것 같았다. 예컨대 프리고리피크 (frigorific) 같은. 춥다는 뜻이었다.

18장

부쿠레슈티

플랜스키 부인은 창가석이었다. 비행기가 게이트를 막 떠나려는데 전화기에 핑 하고 알림이 왔다. 에마의 문자였다.

할머니! 엄마한테 방금 소식 들었어요! 혹시 제가 뭐 도와드릴 일 있을까요? 너무 속상해요. 그리고 너무 화도 나고요! 당장 비행기를 타고 불가리아인지 거기로 가고 싶어요. 엄마는 잘 모르겠대요. 그리고 그놈들을 당장 탈탈 털어주고 싶어요.

플랜스키 부인은 답장을 보냈다. 그것도 나쁘진 않겠다. 하하. 하지만 네가 이 일 때문에 걱정하지는 않았으면 좋겠구나. 그보다 너는 어떻게 지내니?

납상을 기다렸지만 그 전에 비행기 모드로 바꾸라는 안내 방송이 나왔다. 플랜스키 부인은 휴대전화를 집어넣었다. 겨울방학은 이제 끝났을 테고, 그렇다는 건 에마가 다시 학교로 돌아갔다는 뜻이었다. 전공이 뭐였더라? 알고는 있었나? 하지만 지금은 생각이 나지 않았다. 하지만 에마가 뭘 선택했든 잘 생각해서 한 거겠지. 플랜스키 부인이 자기 딸을 덜렁이라고 부른 적은 한 번도 없었지만, 어쨌든 부인이 생각하기에 에마는 제 엄마와 정반대였다. 그러니 에마의 차분한 성품은 니나한테 온 게 아니었다. 그렇다고 에마의 아버지인 재크에게서 온 것도 아니었다. 재크 또한 확실히 덜렁이였는데, 예컨대 유부남은 아무 여자하고나 자고 돌아다녀서는 안 된다는 걸 한 번 이상 잊었다. 그 결과가 테드들과, 이제는 매티 그리고/또는 매슈—어쩌면 다른 두 사람으로 생각하는 게 나을지도 몰랐다—였다. 그때 부인은 어떤 예감이 떠올랐다. 매티와 매슈 역시 지나가는 한때일지도 모른다는. 부인이 무슨 수를 써서든 25만 달러를 되찾지 못한다면 말이다! 어쩌면 지금 당장 비행기에서 내려서 매티/매슈로부터 니나를 구하는 편이 더 나은 게 아닐까!

아 이런. 방금 마지막 부분을 혹시 소리 내서 말해버렸나? 그냥 농담이었는데. 부인은 약속을 지키는 사람이었다. 옆자리 승객을 넘겨다보니 껌을 짝짝 씹고 있는 여덟아홉 살쯤 된 남자아이였는데 코가 말 그대로 돼지코였다. 아이의 못돼 보이는 작은 눈이 부인을 빤히 쳐다보았다. 플랜스키 부인은 살짝 미소를 지어 보였다. 아이는 고개를 돌리고 비행기 화면을 연신 쿡쿡 찌르다 비행 궤도 화면이 나오자 멈췄다. 부인은 비행기가 이미 공중에 떠 있는 걸 보고 놀랐다. 해안에서 2.5에서 3센티미터쯤 떨어져 있었다. 아래에 대서양이 보이길 바라며 창밖을 내다보았지만 아래는 온통 구름뿐이었다. "왜 화가들은 위에서 본 구름을 그리지 않지?" 노엄이 전에 그렇게 물은 적 있었다. 부인은 노엄에게 그다음 해 생일 선물로 조지아 오키프가 그린 멋진 구름 위 그림을 주었다. 노엄은 그림이 마음에 드는 척했지만 부인은 속지 않았고, 노엄도 알았다. "수학적인 시각 때문이야." 노엄이 설명했다. "그건 내 생업이라고." 플랜스키 부인은 구름층을 내려다보았다. 마치 황금의 평원 같았고, 수학 같은 건 전혀 보이지 않았다. 콧물 줄줄 어린애가 아니라 노엄이 옆자리에 앉아 있었다면 지금쯤 아주 좋은 대화가 시작됐을 텐데. 그 대신 플랜스키 부인은 이북 리더를 꺼내어 어제 내려받아둔 루마니아 역사를 다룬 책을 열었다.

이야기에 파묻혀 자신을 잊는 것과 이야기 속에서 길을 잃는 건 다른 이야기다. 루마니아 역사서를 읽는 부인의 경험은 전자로 시작했지만 70장에서 80장쯤에 도달하자 후자로 추락했다. 작가의 잘못이었을까 아니면 그냥 어떤 나라들은 다른 나라들보다 더 좋은 이야기를 만드는 걸까? 루마니아 이야기는, 비록 부인이 판단할 위치는 아니었지만, 지저분한 동시에 피비린내 나는 것 같았다. 예컨대 실제 드라큘라는 '말뚝 박기'를 종종 이용했다.

플랜스키 부인은 말뚝 박기가 정확히 뭔지 찾아보았다. 그리고 잠시 리더를 내려놓았다.

눈의 피로를 풀어주려고 눈을 감았다. 때때로 눈에 휴식을 준다? 이는 부인이 맞이한 새로운 삶의 단계였다. 이전 70년 동안, 부인의 눈은 나머지 신체가 쉴 때 같이 쉬기만 하면 충분했다. 팀플레이어였다. 하지만 이제는 요구 사항이 늘었다.

그냥 내 몸의 나머지가 쉴 때 같이 쉬라고, 젠장! 그 말은 좀 재미있었다. 부인은 문자를 보낼까 생각했는데…… 정확히 누구에게? 에마가 제일 먼저 떠올랐다. 어떤 특질은 세대를 건너뛰어 유전된다는 말이 진짜일까? 플랜스키 부인은 에마가 어렸을 때는 지금보다 훨씬 더 자주 만났지만 그 후로는 그렇게 자주 만나지 못했고 지난 2년간은 거의 못 만났다. 그냥 요즘에는 원래 다 그렇다고 말할 수도 있겠지만 그게 아니라 뭔가를 할 수도 있겠지. 부인은 자신이 충분히 노력을 들이지 않았음을 깨닫고 황금의 평원 위를 내려다보며 그 즉시 뭔가 하기로 결심했다.

에마의 가운데 이름은 로레타였다. 그건 플랜스키 부인의 평생의 영광 중 하나였다. 에마는 재크의 어머니 이름이었지만 플랜스키 부인은 전혀 개의치 않았다. 로레타가 가운데 이름이어서 더 좋았다. 마치 반지에 몰래 숨겨진 부분 같았다.

그 순산 부인은 에메랄드 컷 다이아몬드 반지가 생각났다. 에마에게 수고 싶었는데 지금은 프리스케티 씨의 손에 있었다. 그때, 그만하면 충분히 쉬었다고 판단한 부인의 눈이 저절로 번쩍 뜨였다. 그리고 비행기 안을 훑으며 모든 걸 새로운 시각으로 보았다. 사업이나 여행을 하는 일반적인 여행객과는 다른, 좀 더 비밀스러운 임무를 띤 사람의 시각으로. 이건 어떤 의미에서는 비밀 임무가 맞았다. 부인은 누구에게도 자기 목적지를 밝히지 않았으니까. 플랜스키 부인은 원래 비행기에서 절대 술을 마시지 않았지만, 알코올 카트가 오자 그중 하나를 집었다. 마티니를 주문하는 상상을 했다. 젓지 말고 흔들어서. 부인은 무법자가 돼가고 있었다.

잠에서 깨자 화장실이 가고 싶어졌다. 콧물 줄줄 흘리던 아이는 없어지고 그 대신 운동복을 입은 우람한 중년 남자가 옆자리에 잠들어 있었다. 흔히들 말하는 쩍벌남인 듯했다.

"실례할게요." 플랜스키 부인이 말했다.

반응은 없었다.

부인은 목소리를 약간 높여 몇 번 더 말해보았지만 역시 소용없어서 남자의 어깨를 살짝 찔렀다. 부인에게 가까운 쪽 눈이 설핏 뜨였다.

"깨워서 죄송해요." 부인이 통로를 향해 살짝 몸짓을 해 보였다. 남자 옆에서 자고 있는 건 역시 운동복을 입은 우람한 중년 여자였는데 남자 정도로 쩍벌은 아니었다. 남자가 여자를 팔꿈치로 찔렀다. 아, 커플이군. 곧 두 사람 다 통로로 나갔다. 플랜스키 부인은 평소와는 달리 삐걱대며 자리에서 일어나 비행기 뒤쪽으로 갔다. 가는 길에 창밖으로 그 황금 평원을 다시 내다보았지만 지금은 밤이었다.

"취리히까지는 얼마나 더 가야 해요?" 부인이 비행기 승무원에게 물었다.

"취리히요?" 승무원이 두드러진 독일 억양으로 말했다. "한 시간 전에 지났는데요."

플랜스키 부인은 그 순간부터 더 똑똑해지기로 결정했다.

부쿠레슈티에 도착한 부인은 공항 근처의 작은 호텔에 방을 예약했다. 호텔은 중간에 '빌라(Vila)'가 들어가는 긴 이름을 갖고 있었는데, 아마 빌라 비슷한 형태일 듯했다. 따라서 부인이 짐작하기에는 나쁘지 않을 것 같았고, 또한 그 작은 식당의 사진도 마음에 들었다. 뷔페를 배경으로 소박한 양촛불을 밝힌 나무 식탁 몇 개를 찍은 사진이었다. 부인은 체크인 5분 후 잠들어, 햇살이 눈꺼풀 안쪽을 분홍색으로 물들일 때까지 미동도 하지 않았다.

잠에서 깨어난 부인은 밤새 커튼을 열어놓고 잤음을 깨달았다. 바깥은 그 너머에 복도가 있는 아주 작은 파티오로, 일부분은 아무런 덩굴식물도 매달려 있지 않은 격자 구조물로 가려져 있었다. 녹슨, 타이어 없는 오토바이가 파티오의 옆벽에 기대져 있었다. 눈이 내리고 있었다. 그 모습, 눈과 오토바이 그리고 격자 구조물을 보니 어쩐지 그곳이 이국이라는 사실이 더 절실히 와 닿았다. 마치 여행이 대중화되기 전인 옛날로 돌아간 기분이었다. 부인은 커튼을 닫고 샤워기 사용법을 알아낸 후 나갈 준비를 했다. 노엄을 만나기 전, 옛날 대학생 시절의 어느 여름, 부인은 몬태나의 한 목장에서 일했다. 전부 아버지가 계획한 일이었는데 그 상세한 과정은 이제 잊어버렸다. 카우보이와 잠깐 썸을 탔는데, 부인 인생에서 썸을 탄 경험은 그게 거의 유일했다. 남자는 말을 아주 잘 탔지만 그보다는 오토바이를 더 좋아했다. 부인은 그 남자에게서 할리 슈퍼 글라이드 타는 법을 배웠다. 그 포효하는 거대 괴수는 부인을 잔뜩 겁줬을 만도 한데 실은 그렇지 않았다. 부인은 오토바이를 썩 잘 탔다.

데스크의 남자가 택시를 불러주었다. 차가 와서 서자 플랜스키 부인은 밖으로 나가 목에 두른 스코틀랜드 목도리를 더 단단히 여몄다. "부르르." 부인은 뒷좌석에 타면서 말했다. "프리고리피크."

운전기사가 놀라서 뒤돌아보았다. "루마니아어를 하세요?"

"딱 그 한 단어만요."

남자는 너털웃음을 터뜨리고는 가는 길 내내 거의 한 마디도 하지 않았다. 마침내 속도를 늦추며 기사가 말했다. "하나 더 알려드리죠. 노로크(Noroc)."

"그게 무슨 뜻인데요?"

"행운을 빕니다."

남자가 커다랗고 납작한 회색 건물 앞에 차를 세웠다. 일단 건물이라고는 했지만 사실 콘크리트 덩어리에 더 가까워 보였다. 담장이 쳐져 있고 철문이 있었다.

"미국 대사관입니다." 남자가 말했다.

부인은 요금에 평소보다 많은 팁을 주었다. 왠지 그러면 어떤 마법 같은 힘에 의해 노로크가 더 강해질 것 같았다.

플랜스키 부인은 접수 데스크로 향했다.

"안녕하세요." 부인이 말했다. "전 플로리다의 푼타도로에서 온 로레타 플랜스키예요. 사이버범죄를 담당하시는 분을 좀 뵙고 싶은데요." 부인은 데스크 위에 여권을 올려놓았다.

접수 직원은 여권을 건드리지도 않고 부인에게 물었다. "약속은 잡고 오셨나요?"

"아뇨." 플랜스키 부인이 말했다. "하지만 얼마든지 기다릴 수 있어요."

접수 직원이 고개를 끄덕이며 대꾸했다. "죄송하지만 여기 직원과 만나시려면 미리 약속을 잡으셔야 해요."

"아, 알겠어요. 그럼 사이버범죄를 담당하시는 분과 가능한 한 빨리 약속을 잡고 싶네요. 오늘이면 더 좋고요."

접수 직원은 모니터를 확인했다. 플랜스키 부인은 그 뒷면밖에 볼 수 없었다. 직원의 얼굴은 눈 아래로는 모니터에 가려져 있었다. 그 표정 없는 눈은 움직이고 있지 않았다. 시간이 흘렀고, 아마도 그게 핵심이었을 것이다. 플랜스키 부인은 새 고관절에 따끔한 감각을 느꼈다.

"전 미국 시민이에요." 부인이 말했다.

"네." 직원이 아직 건드리지도 않은 여권을 보며 대꾸했다. "보면 알죠."

"그리고 저는……." 플랜스키 부인은 입을 열었지만 다시 다물었다. 피해자라는 말을 입 밖에 내고 싶지 않았다. 특히 이, 뭐랄까, 아이 앞에서는 더욱 그랬다. 부인은 그 못된 호칭을 속으로 뉘우쳤다. 하지만 그래도. "사이버범죄를 당한 쪽이죠. FBI는 그 범인이 이 나라에 있다고 믿고 있어요." 플랜스키 부인은 자신이 짓는 미소가 격려의 의미로 보이기를 바랐다. "그래서 제가 여기 온 거고요."

"FBI라고요?" 직원이 물었다.

"미국연방수사국이요." 플랜스키 부인이 말했다.

"그걸 여쭤본 게 아닌데요." 직원의 어조는 중립에서 적대적인 노선으로 방향을 틀기 시작했다. "FBI에서 보내서 오신 건가요?"

"거의 그런 셈이죠." 플랜스키 부인이 말했다. "간접적이라 해도요."

접수 직원이 눈을 깜빡였다. 접수 데스크는 둥근 모양이었다. 직원이 다른 쪽으로 의자를 굴려 가 유선전화를 들더니 부인에게 등을 돌리고 낮은 목소리로 뭐라고 말했다. 1, 2분쯤 후 전화를 끊은 직원은 도로 앞으로 의자를 굴려 와 플랜스키 부인에게 여권을 건네고 말했다. "대기실에서 기다려 주세요."

플랜스키 부인은 대기실 의자에 앉아 핸드백을 무릎에 올려놓았다. 대통령의 사진 액자가 벽에 걸려 있었다. 정말 자신감 넘쳐 보였다! 아마 그게 대통령 사진의 핵심이겠지. 한편으로는 머릿속으로 링컨, 우리 정직한 에이브의 사진을 떠올려보니 거기서는 그다지 자신감이 뿜어 나오지 않았다. 그럼에도 링컨은 많은 사람에게 진짜 자신감을 주지 않았나? 그런 생각 속을 헤매던 부인은 문득 자신이 실수를 저질렀음을 깨달았다. 들고 있는—갈색 가죽에 놋쇠 클립의—핸드백이 굽이 낮고 앞코가 넓은 검은색 부츠와 어울리지 않는다는 거였다.

"플랜스키 선생님?"

"플랜스키 부인이라고 불러주세요." 부인이 고개를 들며 대꾸했다.

젊은 남자—비록 접수 직원보다는 나이가 들어 보였지만—하나가 부인 앞에 서 있었다. 남자는 은은한 색깔의 타이에 회색 플란넬에 파란 블레이저를 입고 성조기 모양 라펠 핀을 꽂았다. 일종의 금배지가 줄무늬에 걸쳐져 있었지만 거기 쓰인 글자는 너무 삭아서 부인에게는 보이지 않았다.

"플랜스키 부인, 죄송합니다." 남자가 말했다. "저는 자말 페리먼이라고 합니다."

두 사람은 악수를 나눴다. 플랜스키 부인은 자리에서 일어났다. 자말 페리먼은 여전히 부인의 손을 쥔 채로 부인을 살짝 위로 들어 올렸다. 부인은 저항할까 생각했지만 여전히 시차에 지쳐 있는 다리가 결정권을 쥐었다.

"로레타 플랜스키입니다." 부인이 덧붙였다. "미국 시민이죠."

"그리고 현재 여기 루마니아에 살고 계시고요?"

"아, 아뇨. 전 플로리다에 살아요. 푼타도로에요. 혹시 사이버범죄 담당자이신가요, 페리먼 씨?"

"그렇지는 않습니다. 하지만 제 임무 중 하나긴 하죠."

"혹시 FBI 소속이세요?"

"비밀 임무죠." 남자가 라펠의 핀을 건드렸다. 플랜스키 부인은 앞으로 몸을 숙였다. 글자가 바로 거기 있었다.

"대통령을 경호하시는 줄 알았는데요."

"그것도 하죠. 부인이 사이버범죄에 관련되셨다고 들었는데요."

"맞아요. 전 제 사건 파일이 이미 당신 책상에 놓여 있기를 기대했어요."

남자의 눈썹이 치켜 올라갔다. "혹시 이 사건 때문에 여기까지 날아오셨다는 말씀이신가요?"

"맞아요." 부인은 약간 어리둥절해졌다. "그게 놀라운 일인가요?"

"그냥 전례 없는 일이라고 해두죠. 제 경험상으로는요." 페리먼이 말했다. "위층으로 올라가서 말씀 나누시면 어떨까요?"

위층에는 페리먼 씨의 작고 깔끔한 사무실이 있었다. 창문 밖으로 대사관 반경 바로 안에 있는 하프 농구 코트가 보였다. 완전한 정복 차림의 해병 두 명이 슛을 넣고 있었고 또 한 명은 눈을 치우고 있었다. 선반에 놓여 있는 사진은 가족사진인 듯했다. 웃음 짓는 아내와 심각한 표정의 어린아이 둘.

"자녀분들인가요?" 부인이 말했다.

"네."

"귀엽네요. 이름이 뭔가요?"

"그런 개인적인 이야기는 하지 않기로 되어 있어서요."

"아. 죄송해요. 제가 미처 생각을 못 했네요."

"생각 못 하시는 게 당연하죠."

"음, 아무래도 첩보 기관이니까요. 이름 자체가 그렇잖아요."

그 순간 부인을 흘끗 본 남자의 표정은 그 전처럼 사무적이지 않았다. 부인이 남자의 관심을 끈 것이다. 남자는 부인을 위해 의자를 빼주고 책상 앞에 앉았다.

"여권을 좀 볼 수 있을까요?"

부인은 여권을 건넸다. 페리먼은 여권을 펼쳐 본 후 노트북으로 몸을 돌려 바삐 자판을 두드리고 화면을 읽었다. 그러는 동안 플랜스키 부인은 무릎에 핸드백을 올려놓은 채 하늘을 흘러가는 구름을 바라보았다. 구름 때문에 주위가 살짝 어두워졌다. 페리먼 씨는 잘생겼고, 폐쇄적이거나 비우호적이거나 딱딱하게 굴지도 않았으며, 지적이고 어쩌면 심지어 약간 따뜻한 구석도 있을지 몰랐다. 하지만 그건 인간 얼굴이 그토록 매력적인 이유인 동시에 문제점이기도 했다. 도무지 알 수 없다는 것, 아름다움과 진실이 꼭 그렇게 함께 가지만은 않는다는 것. 어떤 유명한 영화배우들은 불이 꺼지면 다소 추잡하게 변했다. 뉴스를 믿어도 된다면 말이다. 노엄이 떠난 후로 잠 못 드는 밤이면 부인은 할리우드 평전을 읽는 취미를 붙였다. 그 전에도 그 후에도 없었던 일이었다. 부인은 그 주제에 관해 좀 아는 게 있었다. 그게 핵심이었다.

그때 고개를 든 페리먼 씨는 자신을 향한 부인의 시선을 포착했다. 그것도 뚫어져라 응시하는 시선을.

"어이쿠." 페리먼이 말했다. "무슨 문제라도 있나요?"

"아뇨. 죄송해요. 음, 네. 저한테 일어난 일이 문제죠."

남자가 화면을 가리키며 말했다. "네, 그러네요. 그 접촉의 세부 사항을 상세히 설명해주실 수 있나요?"

"전화 통화 말씀하시는 거죠?"

"가능하시면요."

"당연하죠." 플랜스키 부인이 말했다. "하지만 먼저…… 제가 들어오기 전까지 당신이 제 사건에 관해 전혀 몰랐다고 생각하면 맞을까요?"

이제 약간은 폐쇄적으로 변한 페리먼이 말했다. "지금은 알고 있습니다."

남자는 부인의 눈을 들여다보았다. 부인도 똑같이 했다. 아마도 다소 긴 시간이 그대로 흐른 후, 플랜스키 부인은 철없는 자신을 속으로 나무라며 이야기를 시작했다.

어떤 사람들은 정말 남의 말을 잘 들어준다. 적극적인 듣기라는 것이 존재한다. 마치 귀에 무슨 자석 같은 것이 있어서 입에서 말을 끌어내는 것처럼 느껴진다. 한편 어떤 사람들은 그저 일종의 실마리만 귀담아듣다가 중간에 끼어들어 자신이 이야기를 끌고 간다. 페리먼 씨는 전자였다. 비록 듣는 내내 얼굴은 완전히 사무적인 표정이었지만 말이다. 부인이 고래를 구하는 부분에 다다랐을 때 남자의 눈빛에 약간의 변화가 일어났다.

"그래서요?" 부인이 말했다.

"우선……" 페리먼 씨가 말했다. "제가 제대로 이해했는지 확인하고 싶습니다. 실제로 전화가 두 번 온 건가요?"

"네, 하지만 둘째 통화는 아주 짧았어요."

"그 통화에 관해 다시 말씀해주실 수 있습니까?"

"그럼요. 하지만 왜 그게 중요한지 모르겠네요. 제 말은, 실마리를 찾는 데에요. 사건을 해결하기 위한 실마리 말이에요, 페리먼 씨."

"그냥 제가 부탁드리는 겁니다." 남자가 말했다.

부인은 웃음을 짓지 않을 수 없었다. 플랜스키 부인은 두 사람의 주파수가 맞기 시작했다고 판단했다. 그건 잘된 일일 수밖에 없었다.

"우선 두 통화 사이에 시간이 얼마나 지났는지부터 말씀해주시죠." 페리먼 씨가 말했다.

"5분에서 10분요. 그 애는 먼저 자기가 밖으로 나왔다고, 새처럼 자유롭다고 했어요."

"혹시 길거리 소리 같은 게 들렸나요? 무슨 배경 소음이라든가?"

"기억나는 건 없어요. 하지만 소리가 더 잘 들렸어요. 전 당연히 행복했죠. 그 애가 감옥이나 경찰서 같은 데서 나왔다고 생각했으니까요. 아이한테 변호사를 구하라고 했어요."

"그랬더니 뭐라던가요?"

플랜스키 부인은 돌이켜 보았다. "기억이 안 나요. 어쩌면 아무 말도 안 했을 수도 있고요. 잠깐, 아니에요. 처음에는 무슨 말인지 못 알아듣는 것 같았어요. 전 법정에서 변호해줄 변호사가 필요할 거라고 설명했어요. 그 애가 제대로 생각을 못 하고 있는 줄 알았죠. 전형적인 10대 아이가 그렇듯이요."

“10대처럼 들리던가요?”

“네. 그러더니 그다음에는 자기한테 좋은 생각이 있다면서 잘 자라고 했어요.”

“어떤 식으로요?”

“잘 자라는 말을 어떤 식으로 했느냐고요?”

“진심으로?” 페리먼 씨가 물었다. “아니면, 실례지만, 속으로 재미있어하는 것 같았나요?”

플랜스키 부인은 중화기가 저장돼 있는 핵무기고가 들썩이는 걸 느꼈다. 그 순간, 이제 눈물과는 작별임을 알았다. “진심으로요, 페리먼 씨. 이 둘째 통화가 중요하다고 생각하시는 것 같네요. 혹시 왜 그런지 설명해주실 수 있을까요?”

페리먼이 키보드를 두드리자 뒤에 있는 선반에 놓인 프린터에 시동이 걸렸다. “흔히 있는 일이 아니거든요.” 페리먼이 설명했다. “어쩌면 독특하달까. 전 이런 사건을 많이 보는데도 말이죠. 엄청 많이 봐요. 핵심은, 우린 늘 지문을 찾고 있어요. 둘째 통화가 확실한 지문이라는 건 아니고요. 하지만 후보이긴 합니다. 둘째 전화를 왜 걸었을까요? 게임은 끝났는데요.” 페리먼은 등 뒤로 손을 뻗어 인쇄물을 책상 위에 놓고 손가락으로 두드리며 말을 이었다. “무엇보다, 부인의 사건을 이곳의 제 동료가 이미 살펴봤다고 말씀드릴 수 있어 기쁩니다. 그분도 둘째 통화를 언급했지만 특별한 주의 사항으로 기록하지는 않았던 것 같네요.”

“그분도 이 자리에 있어야 하는 거 아닌가요?” 플랜스키 부인이 물었다.

“이상적으로는 그렇습니다. 하지만 이틀 전에 미국으로 복귀 발령을 받았어요. 아마도 그래서 둘째 통화에 관해 더 알아보지 못한 것 같습니다. 시간이 없어서요.” 페리먼은 빨간 펜을 꺼내어 인쇄물의 어딘가에 동그라미를 쳤다.

“그럼 지금은 누가 제 사건을 담당하고 있나요?” 플랜스키 부인이 물었다.

“좋은 질문입니다. 제가 뭘 할 수 있는지 살펴보죠. 여기서 잠시만 기다려주세요. 금방 돌아오겠습니다." 페리먼은 일어나서 문을 열어놓은 채 방을 나갔다.

플랜스키 부인은 무릎에 핸드백을 올려놓은 채 앉아서 기다렸다. 최근에 다른 곳에서 이렇게 앉아서 기다려야 했던 기억이 떠올랐다. 차량관리국에서였다. 부인은 일어서서 창가로 갔다. 해병들은 여전히 슛을 쏘고 있었다. 소리 내어 웃으며 욕설을—부인은 몸짓으로 그걸 추론할 수 있었다—내뱉었다. 고국에서는 멀리 떨어져 있지만 소년 시절에서는 그만큼 멀리 떨어져 있지 않은, 즐겁게 노는 젊은이들. 플랜스키 부인은 페리먼의 이름 모를 가족을 더 자세히 살펴본 후 책상 쪽으로 돌아가 다시 자리에 앉았다. 인쇄물을 보았다. 부인 쪽에서는 거꾸로 보였지만 어차피 그 거리에서 읽기엔 글자가 너무 작았다. 하지만 업무적인 내용이었고, 원칙은 다른 사람의 책상 위에 있는 서류를 읽지 않는다는 거였다. 그건 염탐이니까.

그리고 염탐은 잘못된 것이다. 마침표. 여기서, 첩보 기관의 사무실에서, 플랜스키 부인은 갑자기 그 역설을 깨달았다. 염탐은 나쁜 것이다. 그렇다. 하지만 이 사무실은 다른 행성에 존재했다. 염탐이 핵심인 행성! 따라서 거기에 참여하기를 거부한다면 도리어 무례한 짓인 셈이다. 본데없이 자란 무지렁이가 되는 것이다. 음, 그건 너무 심한 말일 수도 있지만, 어쨌든 그저 자리에서 일어나 책상 앞으로 서너 걸음만 가면 예의를 다할 수 있는데 왜 무지렁이가 될 위험을 자초하는가? 적어도 염탐 행성에서는 그게 정중한 사회인데? 플랜스키 부인이 인쇄물을 내려다보며 막 읽기 시작하는데 복도에서 다가오는 발걸음 소리가 들렸다.

그 순간 뭔가 놀라운 일이 일어났다. 요 얼마 전 테니스 시합에서 있었던 일과 닮은 일이었다. 부인은 수술한 인공관절 걱정은 까맣게 잊은 채 빙그르르 돌아 공을 쫓아 뛰어갔더랬다. 그 테니스 시합과 지금 일어난 일 사이의 연관성은—부인은 그걸 나중에 가서야 깨닫게 되겠지만—생각하지 않는다는 거였다. 순수한 본능의 승리. 테니스의 경우에는 빙그르르 돌아서 뛰는 것. 지금 상황에서는 휴대전화를 핸드백에서 꺼내어 재빨리 서류 뭉치 맨 위 장의 사진을 찍는 것. 페리먼이 방으로 들어왔을 때 부인은 휴대전화를 도로 핸드백에 넣고 핸드백을 손에 쥔 채 창가로 돌아가 있었다.

"해병대가 아직도 농구를 하고 있나요?" 페리먼이 물었다.

부인은 뒤돌아 대꾸했다. "퍽 재미있어 보이네요."

이런 걸 잠입 수사라고 하던가? 부인은 재능을 타고났다.

19장

사건의 각도

"저희 아내는 부인의 토스터 칼을 깊이 신뢰한답니다." 두 사람이 다시 책상을 가운데 놓고 마주 앉은 후 페리먼이 말했다.

"정말 감사하네요." 플랜스키 부인이 대꾸했다. "비록 우린 회사를 매각한 지 좀 됐지만요." 부인은 페리먼이 방금 알아낸 정보를 업데이트해주었다.

"부인과 남편이 함께하신 건가요?"

"남편은 세상을 떠났어요."

"유감입니다."

"감사합니다."

페리먼은 인쇄물을 내려다보았다. 플랜스키 부인은 갑자기 페리먼의 사무실에 보안 카메라가 설치돼 있으면 어쩌나 하는 걱정에 사로잡혔다. 방 안을 둘러보지 않으려고 안간힘을 써야 했다.

"전 이 사건을 직접 맡을 생각입니다." 페리먼이 말했다.

아내와 토스터 칼 때문에? 이유가 뭐든, 좋은 소식이었다. 사업에서 직접 맞대면하는 것보다 나은 건 없다. 잠입 수사 작전이라고 다를 게 뭐겠는가?

페리먼은 시계를 확인하고 말했다. "소식이 들어오는 대로 음성이나 문자메시지나 이메일을 통해 가능한 한 빨리 알려드리겠습니다. 그리고 일주일에 한 번씩 새로운 소식 유무를 알려드릴 거고요."

"감사해요." 플랜스키 부인이 말했다. "혹시 오늘 오후에 시간 되세요?"

페리먼의 잘생긴 얼굴은 혼란을 잘 표현하도록 만들어지지 않았다. 그 감정은 하마터면 페리먼을 못생겨 보일 뻔하게 만들었다. "무슨 말씀이신지 모르겠네요."

"알바제미나로 같이 가보면 어떨까 싶어서요. 지도상으로는 한 세 시간이면 갈 것 같던데요."

페리먼은 책상 위에 양손을 포갰다. "왜 알바제미나죠?"

"왜냐뇨, 세이프모와의 관련성 때문이죠." 부인은 턱짓으로 인쇄물을 가리켰다. "거기 안 나와 있나요?"

페리먼은 그 질문에 대답하지 않고 이렇게 되물었다. "세이프모에 관해 뭔가 알고 계신가요?"

"그냥 FBI한테 들은 것만요. 세이프모는 페이모나 벤팔 같은 거라고, 돈을 이체하는 방식이라고요, 다만 사기꾼들이 함정을 설치해서, 아마도 그냥 일회용으로만 쓸 목적으로 그렇게 했다고, 전 그렇게 들었어요." 부인은 페리먼의 눈빛에서 자신이 어딘가에서 길을 잘못 들었음을 깨달았다. "사기꾼이 아니라 FBI한테서 그렇게 들었다고요." 부인은 설명했다. "하지만 그 사람들, 그러니까 사기꾼들은 실수를 저질렀어요. 알고 보니 세이프모는 이전에도 사용된 적이 있었죠. FBI는 저한테 그 사건을 자세히 말해주지 않았지만, 그 사건 해결 과정에서 알바제미나로 범위가 좁혀졌다고 했어요. 그곳이 사기꾼의 본거지라는 뜻이죠. 그게 핵심이고요."

페리먼은 아무 말도 없이 그저 부인을 빤히 보기만 했다.

"아이고, 이런." 부인이 말했다. "제가 페이모라고 했나요? 벤팔이라고요?"

페리먼이 살짝 고개를 끄덕였다.

"전 물론 그 반대를 말한 거였어요. 반대가 아니라, 그러니까……." 부인은 말끝을 흐렸다.

페리먼의 시선은 부인에게 머물렀지만 눈동자는 내면을 향해 있었다. 고개를 살짝 저었다. "전 형제 기관에 관해 나쁘게 말하고 싶지는 않습니다."

"아, 편하게 말씀하세요." 플랜스키 부인이 말했다. "저만 알고 있을게요."

페리먼의 눈썹이 살짝 올라갔다. 웃음이 나오려는 건가? 그건 아니었다. 페리먼은 이렇게 말했다. "그 애초의 세이프모 부분은 잊어주시길 부탁드려야겠네요, 플랜스키 부인. 그건 언급되지 말았어야 했어요. 그건 다른 사건 조사에서 나온 결과입니다. 사이버 사기와는 관련이 없는 기밀 수사죠."

"전 그런 말 못 들었는데요."

페리먼은 굳이 대답하지 않았다.

"그리고 그걸 잊어버리고 싶지도 않고요." 부인이 말을 이었다.

"무슨 말씀이시죠?"

"그건 중요한 실마리잖아요. 그런 걸 어떻게 잊죠?"

페리먼은 뒤로 기대앉아 양손을 한데 비볐다. 책상 전화가 울렸지만 받지 않았다. "부인은 확실히 머리가 좋으시죠." 페리먼이 말했다.

"그런 말은 안 통해요." 플랜스키 부인이 대꾸했다.

아이고, 이런. 겉으로 말해버린 건가? 부인은 페리먼의 얼굴이 굳어지는 걸 보고서야 확실히 알았다. 마치 내면의 자아가 표면으로 드러난 것 같았다. 페리먼은 강인한 남자였다. 직업을 생각하면 그야 당연하지 않겠는가? 하지만 또한 매우 유하기도 했다. 페리먼은 잭과 비슷한 나이일지도 모르지만 잭이 아니었다. 전혀 달랐다. 부인은 잭이 페리먼 같은 일을 하는 걸 상상조차 할 마음이 들지 않았다.

"좋습니다." 페리먼이 말했다. "우리, 뻔한 이야기는 생략하죠. 부인에게 일어난 일은 전에도 있었고 앞으로도 수없이 많은 사람에게 일어날 겁니다. 전 데이터를 계속 보고 있습니다. 범법자들이야 온 세상에 널렸지만, 동유럽에는 특히 더 많습니다. 이 나라를 포함해서요. 특히 알바제미나가 그 온상이죠. 그냥 차를 몰고 거길 지나가기만 하면 부인도 아실 겁니다. 그 수많은 사치스러운 고급차 판매점들을 보면요. 브렌트우드를 방불케 하지만, 거기에 브렌트우드에 있을 법한 일자리는 없죠. 기술 수준이 중요한 변수인데, 가장 조잡한 것, 그러니까 그냥 뭐라도 낚이길 희망하면서 아무 미끼나 던지는 유형에서 세련된 것까지 다양합니다. 부인의 사건은 세련된 쪽에 속하죠. 그걸 알려주는 지표들이 많은데, 예컨대 놈들이 부인의 손자 이름을 안다는 사실 같은 겁니다."

"놈들이 그걸 어떻게 알죠?"

"그냥 조금만 품을 들이면 됩니다. 놈들이 24시간 365일 소셜미디어를 헤집고 다니는 알고리즘을 구매했거나 설계했다면 품도 거의 안 들죠."

기술로 말하자면 1959년 수준이면 충분히 좋았다고, 플랜스키 부인은 생각했다. 그건 부인이 굳건히 가지고 있는 생각이었다.

다시 전화가 울렸고 페리먼은 다시 무시했다. "더 궁금하신 게 있나요?"

더 궁금한 게 있냐고? 질문 시간은 보통 끝에 오지 않나? 플랜스키 부인은 이 회의의 끝을 맞이할 준비가 되지 않았다. 무례하게 굴고 싶지는 않았지만 아직 궁금한 게 잔뜩 있었다. 요점만 추렸다. "다음엔 어떻게 되죠?"

"우리, 그러니까 미국 비밀 검찰국과 FBI에서는 루마니아 동료들에게 도움을 요청할 겁니다. 특히 사이버범죄 부서에요. 그리고 조사를 공동으로 진행할 겁니다. 실제 발로 뛰는 건 그 친구들이죠. 우리 역할은 기술과 정보 지원을 제공하는 겁니다. 그러고 필요하다면 독려도 하겠죠."

"독려가 왜 필요하죠?"

"우린 고국에 있지 않습니다, 플랜스키 부인. 문화가 달라요. 우리가 뭔가를 가정한다면 그건 곧 실수를 저지르는 겁니다. 심지어 옳고 그름에 대한 가장 기본적인 가정들조차도요."

플랜스키 부인은 그런 지적이고 유연한 생각을 가진 남자가 해외에서 고국의 기준을 잃지 않고 있다는 게 마음에 들었다. 하지만 다른 한편으로는 이 대화가 가려는 방향이 마음에 들지 않았다.

"도둑질이 허용되는 문화도 있나요?" 부인이 물었다.

성급한 미소라는 게 있을 수 있나? 부인이 보기에 페리먼의 얼굴에 지나간 게 그거였다. "제가 알기로는 없습니다. 그냥 앞으로 닥칠 일에 관해 미리 알려드리려는 겁니다."

"계속 말씀하세요."

"제 목표는 부인과 같습니다. 범법자들을 찾아서 법정에 세우고 회복할 게 있으면 회복하는 거죠. 우리 루마니아 동료들의 목표 역시 같지만 맥락이 다릅니다."

"어떻게요?"

"그 이유는 제 직위에서는 말씀드릴 수 없습니다. 그건 이 건물에 있는, 외교 쪽 사람들의 생업과 관련된 부분이죠. 말하자면 다른 문화를, 상대의 미래 행위가 예측 가능할 정도로 잘 이해하는 겁니다. 제가 말씀드리고자 하는 건 인내심의 필요성입니다."

"제가 인내심을 가져야 한다는 거죠."

"큰 부탁이죠, 압니다. 하지만 어쩌면 인제 상황을 이해하셨으니 조금은 더 쉬워질 수도 있겠죠."

플랜스키 부인은 전혀 쉬워진 기분이 아니었지만 그다음에 무슨 말을 해야 할지 몰랐다. 그래서 노엄이라면 했을 법한 말을 했다. "범법자들을 찾아서 법정에 세우고, 회복할 수 있는 걸 회복한다고요."

"맞습니다."

"그 확률을 좀 말씀해주세요. 괜찮으시다면요." 부인이 말했다. "예컨대 백분율로요."

페리먼이 껄껄 웃었다. 그 웃음에 부인은 페리먼이라는 실제 인간의 내면을 엿본 듯한 기분이었다. 그 순간엔 등 뒤 선반에 놓인 사진 속에 있는 아름다운 아내와 진지해 보이는 아이들의 남편이자 아버지가 보였다. "그건 사양하겠습니다." 남자가 말했다.

"나중에 그거 갖고 따지지 않을게요." 플랜스키 부인이 말했다.

남자는 그저 고개를 저었다. "이제, 부인에 관해서, 우선 이 먼 길을 오신 데 대해 제가 얼마나 감탄했는지 말씀드리고 싶습니다. 그 적극성에 대해서요. 정말 큰 도움이 됐고, 이미 말씀드렸듯 매주 연락드릴 겁니다. 최소한으로도요. 오늘 오후 5시에 귀국 비행 편을 예약해드렸습니다. 취리히를 경유해 마이애미로 가는 퍼스트클래스입니다. 유감스럽게도 직항 편은 예약하지 못했습니다. 해병 상등병 에이버리가 호텔까지 모셔다 드리고, 부인이 짐을 꾸리고 출발 준비를 하시는 동안 기다렸다가 다시 공항으로 모셔다 드릴 겁니다." 페리먼이 자리에서 일어서서 말했다. "여기 탑승권입니다."

"강제 퇴거인가요?" 부인이 물었다.

"부인은 불한당이 아니시죠, 플랜스키 부인. 만나 봬서 정말 반가웠습니다. 부인은 부인의 몫을, 아니 그 이상을 하셨습니다. 이제부터는 저희에게 맡겨주십시오. 다른 계절이었다면 아마 하루이틀쯤 더 경치를 보면서 지내다 가시라고 했을 겁니다. 하지만 겨울은 부쿠레슈티에 있기에 좋은 계절이 아닙니다."

플랜스키 부인은 자리에서 일어서서 "감사합니다" 하고는 탑승권을 받아 들었다. 두 사람은 악수를 나눴다. "노로크." 부인이 말했다.

"네?"

"아, 루마니아어로 행운을 빈다는 뜻이에요."

"설마 루마니아어까지 하시는 건 아니죠?"

"그냥 몇 마디가 다예요."

"저도 그렇습니다." 페리먼이 말했다.

부인은 마치 초고속 엘리베이터를 탔을 때처럼 가슴속에서 뭔가가 갑작스럽게 쿵 떨어지는 느낌을 받았다. 어쩌면 그건 페리먼에 대한 부인의 신뢰였을지도 모른다. 페리먼은 부인을 문간으로 안내했다. 해병 상등병 에이버리가—지금은 제복 차림이 아니었지만 부인은 바깥의 하프 농구 코트에서 본 군인임을 알아볼 수 있었다—복도에서 기다리고 있었다. 부인은 남자의 키가 얼마나 큰지 그제야 깨달았다. 페리먼이 두 사람을 서로 소개했다.

"제가 모시겠습니다, 부인."

에이버리 상등병은 부인과 나란히 복도를 걸었다. 남자의 육체적 강력함이 플랜스키 부인 주위로 마치 감지할 수 있는 힘마당처럼 뿜어져 나왔다. 부인은 작아진 기분이었다. 하지만 어쩌면 그 기분은 부인이 핸드백에 몰래 훔쳐 넣어 온, 기밀인 게 분명한—비록 최고 기밀과는 거리가 먼 낮은 수준이라 해도—서류 때문일지도 몰랐다.

에이버리 상등병이 로비에서 기다리는 사이 호텔방으로 돌아온 플랜스키 부인은 휴대전화를 꺼내어 사진 앨범에서 자신이 찍은 페리먼의 인쇄물 첫 페이지를 확인했다. 처음부터 끝까지 읽었다. FR이라는 이니셜이 적혀 있는, 이제는 미국으로 전보된 페리먼의 동료가 부인의 사건에 관해 상부 제출용으로 작성한 요약본이었다. 플랜스키 부인은 서류를 몇 번 더 훑어본 후 별로 새로운 사실은 없다는 결론에 다다랐다. 노엄이라면 그렇게 말했으리라. 오로지 사건의 각도만이 다르다고. 다만 사소한 게 하나 있었는데, 여백에 손으로 쓴 글씨였다. 그 글씨 밑에는 역시 손글씨로 FR이라고 적혀 있었다. 페리먼은 거기에 빨간색으로 동그라미를 쳐놓았다.

제안: 알바제미나의 맥스 레온테에게 연락한다? 그 후 괄호 속에 일련의 숫자들이 적혀 있었는데, 부인은 전화번호일 거라고 추측했다.

플랜스키 부인은 심호흡을 하고 번호를 휴대전화에 입력하기 시작했다. 하지만. 하지만. 이 작은 움직임을 둘러싸고 너무나 많은 '하지만'이 쳇바퀴를 돌고 있었다. 만약 뭔가 시도해볼 작정이라면—단발성 시도로 끝날 게 거의 확실하지만—가능성을 최대화해야 하지 않나? 하지만 정확히 어떻게? 거기서 달갑잖은 '하지만'이 하나 더 추가됐다. 플랜스키 부인은 휴대전화를 집어넣고 짐을 꾸리기 시작했다.

여행 가방은 물론 전날 비워두었다. 옷장에 걸 수 있는 것들은 전부 꺼내어 걸고, 뮬과 발레 플랫은 바닥의 신발 선반에 두고, 갤 수 있는 것들은 개서 그 위 선반에 두었다.

플랜스키 부인은 책상으로 가서 미국 정부가 자신의 경비를 처리했음을 알았다.

"이게 다인가요?" 에이버리 상등병이 바퀴 달린 부인의 여행 가방을 굳이 땅에서 들어 올리며 물었다.

"네, 하지만 그럴 필요 없—"

"제가 좋아서 하는 겁니다, 부인. 저희 어머니도 이렇게 여행을 하시거든요. 정말 가볍게요."

"무척 스마트한 여성분이신가 봐요, 상등병."

"그건 확실하죠, 부인. 아무도 저희 어머니는 못 건드립니다."

에이버리 상등병은 부인을 국제선 터미널 문 앞에 떨궈주었다. 아니, 그냥 떨군 건 아니었다. 여행 가방을 들어주고 문 앞까지 함께 걸어가주고 여행 가방 손잡이를 길게 뽑아주고 문을 잡아주었다.

"안전한 여행 되세요, 부인."

"고마워요, 상등병. 전부 다 고마워요." 부인의 목소리가 끝부분에서 약간 갈라졌나? 부인은 슬슬 이날이 좀 이상한 날이라는 생각이 들기 시작했다.

탑승 수속을 마치고 나니 아직 시간이 한참 남아 있었다. 항공 여행을 할 때는 보통 늘 그랬다. 부인은 여권을 꺼내어 탑승권을 안에 넣고 보안 검색대 앞에 줄을 섰다.

알고 보니 그 줄은 속도가 느렸다. 그다지 크지는 않지만 끝없는 미로를 통과해야 했다. 하지만 플랜스키 부인이 시간을 넉넉하게 잡는 건 바로 이런 상황을 대비해서였다! 줄은 앞으로 움직이다 멈추고 다시 앞으로 움직이다 멈췄다. 줄이 멈춘 틈에 부인은 훔쳐 온 서류를 읽었다, 그저 사진을 찍었을 뿐이니 엄밀히 말하면 훔친 건 아니었지만. 그 후 줄이 멈추자 부인은 휴대전화를 주머니에 집어넣고 "실례합니다" 하고는 줄에서 벗어났다.

플랜스키 부인은 경로를 거꾸로 되밟아 보안 대기 줄에서 벗어났다. 그러고 몇 분 후에는 발음할 수 없는 이름을 가진 렌터카 회사 접수대 앞에 서 있었다. 아무도 에이버리 상등병의 어머니를 건드리지 못한다. 좀 미쳤을지도 모르지만, 머릿속에서 메아리치는 그 말이 부인을 앞으로 이끌었다.

20장

알바제미나

남아 있는 차들은 거의 다 수동 기어였다. 자동 기어는 훨씬 더 비쌌다. 점원은 플랜스키 부인이 수동을 모는 데 전혀 문제가 없다는 걸 알고 살짝 놀라는 눈치였다. 오래전 부인의 고교 시절, 운전 연수를 하는 나이 든 남자가 모든 아이에게 수동을 배우라고 고집했었다. "자동은 그냥 엄지를 엉덩이에 찔러 넣은 채 가만 앉아 있는 거나 다름없고, 문제는 거기서부터 시작되지." 심지어 그 시대에도 아이들은 그 남자가 과거의 유물임을 알았다.

점원은 부인이 휴대전화에 알바제미나로 가는 경로를 입력하도록 도와주었다. "산으로 가시나요?" 남자가 물었다. "알바제미나 그 자체로는 볼 게 별로 없는데요."

"산이라니, 좋을 것 같네요." 플랜스키 부인이 말했다.

"유럽에서 가장 아름다운 드라이브 길이죠. 일부 여론조사 결과에 따르면요. 하지만 겨울에는 폐쇄된 도로가 많아요. 조심하세요."

"제 이름이 조심이에요." 부인이 말했다.

남자가 웃었다. "즐거운 여행 되십시오, 마담! 어려운 부분은 도시를 벗어나는 거죠."

알고 보니 그 말은 사실이었다. 적어도 어려운 부분 중 하나이긴 했다. 사실 그냥 공항을 벗어나는 것조차 어려웠다. 거기다 도로 표지판들이 있었는데 거리가 킬로미터로 쓰여 있었고, 이는 1.6인가 얼마로 나눠야 한다는 뜻이었다. 이전에 대여섯 번쯤 유럽 여행을 했을 때 그건 매번 노엄이 담당했다. 부인은 운전을 맡았다. 노엄은 조수석에 앉아서 큰 소리로 혼잣말을 하곤 했다. 자동차 여행은 늘 노엄에게서 그런 면을 끌어냈다. 그건 축복이었다. 때로 두 사람은 노래를 불렀다. 노엄은 목소리가 영 별로였다. 다만 말년의 그 토니 베넷 순간은 예외였지만. 하지만 플랜스키 부인은 노래를 잘했다. 고등학교와 대학교 내내 다양한 글리 클럽과 합창단에서 활동했으며 악보를 읽을 줄 알았고 다양한 화음을 낼 수 있었다. 그리고 피아노와 기타도 칠 줄 알았다. 하모니카도 불 수 있었는데, 사실 능숙한 건 하모니카가 유일했다. 좀 더 최근의 일이었던 노엄과의 이중창만 제외하면 그 모든 건 아주 먼 옛날 일이었다.

도로 표지판의 또 다른 문제는 글씨였다. 도로 표지판이 나타날 때마다 부인은 재빨리 대시보드의 작은 홀더에 놓인 휴대전화를 보면서 혹시 일치하는 게 있는지 확인했다. 하지만 문제는 글자들 자체를 이해할 수 없다는 거였다. 알파벳은 부인도 아는 거였지만 이탈리아어나 프랑스어와는 달리 루마니아어는 훨씬 더 어려웠다. 플랜스키 부인은 많은 발음 구별 부호들을 무시하고 모든 단어를 정확히 영어식으로 읽기로 했다.

그건 효과가 있었다. 부인은 꽤 잘 닦여 있는 2차선 포장도로에서 속도제한을 준수하며 달렸다. 처음에는 눈으로 얕게 덮인 평평한 농장 시골길이 쭉 일지로 뻗어 있다기 낮은 언덕에서 살짝 구불구불해졌다. 교통은 붐볐지만 그 후 순식간에 한산해졌다. 부인은 이유를 알 수 없었다. 플랜스키 부인은 심지어 약간 대담해져서 배기 파이프에서 검은 연기를 뿜어내는 고대의 트럭을 추월하기도 했다. 뒤이어 검은 옷을 입은 나이 든 여자가 고삐를 틀어쥔, 말이 끄는 마차도 추월했다. 여자 옆에는 날씨에 비해 춥게 입은 어린 남자애가 앉아 있었다. 그 셋, 그러니까 여자와 남자애 그리고 말의 입김이 눈부신 햇빛 아래 작은 구름을 만들었다.

이윽고 굽이치던 넓은 길들이 오르막길로 변했다. 아마도 멀리 눈으로 뒤덮인 산의 작은 언덕으로 이어지는 듯했다. 가끔 마을이 하나씩 지나갔다. 다들 풍요로워 보이지 않았다. 길가에 늘어선 집들과 가게들은 더 깊이 들어갈수록 드물게 보였고, 정교풍의 교회가 꼭 하나씩 있었다. 돔은 페인트 칠이 되어 있지 않았고, 개중 딱 한 마을에만 금색 돔이 하나 있었다. 플랜스키 부인은 길 위에 누워 있는 개 한 마리를 조심스럽게 피한 후 〈사랑하고 싶은 기분이야〉를 노래하기 시작했다. 부인의 애창곡이었다. 많은 버전이 있었지만 부인이 좋아하는 건 냇 킹 콜도 조 스태퍼드도 심지어 빌리 아일리시 식도 아니었다. 약간 바보 같지만, 차임스의 두왑 버전이었다. 노엄에게 가르치려고도 해보았지만 결과는 대실패였다. 이제 부인은 노래를 부르고 또 불렀다. 그러다 자신이 안개 속으로 차를 몰고 들어갔음을, 어쩌면 안개가 자신에게 떠밀려 왔음을 뒤늦게야 알아차렸다. 속력을 늦췄다. 안개는 더 짙어졌고, 놀랍게도 이제 차는 꽤 좁은 흙길에 들어서 있었다. 이건 분명히 잘못됐다. 저 앞쪽 길가에 망루 같은 것이 어렴풋이 보였다. 부인은 그리로 가서 차를 세웠다.

플랜스키 부인은 휴대전화를 들여다보며 어디서 길을 잘못 들었는지 확인하려 했다. 10킬로미터쯤 전에 지나친 갈림길이었나? 우회전해야 하는데 좌회전했나? 그리고 그건 뭐였지? 또 다른 갈림길이었다. 세 갈래 길이었는데 심지어 더 한참 앞에 있었다. 부인은 그때 세상에 걱정 하나 없는 듯 구슬픈 곡조를 뽑고 있었다.

"젠장." 부인이 말했다. 내 집중력은 해야 할 일에만 쏟고 그 외에는 아무것도 하면 안 되는군. 마침표.

플랜스키 부인은 차에서 내려 아마도 망루 가장자리로 보이는 것으로 향했다. 거기 가면 방향을 파악할 수 있지 않을까. 앞에 보이는 쓰레기통 비슷한 것으로 다가갔다. 바람이 불고 있는데도 안개는 갈수록 짙어지기만 했다. 부인은 쌀쌀한 바람에 스코틀랜드 목도리를 더 단단히 여몄다. 고국에서 멀리 왔다는 느낌이 더한층 강해졌다. 마치 돌돌 말린 이불솜처럼 두꺼운 침묵이 부인을 감쌌다. 그 후 어딘가 앞쪽에서 목소리가 들려왔다. 부인은 그 소리를 향해 움직였다.

그렇다. 확실히 쓰레기통이 보였다. 그리고 그 옆에 있는 한 남자의 형체가 보였다. 남자는 뭔가에 기대고 있었다. 그리고 그 근처에서 또 다른 남자가 역시 뭔가에 몸을 기대고 있었다. 부인이 몇 걸음 더 다가가자 그 두 개의 무언가는 자전거 비슷한 형체를 띠었다. 아니, 자전거가 아니었다. 오토바이였다. '안녕하세요'가 뭐였더라? 부인은 비행기에서 그걸 외워놓았다. 아니, 외울 생각이었다. 하지만 기억나지 않았다.

"안녕하세요?" 부인은 영어로 말했다. 그러고 나서 혹시 헬스 에인절스(미국의 모터사이클 클럽―옮긴이)의 해외 지부 같은 건 설마 없겠지 하는 생각을 했다.

그 두 남자의 형체는 자세를 바꾸고 안개 속에서 앞으로 다가왔다. 헬스 에인절스이기엔 덩치가 작았고, 어른 남자가 아니라 10대 아이들이었다. 하나는 손에 소다 캔을 들었고 하나는 마늘 같은 냄새가 나는 뭔가가 발라진 검은 빵 끝부분을 씹고 있었다. 옷차림은 둘 다 비슷하게 청바지와 가죽 재킷 차림이었는데 신발만 달랐다. 한 아이는 금색 농구화를, 한 아이는 카우보이 부츠를 신고 있었다. 두 아이는 입을 쩍 벌린 채 부인을 바라보았다.

"안녕." 부인이 다시 말했다. "미안해, 난 루마니아어를 몰라서. 혹시 영어 할 줄 아니?"

열여섯에서 열일곱 살쯤 된, 통통하고 여드름이 난 농구화 쪽이 날씬하고 몸매가 좋고 제임스 딘 비슷한 앞머리로 눈 위를 반쯤 가린 다른 아이를 가리켰다.

"네." 날씬한 쪽이 말했다. 남자가 아닌 남자아이이 이목구비였다. "저 영어 해요. 혹시 미국에서 오셨어요?"

"그래." 플랜스키 부인이 말했다.

"미국 어디서요?" 날씬한 쪽이 말했다.

"플로리다."

"아. 햇살 주."

"맞아. 거기 가본 적 있니?"

"꿈에서만요."

여드름 난 쪽이 뭔가 '체이'처럼 들리는 말을 했다. 날씬한 쪽이 루마니아어로 뭐라고 대꾸했다. 플랜스키 부인은 그 소리가 조금은 귀에 익기 시작했다. 이탈리아어, 프랑스어, 그리고 다른 어떤 포착하기 힘든 요소가 섞여 있었지만 알아들을 수 있는 유일한 단어는 "플로리다"였다.

날씬한 쪽이 부인을 돌아보고 말했다. "거긴 매일 날씨가 맑아요?"

"매일까지는 아니지만, 그런 날이 많지."

바람이 약간 더 세졌다. 안개는 전혀 흩어지지 않았지만 신문지 조각들과 스티로폼이 전망대 가장자리로 날아갔다. 날씬한 쪽은 생각에 잠긴 듯한 표정이었다. 여드름 난 쪽은 남은 소다를 마저 마시고 빈 캔을 어깨 너머로 허공에 던졌다.

"봄방학에는 가보셨어요?" 날씬한 쪽이 말했다.

"한 번은." 플랜스키 부인이 말했다. "하지만 오래전 일이란다."

"별로였어요?"

"아니, 좋았어, 하지만 봄방학은 젊은 사람들을 위한 거지."

"체이?" 여드름 난 쪽이 다시 말했다. 부인은 그 스펠링이 아마 C-E이고 뜻은 **뭐야?**일 거라고 짐작했다.

다시금 날씬한 쪽이 루마니아어로 뭐라고 말했다. 둘이 주거니 받거니 대화를 나눴고 여드름 난 쪽은 점점 열의를 띠었는데, 아마 플랜스키 부인 생각에는 봄방학에 하는 일들을 이야기하는 듯했다. 아이가 부인을 돌아보고 웃음을 지으며 자기 가슴을 두드렸다.

"로메오." 아이가 말했다.

아. 아니, 이럴 순 없어. 이건 미국 여성, 구체적으로 봄방학 같은 것에 대한 희화화된 이미지에서 비롯된, 뭔가 크게 오해한 유혹의 몸짓일까? 아무리 질풍노도의 나이라고 해도 눈앞에 있는 여성이 일흔한 살, 곧 일흔두 살이 된다는 뻔한 사실을 보지 못한다고? 부인이 "네 앞에 있는 나는 줄리엣이 아니란다, 친구" 같은 말을 막 하려던 바로 그 순간 아이가 날씬한 쪽을 가리키며 말했다. "디누."

아. "그게 너희 이름이구나? 로메오랑 디누?"

두 아이는 고개를 끄덕였다.

"난 로레타야." 부인이 말했다. "만나서 반갑다."

세 사람은 악수를 나눴다. 로메오와 디누는 악수하기 전에 장갑을 벗었는데, 플랜스키 부인은 그 정중한 제스처를 눈여겨보았다. 장갑은 닳아빠져서 손끝에 살짝 찢어진 부분이 있었다. 부인은 장갑을 끼고 있지 않았는데도 두 아이의 손이 차갑다고 느꼈다. 그건 부인의 손이 더 따뜻하다는 뜻이었다.

"로레타?" 디누가 말했다. 디누가 그 이름을 발음하는 방식에는 어딘가 다정한 울림이 있었다. 어쩌면 그냥 원래 듣기 좋은 목소리일 뿐일지도 모르지만. "로레타 린처럼요?"

"로레타 린을 알고 있니?"

"광부에 딸이죠. 실례해요. 광부의 딸이죠."

"맞아, 하지만 어떻게 아니?"

"컨트리음악요." 디누가 말했다.

"컨트리음악을 좋아하니?"

"일부는요. 하지만 이유는 틀린 영어를 제대로 말하는 법을 배우기 위해서예요, 아세요? 미국인처럼 들리려고요."

플랜스키 부인은 소리 내어 웃었다. "넌 크게 성공하겠다."

"제가요?"

"왜냐하면 그건 영리한 생각이거든. 아마 누군가는 그거로 수익 창출을 할 수도 있을 거야. 이미 하지 않았다면."

"수익 창출이 뭐예요?"

"돈을 버는 거지."

"체?" 로메오가 말했다.

디누가 설명하기 시작했고, 부인은 그게 컨트리음악, 미국 영어, 그리고 수익 창출에 관한 설명일 거라고 짐작했다. 그 무엇에도 로메오는 그다지 흥미가 없어 보였다. 확실히 봄방학 이야기에는 한참 못 미쳤다.

설명이 끝나자 플랜스키 부인이 말했다. "너희 여기 사니? 사실 내가 길을 좀 잃었거든. 알바제미나에 가려고 하는데 길을 잘못 든 것 같아."

"부쿠레슈티에서 오셨어요?" 디누가 물었다.

"그래."

“그러면 확실히 잘못 드셨는데, 하지만…….” 아이가 말을 멈추고 생각에 잠겼다 다시 입을 열었다. “별거 아니에요. 사실 지름길을 찾으신 거예요.”

“체?” 로메오가 물었다.

이번에 디누는 굳이 설명하지 않았다. “저희는 알바제미나에서 왔어요. 거기까지 안내해드릴게요. 따라오세요.”

“정말 고맙구나.” 플랜스키 부인이 말했다. “하지만 너희의 하루를 방해하고 싶지는 않아.”

“저희는 어차피 일하러 가야 해요.” 디누가 말했다.

“무슨 일을 하는데? 이렇게 물어봐도 괜찮다면.”

디누가 로메오를 보았다. 둘이 눈을 마주쳤다. “학생이에요.” 아이가 말했다. “저희는 학생이에요. 알바제미나의 어디로 가세요?”

“사실은 아직 예약을 안 했어. 혹시 추천해줄 수 있니?”

“호텔요?”

“아니면 비앤비나.”

“비앤비가 뭐예요?”

“음, 그러니까…… 그래, 호텔. 호텔이 좋겠다.”

“두체가 있어요.” 디누가 말했다. “아주 좋아요. 전부 새로 단장했거든요. 저희 삼촌이 주인이에요.” 디누는 플랜스키 부인이 망설이는 걸 눈치채고 덧붙였다. “하지만 로얄레가 더 좋긴 해요. 그리고 더 비싸고요.”

“로얄레?” 로메오가 물었다.

둘은 긴 대화를 시작했다. 플랜스키 부인은 호텔 이름처럼 들리는 네다섯 단어를 포착했지만 그 외에는 전혀 알아듣지 못했다. 훨씬 강하고 차가워진 바람이 드디어 안개에 길을 내, 근처의 다소 급격한 벼랑이 눈앞에 드러났다. 몇 걸음만 더 갔으면 끝이었다.

“혹시 이러면 어때요, 로레타?” 디누가 물었다. “저희가 두체까지 데려다 드릴 수 있어요. 거기가 마음에 안 들면 바로 광장 맞은편에 로얄레가 있고요.”

“괜찮은 계획 같구나.” 플랜스키 부인이 말했다.

"괜찮은 계획 같구나. 그 말 좋네요."

"체?" 로메오가 물었다.

디누는 아마도 **괜찮은 계획 같구나**를 번역해서 들려주는 모양이었다.

로메오가 알아들은 듯 즐거운 표정을 지었다.

"괜찮은 계획 같구나!" 아이가 영어로 말했다. 두 아이는 하이파이브를 했다. 그러고 한 번 더 했는데, 이번에는 플랜스키 부인도 함께였다.

플랜스키 부인은 두 아이를 따라 180도 커브가 계속되는 도로를 지났다. 길은 여전히 흙길이었고 군데군데 자갈길이 좀 있었다. 이제 안개는 거의 사라지고 황금빛 연무가 깔렸다. 아이들, 아니 아이들은 좀 아닌 것 같고, 젊은이들은 바이크를 타고 앞장섰다. 로메오는 검은 바이크, 디누는 빨간 바이크. 때때로 연무가 두 사람을 집어삼켰고, 혼자 남은 부인은 조지아 오키프의 황금 평원에 들어서 있는 느낌을 받았다. 잠시 플랜스키 부인은 어리석은, 거창한 생각에 빠져 자신을 잊었다. 예컨대 '이게 바로 여행이지!' 하는 그런 생각. 부인은 몹시 선량한 젊은이들을 놓치지 않도록 바이크 소리를 들으려고 차창을 내렸다—처음 듣는, 지금은 잊어버린 이름의 제조사에서 만든 차는 구식이라 손잡이를 돌려 창을 내려야 했다. 자신의 행운이 기분 좋았다. 조수가 바뀌었고, 부인은 모퉁이를 돌았고, 상황을 바꾸고 있었다. 부인은 변화를 말하는 온갖 케케묵은 표현들을 떠올렸다. 요점은, 부인이 당하는 게 아니라 맞서고 있다는 거였다.

알바제미나로 가는 남은 길은 다시 깊은 안개에 가려져 있었다. 황금 연무는 끼어들 틈이 없었다. 플랜스키 부인은, 디누와 로메오를 시야에서 놓치지 않으려고 애쓰는 와중에 휘감아 도는 내리막길과 평평해지는 풍경과 인공 구조물들의 흐릿한 인상만을 간신히 포착했다. 시골 풍경이 나중에는 도시로 바뀌었다. 거의 끝에 다다라 다리를 건넌 후 꽉 막힌 교통에 합류해 조용한 조약돌 광장에 접어들었다. 광장 중앙에는 말을 탄 조상이 서 있었고, 그 후 파란색 홈통에 슬레이트 지붕을 인 노란 3층 건물이 나타났다. 낡은 검은색 나무에 놋쇠 징이 박힌 문 위에 금색으로 도색된 간판이 걸려 있었다. 두체라고 쓰여 있었다. 로메오는 손을 흔들어 작별 인사를 하고는 살짝 비틀거리면서 광장을 가로질러 갓길로 향했다. 하지만 디누는 멈춰서 한 발을 내려놓고 플랜스키 부인에게 따라오라는 몸짓을 했다.

부인은 차로 다가갔다. 추위로 얼굴이 빨갛게 언 디누가 간판을 가리키며 말했다. "호텔 두체예요."

"고마워, 디누."

"그리고 저긴……" 디누가 광장 반대편의 더 큰 슬레이트 지붕 건물을 가리키며 말을 이었다. 그 건물은 파란색에 노란 홈통이 있었으며 무거운 노란 기둥도 세 개 있었다. "호텔 로얄레예요. 별 열 개짜리요."

"열 개?" 플랜스키 부인이 물었다.

"뭐든, 제일 많은 거요." 디누가 말했다. 아마도 역설적이고 자조적인 웃음인 듯했다. 평범한 아이가 아니라고 플랜스키 부인은 함께 웃으며 생각했다.

디누가 바이크 시동을 걸었다. "즐거운 여행 되세요, 로레타!"

"너도. 그런데—잠깐만 기다려." 부인은 핸드백을 급히 뒤적였다. 루마니아 돈은 아직 없었다. 사실 부인은 이곳에 독자적인 화폐가 있는지 유로를 쓰는지도 몰랐다. 하지만 20달러 지폐를 찾아내어 내밀었다. "로메오랑 나눠 가지렴."

"아, 안 돼요. 그러지 마세요." 디누가 약간 단호한 제스처와 함께 말했다. 어쩐지 귀족적으로 느껴지는 제스처였다. 디누는 앞바퀴를 들고 멀어져 갔다. 어쩌면 귀족보다는 거리의 부랑아에 더 가까울지 몰라도 확실히 기묘한 조합이었다. 플랜스키 부인은 표시선 안으로 천천히 들어가 정확히 주차를 하고 여행 가방을 트렁크에서 내리고 차를 잠갔다. 그리고 제대로 잠겼는지 확인한 후 호텔 두체로 들어갔다.

<h1 style="text-align:center">21장</h1>

<h1 style="text-align:center">호텔 두체</h1>

호텔 두체의 로비는 좁았다. 백색으로 칠해진 돌벽과 검은 천장 대들보에 바닥은 검은색 목재였으며 낡고 닳았지만 광이 번쩍번쩍 났다. 벽에는 그림 몇 점이 걸려 있었다. 그림의 주제는 전부 동일했는데, 그러니까 반짝이는 경주용 차들이었다. 벨라 루고시의 포스터도 있었는데, 그 유명한 옷차림을 하고 있지 않아서 플랜스키 부인은 처음에는 알아보지 못했다. 이 호텔이 벌써부터 마음에 들었다.

접수 데스크로 다가갔다. 미모의 젊은 여자가 앉아서 노트북에 타자를 치고 있었다. 탱크톱에 청바지를 입었는데, 계절을 생각하면 좀 가벼운 차림인 듯했다. 탱크톱에 이름표가 붙어 있었다. 아니카. 아니카가 고개를 들고 루마니아어로 뭐라고 말했다.

"미안해요." 플랜스키 부인이 말했다. "혹시 영어 하세요?"

"조금요."

"이틀이나 사흘 밤쯤 묵으려고 하는데요. 어쩌면 그보다 길게요."

"전혀 문제없어요. 겨울이니까." 여자가 플랜스키 부인에게 안내 책자를 건네며 말했다. "프레지던트 스위트룸 있어요."

"아, 전 그렇게 고급스러운 건 필요 없어요." 안내 책자에는 다양한 등급의 방 사진들이 있었다. 프레지덴셜 스위트는 아주 검소한 대통령에게 적합할 것 같았다. 하지만 단순하고 좋았다. 모든 방이 그랬는데 다만 가격만 다소 높았다.

"가격은 레우(루마니아 통화—옮긴이)예요." 아니카가 말했다. "미국인이세요?"

"네."

"다섯으로 나눠요."

"아."

"그리고 보통 디럭스 가격으로 프레지던트를 쓸 수 있어요. 비수기 할인이에요."

플랜스키 부인은 재빨리 암산했다. 하룻밤에 45달러 정도였다. "그거면 되겠네요." 부인이 말했다.

"아침 식사, 와이파이, 그리고 25달러짜리 클럽 프레스토 상품권 포함이에요."

"그게 뭐죠?" 플랜스키 부인이 물었다.

아니카가 부인을 자세히 살펴보고는 말했다. "그 대신 살 프리베 이용권을 드릴 수도 있어요. 좋은 음식점이에요."

플랜스키 부인은 여권과 신용카드를 꺼냈다. 아니카가 확인을 마침과 동시에 거대한 남자가 안쪽 문으로 들어왔다. 예전에 부인과 노엄은 어떤 광고 회사와 계약을 했는데, 그 회사는 텔레비전 바비큐 프로그램의 출연자였던, 무척 인기 많은 전직 NFL의 라인맨과 관계가 있었다. 그리고 부인은 결국 거액을 들여 그 남자를 광고 모델로 쓰게 됐다. 남자는 알고 보니 느긋하고 유쾌한, 이미지 그대로의 인물이었다. 플랜스키 부인은 무대 뒤에서 남자와 나란히 서서 칼 쓰는 법을 보여주었는데, 어떤 다른 종족의 일원이 된 기분이었다. 불뚝 솟아서 목을 일부 차지하고 있는 거대한 어깨 근육을 드러내는 딱 붙는 티셔츠를 입은 이 남자는 그 남자와 동일한 체형과 몸집이었다.

"아, 마리우스." 아니카의 말투는 남자에게 뭔가를 요구하는 듯했다.

"체?" 마리우스가 물었다.

아니카는 부인에게 방 열쇠와 상품권을 건넸다. "마리우스가 방까지 모셔다 드릴 거예요."

마리우스가 어슬렁어슬렁 다가와서 말했다. "어이."

"안녕하세요." 플랜스키 부인이 말했다. "영어 하세요?"

"가끔." 마리우스는 그렇게 대꾸하고 엄지와 검지만으로 부인의 가방 손잡이를 가볍게 집어 들었다. 그러고 앞장서서 로비를 가로질러 올이 풀린 동양풍 융단이 깔린 층계로 향했다. 계단이 거대한 마리우스의 덩치 밑에서 삐걱대며 신음했다. 다리의 움직임 때문에 살짝 올라간 청바지 밑으로 발목의 칼집이 드러났다. 칼은 사실상 부인의 코앞에 있었다. 정말 흥미롭다고 부인은 생각했다. 내 인생에 잠깐 등장한 두 거인, NFL의 라인맨과 마리우스가 모두 칼을 갖고 있다니. 그걸 뭐라고 부르지? 소품? 둘 다 칼이라는 소품과 함께였다.

마리우스는 층계 꼭대기에서 복도로 접어들어 또 다른 벨라 루고시 포스터를 지났다. 이번에는 그 유명한 배역으로 분장한 모습이었다. 두 사람은 웃음을 띤 리처드 닉슨의 사진 액자가 머리 위에 걸려 있는 문으로 갔다. 실내장식을 담당한 누군가가 의도적으로 그 두 인물을 병치한 것일까? 아니면 그냥 우연일까? 노엄이 같이 있었다면 얼마나 재미있어했을까!

"프레지던트 스위트룸." 마리우스는 그렇게 말하고 손가락을 살짝 움직였다. 부인은 열쇠를 건넸다. 마리우스가 문을 열었다.

"여기 묵고 있나요?" 부인이 물었다. "닉슨요."

"여기 아니야." 마리우스가 말했다. "루마니아에. 우리 역사에서 중요한 때."

"우리 역사에도 중요한 순간을 많이 만들었죠." 플랜스키 부인이 말했다.

그냥 가볍게 건넨 농담이었지만 통하지 않았다. 마리우스는 무표정을 유지한 채 가방만 방 안으로 굴려 넣고 자신은 들어가지 않고 열쇠를 건넸다.

"즐거운 방문 되시길, 숙녀분."

"고마워요." 부인은 핸드백에 손을 집어넣었다.

마리우스가 검지를 차 와이퍼처럼 흔들었다.

"맙소사." 플랜스키 부인이 말했다. "루마니아에서는 팁을 안 받나요?"

"루마니아에서는 팁을 안 받나요?" 마리우스가 소리 내어 웃었다. 덩치에 안 어울리게 놀랍도록 새된 소리였다. "아주 재미있는 농담. 가서 말해줘야지."

호텔 두체의 프레지덴셜 스위트는 알고 보니 스위트룸이 아니었지만 작은 앉을 자리가 있긴 했다.

더블 침대는 거대한 마호가니 재질의 구식 물건으로, 세로 홈 기둥과 캐노피가 있었다. 또한 프레지덴셜 스위트는 무척이나 추웠다. 창문이 납틀로 된 여닫이창 하나가 활짝 열려 있었다. 플랜스키 부인은 손잡이를 돌려 창을 닫으면서 광장과 말 탄 조상의 멋진 경관을 구경했는데, 말과 남자는 둘 다 실물보다 컸고 청동은 낡고 산화되어 깊은 빛을 내는 녹청을 만들었다. 〈닥터 지바고〉풍 털모자 외에는 온통 갑옷으로 무장한 기수가 날이 넓은 칼을 휘두르고 있었다. 부인은 창을 잠갔다.

짐을 풀고 걸 것은 걸고 갤 것은 개어 넣은 후 세면도구를 욕실 선반에 얹었다. 욕실은 작을 줄 알았는데 알고 보니 방만큼 컸다. 비록 욕조는 없었고 대체로 빈 공간이었지만. 어쩌면 이전 시대에는 별도의 방이었을 수도 있을까. 샤워 부스 바로 옆 벽에 문이 나 있었다. 낡고 무거운 나무문인데 손잡이도 열쇠 구멍도 없었다. 한번 밀어보았지만 꿈쩍도 하지 않았다.

더는 풀 짐이 없었다. 부인이 이렇게 주의를 기울여 모든 짐을 풀어놓은 것은 그게 원래 부인의 방식이라서였지만 또한 곤란한 순간을 미루는 한 방편이기도 해서였다. 플랜스키 부인은 자신이 부쿠레슈티에서 차를 몰고 오는 길에 앞으로 무슨 일이 벌어질지 생각할 시간이 남아돌았다는 것을 잘 알았다. 하지만 부인은 그러지 않고 그저 영감이 저절로 떠오르기만 기다렸다. 어쩌면 이다지도 게으를까!

"그래서 그게 어떻게 됐지, 이 아가씨?" 방금 내가 소리 내서 말했나? 아니었다. 부인은 거의 확신했다.

플랜스키 부인은 책상 앞에 가서 앉았다. 테런스 선생님의 가르침을 떠올렸다. "등을 똑바로 펴고, 발을 바닥에 한데 모으고." 호텔의 노트패드와 펜을 앞에 갖다 놓고 휴대전화를 꺼내어 훔쳐 온 서류를 한 번 더 훑어보았다. 당시에는 아주 좋은 생각 같았지만 이젠 그렇지 않았다. 하지만 그건 본능적 생각이었고, 부인은 중요한 순간에 늘 본능을 따르게 되지 않았던가? 진실은, 부인이 정말 알지 못한다는 거였다. 이렇게 나이가 들고도 자신을 모른다는 게 어떻게 가능하지?

제안: 알바제미나의 맥스 레온테에게 연락한다? 그 뒤 휴대전화 번호인 듯한 괄호 안의 숫자가 있었다. 하지만 만약 아니라면?

"왜 그냥 꼬리를 말고 집에 가지 않았지?" 부인은 이번에는 확실히 소리 내어 말했다. 그러고 자신에게 몹시 화가 났다. 분노에 사로잡힌 채로 휴대전화에 그 번호를 입력했다. 숫자 하나하나를 마치 칼로 찌르듯 찔러 넣었다. 마지막 숫자만 빼고. 그 순간 부인은 뭔가 영리한 듯한 생각을 떠올렸다. 혹시나…… 음, 혹시나. 거기까지만 하자. 그 영리한 생각이란 휴대전화에서 뭔가를 바꿔서 전화를 받는 상대방에게 자신의 이름이 뜨지 않게 하는 거였다. 부인은 그게 가능하다는 데 꽤 확신이 있었다. 하지만 정확히 어떻게? 설정! 전화기에 설정을 다루는 그런 모호한 영역이 있지 않았나?

얼마 후, 그리 오래 걸리지 않아 휴대전화는 준비를 마쳤다. 이제는 더 교활한 기계가 되어 있었다. 플랜스키 부인은 번호를 눌렀다. 저쪽에서 신호음이 울렸다. 그게 어딘지는 몰라도. 이 남자, 맥스 레온테가 지금 이 순간 알바세미나에 있냐고 추정할 근서가 있긴 할까? 남자는 그 어디라도 있을 수 있다. 예컨대 워싱턴 D.C.라든가. 갑자기 그편이 더 그럴싸하게 느껴졌다. 그건 그렇고 전화가 울린다는 표현은 이제 적절하지 않았다. 공학적으로 생산되고 제품 테스트를 거친 일종의 디지털 소음을 내니까. 그리고 듣는 사람의 머릿속에서—

"다?"

플랜스키 부인은 벌떡 일어섰다. 휴대전화를 든 손에 갑자기 땀이 찼다.

"다?"

바리톤의 남자 음성. 듣기 싫은 건 아니지만 왠지 조바심을 내비치는 목소리였다.

“다?”

플랜스키 부인은 심호흡을 했다. “여보세요? 혹시 영어 하시나요? 맥스 레온테를 찾고 있는데요.”

“누구시죠?” 남자가 말했다. 약간 외국어 억양이 있었지만 썩 훌륭한 영어였다.

“레온테 씨세요?”

“그쪽은 누굽니까?” 남자가 되풀이했다.

그냥 직감이었지만, 플랜스키 부인은 왠지 이름을 밝히고 싶지 않았다. 적어도 지금은, 그리고 전화로는. 이건 부인이 예측하지 못한 문제였고, 부인은 요즘 일반적으로 말해서 예측에 약세를 보이고 있었다. 어쩌면 부인 뇌의 예측하는 부분이 어디선가 들은 적 있는 어떤 무증상 뇌졸중 같은 것 때문에 날아갔는지도 모른다. 물론 진지하게 그렇게 믿는 건 아니었다. 그러고 이 짧은 침묵 동안 한 가지 꼼수가 떠올랐다.

“내 이름을 들어도 당신한테는 아무 의미 없을 거예요.” 부인이 말했다.

“그만 전화 끊겠습니다.” 남자가 말했다.

“잠깐만요! 끊지 마세요. 제 이름은 로레타예요.”

“이름만 있습니까? 비욘세처럼?”

“비욘세랑은 다르죠.” 플랜스키 부인이 말했다.

남자는 곧바로 대꾸하지 않았다. 이윽고 말했다. “원하는 게 뭡니까?”

“음, 우선 당신이 맥스 레온테인지를 알고 싶네요.”

“그다음에는요?”

“어쩌면 만나서 대화를 할 수도 있겠죠.”

“뭐에 관해서요?”

“사이버범죄요.”

플랜스키 부인은 사이버범죄에 관해, 또는 부인이 그것과 어떤 관련이 있는지에 관해 남자가 더 물어오기를 기대했다. 하지만 그 기대는 어긋났다. “어디 계십니까?” 남자가 물었다.

“알바제미나에요.” 부인이 말했다. “그쪽도 그런가요? 전 루마니아의 알바제미나를 말하는 거예요."

"다른 알바제미나는 모르는데요." 남자가 말했다. "알바제미나의 어디에 계시죠? 호텔에요?"

"중립적인 장소에서 만났으면 좋겠는데요."

"장소를 말씀하세요."

"전 사실 아직 아는 곳이 하나도 없어요. 커피숍 같은 데는 어떨까요?"

"커피숍이야 많죠." 남자가 말했다. "도시의 어느 쪽에 계십니까?"

부인은 창밖을 내다보았다. "구시가지요. 광장 근처에 커피숍이 있나요?"

"무슨 광장요?"

"말 탄 조상이 있는 광장요."

"용감왕 미카엘?"

플랜스키 부인은 비행기에서 읽은 책에 나왔던 그 이름을 기억했다. 하지만 오토만에 맞선 혼란스럽고 피비린내 나는 수많은 전투 와중에 세세한 부분은 모두 사라졌다.

"아마도요." 부인이 말했다. "혹시 알바제미나에 말 탄 조상이 더 있나요?"

"아, 그럼요." 남자가 말했다. "그 기수가 마치 미친 살인마처럼 칼을 휘두르고 있습니까?"

"휘두르고 있긴 해요."

"용삼왕 미카엘이군요." 남자가 말했다. "카페 데자르티스트에서 만납시다. 일팔공공."

"일팔공공이 주소인가요?"

남자의 한숨에 짜증이 묻어났다. "6시요." 남자가 말했다. "오늘 저녁 6시요. 당신 호텔에, 아마 로얄레겠죠? 거기에 어딘지 물어보세요."

"당신을 어떻게 알아보죠?"

"물음표가 그려진 간판을 두르고 있겠습니다."

뚝.

플랜스키 부인은 시간을 확인했다. 두 시간 여유가 있었다. 책상 서랍을 열어보니 구시가지의 지도가 들어 있었고, 카페 데자르티스트는 금방 찾을 수 있었다. 광장에서 나가는 길을 따라가 둘째 모퉁이에서 좌회전한 후 블록을 반쯤 가서 오른쪽. 부인은 지도를 들고 소파로—사실 러브 시트에 더 가까웠다—가서 앉았다. 그 행보에 다리가 매우 고마워했다. 아니, 전신이 고마워했다. 부인은 구시가지의 지도를 뜯어보았다. 그리드 같은 건 전혀 없었다. 『손자병법』에는 지형을 이해하는 게 필수적이라고 쓰여 있었다. 플랜스키 부인은 오래전에 잭이 대학 입시를 위해 에세이를 쓰는 것을 도와주면서 그걸 배웠다. 결국 어느 정도는 부인이 공부해서 직접 써야 했다. 하지만 핵심은 그게 아니라, 미아가 되지 않는 거였다.

플랜스키 부인은 눈을 떴다. 주위가 어두웠다. 꽃무늬 소파가 놓인, 부인이 즐겨 연못을 바라보곤 하는 바 건너편 퇴창의 벽감은 평소 이렇게 어둡지 않은데. 심지어 밤에도 가끔씩 부인은 거기 앉아서 졸곤 했다. 하지만 이처럼 깊은 어둠은 흔치 않았다. 보통 다른 콘도의 창에서 나오는 빛이 물에 반사되어—

플랜스키 부인은 똑바로 일어나 앉았다. 마치 그 응급 구조 대원에게 패들로 얻어맞은 것처럼 충격이 전신을 휩쓸었다. 확실히 그 정도로 강력하진 않았지만……, 그런데 몇 시지? 부인은 일어나 앉아 서둘러 이 작은 호텔방의 책상 쪽으로 한 걸음 떼어놓았다. 물론 부인이 있는 곳은 고국이 아니라 이곳이었다! 도대체 무슨 짓을 한 거지? 부인은 급히 발을 내디디다 뭔가에 부딪치는 바람에 새 고관절이 썩 못마땅해하는 방식으로 몸을 비틀며 바닥에 꽤 세게 엎어졌다. 하지만 다행히 한 손, 아니 아마 양손을 앞으로 내밀어 손목을 부러뜨리지 않고 충격을 완화했다. 머릿속이 혼란스러운 와중에도 부인은 넘어지려면 그게 가장 좋은 방식임을 깨달았다. 이제 넘어지는 게 흔한 나이가 된 거라면 말이다.

플랜스키 부인은 힘겹게 일어섰다. 눈은 이제 광장을 면한 창으로 들어오는 흐릿한 빛에 적응을 마쳤다. 부인은 등을 켜고 자신이 걸려 넘어질 뻔했던 것이 풋스툴임을 확인했다. 아마 휴대전화를 거기 올려놨었던지 전화기가 바닥에 떨어져 있었다. 전화기를 급히 집어 들어 시간을 확인했다.

2022? 이게 도대체 몇 시지? 그때 부인은 자기보다 훨씬 기민한 휴대전화가 실제로 유럽 방식을 채택했음을 깨달았다. 2022는 오후 8시 22분이었다. 부인은 두 시간 22분 늦었다. 전화나 문자가 왔나? 아니. 부인이 발견한 것은 그저 에마가 보낸 읽지 않은 문자 몇 개가 다였다.

구시가지 지도를 집어 들고 외투를 급히 걸치고 문을 향하던 플랜스키 부인은 자신이 누빔 뮬을 신고 있음을 깨닫고 멈춰 섰다. 신발을 차 던지고 낮은 굽 부츠로 갈아 신은 후 서둘러 프레지덴셜 스위트룸을 나와 로비를 통과해 광장에 들어섰다.

차가운 바람이 불고 있었다. 서풍인가? 유럽의 대륙풍은 겨울이면 서쪽에서 불어오지 않던가? 플랜스키 부인은 생각만큼 빠르지 못한 걸음을 재촉하며 휴대전화 불빛으로 지도를 확인했다. 발밑에 밟히는 자갈들 때문에 걸음이 위태위태했다. 뭐든 도움이 되는 지형지물도 눈에 띄지 않았다. 중요한 건 아니었지만, 부인은 늘 동서남북을 파악해두는 걸 좋아했다. 광장에서 벗어나는 길에 도달해 명판의 이름을 확인했지만 어찌 된 일인지 발음기호만 보이고 글자는 안 보였다. 조약돌들이 사라지고 포장도로가 시작됐다. 플랜스키 부인은 속도를 올렸다.

둘째 모퉁이에서 좌회전하자 오른편에 카페 데자르티스트가 있었다. 간판에 새겨진 글자들 옆에는 마치 간판을 그린 사람이 방금 일을 마친 것처럼 붓 한 자루와 잉크 자국 두 개가 그려져 있었다. 창에서 새어 나오는 노란 빛을 제외하면 거리는 온통 어둠 속이었다. 마치 과거로 시간 여행이라도 한 듯한 기묘한 감각이 부인을 엄습했다. 바보같이 정신이 나가고 있는 것인가? 부인은 필요 이상으로 힘주어 문을 열었다.

시간을 거슬러 돌아간 게 아니었다. 우선, 아무도 담배를 피우고 있지 않았다. 넓지 않은 실내는 반쯤 차 있었다. 플랜스키 부인은 사이드 테이블에 앉아서 메뉴를 집어 들고—확실히 잠입 수사 중인 경관이 사용할 법한 기만적인 수법이었다—주위를 둘러보았다. 그 후 이번에는 덜 은밀하게 한 번 더 둘러보았다.

부인이 처음 발견한 사실은 카페 데자르티스트에서 자신이 최고령자라는 거였다. 그것도 압도적으로. 아까 통화한, 맥스 레온테인지 아닌지 알 수 없는 남자는 몇 살쯤 됐을까? 확실히 젊은이는 아니었는데, 그렇다면 손님 대부분은 후보에서 제외됐다. 손님들의 나이는 대학생이거나 이제 막 임명된 교수 정도로 보였다. 그다음에는 50대 커플이 하나 있었는데 둘 다 베레모를 쓰고 있었다. 그리고 어쩌면 그보다는 좀 더 나이가 든 듯한, 발치에 쇼핑백을 둔 여자 둘에 낮은 목소리로 입씨름을 하고 있는 듯한 대머리 남자 둘. 간단히 말해서 부인이 찾는 남자는 아니었다. 그 남자는 확실히 혼자 있을 테니까.

얼굴에 피어싱을 주렁주렁 단 웨이트리스가 다가와서 루마니아어로 뭐라고 말했다. 그러고는 아직 그 얼굴 피어싱의 충격을 벗어나지 못한 위장 잠입 수사관이 미처 뭐라고 대답할 틈을 주지 않고 바로 영어로 바꿔 말했다. 부인은 커피를 주문했다. 하우스 블렌드에 크림 추가. 하지만 평소 주문과는 달리 크림은 조금만 달라고 했다. 꾸벅꾸벅 졸기나 하는 바람에 약속 시간을 어긴 사람은 벌을 받아야 하니까.

커피는 좋았다. 두세 모금 마시고 나니 속에서 변화가 일어나는 게 느껴졌다. 마치 녹슨 부위에 기름이 칠해지는 것 같았다. 부인은 에마가 보낸 문자를 확인했다. 첫 문자는 비행 중에 도착한 모양이었다.

전부 다 좋아요! 옥스퍼드에서 한 학기를 다닐 수 있게 됐어요! 하지만 할머니는 정말 괜찮으세요?

둘째 문자: **괜찮으세요?**

셋째 문자: **엄마한테 들었는데 할머니가 출장을 가셨다면서요? 괜찮은 거예요?**

플랜스키 부인은 답장을 입력했다. **잠깐 사업상 출장이야. 옥스퍼드 합격 축하한다. 난 아주 괜찮아!!!**

부인이 느낌표를 세 개나 연달아 친 것은 처음이었다. 두 번 친 적도 없었는데. 하지만 딱 적절한 가벼운 어조를 찾아야 했다. 어떻게 해서든 걱정을, 사실상 모든 개입을 멈춰야 했다. 고국에서 개입이 있어서는 안 됐다. 그 모든 사람들이 개입하지 않아도 이미 충분히 힘든 상황이니까. 그렇다. 부인이 온 마음으로 사랑하는 사람들이지만 각자 특정한 한두 가지 능력이 부족했다. 부인은 이제 처음으로 자신에게 그 사실을 말할 수 있었다. 그 능력 차이의 연유는—특히 그게 이 새롭고 난감한, 베푸는 자의 권력 개념과 관련이 있다면 알아봐야 괜히 부스럼이 될 수도 있겠지만—나중에 다시 생각해볼 것이다.

플랜스키 부인은 웨이트리스와 눈을 맞췄다. 옥스퍼드 이야기가 부인의 가슴속에 작은 파동을 일으켰다. 웨이트리스가 다가왔다.

"뭐 필요한 것 있으세요?"

"지금은 괜찮아요. 커피가 무척 맛있네요. 영어 정말 잘하시네요. 꼭 말씀드리고 싶었어요."

"감사합니다. 런던에서 2년 살았어요."

"아." 플랜스키 부인은 주위를 둘러보고 말을 이었다. "전 여기서 누굴 만나기로 했는데 제가 좀 늦은 것 같아요."

웨이트리스는 그 말에 아무런 흥미도 못 느끼는 눈치였다. 플랜스키 부인의 어깨 너머로 옆 테이블을 보았다.

"어쩌면 여기 왔었는데 안 기다리고 갔나 봐요." 플랜스키 부인이 말했다. "여기 혼자 앉아 있었을지도 모르는데."

"혼자 앉아 있는 남자분이라면 몇 분 계셨어요." 웨이트리스가 말했다. "이렇게 생기셨는데요?"

"음." 플랜스키 부인이 생각나는 핑계는 블라인드 데이트에 관한 것뿐이었고, 그건 나이를 감안하면 우스꽝스러웠다.

웨이트리스는 다른 테이블의 호출을 받았다. "실례할게요."

오래지 않아 플랜스키 부인은 다시 거리로 나와 있었다. 밤은 더 추워지고 바람은 더 거세졌다. 딱딱하고 따가운 작은 눈송이들이 바람에 날려 왔다. 부인은 목도리를 더 단단히 여미고 도로 호텔로 향했다.

22장

네모 씨

플랜스키 부인은 걸음을 재촉했다. 추위 탓도 얼마만큼은 있었지만 부인의 새 고관절이 빠르게 걷는 걸 더 좋아하기도 했다. 아마도 티타늄이 달궈져서였을까. 난 참 운도 좋아라! 부인이 아는 다른 테니스 선수들 중에는 남녀를 막론하고 코트에 다시 돌아가겠다는 희망에서 엉덩이, 무릎, 어깨, 심지어 발목까지 치환한 사람들도 있었다. 하지만 늘 뜻대로 되는 건 아니었는데, 그럼에도 부인은 해냈다. 10년이나 15년 전에 뛰던 실력 그대로 뛰고 있었다! 물론 그게 사실인지 알려면 경기 영상을 확인해야겠지만 다행히도 그런 영상은 존재하지 않았다. 그런 생각에 빠져 있는데 불현듯 지금쯤이면 광장에 도달했어야 한다는 생각이 들었다. 주위를 둘러보았지만 모든 게 낯설었다.

거리는 어둑했고 구식 가로등이 여기저기 서 있었지만 대체로 꺼져 있었다. 차 한 대가 지나가면서 상점 몇 곳을 비췄다. 모두 문이 닫혀 있었고, 2층이나 3층 건물 몇 채는 아파트 건물 같아 보였지만 저 옛날 중세 유럽풍이었고 낡아 있었다. 부인은 표지판을 찾을 수 있길 빌며 가장 가까운 모퉁이를 향해 갔다. 그런데 미처 거기까지 가기 전에 뒤에서 발걸음 소리가 들린 것 같았다. 뒤돌아보았지만 아무도 보이지 않았다. 온통 그림자만 가득했다. 일부 그림자는 인간 비슷한 모습이었지만 상상력의 장난일 뿐이었다. 모퉁이에 도달해 표지판을 찾으려 했지만 그런 건 없었다. 하지만 모퉁이

근처 문간 위에 파란 네온사인이 하나 걸려 있었다. **폴리티아.**

플랜스키 부인은 문 앞으로 갔다. 작은 유리창을 통해 카운터 뒤에 있는 제복 차림의 여자 직원이 맞은편에 있는 남자의 말을 들어주고 있는 게 보였다. 남자는 이야기하면서 강조하는 몸짓을 하고 있었다. 확실히 경찰서였다. 부인은 들어가서 길을 물을 수도 있었고 아니면…… 아니면 그 이상의 뭔가를 할 수도 있었다. 부인은 범죄를 당했다. 이 도시에서 비롯된 범죄를. 그런 상황에서는 뭘 해야 하지? 경찰에게 신고한다. 플랜스키 부인은 고르디우스의 매듭을 자른 기분을 느끼며 문을 열고 안으로 성큼성큼 들어섰다.

작은 로비에는 플라스틱 의자 몇 개가 놓여 있었으며 벽에는 장식용 술이 잔뜩 달린 제복을 입은, 근엄한 표정의 남자들을 찍은 사진 액자가 대여섯 개쯤 걸려 있었다. 그리고 아까 몸짓하던 남자와 여자 경관 말고는 아무도 없었다. 남자는 무슨 일인지 무척 짜증이 난 것 같았지만 플랜스키 부인은 한마디도 알아듣지 못했다. 경찰은 인내심 있어 보였지만 속으로는 지루해하는 듯했다. 머리를 복잡한 방식으로 아주 단단하게 뒤로 당겨 묶어서 얼굴이 살짝 일그러졌는데 표정은 읽기 어려웠다.

플랜스키 부인은 플라스틱 의자에 앉아 발을 가지런히 모으고 핸드백을 무릎에 올려놓았다. 경찰서 안은 따뜻하고 아늑했다. 부인은 목도리를 느슨하게 풀고 짧은 연설을 준비하기 시작했다. 하지만 머릿속으로는 그러고 싶지 않았다. 그냥 '왜곡'이란 주제에 관해 생각하고 싶었다. 예컨대 외국 땅에 있다는 것은 왜곡된다는 뜻이었다. 그게 진정 여행의 가장 큰 매력 아니던가? 그럼에도 여행에서 돌아온 사람들은 더러 이렇게 말했다. "그 사람들은 알고 보면 정말이지 우리랑 똑같아." 그러면 그들이 왜곡됐을 때, 외국인들은 실제로 우리랑 같지만 우린 그들을 미처 몰랐던 거라고? 우리는 결국 우리 자신의 왜곡을 발견하는 것일까? 플랜스키 부인은 자신이 머릿속을 뒤죽박죽으로 만들고 있음을 깨달았다. 아마도 그 자체가 왜곡의 방증이 아닐까.

카운터를 사이에 두고 플랜스키 부인 쪽에 있는 문이 하나 열렸다. 그 안쪽은 사무실이었는데, 어쩌면 사진 액자의 주인공 중 하나가 아닐까 싶은 남자가—심지어 제복 재킷에 달린 장식용 술까지도 동일했다—손에 유리

잔을 든 채 책상 앞에 앉아 있었다. 책상 위에는 위스키병과 빈 잔이 나란히 놓여 있었다. 다른 남자가 있었는데, 문간을 나서려는 참에 제복 입은 남자가 뭐라고 하자 멈춰서 웃음을 터뜨렸다. 그러고 뭐라고 대꾸했는데, 제복 입은 남자는 그 말이 퍽 재미있는 모양이었다. 웃고 또 웃더니 잔을 마저 비웠다. 나오려던 남자가 문을 닫고 등을 돌려 카운터를 찬찬히 훑어보았다. 남자는 부인의 주의를 끌었는데, 아마도 몹시 인상적인 외모 때문이었으리라. 유능해 보이는 남자였다. 거대하고 네모진 턱과 거기 어울리는 코, 커다랗고 네모진 양손, 그리고 커다랗고 네모진 몸. 모든 게 커다랗고 네모졌다. 단, 눈만 빼고. 작고 동그랗고 반짝이는 남자의 눈은 접수대에서 일어나는 일을 못마땅한 듯 바라보았다.

"헤이!" 남자가 힘 있지만 부인의 예상보다는 다소 높은 목소리로 말했다. 잠시 부인은 어떤 합리적 근거도 없이 이 남자가 맥스 레온테일지도 모른다는 생각을 했다. 좀 더 정확히 말하자면 그때 통화했던 그 남자일지도 모른다고. 하지만 목소리가 무척 달랐다. 그리고 그저 높낮이만이 아니라 감성도 달랐다. 하지만 그건 합리적인 근거가 없는, 플랜스키 부인의 또 다른 비약이었다.

여자 경관과 이야기하던 남자는 그 "헤이!" 소리에 몸을 빙글 돌렸다. 그 움직임에는 어딘가 무척 공격적인 구석이 있었다. 하지만 네모 씨를 보자 그 공격성은 순식간에 사라졌다. 여성 경관을 향해 어이없다는 듯한 몸짓과 함께 "아흐" 하는 감탄사를 내뱉고는 재빨리 건물을 나가버렸다.

네모 씨는 검은 가죽 코트를 벨트로 여미고 양털 안감을 댄 검은 가죽 장갑을 꼈다. 그리고 문간으로 가다 그제야 플랜스키 부인의 존재를 알아차렸다. 부인 쪽을 향한 그 반짝이는 눈은 마치 스캐너처럼 부인을 재빨리 훑어보는 듯했는데, 그걸 감출 생각은 전혀 없는 듯했다. 남자는 뒤돌아 문을 나갔다. 덩치에 비해 발이 놀랍도록 가벼운 남자들도 더러 있지만 이 남자는 그렇지 않았다. 남자가 내디디는 매 걸음의 진동이 부인의 부츠 밑창으로 전해졌다.

여자 경관이 부인을 보고 루마니아어로 뭐라고 말했다. 부인은 자리에서 일어섰다.

"안녕하세요, 경관님." 부인이 말했다. "영어 하세요?"

"노 잉글리시." 경관이 말했다.

"사이버범죄를 신고하고 싶은데요." 플랜스키 부인이 아주 천천히 또렷하게 말했다. 처음 해외에 나온 물색없는 관광객의 전형으로 보이겠지.

경관은 어깨를 으쓱했다. 거의 전신을 사용하는, 이탈리아풍의 아주 정교한 동작이었다.

플랜스키 부인은 우호적인 미소를 띠고 접수대로 다가갔다. "혹시 영어하는 분 있나요?"

경관은 멍한 표정만 지을 뿐이었다.

"영어?" 플랜스키 부인이 전체 건물을 가리키는 몸짓을 하면서 말했다.

"다." 경관이 말했다. "로물루 경관." 그러고는 네모 씨가 방금 나온 사무실을 가리켰다.

"그분과 이야기할 수 있을까요?"

반응은 없었다.

플랜스키 부인은 프랑스어를 시도해보았다. "디스퀴테?"

"아, 디스쿠투." 경관이 주먹을 들어 허공에 노크하는 동작을 했다.

"감사합니다."

플랜스키 부인은 로물루 서장의 사무실로 갔다. 닫힌 문 너머로 얼음 조각들이 산에 떨어지는 소리가 들려왔다. 그리고 부인이 노크하려고 주먹을 든 순간에는 액체를 따르는 꼬르륵 소리가 들렸다. 주먹은 허공에 얼어붙었다. 노크할 준비를 마쳤지만 부인은 노크하지 않았다. 출근 마지막 날이라 평소보다도 터놓고 말하는 듯하던 개틀링 요원을 떠올렸다. 하지만 거기서 전체 쇼를 관장하는 상류층에게 그 사기꾼들은 나쁜 놈이면서 동시에 소소하지만 탄탄한 사업을 운영하는 사업가들이거든요. 양키 달러를, 그것도 잔뜩 가져오는 사업가요.

플랜스키 부인은 서장실 문에서 뒷걸음쳤다. 서장이 술잔을 들어 마실 때 얼음이 잔에 부딪쳐 내는 쨍그랑 소리가 말도 안 되게 크게 들렸다. 부인의 심장 소리 역시 마찬가지였다. 열기가 치솟고 살짝 현기증이 났다. 플랜스키 부인은 자신이 극도의 왜곡 지대에 들어섰음을 깨달았다. 부인은 재빨리 그리고 다소 위태로운 걸음으로 앞문으로 가 다시 거리로 나왔다. 안에서 여자 경관이 부르는 소리가 들렸다. "헤이!"

플랜스키 부인은 서둘러 그곳을 벗어났다. 뛰지 않으려고 안간힘을 써야 했다. 마치 무슨 죄라도 지은 것처럼! 그게 바로 왜곡이었다. 마치 모든 감각에 영향을 미치는 듯했다. 예컨대 부인은 어깨죽지 사이에 마치 누군가의 시선이 와서 꽂히는 듯한 기묘한 감각을 느꼈다. 하지만 주위를 둘러보았을 때 그곳엔 아무도 없었다.

플랜스키 부인은 온 길을 되밟았다. 이리로 왔을 때 이미 길을 잃은 상태였음을 감안하면 비합리적인 행보였지만 그래도 걸음을 멈추지 않았다. 그저 걷는 게 기분 좋아서였다. 열기도 현기증도 이제는 사라졌고, 왜곡의 장은 여전히 존재했지만 한결 약해졌다. 이제 부인에게 필요한 건 치밀한 계획이었다. 알지도 못하는 도시의 어두운 거리에서, 길을 잃은 상태에서 내린 갑작스럽고 충동적인 결정은 사절하겠어. 하지만 어디서 시작한담?

"생각해." 부인은 그렇게 입 밖으로 내어 말하는 동시에 모퉁이를 돌아 곧장 조약돌 광장으로 들어섰다. 한쪽에는 부인이 묵는 호텔이 있고 반대쪽에는 로얄레가 있었다. 마치 알고 찾아온 것 같았다. 그 즉시 부인은 원래의 자신을 좀 더 되찾은 기분이 들었다. 줄곧 따라다니던 어떤 귀에 거슬리는 배경음악이 마침내 조용해진 듯한 느낌이었다. 밤은 여전히 추웠지만 바람은 한풀 꺾였고, 구름 사이의 간격이 멀어지고 있었다. 모습을 드러낸 달은 반달이었고 무척 맑았다. 가려진 반쪽이 보일 것만 같았다. 플랜스키 부인은 말 탄 조상으로 다가가 찬찬히 살펴보았다.

용감왕 미카엘이 부인을 내려다보고 있었다. 말 역시 그랬다. 그들의 청동 눈동자에는 물론 아무것도 비칠 리 없지만, 달빛이 장난질을 치고 있었다. 용감왕 미카엘은 사나워 보였고 중세 분위기를 풍겼다. 딱히 남의 말을 잘 들어줄 인물 같지는 않았지만, 그럼에도 아랑곳없이 부인은 이렇게 말했다. "당신 같은 사람이 내 옆에 있으면 도움이 될 텐데요, 마이키."

마이키는 대답이 없었다. 플랜스키 부인은 말이 더 낫겠다는 생각이 들었다. 말 또한 사납고 중세풍으로 보였지만 왠지 좀 더 접근하기 쉬웠다. 부인은 더 가까이 가서 손을 뻗었다. 말은 달리는 도중에 그대로 얼어붙은 듯 발굽을 높이 쳐들고 있었다. 부인의 손은 한쪽 뒷발에 간신히 닿았다. 얼음처럼 차가운 발이었다.

뒤에서 남자 목소리가 들렸다. "타시게요?"

그리고 이제 플랜스키 부인은 놀라운 일을 해냈다. 부인의 그때 심경에 딱 들어맞는 수많은 클리셰—땅에서 30센티미터는 뛰어올랐다느니, 심장 마비를 일으킬 뻔했다느니, 놀라서 죽을 뻔했다느니—중에서 어떤 것도 실행에 옮기지 않은 것이다. 오히려 부인은 꽤나 느릿느릿, 계산된 방식으로 몸을 돌렸다.

앞에 서 있는 사람은 부인보다 약간 더 젊은 남자였다. 검은 머리는 꽤 길었지만 적어도 어느 정도는 손질이 되어 있었다. 부인이 생각하는 유럽 지성인의 스타일이었다. 비록 실제로 만나본 적은 없고 상상만 한 거였지만 말이다. 머리카락에는 새치가 한두 개쯤 보일락 말락 했지만 짧게 깎은 턱수염은 온통 흰색이었다. 몸매는 탄탄했고 눈동자는 달빛의 색이었다.

"미국인이세요?" 남자가 물었다.

억누르고 있던 두려움 때문이었는지 플랜스키 부인은 예의를 잊고 무례를 범했다. 남자의 질문을 백핸드로 쳐낸 것이다. "당신 목소리 알아요." 부인이 말했다.

남자는 불쾌해하는 내색은 없었지만 아무 대답도 하지 않았다, 그저 부인을 자세히 살펴보기만 했다.

"맥스 레온테인가요?"

남자는 침묵을 지켰다.

부인은 더는 자신을 억누르지 못하고 그만 목소리를 높이고 말았다. "맞아요, 아니에요?"

남자는 씩 웃었다. 치아 역시 달빛 같은 색이었다. "'맞아요, 아니에요?' 정말 미국인답군요. 여권은 안 봐도 되겠어요."

"내 질문에 아직 대답 안 했어요."

"우선 어디서 그 이름을 들었는지 부디 말씀해주시죠."

그건 어려운 요구였다. 솔직한 답은 무척 복잡했지만 핵심은 서류를 훔쳤다는 건데, 그렇게 말할 수야 없는 노릇이었다. "그…… 그냥 조사하던 도중에 알게 됐어요."

"누가 이 조사를 지휘하고 있죠?"

"음, 나요." 그렇게 내뱉는 순간 그 말의 현실이 부인을 직격했다. 혀가 생각을 밀치고 앞으로 나섰다. 하지만 막상 자기 귀로 직접 들으니 좋았다. 확실히 두려움도 없지는 않았지만 부인은 상황의 고삐를 쥐었다. 그리고 어차피 내 인생 아닌가?

한편 부인의 말은 남자에게도 영향을 미친 듯했다. "설마 아니겠죠." 남자가 한 손을 가슴에 대고 말했다. "당신도 그쪽 계통인가요?"

계통이 뭐지? 이 남자는 내가 루마니아 혈통이라고 생각하는 건가? 다른 가능성은 전혀 떠오르지 않았다. "계통이요?" 부인이 되물었다.

"은유적으로요." 남자가 말했다. 모음 발음 방식의 작은 차이, 일부 길어야 할 발음이 짧고 짧아야 할 발음이 길다는 것을 제외하면 남자의 영어는 부인 못지않게 능숙했다. 어쩌면 더 나은 것도 같았다. "하지만 업계라고 말했어야 했어요. 그게 더 적절하고 이 일의 성격을 더 잘 드러내죠."

"이 일이라니, 무슨 일 말이죠?" 플랜스키 부인이 물었다.

"언론 일이요." 남자가 말했다. "하지만 보아하니 부인은 언론인이 아니군요. 당신 스타일이 아닐 거예요." 남자는 부인이 뭐라고 반응할 틈을 주지 않고 한 손을 들었다. 달빛이 그 손을 은으로 바꿔놓았다. 공중에 떠 있는, 이 광장의 또 다른 조상으로. "제가 당신 스타일을 평가하는 건 아닙니다. 전혀 아니죠." 남자는 쳐들었던 손을 앞으로 내밀었다. "맥스 레온테입니다. 제가 도와드리죠."

용감왕 미카엘의 그림자 속에서 남자의 손은 더는 금속이 아니었다. 너무나 명확히 살과 피로 이루어져 있었다. 부인의 손이 남자의 손을 잡았다. 두 사람은 악수를 나눴다. 두 사람의 호흡이 구름이 되어 떠올라 공기 중에서 뒤섞였다.

23장

멜로드라마

"로레타 플랜스키예요." 플랜스키 부인이 남자의 손을 놓으며 말했다. 남자가 그 이름에 뭔가 반응을 보였나? 부인이 보기엔 그렇지 않았다. "날 미행했군요."

"아, 네." 맥스 레온테가 말했다. "빙빙 돌아가시는 바람에 따라가기 힘들었어요. 카페 데자르티스트에서 구시가지 경찰서로, 그리고 이제는 여기로. 전 당신이 우리 만남을 제치고 그 대신 혹시 로물루 서장을 보러 갔을까 봐 좀 걱정됐어요. 그 친구는 늦게까지 일하지만 열심히 일하지는 않죠. 사실은 여전히 걱정됩니다."

"왜요?"

"그건 당신이 뭘 조사하느냐에 달렸죠."

"당신은 언론인인가요?"

"맞습니다."

"누구 밑에서 일하시는데요?"

"한때는 몇 군데 인쇄 매체와 텔레비전에서 일했죠. 여기와 유럽의 몇몇 지역에서요. 이제는 프리랜서입니다."

"자영업자라는 뜻인가요?"

"이번에도 맞았습니다. 전 책을 쓰고 있습니다."

"무슨 책인데요?"

"부패죠. 구체적으로는 루마니아, 그리고 러시아와 역사적, 문화적, 지리학적으로 가까운 관계에 있는 나라들에서의. 제 글에 중요한 건 그중 하나뿐이지만, 그 가까움이 모두 비자발적이라는 공통점을 갖고 있죠. 제 가정은, 불변의 진리까지는 아니지만, 그 거리가 더 가까울수록 부패도 더 심각하다는 겁니다."

그건 플랜스키 부인이 문외한인 영역이었다. 부인은 결코 자기가 남들보다 영리하다고 생각하는 부류가 아니었다. 아니, 아예 그런 생각 자체를 하지 않았다. 그래도 늘 자신이 대다수 사람들과 어깨를 나란히 할 수 있다고 느꼈다. 하지만 이 남자는 달랐다. 이 남자는 확실히 그 유럽 지식인이었다. 그래도 부인은 머뭇거리지 않았다.

"부패에 사이버범죄도 포함되나요?" 부인이 물었다.

"포함되고말고요." 맥스 레온테가 말했다. "왜 물으시죠?"

플랜스키 부인은 대답하기 전에 머릿속으로 자신과 잠깐 언쟁을 벌였다. 우선 페리먼의 서류에 맥스 레온테의 이름이 등장한 맥락이 이제는 이해가 갔다. 다음으로, 지금 여긴 고향에서 멀찍이 떨어진 낯선 도시의 어둡고 추운 밤이었다. 하지만 부인은 용감왕 미카엘에게 도움을 요청하지 않았던가? 이 남자가—어쩌면 마이키 같은 무력은 없어도 머리는 더 좋을 게 분명한—아니라면 또 누가 있겠는가? 하지만 확실히 해두어야 할 것이 한 가지 있었다.

"내 생각에 당신은 사이버범죄에 반대할 것 같은데요." 부인이 말했다.

남자가 웃었다. "우리 이 대화를 어딘가 더 따뜻한 곳에 가서 이어가면 안 될 이유라도 있나요?"

"난 두체에서 묵어요. 거기에 바가 있을 거예요."

어떤 생각이 남자의 눈동자 바로 안쪽을 스쳐 가는 듯했다. "로얄레로 가죠. 그쪽 바가 더 좋아요."

로얄레의 바는 19세기의 사냥꾼 오두막처럼 꾸며져 있었고, 검은 목재 패널로 온통 둘러싸여 있었다. 두꺼운 나무 대들보는 연기로 검게 그을렸고,

웃음기 없는 얼굴의 사냥꾼들이 죽은 사냥감 위에서 폼을 잡고 있는 옛 시대의 사진들과 무기들이—창과 활과 화살에서 총신이 반짝이는 산탄총까지—벽에 걸려 있었다. 그리고 동물의 머리통도 군데군데 걸려 있었는데, 갈색곰과 멧돼지와 늑대에, 거대한 흰 뿔과 경멸하는 눈빛을 가진 양 비슷한 동물도 있었다. 하지만 그 눈빛은 아마 그냥 돌 벽난로의 불빛이 기묘하게 반사된 결과일 수도 있으리라. 불길은 다소 소박했지만 벽난로 자체는 거대했다.

두 사람은 난로 근처에 앉았다. 플랜스키 부인은 팔걸이에 산탄총 포탄의 놋쇠 대가리들이 박힌 부드러운 가죽 의자에 앉았고 맥스 레온테는 벽난로 근처 바닥에 앉았다. 휴대전화를 스크롤하고 있는 웨이터를 제외하면 실내에는 다른 사람은 아무도 없었다.

"혹시 투이카를 드셔보셨어요?" 맥스 레온테가 물었다.

"그게 뭔데요?"

"자두 브랜디예요. 우리 국민 음료죠. 지금 드셔보시고 다시는 안 드실 수도 있겠지만, 적어도 여기 오셨으면 경험은 해보셔야죠."

맥스는 자두 브랜디 두 잔을 주문했다. 술은 크리스털 머그잔에 담겨, 레몬 한 쪽과 꿀 한두 방울을 곁들여 나왔다. 한 모금 마신 플랜스키 부인은 몸이 안에서부터 데워지는 걸 느꼈다. 맥스와 눈이 마주쳤다. 맥스의 눈동자는 알고 보니 달빛의 색이 아니었고, 그보다는 연푸른 겨울 하늘의 색깔에 더 가까웠다.

"뭐라고 부르면 될까요?" 부인이 물었다.

"맥스요. 그리고 전 로레타라고 부르면 될까요?"

플랜스키 부인이 고개를 끄덕였다. "제가 조사하고 있는 건요, 맥스." 부인이 말했다. "사이버범죄예요. 제가 관련된 거죠. 피해자로서." 다른 용어가 있었으면 하고 얼마나 바랐던가. 그러다 필요했던 딱 그 순간 그 말이 떠올랐다. 잠재적 피해자. 왜냐하면 부인은 아직 끝난 게 아니니까. 하지만 그렇게 말하면 우스꽝스럽게 들리지는 않을까? 부인은 말을 삼켰다.

맥스가 고개를 끄덕였다. "계속하세요."

플랜스키 부인은 투이카를 한 모금 더 홀짝였다. 사실 홀짝인 정도가 아니었다. 전에 노엄과 함께 어떤 유명한 작가의 좌담회에 간 적이 있었다. 모임이 끝나고 그 유명한 작가가 휴대품 보관소에서 거의 한 마디 말도 없이 서점 직원 하나를 꼬시는 걸 보았다. 직원의 나이는 대학생쯤, 아니 어쩌면 고등학생일 수도 있었다. 작가보다 몇십 살은 어렸다. 그 부분은 실망스러웠지만, 지금 부인에게 떠오른 것은 그 작가가 좌담회에서 한 말이었다. "이야기를 들려줄 때는 대부분을 생략하세요."

부인은 이야기를 들려주기 시작했다. 노엄 이야기는 생략했다. 가족에 관한 것도 월만 남기고 전부 생략했다. 토스터 칼 이야기, 지불해야 할 돈, 지켜야 할—암묵적이고 명시적인—약속들, 거기에 깊디깊은 굴욕감도 뺐다. 그러고 그 나머지 모두를 포함했다. 부인 입장에서 본 그 범죄의 세세한 부분들, 도둑맞은 액수—그야 도둑질을 이야기하면서 어떻게 금액을 빼놓을 수 있겠는가?—세이프모, FBI 요원들과 나눈 대화, 레인스와 개틀링, 부쿠레슈티의 대사관을 찾아갔던 것, 페리먼과의 대화까지. 아니, 그중 일부, 말하자면 중요한 부분들은 생략했다. 그러니까 문서를 훔친 것과 페리먼이 아마도 부인이 지금쯤이면 무사히 고국으로 돌아갔으리라고 생각하고 있으리라는 것, 그리고 페리먼이라는 이름 그 자체도.

"그게 거의 다예요." 부인이 다시 술을 한 모금 꿀꺽 넘기며 말했다. 음료 때문인지 아니면 뭔가 다른 이유인지는 몰라도 약산이나마 어깨의 짐을 내려놓은 기분이었다. 찰나일지언정 부인은 그 기분에 몸을 내맡겼다.

맥스는 내내 아무 말도 하지 않았다. 그뿐만이 아니라 미동도 하지 않았다. 하지만 부인은 맥스의 머릿속이 핑핑 돌아가고 있음을 알았다. 맥스의 눈이, 겨울 같은 파란색에 크되 지나치게 크지는 않고 대칭이 맞는 그 눈이 그렇게 말하고 있었으니까. 하지만 그 무엇도 딱히 큰 의미는 없었다. 만약 눈이 정말 영혼의 창이라면, 그렇다면 맥스는 영혼이 충만할 것이다. 그게 중요한 부분이었다. 언론인이 영혼이 충만할 수가 있나? 그런 생각은 한 번도 해본 적 없었다. 우리는 마지막 숨을 쉬는 순간까지 새로운 사실을 배우게 되는 것일까? 알 수 없는 노릇이었지만 플랜스키 부인은 자신이 떠나는 날까지 그랬으면 싶었다. 맥스는 서둘러 입을 열려는 기미가 전혀 없었고, 덕분에 부인은 이런 중구난방 격의 생각을 할 시간이 아주 넉넉했다.

마침내 맥스가 크리스털 머그잔을 난롯가에 내려놓고 입을 열었다. "부인 자신에 관한 얘기를 좀 해주시죠."

이건 플랜스키 부인이 예상치 못한 반응이었다. "말할 게 별로 없는데요." 부인이 말했다. 맥스의 질문은 유명 작가의 이야기하는 법에 관한 충고와는 어긋나는 듯했다.

맥스가 웃음을 지었다. 치아는 하얗고 관리가 잘된 듯 보였지만, 앞니 하나가 심한 덧니였다. 그것 또한 부인이 가진 유럽 지식인 이미지에 완벽하게 들어맞았다.

"그 말이 왜 사실이 아닌지 제가 설명해드리죠." 맥스가 말했다. "전 수십 건의 사이버 사기 사건을 봐왔습니다. 수백 가지도 넘는 소상한 사실들을 훤히 알고, 중부와 동유럽에서 비롯된 수만, 수십만 건의 사건에 관해 알고 있죠. 하지만 이렇게 직접 찾아온 피해자는 부인이 처음일 거라고, 저는 장담해도 좋습니다. 그렇다는 건 부인이 특별한 사람이라는 뜻이죠. 그러니 분명히 부인에 관해 뭔가 얘기할 거리가 있을 겁니다."

내가 유일한 사례라고? 정말 이상하군! 그럴 리가 없는데. "난 아무것도 생각이 안 나요." 플랜스키 부인이 말했다. "난 그냥 평범한 미국 여자예요." 하지만 왠지 옳게 들리지 않아서 살짝 편집을 시도했다. "평범하고 나이 든 미국인 여성이죠."

맥스는 머그잔을 들고 한 모금 홀짝이며 잔 가장자리 너머로 부인을 보았다. 크리스털 잔 표면의 수많은 각도에서 반사된 불빛이 맥스의 얼굴에 악마 같은 그림자를 드리웠다. "전 한 번도 만나본 적 없습니다." 남자가 잔을 내려놓으며 말했다. "전 아무 정보도 없는 상태니, 부디 부인이 오신 목적이 뭔지 말씀해주시죠."

그야 당연히 품위를 되찾으러 왔지. 그렇게 말하면 멜로드라마처럼 들릴까? 우스꽝스럽게? 나사 빠진 것처럼?

"난 돈을 되찾고 싶어요." 플랜스키 부인이 말했다.

맥스가 막 웃음을 지으려 한 것일까? 어째서인지는 몰라도 부인이 맥스를 즐겁게 한 것일까? 그게 부인의 머리에 맨 처음 떠오른 생각이었지만 틀린 생각이었다. 맥스는 그저 짧게 이렇게만 대꾸했다. "큰돈이죠."

"네." 플랜스키 부인이 말했다.

"부인께 큰돈인가요?"

"무슨 말씀인지 모르겠어요."

"300만 얼마라고 했죠. 그게 부인 재산의 몇 퍼센트쯤 됩니까?"

플랜스키 부인은 자신의 장신구와 이것저것을 참작했다. "집의 재산 가치도 포함시킬까요?"

"아니요." 남자가 말했다.

"그러면 약 97퍼센트요." 플랜스키 부인이 말했다.

맥스는 잠시 궁리하는 눈치였다. 그러는 사이 부인은 화가 치밀기 시작했는데, 이는 부인의 인생에서는 매우 드문 사건이었다. "하지만 그게 만약 겨우 1퍼센트라 해도 무슨 상관이죠? 그건 우리가 번 돈이에요. 남편과 내가요."

맥스는 양손을 손바닥을 위로 해서 들어 올렸다. "아, 그럼요, 그럼요. 전 그냥 위험과 보상의 측면에서 생각한 겁니다."

"그럼 됐어요." 부인의 분노가 사그라들었다.

"혹시 실례가 안 된다면, 남편분은 왜 같이 안 오셨죠?"

"죽었어요."

"아. 유감입니다."

"고마워요."

"비슷하게, 저도 아내를 잃었습니다. 사별은 아니고, 다른 남자에게 뺏겼죠."

플랜스키 부인은 뭐라고 해야 할지 몰랐다.

"하지만 물론 전혀 다르죠. 죄송합니다, 제가 그렇게…… 뭐라고 해야 하죠?"

"비극의 주인공인 척해서?"

맥스의 얼굴에 충격과 상처와 즐거움이 차례로 지나갔다. 그 변화가 어찌나 빠른지 부인은 따라잡을 수 없을 지경이었다. "전 '경솔하다' 같은 말을 찾고 있었지만, 부인 표현이 더 낫네요."

"난 그럴 뜻은—"

"아뇨, 아뇨, 전 좋습니다."

맥스는 재미있어하는 표정이었다. 현재까지 맥스와 함께 있을 때 특기할 점 하나는 부인의 머리가 핑핑 돌아간다는 거였다.

난로에서 따닥 하는 요란한 소리가 들리고 이어 잉걸불이 튀어나와 바닥에 내려앉았다. 맥스는 불꽃을 발로 짓이기고 부인에게 물었다. "돈을 어떻게 되찾으실 계획인가요?"

플랜스키 부인은 진실을 직면했다. "계획은 없어요."

"아직 정보가 충분하지 않아서요?"

부인은 냉큼 물었다. "네, 그거예요."

"그래서 적진에서 벌어지고 있는 상황을 파악하러 오셨군요."

"바로 그거죠." 부인이 말했다. 맥스의 말을 들으면 부인이 무척 교활한 사람인 것 같았다. 하지만 부인 자신은 전혀 그렇게 느껴지지 않아서, 마치 다른 사람으로 위장하고 있는 기분이었다.

"그래서 아까 경찰서에 가셨던 건가요?" 맥스가 물었다. "현장에서 무슨 일이 벌어지고 있는지 알아내시려고?"

"음, 네. 하지만 그 전에 당신과 카페에서 만나는 데 실패했기 때문이었죠."

"다른 이유는 없었고요?"

"무슨 이유요?"

"전 그 카페에 있었습니다. 45분간 앉아 있었죠. 그 후 밖으로 나가서 근처에서 기다렸습니다."

"그러고 경찰서까지 날 따라왔군요?"

맥스가 고개를 끄덕였다.

"날 어떻게 알아봤죠?" 부인이 물었다.

"그냥 부인의 말투와 모습이 일치했다고 해두죠. 전 칭찬을 의도한 겁니다. 하지만 그렇다고 부인이 경찰서에 가신 데에 다른 숨겨진 동기가 있다는 의심을 완전히 거둔 건 아닙니다."

"이해가 안 가는데요."

맥스가 경계심 어린 눈빛을 던졌다. 맥스는 자신이 부인을 재보고 있다는 걸 굳이 숨기려 애쓰지 않았다. 묘한 기분이 부인을 엄습했다. 부인은 맥스가 자신을 재보게 놔뒀다.

"이 시의 경찰들 중에 제…… 적이 있다고까지는 말하고 싶지 않지만, 확실히 친구는 아니죠. 연중 이맘때 그곳에서 유일하게 영어를 할 줄 아는 사람인 로물루 서장은 개중 저한테 가장 덜 우호적이고요. 공교롭게도 그 사람이 오늘 밤 당직이라, 전 당연히 부인이 그 사람에게 무슨 말을 했는지에 관심이 있습니다."

"아무 말도 안 했어요." 플랜스키 부인이 말했다.

"그 사람과 말을 안 하셨다고요?"

"안 했어요."

"그럼 다른 사람하고 이야기하셨습니까?"

"그냥 접수대의 여자분하고만요. 혹시 영어 하는 사람이 있느냐고 물어봤어요. 그랬더니 그 사람 사무실을 가리키더군요. 하지만 그냥 나왔어요."

"왜요?"

"좀 나사 풀린 소리 같을 수도 있는데⋯⋯" 부인이 입을 열었다.

맥스기 끼이들었다. "전 그 표현이 전부터 이해가 안 갔습니다."

"나-사." 플랜스키 부인이 말했다. "그 돌려서 끼우는 거요."

맥스는 이마를 때렸다. 어찌나 큰 소리가 났는지 방 건너편에서 휴대전화 화면을 스크롤하고 있던 웨이터가 고개를 돌려 바라볼 정도였다. "정말 바보군요!" 맥스는 그렇게 말하고 웃음을 터뜨렸다. 말할 때 목소리보다 더 낮게 으르렁거리는 소리였는데, 마치 바순이 예기치 못하게 한두 마디쯤 연주를 주도하는 것처럼 묘하게 듣기 좋았다. 맥스가 눈에 고인 눈물을 닦으며 말했다. "계속하세요, 로레타. 전 전혀 나사 풀린 소리라고 생각하지 않습니다. 나-사!"

"그냥 그 전에 문틈으로 로물루를 봤는데……" 플랜스키 부인이 설명했다. "그 모습이 마음에 안 들었어요."

"무척 현명하십니다." 맥스가 말했다. "로물루 서장은 부인이 접선하고 싶은 상대가 아닐 겁니다."

"그럼 그 상대는 누구일까요?"

"좋은 질문입니다." 맥스가 말했다. "좀 파헤쳐봐야 할 겁니다. 우린 질문을 시작하기 전에 가능한 한 많은 답을 알 필요가 있거든요. 아마도 부인 같은 분들에게는 전혀 말이 안 되게 들리겠지만요."

"전 그런 식으로 일하는 사람을 몇 번 본 적 있어요." 플랜스키 부인이 말했다. 그런 사람들이 마음에 든 적이 한 번도 없었다는 사실은 생략했다.

"저도 그런 사람들을 좋아하진 않습니다." 맥스가 말했다.

아, 이런. 뒷부분을 결국 겉으로 말해버린 것일까? 그게 아니라면 맥스는 부인의 허를 제대로 찔렀다. 부인은 너무 놀란 나머지 하마터면 중요한 부분을 놓칠 뻔했다. 맥스가 "우리"라고 한 부분 말이다.

이게 수줍고 부끄러워해야 할 순간일까? 천만의 말씀. "그래서……" 부인은 말했다. "날 도와줄 건가요?"

"당연하죠." 맥스 레온테가 말했다.

"둔해서 죄송해요." 플랜스키 부인이 말했다. 어마어마한 안도감이 가슴속에서 솟구쳤다.

"음, 로레타. 아마 언론의 제1법칙을 아실 것 같은데요. 읽히는 언론의 법칙이요. 그건 이야기에 사람의 얼굴을 주라는 거죠."

"제가 당신 이야기의 얼굴인가요?"

"로레타가 허락하면요."

플랜스키 부인은 고개를 끄덕이고 몸을 앞으로 뺐다. "그러면 몇 가지 알아둬야 할 게 있어요. 우선, 아마 대사관의 페리먼 씨를 아시겠죠."

"몇 번 통화한 적은 있지만 만난 적은 없습니다."

"그분은 제가 귀국했다고 생각해요."

"아." 맥스가 말했다. "그리고 부인은 아마 그 친구한테서 제 이름을 들으셨겠죠?"

"직접적으로 들은 건 아니고요." 플랜스키 부인이 말했다. "거기서 두 번째 알아둬야 할 게 나오죠." 그러고 서류를 훔친 이야기를 들려주었다.

듣고 있던 맥스의 얼굴에 웃음이 번졌다. 그 덧니가 마치 자석처럼 부인의 시선을 끌어당기는 듯했다. "그러면 페리먼 씨에게는 연락을 하지 않겠습니다." 부인이 말을 마치자 맥스가 말했다.

"저랑 관련해서는요." 플랜스키 부인이 말했다. "우린 인제 뭘 하죠?"

"인제 부인은 호텔로 돌아가서 푹 주무시고 내일은 카르파티아 역사박물관에서 만나도록 하죠. 거기엔 잠재적 용의자가 많지만, 부인이 들려주신 이야기를 기반으로 가능한 한 범위를 좁혀보겠습니다. 그리고 늦어도 4시까지는 부인께 전화를 드리도록 하죠. 여기 제 명함입니다. 집 주소를 적어드리죠." 맥스는 주머니를 툭툭 쳤지만 필기구를 찾지 못했다. 플랜스키 부인이 핸드백에서 펜을 꺼내어 건네자 맥스는 명함에 주소를 적어 부인에게 주었다.

"펜은 가지세요." 부인이 말했다.

맥스는 펜에 찍힌 글자를 소리 내서 읽었다. 마치 신비로운 주문을 읊조리는 것 같았다. "뉴 선샤인 골프 및 테니스 클럽." 그러고 펜을 주머니에 집어넣고는 말했다. "그 둘째 통화에 관해서 또 기억나시는 건 없나요?"

또 둘째 통회 이야기네. 페리민 씨도 거기에 관심을 보였더랬지. "별로 기억할 거리가 없어요. 무척 짧았거든요. 그게 중요한가요?"

"중요하냐고요? 얼마나 중요한지는 모릅니다. 하지만 네, 흥미롭긴 하죠. 그게 문제의 사업에는 필요하지 않다는 점에서요. 그러니 궁금해지죠. 도대체 왜?"

"당신이 말해주시죠."

"전 모릅니다." 맥스가 가슴에, 심장 바로 위에 한 손을 얹었다. "하지만 전 로마, 로맨스, 로맨틱, 루마니안을 생각합니다."

"무슨 말씀인지 모르겠어요."

"우리의 고대 유산과 관련된 겁니다. 우리의 정신에 남은 일부 조상의 유물이죠. 항상 엉뚱한 시점을 골라 떠오르는 듯한 심오한 느낌요." 맥스가 머그잔을 들어 올리며 말을 이었다. "하지만 주절대는 건 여기까지만 하죠. 뭐라고 건배해야 할까요? 정의를 위하여?"

"좀 덜 허세스러운 게 어떨까요." 플랜스키 부인이 말했다. "노로크라고 하면?"

맥스가 눈썹을 치켜올렸다. 머리카락처럼 검은 눈썹이었다. "부인은 놀랄 거리로 가득하시네요."

"놀랄 거리는 그게 다예요."

두 사람은 머그잔을 마주치고 남은 투이카를 마저 비웠다.

"아, 그리고 한 가지 더 있어요." 맥스가 휴대전화를 꺼내어 부인의 사진을 찍었다. "이야기의 얼굴."

"나 안 웃었는데요." 플랜스키 부인이 말했다.

24장

즈메우

디누는 연처럼 두둥실 떠 있었다. 같은 표현이 루마니아어로도 있었는데 그게 디누는 더 좋았다. 영어 '카이트'보다 루마니아어 '즈메우'의 발음이 더 좋아서였다. 디누는 이틀간 즈메우처럼 하늘을 날고 있었다. 마약이나 알코올은 건드리지도 않았다. 전부 아니카 때문이었다. 아니카는 드라고미르 삼촌의 카지노 계획을 도와주러 부쿠레슈티에서 온 딜러로, 두체에도 어쩌다 한 번씩 출근하고 있었다. 어느 비 오는 아침, 디누는 약국에서 나오는 길에 아니카를 마주쳤다. 어머니와 일린카 이모의 심부름으로 아스피린을 사러 갔던 참이었다. 둘 다 머리가 쪼개지는 듯한 두통에 시달리고 있었는데 이유는 뻔했다. 아니카는 바람에 뒤집힌 우산을 가지고 씨름 중이었다. 디누는 한마디도 없이 우산을 가져다 똑바로 펴서 도로 건넸다.

"이런, 이런, 디누." 아니카가 말했다. "넌 정말 유능한 젊은이구나. 당연히 이미 알고 있었지만. 자, 다 젖겠다. 내가 널 구해줄게." 그러고 디누를 우산 속으로 가까이 끌어당겨 남는 손으로 디누의 허리를 감았다.

"괜찮아요, 전—"

허리에 감긴 손에 살짝 힘이 느껴졌다. 돌이켜 보니 그게 연이 처음 떠오르기 시작한 순간이었다. 마치 아니카의 손이 연 조종자가 되어, 그때까지 있는 줄도 몰랐던 지상의 천국에서 디누에게 메시지를 보내는 듯했다.

"카우보이 부츠는 어디 갔어?" 아니카가 물었다.

"비 올 때는 안 신어요." 디누가 말했다.

"정말 영리하구나! 훌륭한 남편감인걸!" 아니카는 디누를 비에 젖지 않도록 차양 아래로 끌어당겼다. 하지만 우산도 여전히 들고 있어서, 도시 한복판에 있는데도 이상하게 둘만 있는 듯한 느낌이 들었다. 마치 두 사람이 외딴 캠프장에서 텐트라도 치고 있는 것처럼. "그 예쁜 여자 친구는 잘 있어?"

"못 본 지 좀 됐어요."

"못 봤어? 하지만 인간 복숭아가 따로 없던데. 넌 복숭아 안 좋아해, 디누?"

아니카가 디누를 올려다보았다. 디누의 키가 조금 더 컸다. 생동감 넘치는 피부와 자석처럼 눈길을 끌어당기는 눈동자. 아니카는 너무도 아름다웠다.

"음, 복숭아는, 사실—"

"어쩌면 네가 이런 일에 좀 서툰 걸지도 몰라." 아니카가 말했다. "복숭아는 꼭 붙잡고 키스해주는 걸 좋아하지. 너 키스 잘하니? 아주 중요한 거야. 하지만 학교에서는 안 가르쳐주지. 무슨 말인지 알겠어?"

디누는 전혀 몰랐다. 무슨 말을, 무슨 행동을 해야 할지 몰랐지만 이 작은 캠핑이 금세 끝나지 않기만 빌었다.

"자, 아니카의 키스 기술 1교시." 아니카가 말했다. "네 작은 복숭아는 나중에 나한테 고마워할 거야."

아니카의 손이 미끄러지듯 올라와 디누의 뒤통수를 거칠게 감았다. 혀와 힘과 디누가 알지 못하는, 뭐랄까 내밀한 지식의 교환이 관여하는 딥키스였다. 디누가 이해하지 못한 건 그게 전부가 아니었다. 이윽고 가볍고 짧은 웃음소리와 함께 아니카는 디누를 차양 아래 혼자 두고 사라졌다. 물론 디누는 완전히 옷을 갖춰 입고 있었지만 아직 세상을 대면할 준비가 되어 있지 않았다. 1, 2분쯤 지나고, 비록 가슴속에서는 즈메우가 여전히 두둥실 떠 있었지만 디누는 다시 땅으로 내려왔다.

"아니카랑 삼촌 사이에 뭔가가 있는 건 아니겠지?"

"뭔가?" 로메오가 물었다.

"알잖아."

"음, 너희 삼촌은 부인이 있잖아. 시모네. 게다가 폴란드 여자 친구랑 몰도바 여자 친구도 있고, 그러니 단순히 시간 관리 측면에서 난 아니라고 하겠어."

둘만의 새 사무실은 로메오가 형 부부와 조카들과 함께 사는 아파트 건물 지하에 있었다. 그 아파트는 디누가 사는 곳보다도 초라했지만, 지하 2층에 저장고가 있었다. 로메오는 그 저장고의 긴 벽 일부를 몰래 헐어 입구를 만들었다. 이제 로메오의 장비로 어수선한 카드 테이블을 가운데 놓고 마주 앉아 두 아이는 첫 작전을 시작할 준비를 마쳤다. 둘만의 작전이었다.

"아니카는 어때?" 디누가 물었다. "네 생각엔 아니카한테 남자 친구가 있을 것 같아? 아니면…… 아니면 어쩌면 남편이나?"

"몰라." 로메오가 모니터 배치를 바꾸면서 말했다. "그러면 뭐가 달라져?" 로메오가 디누를 건너다보았다. "어이, 너 미쳤냐? 너보다 서른 살은 더 많을 텐데."

"그래? 네가 어떻게 알아?"

"월급 명세서를 좀 봤지. 두체 일을 보니까, 거기 있었거든."

"봤다고?"

"해킹했다고." 로메오가 대꾸했다. "월급 명세서를 해킹했어." 그러고 헤드폰을 쓰고 말했다. "이제 시작 좀 해도 돼?"

디누가 탁자 너머로 손을 뻗어 로메오와 주먹 인사를 했다.

"집 차고에서 애플을 시작한 그 두 남자처럼." 디누가 말했다.

"휼렛 패커드야." 로메오가 말했다. "하지만 그래, 그런 거지."

디누는 대본을 확인했다. 조금도 떨리지 않았다. 영어 실력은 계속 좋아지고 있었지만 그것 때문이 아니었다. 디누는 이 일을 잘했다. 재주가 있었다. 태어나서 이것 말고 다른 데서 재주를 보여준 적이 있었나? 음, 어쩌면 오토바이 타는 데에? 그 두 재주는 어떤 면에서 서로 맞아떨어졌다. 무척 강해진 기분, 자신의 두 다리로 우뚝 서는 기분을 느끼게 해준다는 점에서 그랬다.

휴대전화가 울렸다. 저 멀리 콘허스커(네브래스카주의 애칭으로, '옥수수 껍질 벗기는 사람'이라는 뜻—옮긴이) 주에서.

"여보세요?" 어떤 나이 든 여성이 말했다.

"안녕하세요, 할머니. 저, 에릭이에요."

"에릭이라고?"

"할머니 손자 에릭요. 맙소사! 절 잊으신 거예요, 할머니?"

"아, 아니지. 얼마나 자주 생각하는데, 에릭. 하지만 네가 연락한 지가 좀 됐잖니. 그 애길 한 거야. 네 목소리도 잊을 뻔했다."

"정말 죄송해요, 할머니. 앞으론 더 자주 연락할게요. 그리고 여기는 통신 연결이 썩 좋지 않아요."

"어디 있는데?"

"문제가 있어요, 할머니. 그리고 너무 오랜만에 이런 일로 전화드리게 돼서 저도 너무 싫지만, 다른 데가 없어요. 달리 의존할 데가 없어요."

디누는 설명했다. 22분 7초 후—로메오는 사업 계획의 일환으로 모든 통화에 시간을 매기고 기록을 남기기로 결정했다—3만 8492.17달러가 카타르에 개설된 계좌에 입금됐다. 디누는 이제 카타르를 어떻게 읽는지, 그리고 그게 지도상에서 어디 있는지를 알고 있었다.

"휼렛." 로메오가 한 손을 들며 말했다.

"패커드." 디누가 대꾸했다. 둘은 하이파이브를 했다.

디누는 바이크를 타고 구시가지의 비주 파리지엔으로 갔다. 포르셰 판매소의 옆집이었다. 그 판매소에 몇 번 간 적이 있었는데, 그저 진열창 너머로 구경이나 하러 간 거였다. 하지만 지금은 그냥 구경하러 온 게 아니었다. 비주 파리지엔으로 들어가 좋은 거로 보여달라고 요구했다. 여자는 디누에게 다정한 미소를 지어 보였지만 카우보이 부츠를 보자 그 미소는 살짝 흐려졌다.

"어머니께 드리려고요, 아니면 여자 친구 주려고요?"

"아, 여자 친구요."

"반지 보시게요? 아니면 팔찌? 목걸이? 브로치?"

디누는 거기까지 생각하지 못했다.

"가격은 어디까지 생각하시는데요?"

"몰라요. 아마 한 삼천?"

"레우로요?"

"달러로요."

친근한 미소가 원상 복구됐다. 얼마 지나지 않아 디누는 18캐럿 금줄에 사파이어 목걸이를 가지고 상점을 나왔다. 사파이어를 본 건 처음이었다! 선물은 벨벳 안감을 두른 상자에 아름답게 포장됐다. 사슬에 매달린 사파이어는 딱 한 알이었지만 점원 말로는 아주 고급이라고 했다. 디누가 보기에도 그랬다. 몇백 달러만 더 써서 총 3600달러면 동일한 사파이어에 백금 줄로 살 수 있었지만 디누는 점원의 권유를 거부했다. 그야 플래티넘은 은이랑 똑같아 보이고 은보다 금이 비싸다는 건 누구나 알지 않는가. 플래티넘은 사기였다. 내가 플래티넘에 속아 넘어갈 줄 알고? 디누는 속으로 웃었다.

드라고미르 삼촌의 카지노 자리는 원래 메트로폴레 호텔이 있던 자리였다. 이제 문을 닫고 삼촌의 소유하에 개축 중인 호텔은 강을 내려다보는 언덕에 있었다. 다리에서 멀지 않았다. 그날 하루가 끝나갈 무렵, 니누는 업무기 끝날 시간에 맞춰 바이크를 타고 다리를 달렸다. 그러자 아니나 다를까, 아니카가 보였다. 둘둘 말린 청사진을 겨드랑이에 끼고 건축 현장에서 나오고 있었다. 디누는 뒤에서 다가갔다.

"안녕, 아니카."

아니카는 디누를 헌팅하는 양아치로 착각했는지 사납게 돌아보았다.

"아, 디누, 너구나."

"네. 안녕하세요. 가시는 데까지 데려다 드릴까요?"

"그거로?"

"바이크 별로예요?"

"남자 오토바이 뒤에 타고 돌아다니는 거? 내가 그런 타입 같아 보이니?"

여자들은 다들 바이크 뒤에 타는 걸 좋아하지 않나? 그때 디누는 아니카가 서른이라는 걸 떠올렸다. 서른이면 그 단계는 지난 건가? 디누는 그 생각을 일단 젖혀놓았다.

"아닌 것 같은데요." 디누가 말했다. "제가 커피 한 잔 사도 돼요?"

아니카는 시계를 보았다. "그럼, 잠깐이면 괜찮아. 착하기도 하지. 그리고 제발 그 우스꽝스러운 헬멧은 좀 벗으렴."

디누는 냉큼 헬멧을 벗었다.

커피숍은 길 건너편에 겨우 몇 걸음 떨어져 있었다. 강가에 파티오가 하나 나 있었는데 겨울철이라 유리로 막혀 있었다. 두 사람은 가장 전망 좋은 테이블에 앉아 커피를 주문했고, 디누는 프라지투라 피에르시치, 그러니까 작은 복숭아 모양 크리스마스 쿠키가 아직 있는지 물어보았다. 하지만 없었다.

"쿠키가 없어서 유감이에요." 디누가 커피를 홀짝이며 말했다.

"너 단거 좋아해?" 아니카가 물었다.

"음, 아뇨." 디누가 어깨를 으쓱했다. "하지만 복숭아는 다르잖아요."

아니카는 아무런 반응도 보이지 않고 그냥 커피에 크림을 조금 넣었다. 그 경이로운 눈동자는 어쩐지 멀어 보였다. 그렇게 멀어 보이는 건 생각이 다른 데 가 있다는 뜻일 수도 있겠지만 디누는 아니카가 복숭아 생각을 하고 있다는 데 내기를 걸어도 좋았다. 특히…… 두 사람이 함께한 그 복숭아의 순간! 그러자 지금이 완벽한 순간이라고 생각됐다. 디누는 주머니에 손을 집어넣었다.

"드릴 게 있어요."

"그래?"

디누가 두껍고 크림 같은 포장지에 진보라색 나비매듭으로 묶인 작은 선물 상자를 건넸다. 상자를 받아 드는 아니카의 손에서 때 긴 손톱 하나가 디누의 눈에 띄었다.

"이게 뭐니?"

"알아낼 방법은 하나뿐이죠." 디누는 영어로 대꾸했다. 그렇다. 디누는 확실히 재주가 있었다.

"그게 무슨 뜻이야?"

"열어보시라고요."

매듭을 풀고 크림 같은 포장지를 벗긴 아니카는 상자에 새겨진 황금색 글자를 뚫어져라 보았다. 비주 파리지엔.

"디누?"

디누는 아무 말도 하지 않고 그저 앞으로 뭐가 일어날지 아는 결정권자의 수수께끼 같은 웃음을 지어 보였다.

아니카는 상자 뚜껑을 들어 올리고 안에 든 것을 멍하니 응시했다.

"복숭아를 위해." 디누가 말했다. 무뚝뚝하고 쿨한 투로 말하려고 했지만 도중에 목소리가 갈라졌다.

아니카가 고개를 들고 물었다. "나 주는 거야?"

"음, 뭐." 디누가 말했다. 아니카는 어리둥절해하는 게 분명했다.

"네가?"

디누는 뭔가 역시 쿨한, 무뚝뚝한 대꾸를 하려고 머리를 쥐어짰지만 아무것도 떠오르지 않아서 그저 고개만 끄덕였다.

"이러면 안 돼." 아니카가 말했다.

디누는 어깨를 으쓱했다. 쿨한, 무뚝뚝한 어깻짓이었다. 이건 그럭저럭 괜찮았다.

둘의 눈이 마주쳤다. 아니카의 그 너무나 경이로운 눈동자는 이제 감정으로 가득했는데 거기엔 놀랍게도 공포 비슷한 것도 있었다. 디누는 엄청난 정신적 비약을 했다. 서른 몇 살의 여자라도, 특히 아름다운, 그렇다, 아니카처럼 섹시한 여자라도 너무나 강렬한 감정에 압도되면 두려움을 느낄 수도 있다고.

"걸어봐요." 디누는 자기가 대장인 것처럼, 마치 자기가 서른 살이고 아니카가 어린아이인 것처럼 말했다.

아니카는 주위를 둘러보았다. 아마도 그런 순간에 두 사람만의 프라이버시를 방해받고 싶지 않아서였으리라. 하지만 유리 파티오 안에는 둘 말고는 아무도 없었다. 아니카는 목걸이를 꺼내어 자세히 들여다보았다. 눈빛은 이제 아무런 감정도 담고 있지 않았다. 아니카는 목걸이를 걸치고, 목 뒤에서 손가락을 한 번 가볍게 비틀어 고리를 맞물렸다. 이제는 벗어서 의자 등받이에 걸어둔 외투 속에 아니타는 부드러운 재질의 딱 달라붙는 스웨터를 입고 있었다. 어쩌면 캐시미어일까. 목선이 다소 깊이 파인 스웨터였다. 사파이어 목걸이는 아니카의 양 가슴 사이에 안착했다. 디누는 자신이 그 광경을 언제까지나 잊지 못할 걸 알았다.

"마음에 들어요, 아니카?"

"아, 무척 아름다워. 참 잘도 골랐네. 하지만 너무 무리했다."

"제가 좋아서 산 거예요." 디누가 말했다.

"진심이야, 디누. 너무 무리했어."

디누는 뭐, 어쩌겠어요? 하는 뜻으로 양손을 벌려 보였다. 한마디도 하지 않으면서 무뚝뚝한 쿨함의 정점에 도달했다. 인생 처음으로 남자가 된 기분이었다.

이제 디누를 보는 아니카의 눈동자에는 다시금 복잡한 감정들이 담겨 있었다.

"왜요?" 디누가 물었다.

아니카가 테이블 너머로 몸을 숙여 디누에게 입을 맞췄다. 복숭아 같은 키스가 아니었다. 오히려 어머니가 뺨에 하는 키스에 더 가까웠다. 하지만 디누는 복숭아가 올 걸 알고 있었다. 아주아주 많은 복숭아가.

"정말 잘 어울려요."

"이건 누가 해도 잘 어울릴 거야."

"어, 고마워요."

"아니야, 내가 고맙지."

"제가 좋아서 그런 거예요." 더 나은 말을 찾을 수 없어서 디누는 아까 한 말을 되풀이했다. "그래서, 어떻게 하고 싶어요?" 디누가 물었다.

"뭐라고?"

"지금요." 디누가 말했다. "아니, 지금 말고, 이따가, 여길 나가서요. 산책을 간다거나." 디누는 그 말을 하면서 비가 세차게 퍼붓는 것을 의식했다. 비는 유리벽을 마구 두들기고 있었다. "아니면 혹시 배고파요? 좋아하는 식당 있어요? 아니면—" 디누는 말을 멈췄다. 하마터면 아니카를 자기 아파트로 초대할 뻔했다. 얼마나 끔찍한 생각인가! 아니카 같은 보석을 그런 누추한 곳에?

한편 아니카는 외투에 손을 뻗었다. "그게, 사실 난 건축가랑 회의가 있어."

"아, 음, 그다음에는요?"

"무척 길고 복잡한 회의야. 그 뒤에는 푹 자둬야지, 모쪼록. 맙소사, 아침 7시에는 또 다른 회의가 있거든. 하지만 물론 넌 어차피 학교에 가 있겠지."

"음, 요즘엔 별로 안 가요."

"나쁜 아이구나."

아니카는 자리에서 일어나 목걸이를 벗은 후 조심스럽게 상자에 도로 담아 외투 주머니에 집어넣었다. 디누는 외투 입는 걸 도와주려 했지만 한발 늦었다.

두 사람은 밖으로 나갔다. 아니카는 우산을 폈지만 디누를 그 안으로 끌어당기지는 않았다. 디누는 흠뻑 젖은 채 빗속에 서 있었지만 의식조차 하지 못했다.

"제가 전화할까요?" 디누가 물었나.

"그래."

"번호를 모르는데요."

"두체의 접수처로 전화해. 내가 없으면 메시지를 남기고."

"좋아요, 알았어요. 음, 젖지 않게 조심해요."

"잘 가, 디누."

아니카는 길을 건너 도로 메트로폴레로 향했다. 크림 같은 포장지와 리본은 챙겨 가지 않고 그냥 테이블에 놔뒀다. 여자들은 그런 걸 소중하게 여기지 않나? 어쩌면 서른쯤 되면 안 그럴지도. 디누는 헬멧을 쓰고 바이크를 몰아 집으로 향했다.

디누는 자기가 꿈속에 있다는 걸 알았다. 그래도 달콤한 꿈이었다. 꿈속에서 디누는 아니카와 함께 바이크를 타고 타샤네 언니 부부의 농장이 있는 계곡 한참 위의 산길을 오르고 있었다. 농장 지붕 위로 높이 날고 있는 연이 보였다. 하지만 그 농장은 그 장면에만 등장했다. 꿈은 원래 그렇게 앞뒤가 안 맞는 법이니까. 중요한 부분은 디누와 아니카가 얼마나 즐거운가 하는 거였다. 아니카는 디누에게 매달렸고, 디누는 어찌 된 건지 손도 안 쓰고 운전하고 있었다. 두 사람은 헬멧을 쓰고 있지 않았다. 아니, 사실은 아예 아무것도 걸치고 있지 않았다. 사파이어 목걸이만 빼고. 목걸이가 아니카의 가슴과 디누의 벌거벗은 등에 번갈아 부딪쳐 튕겼다. 오로지 아주 좋은 결과로만 이어질 수 있는, 다소 짜릿한 핑퐁이었다.

하지만 실제로 그 일이 일어나기 전에 시끄러운 소리가 디누를 방해했다.

"뭐 하는 거죠?" 어머니가 말했다. "당신은 그럴 권리가 없어요."

어머니가 이 꿈속에 있었나? 그럴 리가 없었다. 우선 바이크에 자리가 없었고, 이건 어머니가 들어올 장면이 아니었다. 문이 벌컥 열렸다. 꿈속에는 문이 없었다. 오드콜로뉴 냄새가 확 끼쳤다.

디누는 침대에서 일어나 앉았다. 방문이 열려 있었고, 문간에 불빛을 등진 두 형체가 서 있었다. 하나는 엄마였고 하나는 엄마보다 크지만 막 엄청나게 크지는 않은 남자의 실루엣이었다. 하지만 남자가 서 있는 모습은 뭔가 안에 강렬한 게 도사린 듯한 낌새를 풍겼다. 엄마가 남자의 어깨를 붙잡고 매달렸다.

"당장 나가요." 엄마가 말했다. "안 그러면 드라고미르를 부를 거예요."

남자가 웃음을 터뜨렸다. 디누는 이미 남자가 누군지 당연히 알았다. 단순히 오드콜로뉴 냄새와 서 있는 자세만으로도 알았지만 그 웃음이 더한층 잘 알려주었다. 다소 부드럽고 다정한 웃음소리. 하지만 이제 엄마는 복도 바닥에 누워 있었다. 잠옷은 삐뚜름하게 걸쳐졌고 코에서는 피가 흘렀다.

디누는 침대에서 펄쩍 뛰어 일어났다. 침실 등이 켜졌다. 문간에 서 있는 것은 팀보였다. 불을 붙이지 않은 담배가 입술에 매달려 있었다. 자전거 핸들 같은 콧수염은 새로 왁스칠을 했는지 빛을 반사하는 듯했다. 뒤편으로 경첩에 간신히 매달려 있는 앞문이 보였다.

디누는 무슨 말인지 자신도 모를 소리로 고함을 치며 양 주먹을 치켜든 채 팀보에게 덤벼들었다. 팀보는 전혀 방어하려는 기색이 없었다. 디누는 팀보의 입에 주먹을 날렸다. 아니, 적어도 그쪽을 노렸다. 하지만 주먹은 목적지에 가 닿지 못했다. 그 대신 갑작스럽고 몹시 날카로운 통증이 디누의 손을 급습했다. 주먹을 날린 손이 아니라 다른 손이었다. 그리고 다음 순간 디누는 바닥에 누워 있었다. 주먹을 날리지 않은 손의 새끼손가락이 옆으로 튀어나온 채였다.

팀보는 담뱃불을 붙이고 한 모금 깊이 빤 후 성냥불을 흔들어 끄고 성냥을 그대로 바닥에 떨궜다. "넌 결국 A급 직원이 아니었네. 옷 입어."

25장

아버지의 형

드라고미르 삼촌은 차가 여덟아홉 대쯤 됐는데 정확히 몇 대인지는 디누도 몰랐다. 그중 하나인 검은색 F-350 픽업트럭은 알바제미나의 수많은 좁고 굽이진 거리를 지나가기에는 너무 둔중했다. 팀보가 차를 몰았고 디누는 조수석에 앉아 있었다.

"무슨 일이에요?" 디누가 물었다. "도무지 영문을 모르겠네요."

"안전벨트." 팀보가 말했다.

디누는 그 끔찍하게 꺾인 왼손 새끼손가락이 아무 데에도 닿지 않게 조심하면서 안전벨트를 맸다. 손 전체가 욱신대고 있었고 그 팔 전체로 올라가는 날카로운 통증이 그 한복판을 관통했다.

팀보는 더는 아무 말도 없었다. 알고 보니 팀보의 운전 실력은 형편없고 위태위태했다. 운전대를 부서져라 쥐고, 브레이크와 가속페달을 계속 엉뚱한 시점에 밟았다. 그러는 내내 디누 쪽은 한 번도 보지 않았다. 디누는 안전벨트를 풀고 문을 박차고 뛰어내린 후 집으로 도망쳐 아파트 지하실 차고에 세워놓은 바이크를 타고 어딘가로 도망칠까 생각했다. 어디로? 헝가리로? 세르비아로? 하지만 공상일 뿐, 현실에선 그저 통증을 억누르려 애쓰는 것밖에 아무것도 할 수 없었다. 디누는 이제 더 이상 연처럼 높이 날고 있지 않았다. 한때 그런 기분을 느낀 적이 있었다는 것조차 믿기 힘들었다.

팀보는 어두운 골목으로 들어가 몇백 미터쯤 더 가서 클럽 프레스토 뒤편에 도착했다. 건물 안에서는 아무런 빛도 새어 나오지 않았는데, 그건 지금이 무척 늦은 시각이라는 뜻이었다. 셔터 문이 말려 올라가고, 팀보는 안으로 차를 몰았다. 문이 다시 내려갔다. 팀보가 등을 끄자 그 안은 완벽한 어둠에 잠겼다.

"내려." 팀보가 말했다.

"아무것도 안 보여요."

"엄살 부리지 마." 팀보가 쏘아붙였다. 운전석 문을 열자 차 실내등이 켜졌다. 팀보는 담뱃불을 붙이고 디누를 보았다. 그 눈빛은 처음 보는 사람이라 해도 믿을 것 같았다. "아니면 계속 엄살 부리든가. 이제 와선 아무래도 상관없으니까."

디누는 차에서 내렸다. 팀보의 담뱃불만 빼면 주위는 다시 완전한 어둠에 잠겼다. 디누는 그 빛을 따라 클럽 지하실과 환전 사무실로 이어지는 문으로 다가갔다. 환전 사무실이란 농담으로 붙인 이름이었다. 디누는 이제야 그걸 깨달았다. 한편 팀보는 이쪽에 등을 돌린 채 자물쇠를 열고 있었다. 디누는 뭔가로, 말하자면 망치나 벽돌로 팀보의 머리를 박살 내면 어떨까 생각했지만 물론 둘 다 없었다. 문이 열리고, 두 사람은 안으로 들어갔다. 환전 사무실로 이어지는 복도에는 그래도 침침한 등불이라도 켜져 있었지만 팀보는 그리로 가지 않았다. 디누가 한 번도 가보지 않은 거친, 마감이 덜 된 계단으로 갔다. 그곳 조명은 천장에 매달린 알전구 하나가 다였다. 디누는 팀보를 따라 흙바닥으로 된 지하층으로 내려가 또 다른 문으로 갔다. 팀보가 문을 열었다. 디누가 안으로 들어가자 팀보는 디누를 혼자 두고 등 뒤로 문을 닫고 나갔다.

디누는 노란 갓을 쓴 플로어 스탠드 외에는 아무런 조명도 없는 작은 방안에 있었다. 방 자체는 뭔가 오래전 소작농의 오두막 같은 느낌을 풍겼다. 흙바닥, 조잡한 목제 의자 두 개, 조잡한 목제 테이블 하나. 주위를 둘러보았지만 기어올라 빠져나갈 만한 창문은 없었다. 그야 여긴 지하니까. 하지만 또 다른 문이 있었다. 손잡이를 돌려보았지만 잠겨 있었다. 의자에 앉아 왼 손목을 오른손으로 붙들었다. 손가락을 비틀어 원래대로 돌려놓을까 잠시 생각했다. 그러면 아프겠지만 이미 아프긴 마찬가지였다. 만약 나중에 더 나아지는 게 아니라 도리어 나빠지면 어쩐담? 뭔가 요령이, 옳게 하는 방법이 있나? 아주 오랜만에 처음으로, 한두 가지 기억만 빼면 사실상 알지도 못했던 아버지 생각이 났다. 아버지가 그리웠다.

복도로 나가는 문이 열리고 드라고미르 삼촌이 들어왔다. 그 사파이어 목걸이를 걸고 있었다.

"나 어때 보이냐?" 삼촌이 물었다.

디누는 자리에서 일어났다. "전 모…… 모르겠어요."

"몰라? 내가 어때 보이냐고. 간단한 질문이잖아. 넌 영리하잖니. 그러니 영리한 답을 들어보자. 내가, 네 삼촌이자 네 아버지의 형인 내가 어떻게 보이냐?"

디누는 맞는 답을 하면 이 상황에서 벗어날 수 있을 거란 생각이 들었다. 동화에서 흔히 그렇듯이. "삼촌은…… 삼촌은 화나 보여요, 드라고미르 삼촌."

"정말?" 드라고미르 삼촌이 말했다. "그거 뜻밖인데. 난 화나지 않았어. 아주 조금도. 내 기분이 어떤지 아니?"

"아뇨."

"생각해봐. 네가 내 입장이라면 어떨 것 같냐?"

디누는 지금이고 언제고를 떠나 드라고미르 삼촌의 기분이 어떨지 자신이 전혀 모른다는 걸, 전혀 아무런 감도 없다는 걸 깨달았다. "죄송해요. 도저히 모르겠어요."

드라고미르 삼촌은 디누에게서 팔 하나 거리에 의자를 끌어다 놓고 마주 앉았다. "내가 누구냐?" 삼촌이 물었다.

그 질문의 답이라면 알고 있었다. "대장이죠." 디누가 말했다.

"그럼, 대장이지. 하지만 너한테는 뭔데, 푸스티?" **푸스티**는 루마니아어로 **꼬맹**이라는 뜻이었다.

"저한테요?" 디누가 되물었다. "제 삼촌이죠."

"이제야 말이 통하는군." 드라고미르 삼촌이 손을 뻗어 디누의 무릎을 살짝 건드렸다. 가슴 털 위에 안착해 있던 사파이어가 제자리에서 벗어나 맨 위 단추가 풀린 셔츠 앞섶으로 빠져나왔다. "우린 혈육이야. 나를 보렴."

디누는 삼촌을 보았다.

"내가 내 혈육을 해칠 사람 같니?"

디누는 맞는 답이 '아니요'임을 알았다. 삼촌은 그럴 사람이 아니죠. 하지만 그건 옳은 답이 아니었다. 무척 최근에 있었던 그 일, 드라고미르 삼촌이 디누의 갈비뼈를 때린 일을 생각하면 그게 어떻게 옳은 답이겠는가? 왜 그랬는지는 기억나지 않았다. 뭔가 출근 시간에 늦어서? 디누가 확실히 아는 건 갈비뼈가 아직도 살짝 아프다는 거였다. 그것 말고도 맞아서 이가 빠진 적도 있었고 이제는 손가락 문제까지 있었다. 둘 다 팀보가 한 짓이었지만, 팀보는 확실히 명령하에 행동하고 있었다. 그 모든 건 맞는 답으로 이어졌고, 맞는 답은 옳은 답이 아니었다. 거기엔 의심할 여지가 없었다.

"아뇨, 삼촌은 그럴 분이 아니죠."

드라고미르 삼촌이 손을 거두며 말했다. "아주 좋아. 이제야 우리가 말이 좀 통하는구나. 너랑 내가 말이야. 그러니 너한테 내 기분이 어떤지 거리낌 없이 말해줄 수 있겠다." 삼촌이 사파이어를 도로 셔츠 안에 집어넣었다. "난 실망했다, 꼬맹아."

벽 너머의 어딘가에서 신음 같은 소리가 들렸다.

드라고미르 삼촌이 씩 웃고는 물었다. "왠지 아니?"

디누는 고개를 저었다.

"너한테 이야기를 하나 들려줄게. 어떤 사람들은 이야기를 들려주면 더 잘 이해하거든." 드라고미르 삼촌은 주머니에서 담배를 꺼내어 금제 담배 커터로 자르고 금라이터로 불을 붙였다. 그러고 디누를 향해 연기를 뿜었는데, 아마 별 의도는 없었겠지만 어쨌거나 디누는 즉시 숨쉬기가 힘들어졌다. "하지만 혹시 이미 들은 이야기면 그렇다고 하렴. 넌 네 아비가 어떻게 죽었는지 아니?"

"헝가리에서였죠." 디누가 대답했다. "화재에서 사람들을 살리려다 돌아가셨잖아요."

드라고미르 삼촌이 씩 웃었다. "누가 그러던?"

"어머니가요."

"네 어머니가 늘 술꾼이었다는 거 알고 있니?"

디누는 그 질문이 마음에 들지 않았다. 대답할 말이 전혀 떠오르지 않았다. 폭력 말고는. 엄밀히 말해 폭력이 두려운 건 아니었다. 드라고미르 삼촌이 두려웠다. 게다가 현실적으로 손가락 문제도 있었다. 통증은 점점 더 심해지기만 했다.

"그건 사실이야." 드라고미르 삼촌이 말했다. "술꾼이 되기 전에는 걸레였지."

디누는 의자에서 일어나 오른 주먹을 꽉 쥐었다. 하지만 주먹은 생각과 달리 끝내 날아가지 못했다. 드라고미르 삼촌이 자리에서 일어나지도 않은 채로 몸을 살짝 숙여 디누의 손가락에 딱밤을 날렸기 때문이었다. 디누는 기절할 것만 같았다. 의자에 주저앉아 나오려는 비명을 억누르며 자신이 주먹질과는 그다지 연이 없는 사람이라는 사실을 받아들였다.

드라고미르 삼촌이 기둥 모양 담뱃재를 바닥에 털었다. "헝가리 부분은 가짜야. 거긴 몰도바였거든. 하지만 화재는 진짜였어. 비록 계획에는 없었지만 말이야. 네 아비는 참 대단한 녀석이었지! 그 녀석이 거기 노름꾼 몇 놈을 알았어. 우리는 일을 막 시작한 참이라 계획이랄 게 딱히 없었지. 이 업계에서 우리의 고교 시절 같은 거였어." 삼촌이 담배를 다시 한 모금 빨고 디누 쪽으로 연기를 더 뿜었다. "이제는 박사 학위를 땄지." 드라고미르 삼촌은 그 표현이 마음에 드는 듯 혼자 고개를 주억거렸다. "하지만 네 아버지 이야기로 돌아가자. 이 노름꾼들은 토요일 밤에 대형 포커 게임을 열었어. 물론 짜고 치는 거지만, 온 사방에서 부자들이 몰려들었지. 오데사는 물론이고 심지어 바르나에서도 말이야. 부자들은 자기가 부자니까 영리하다고 생각들을 하거든. 도박꾼들한테는 양계장의 닭이나 다름없지만, 우린 그런 건 아무래도 상관없었지. 우린 밤늦게 마스크를 쓰고 들어가서 연막탄을 터뜨렸어. 마스크는 내 생각이었고 연막탄은 네 아버지 생각이었지. 그런 종류의 작전은 빠르게 해치우는 게 좋단다. 네가 아니카에 관해 세운 작전하고는 다르게 말이야. 나도 그런 걸 좀 해봤는데, 그렇게 좋지는 않았어. 내 말 믿어. 어쨌든 빠르게 해야 해. 실제로 그렇게 진행됐지. 처음에는 말이 야. 우린 눈에 보이는 현금을 몽땅 쓸어 담았단다. 수천 수만 유로를. 당시 우리한테는 큰돈이었지. 하지만 우리가 막 창으로 나오려는 참에, 여긴 화 재 비상구가 있는 위층이었는데, 네 아비가 벽에 있는 금고를 발견하고 도 로 돌아갔어. 그러니까, 우왕좌왕하고 있는 노름꾼들 중에서 그 금고를 열 수 있는 놈을 찾아내려고 말이야. 그러다가 뭔가에 불이 붙었지. 난 관두고 튀자고 고함쳤어. 하지만, 이게 이 이야기의 핵심인데, 네 아비는 욕심이 많 았단다. 내가 마지막으로 봤을 때 네 아비는 어떤 여자의 목에 칼을 들이대 고 있었지. 아마 그곳을 운영하는 놈들 중 누군가의 여자 친구였을 거야. 네 아비는 꽤 설득력이 좋았지. 그러다 꽝 하는 엄청난 소리가 났어. 내가 살아 나온 건 순전히 요행이었지. 그러니까 그 이야기의 교훈은, 욕심을 부리지 말라는 거야." 드라고미르 삼촌은 원통형 재를 다시, 이번에는 디누의 무릎 에 떨었다. "넌 욕심이 많아, 딱 네 아비처럼."

디누는 그 이야기를 믿지 않았다. 머릿속으로 살짝 바꿨다. 칼을 든 사람 을 드라고미르 삼촌으로 만들었다. 하지만 생각만큼 잘 그려지지 않았다.

"넌 욕심을 부리지 말았어야 했어." 드라고미르 삼촌이 말했다. "그렇게 장래가 밝았는데."

디누가 고개를 저었다. "두무지 왜 이러시는지 모르겠어요."

드라고미르 삼촌이 사파이어를 내밀었다. "이걸 살 돈이 어디서 났지?"

"전…… 전 돈을 모았어요."

"그게 네 대답이냐?"

디누는 드라고미르 삼촌의 눈을 들여다보았다. "네."

"있잖니, 난 네가 바이크를 팔아서 돈을 모았기를 바라고 있었다. 하지만 바이크는 여전히 가지고 있다면서. 그러니 한 번 더 묻겠다. 돈이 어디서 났지?"

"저축요. 전 평생 돈을 모았어요."

"넌 재능이 있어. 그건 확실해." 드라고미르 삼촌이 자리에서 일어서며 말했다. "따라오렴."

디누는 삼촌을 따라 문으로 갔다. 복도로 통하는 문이 아니라 다른 잠긴 문이었다. 드라고미르 삼촌이 노크를 하자 기다렸다는 듯 문이 열렸다. 마리우스가 저쪽에 서 있었다. 방은 이 방과 똑같았다. 흙바닥, 램프, 조잡한 목제 탁자와 의자들. 로메오가 의자에 앉아 있었다. 지독했다, 그들이 로메오에게 한 짓은.

"안녕, 마리우스." 드라고미르 삼촌이 말했다. "부디 로메오한테 고개를 들어달라고 부탁해주겠나?"

"어이, 고개 들어." 마리우스가 말했다.

드라고미르 삼촌이 바로잡았다. "부디 고개를 들어주시죠."

로메오가 고개를 들었다. 한 눈은 부어서 감겨 있었지만 다른 눈은 디누를 보았다.

"여기 네 친구 디누 왔다." 드라고미르 삼촌이 말했다. "지금 작은 수수께끼 하나가 우리 앞에 놓여 있어. 아름다운 알바제미나의 비주 파리지엔에서 미화 3195달러에 구매된 목걸이의 수수께끼라고 부르자꾸나. 어쩌면 우리가 그 작은 수수께끼를 푸는 데 네가 도움을 줄 수도 있겠지. 우릴 위해 그렇게 해줄래, 로메오?"

로메오가 고개를 끄덕였다. 아주 미약한 끄덕임이었지만 그것만으로도 코에서 피가 흘러내렸다.

"고맙다, 로메오." 드라고미르 삼촌이 앞으로 나와 목걸이를 벗었다. "받으렴."

로메오가 떨리는 손을 뻗어 목걸이를 받았다. 코에서 피 한 방울이 사파이어 위에 정통으로 뚝 떨어졌다.

"예쁘지, 안 그러니?" 드라고미르 삼촌이 물었다. "그 보석 이름이 뭔지 아니?"

로메오가 고개를 저었다.

"말해줘, 마리우스."

"옥이죠." 마리우스가 말했다.

이제, 이 끔찍한 연극이 시작된 후 처음으로, 드라고미르 삼촌이 실제로 화난 표정을 지었다. "도대체 넌 왜 그 모양이냐, 마리우스? 이건 사파이어 잖아."

"죄송합니다, 대장."

드라고미르 삼촌이 디누를 돌아보았다. "좋은 부하를 찾기가 얼마나 힘 든지 봤냐? 그래서 내가 이 일에 이렇게 속상한 거야." 드라고미르 삼촌이 로메오를 돌아보았다. "여기 질문이 있다, 로메오. 네 친구, 아니면 동업자 라고 불러야 할까? 이 녀석은 제가 이 목걸이를 샀다고 주장하는구나. 내가 말해준 액수 기억하니?"

"미화 3195달러요." 로메오가 대답했다. 들릴락 말락 한 미약한 목소리 였다.

"봤지, 마리우스. 로메오는 딱 한 번 듣고도 정확한 액수를 기억하잖냐."

"영리한 개자식이죠." 마리우스가 말했다.

"둘 다 그래." 드라고미르 삼촌이 말했다. "그래서 내가 환장하겠는 거 야." 삼촌이 한숨을 푹 쉬었다. "그래서, 로메오, 디누는 네가 지금 말한 액 수가 오랫동안 저축한 결과라는구나. 넌 그게 가능하다고 생각하니?"

로메오는 멀쩡한 한쪽 눈을 손에 든 목걸이에 고정한 채 아무 말도 하지 않았다.

"아니면 어떤 소소한 부업의 수익일 수도 있을까? 로베오가 아까 그 사업 에 관해 우리한테 말해주지 않았나, 마리우스?"

"아무렴요." 마리우스가 앞으로 다가오며 말했다. "다시 말하게 시킬까요?"

"그만해요." 디누가 말했다.

"뭐 할 말 있니?" 드라고미르 삼촌이 물었다.

"그 돈은 거기서 났어요. 그리고 부업은 제가 하자고 했어요."

드라고미르 삼촌이 디누의 등을 두드렸다. "그래야 착한 아이지. 그럼 이 제 환전 사무실로 다 같이 가자. 로메오가 거기서 네 소소한 부업의 총수익 을 내 계좌로 이체할 거야. 그러면 우린 아무 문제 없는 거지."

"대장님이 그…… 그 보석도 처리하시고요." 마리우스가 말했다.

"이제야 머리가 제대로 돌아가는구먼." 드라고미르 삼촌이 목걸이를 로메오에게서 도로 가져왔다. "아, 그리고 소소한 게 하나 더 있어. 네 동업자의 측은한 손가락 말인데, 그게 어떻게 됐는지 봤니, 로메오? 보여주렴, 디누."

디누가 손을 살짝 들어 올렸다.

"디누는 네 동업자이자 친구지, 로메오. 위층으로 올라가기 전에 잠시 짬을 내어 그걸 고치도록 하자."

아무도 움직이지 않았다.

"너 말이야, 로메오. 네가 고쳤으면 한다고."

"전 방법을 모르는데요." 로메오가 대꾸했다.

"쉬워." 마리우스가 자기 손을 들어 새끼손가락을 펴면서 말했다. "그냥 뒤로 밀면서 동시에 당기면 돼. 그야 물론 힘을 좀 써야지. 하지만 그게 요령이야, 당기는 거. 진짜 날카롭게 홱 당기는 거지."

로메오가 고개를 떨구고 도리질을 치자 코피가 바닥에 떨어졌다.

"그거 실망이군." 드라고미르 삼촌이 말했다. "로메오를 좀 설득해줘야 할 것 같다, 마리우스."

디누가 로메오에게 다가가 손을 내밀며 말했다. "그냥 해."

26장

카지노

두체는 키 큰 식물이 심어진 화분 몇 개가 놓인 방에서 뷔페 스타일로 아침 식사를 제공했다. 화분은 모두 시들시들했다. 음향 시스템에서는 장고 라인하르트가 쾅쾅 울려 나오고 있었다. 유일한 손님인 플랜스키 부인은 유일한 다른 음식, 달걀과 엇비슷한 뭔가를 포기하고 커피와 검은 빵 한 쪽과 자두 잼을 담으며 장고 역을 하는 캐릭터가 등장하는 영화를 본 걸 떠올렸다. 하지만 기억나는 건 그게 다였다. 영화의 나머지는 까맣게 잊어버렸다. 그걸 다시 본다면, 첫 1, 2분쯤 지나면 다시 전부 떠오를까? 아니면 그 모든 게 완전히 새로울까? 만약 그렇다면, 부인은 그저 영화 한 편이면 충분할 단계에 다다랐다. 죽고 나면 영화는 이에 시리질 테니 그런 진개는 밀이 됐나. 많은 영화, 한 편의 영화, 전부한 영화. 죽음은 의심할 바 없이 모든 걸 단순화한다. 화분으로 어느 정도 가려진 창가 테이블에 앉는 순간 뭔가를 깨달은 기분이 들었다. 부인은 삶을 단순화하는 걸 딱히 좋아하지 않았다. 복잡한 것도 얼마든지 괜찮았다. 그리고 더 복잡하다는 게 더 오랜 삶을 뜻한다면, 얼마든지 그러라지! 부인의 발은 저도 모르게 음악에 맞춰 까딱거리고 있었다. 지금은 부인의 삶에 때때로 찾아오는, 내면에서 행복감이 퐁퐁 터지는 그런 순간이었다. 하지만 지금? 현재 상황에서? 미친 게 틀림없어. 플랜스키 부인은 토스트를 한입 베어 물었다. 노엄을 만나기 전에는 오로지 썰어놓은 흰 빵만 먹는 여자였다. 빵의 사막에서 살았다고나 할까. 노엄이라면 이 루마니아 검은 빵을 정말 좋아했을 텐데. 부인은 자두 잼을 더 많이 펴 발랐다. 이 도시에서는 일단 뭐든 자두로 만들고 보는 모양이었다. 부인은 탁자에 휴대전화를 내려놓고 맥스의 전화가 오길 기다렸다.

접수 데스크에서 본 그 예쁜 여자, 아니카가 들어오더니 커피를 한 잔 따라 창가에서 먼 구석 테이블에 앉았다. 화분에 가려져서 제대로 보이지는 않지만, 그럼에도 부인은 아니카가 오늘 기분이 별로라는 걸 알 수 있었다. 모든 인류가 같은 종류의 몸짓 언어를 사용하나? 그거야 알 수 없었지만, 아니카는 우울하면 모든 게 아래로 처지는 그런 얼굴을 가지고 있었다. 중력이 제 몫을 다한 20년이나 30년 후에 아니카의 얼굴이 어떨지 예상이 갔다. 그때 플랜스키 부인은 브레드 나이프에 비친 자기 얼굴을 통해 중력이 진짜 큰 시간 단위와 만나면 어떤 위력을 발휘할 수 있는지를 보았다. 하지만 그냥 눈에만 집중하자 모든 게 괜찮아졌다.

긴 검은색 가죽 코트를 입은 남자가 들어와 커피를 따르고는 아니카 맞은편에 가 앉았다. 플랜스키 부인은 상상력의 고삐를 풀었다. 두 사람이 연인 관계라면 아니카의 얼굴의 모든 처진 것은 이제 그 반대로, 위로 올라갈 거라고 상상했다. 하지만 그런 일은 일어나지 않았다. 그래도 변화가 있긴 했다. 아마도 우울함에서 경계심으로. 저 남자를 어디서 본 적이 있던가? 플랜스키 부인은 메마르고 먼지로 덮이고 시들어가는 화분 이파리 사이로 몰래 엿보았다. 말하자면 잠입 수사관 같은 방식이랄까. 부인을 향해 고개를 돌리지도 않았는데도 남자의 큼직한 이목구비는 마치 힘을 발산하는 듯했다. 그리고 그 힘에는 야만적인 구석도 있었지만 그게 전부는 아니었다. 남자는 어젯밤 경찰서에서 본, 로물루 서장의 술친구 네모 씨였다. 맥스의 말에 따르면 믿을 수 없는 사람. 플랜스키 부인은 커피를 홀짝이며 잔 너머로 감시했다. 부인은 물론 아무리 이파리와 컵 뒤에 숨어 있어도 자신이 저쪽을 볼 수 있다면 저쪽도 자신을 볼 수 있음을 알았다. 하지만 저쪽은 보고 있지 않았다.

네모 씨와 아니카는 낮은 목소리로 대화를 나눴다. 플랜스키 부인은 두 사람이 루마니아어로 대화하고 있다는 것만 간신히 알 수 있었다. 사실 두 사람이 목청껏 소리친대도 알아듣지 못했을 것이다. 남자는 아니카에게 일종의 이야기를 들려주는 중인 듯했다. 이런 일이 있은 후 이런 일이 있었다는 느낌으로 몰입해서 이야기하고 있었다. 아니카는 이야기가 계속될수록 더 못마땅해하는 기색이었다. 그러다 어느 대목에서 네모 씨는 일종의 팬터마임을 했다. 한 손 새끼손가락을 들어 마치 뚝 부러뜨리기라도 하려는 것처럼 완전히 뒤로 눕힌 것이다. 플랜스키 부인이 거기서 떠올릴 수 있는 동작은 위시본을 부러뜨리는 것뿐이어서, 네모 씨의 이야기가 어쩌면 크리스마스 저녁 식사와 관련된 게 아닐까 추측했다. 어쩌면 루마니아인들도 같은 풍습을 가지고 있는 것일까. 하지만 그러면 아니카의 반응을 어떻게 설명한담? 얼굴에 드러난 공포와 불신을, 그리고 얼굴로 올라가는 손을?

네모 씨는 그 반응에 놀랐다. 확실히 뭔가 다른 반응을 기대한 게 분명했다. 어쩌면 웃음이었을까. 펀치라인이 될 줄 알았던 그 작은 팬터마임이 길기만 하고 지루한 농담으로 끝난 것이다.

"아니카!" 남자가 언성을 높였다. **분위기 깨지 말고 좀 웃어** 하는 듯한 투로 뭐라고 말했다.

아니카는 웃기는커녕 오히려 테이블에서 뒤로 몸을 밀어냈다.

"오케이, 오케이." 남자가 영어로 말한 뒤 화해의 몸짓으로 양손을 들어 올렸다.

"오케이?" 아니카가 말했다. "이츠 닛 오케이."

네모 씨가 얼굴을 찌푸렸다. 배의 이물 같은 콧대 위로 이마에 힘줄이 불끈 솟았다. 이윽고 **이러면 기분이 좀 나아지겠지** 하는 듯한 투로 뭐라고 말하고는 주머니에 손을 집어넣어 장신구를 꺼냈다. 목걸이였다. 아니, 어쩌면…… 목걸이가 맞았다. 금사슬에 파란색 보석이 달려 있었다. 남자는 가져가라는 듯 아니카를 향해 목걸이를 들어 올렸다. 아니카는 고개를 젓고 테이블에서 더 멀리 몸을 밀어냈다.

네모 씨는 화가 났다. 뭔가 못된, 어쩌면 심지어 역겨운 말을 내뱉고는 커다란 손으로 테이블을 철썩 때렸다. 마치 작은 지진이라도 일어난 듯 아니카의 컵이 잔 받침에서 뛰어올랐다. 아니카는 아주 살짝이었지만 뒤로 움츠러들었다. 강한 여자임에도 네모 씨를 두려워하는 게 분명했다. 남자는 벌떡 일어나서 문을 향해 성큼성큼 걸어갔고, 화분 뒤에 숨은 플랜스키 부인은 더는 남자를 볼 수 없었다. 그 후 잎사귀 사이로 뭔가가 허공을 날아가는 것이 부인의 눈에 띄었다. 파란색과 금색으로 된 그 뭔가는 물론 목걸이였다. 하지만 플랜스키 부인은 한 박자 후에야 그걸 깨달았다.

그 한 박자 동안 네모 씨는 식당에서 나갔고 목걸이는 아니카의 테이블에 부드러운 탕 소리와 함께 내려앉았다. 사슬로부터 분리된 보석이 바닥을 마구 튕겨 두 화분 사이, 플랜스키 부인이 신고 있는 발레 플랫 바로 앞에서 멈췄다.

플랜스키 부인은 몸을 숙였다. 뼈가 이때다 싶었는지 한두 번 삐걱거리는 소리를 냈다. 부인은 파란 보석을 주워 들었다. 아, 사파이어로군. 비록 별로 크지는 않지만 좋은 녀석이었다. 클럽의 부인들 중 한 사람이 테니스를 칠 때 거대한 사파이어 반지를 꼈다. 때로 거기에 햇빛이 반사됐는데, 플랜스키 부인은 그게 부당 어드밴티지라고 농담한 적이 있었다. 다른 선수들은 다들 웃었지만 반지 주인만은 웃지 않았다. 그러고는 그 직후 올드 선샤인 컨트리클럽으로 옮겼다.

한편 아니카는 이쪽으로 오는 중이었다. 금사슬을 마치 악취 나는 물건이라도 되는 양 엄지와 검지로 쥐고 몸에서 멀찍이 떨어뜨린 채 달랑거리고 있었다.

"여기요." 플랜스키 부인이 사파이어를 내밀며 말했다. "이거요, 음, 바닥에 떨어졌어요."

"하." 아니카가 말했다. "그럼요. 당연히 떨어졌죠."

아니카는 사파이어를 받으려는 움직임을 전혀 보이지 않았는데 이제 보니 낯빛이 약간 창백해 보였다. 플랜스키 부인은 아무 말도 하지 않고 그냥 의자를 하나 빼주었다. 아니카가 의자에 앉자 플랜스키 부인은 뷔페 테이블로 가서 차를 한 잔 따라 아니카 앞에 놓았다.

아니카가 잔을 들려고 손을 뻗었지만 사슬이 손에 걸렸다. 플랜스키 부인은 왠지 서툴게 허둥대는 아니카를 대신해 꼬인 사슬을 풀어주었다. 부인의 미세 근육은 늘 나쁘지 않았다. 예컨대 단추를 꿰매는 거나 꼬인 신발 끈을 푸는 것도 잘했다. 잭이 어렸을 때 참 자주 해줬더랬지!

아니카는 차를 한 모금 홀짝였다. 잔에서 작은 파도가 흘러넘쳤다. 고개를 든 아니카는 눈을 닦았다. 어쩌면 플랜스키 부인이라는 사람을 이제 처음 제대로 보는 것 같았다.

"그 미국인 부인이세요?"

"미국인 부인, 맞아요. 로레타라고 해요."

"프레지던트 스위트룸의?"

"맞아요. 방이 참 좋아요."

"암요, 암요. 죄송해요, 이렇게…… 이렇게 엉망인 모습 보여드려서."

"사과할 필요 없어요." 플랜스키 부인이 테이블에 사파이어를 놓으며 말했다. "차를 좀 더 마셔요."

아니카는 차를 홀짝였다. 이번에는 엎지르지 않았다. "미국 남자는 몇 명밖에 못 만나봤어요. 그 남자들은 더 착해요."

"누구보다……?"

"우리 나라 남자들보다요." 아니카가 아까 앉았던 방 반대편 테이블을 가리켰다. "얼마나 보셨는지 모르지만요."

"아, 별로 못 봤어요. 정말 못 봤어요. 신경 쓸 것 없어요."

"그랬으면 좋겠네요. 신경 쓸 것 없으면 좋겠어요." 아니카는 자기 이름표를 가리키며 덧붙였다. "아니카예요."

두 사람은 악수를 나눴다. 플랜스키 부인은 검은 빵을 살짝 찢어 자두 잼을 발라 아니카에게 건넸다. 아니카가 빵을 베어 물었다.

"아이고, 너무 배고파요." 아니카가 말했다. "때로는 뒤늦게야 깨닫죠……." 아니카는 빵을 들어 올림으로써 말을 맺었다.

"밥을 못 챙겨 먹었어요?" 플랜스키 부인이 갑자기 자신이 유대인 엄마처럼, 사실 노엄의 엄마처럼 말하고 있음을 깨달았다. 대략 쉰 살쯤 더 먹었다 치면 말이다. 그때 이걸 깨달았다면 두 사람은 출발이 좋았을 텐데.

"할 일이 너무 많아서, 그게 문제예요." 아니카가 말했다.

“여긴 바쁜가요?”

“아, 호텔 말고요, 겨울엔 안 바빠요. 그냥 제 부업요.”

부업. 플랜스키 부인은 그 말이 마음에 들었고 아니카도 마음에 들었다. “본업은 뭔데요?”

“본업이란 큰 직장인가요?”

“네. 영어를 무척 잘하네요. 내가 루마니아어를 못 해서 미안해요. 내가 아는 건 단어 두 개가 다예요. 노로크랑 프리고리피크.”

아니카가 생긋 웃으며 말했다. “그거면 여기서 잘 지내실 거예요.”

플랜스키 부인은 사파이어를 아니카를 향해 조금 더 밀어 보냈다. “이거 정말 예뻐요. 난 항상 사파이어가 좋더라고요. 보면 여름이 생각나요.”

“그럼 가지세요.”

플랜스키 부인은 깔깔 웃었지만 아니카의 얼굴에 떠오른 표정을 알아차리고 이내 웃음을 거뒀다. 좋은 생각이 떠올랐다고 믿는 표정이었다. 아니면 설마 이곳이 손님이 뭔가를 보고 감탄하면 주인이 그걸 줘야만 하는 전통이 있는 그런 문화권인가?

“심지어 진심이라도 난 절대 못 받아요.” 부인이 말했다.

“왜요? 이건 비주 파리지엔 거예요, 아주 고급 상점이고, 그냥 이 도시 기준으로 말하는 게 아니에요. 가격은 3195달러예요. 레우가 아니라 달러로요.”

“그러면 더 못 받죠. 그렇게 값나가는 거라면.” 플랜스키 부인이 말했다. “그리고 다른 것도 있어요. 문제의 그 남성분과 당신이 화해한다면요? 아니, 어쩌면 당신 남편일 수도 있고. 그럼 좋든 아니든 화해하는 거죠! 그런데 이제 남편이 웬 관광객이 그걸 걸고 있는 걸 보면, 그러면 얼마나 흥미로운 상황이 되겠어요!”

“웃어야 할지 울어야 할지 모르겠네요.” 아니카가 뒤로 기대앉아 말했다. “좋든 아니든 화해한다고요! 그 말은 절대 안 잊을 거예요. 하지만 부인 말을 빌리자면 그 ‘남성분’은 제 남편이 아니에요. 아니, 심지어 남자 친구도 아니고요.” 뭔가 구름처럼 흐릿한 것이 아니카의 눈동자 뒤를 지나갔다.

"그냥 딱 한…… 그걸 영어로 뭐라고 하는지 모르겠네요."

플랜스키 부인은 거기 들어갈 만한 단어의 후보를 몇 개쯤 떠올리고 가장 무해한 것을 골랐다. "번."

아니카가 고개를 끄덕였다. "번, 네. 그리고 되풀이되는 일은 없을 거예요. 하지만 우린 같이 일하는 사이라 전 벽을 세워야 해요. 진짜 벽은 아니고요. 제 머릿속 벽이요. 이 뜻 아시겠어요?"

"알겠어요." 플랜스키 부인이 말했다. "어떤 사업인지, 물어봐도 돼요?"

"카지노 사업이에요." 아니카가 말했다. "우린 여기 알바제미나에 카지노를 짓고 있어요, 구메트로폴레에요. 전 파트너예요. 마이너 파트너(자금 투자는 하지 않은, 이윤은 가져가되 손실은 공유하지 않는 파트너—옮긴이)이자 지금은 직원이죠." 아니카는 호텔 전체를 아우르는 몸짓을 했다. "그래서 제가 여기 있는 거예요. 하지만 제가 아는 건 카지노죠. 부쿠레슈티의 팰리스와 오데사의 윈보스에서 일했거든요."

"아." 플랜스키 부인이 말했다. 사업 이야기는 이해할 수 있었지만 그게 사파이어 목걸이와 무슨 관련이 있는지는 짐작도 가지 않았다. 네모 씨가 아니카와 한 번으로 끝내길 싫어하는 건가? 그리고 관련 없는 주제지만, 네모 씨가 로물루 서장과 만난 것도 카지노 때문이었을까? 부인은 카지노에 한 번 가보긴 했는데 썩 즐거운 경험은 못 됐다. 노엄이 라스베이거스 여행을 며칠 앞두고 갈고닦았던, 절대 실패 없는 블랙잭 수법이 잘 풀리지 않아서도 아니었다. 노엄은 판돈 270달러를 11분 만에 몽땅 잃었는데, 그 부분은 정말 재미있었다. 물론 돈을 잃어서가 아니라 그때 노엄이 지은 표정 때문이었다. 그 의기소침한 표정이 어찌나 귀엽던지. 노엄은 최고였다. 하지만 그곳 실내의 느낌, 마치 허공에 설치된 지옥 같은 우주선에 갇힌 느낌이 부인은 마음에 들지 않았다. 그건 지금 상황과는 전혀 관계없었고, 부인은 이 모든 생각이 순식간에 지나가기를 바랐다. 요는, 부인이 카지노 세계의 장막 뒤에 가려진 실제 사업 부분에 관해 아는 건 전부 〈대부〉에서 배운 거라는 점이었다. 1부에서 수상한 경찰서장이 나오지 않았나? 아니, 2부였나? 부인이 로물루 서장에 관한 몇 가지 질문을 머릿속에서 만들고 있는데 아니카가 사파이어와 사슬을 주머니에 집어넣었다.

"아." 플랜스키 부인이 다시 말했다.

아니카가 고개를 저었다. "가질 생각 없어요. 주인한테 돌려주려고요."

"그래도—" 플랜스키 부인은 말을 멈췄다. 그건 부인이 알 바 아니었다. 이 늦은 나이에, 하고많은 것 중에서 오지랖쟁이라도 될 셈인가? 하지만 생각해보면, 잠입 작전 교본의 아마 가장 중요한 챕터에서 그렇게 말하지 않았나? 오지랖쟁이가 돼라!

"그래도……" 부인은 말을 이었다. "처음 번에는 그리 잘되지 않았잖아요?"

아니카가 어리둥절한 표정을 지었다.

"목걸이를 주인에게 돌려주는 거요." 플랜스키 부인이 설명했다. 그러고는 뒤늦게 이해하고 바로잡았다. "아, 알겠어요, 보석상 말하는 거군요. 부티크, 음……."

"비주 파리지엔." 아니카가 말했다. "아니, 아니에요, 거기 말고요. 하지만 드라고미르도 아니고요."

"드라고미르는 그 가죽 코트 입은 남자인가요?"

아니카가 고개를 끄덕였다. "드라고미르 티리아크, 제 파트너, 이 시의 사업가, 이 호텔 주인이기도 하고요."

그러면 드라고미르 티리아크가 네모 씨의 실제 이름인데, 어찌 된 건지는 모르지만 목걸이의 주인은 아니다? 한 가지 수수께끼가 풀리고 또 다른 수수께끼가 그 자리를 차지했다. 플랜스키 부인은 잠입 작전 교본이 이 상황에 관해 뭐라고 말할지 궁금했다. 그때, 최근 안 사실 하나가 머릿속에 떠올랐다. 불행히도 목걸이와는 관련이 없었지만 그 자체로 흥미롭긴 했다. 바이크를 탔던 두 남자애 중 하나, 그러니까 잘생긴 쪽이 자기 삼촌이 이곳 주인이라고 했다. 호텔 두 채 주인이라고, 아마 그래서 이곳을 추천했을 것이다. 그 남자애 이름이 뭐였더라? 다른 남자애 이름은 기억이 났다. 통통한 쪽, 그 애는 문제없었다. 로메오. 그걸 어떻게 잊는담? 이제 제발 그 잘생긴 남자애의 이름이 떠올라서 아니카에게 말해줄 수만 있다면. 저기, X 알아요? 하지만 그 이름은 적어도 지금은 숨어버린 듯했다.

그러는 사이 아니카는 냅킨으로 뺨 한쪽을 톡톡 두드리고 의자를 뒤로 밀었다.

"가야겠어요, 로레타. 이야기 즐거웠어요. 고마워요. 도움이 됐어요."

"나도 잠깐이라도 이렇게 알게 돼서 너무 좋았어요."

"그리고 여기 계신 동안 뭐라도 필요한 게 있으면……" 아니카가 말을 이었다. "뭐라도 좋으니 여기 적힌 개인 번호로 연락 주세요."

플랜스키 부인이 명함을 받아 들고 말했다. "고마워요, 아니카. 그리고 행운을 빌어요."

아니카가 로비로 나가는 아치형 입구에 다다랐을 때 플랜스키 부인의 머릿속에 그 이름이 떠올랐다. 디누!

저기요, 아니카, 디누라고 알아요? 드라고미르의 조카인데. 하지만 플랜스키 부인은 그 말을 하지 않았다. 왜 안 했을까? 혹시 아니카의 드러난 목덜미가 무척 사랑스러워 보이는 동시에 왠지 위태로워 보인 것과 관계가 있을까? 아니면 드라고미르와 로물루 서장이 친구로, 심지어 술친구로 보였다는 사실 때문일까? 그리고 서장에 관해 맥스에게서 들은 경고 때문에? 아니면 〈대부〉에서 본 피투성이 말 대가리의 기억 때문이었을까? 무슨 이유였든 플랜스키 부인은 침묵을 지켰다. 부인은 아니카에게 스코틀랜드 목도리를 빌려줄까 하는 생각을 했다.

27장
유일한 미국인

우리가 빨리 움직이면, 그러니까 아주아주 빨리 움직이면 시간이 느려진 다고 아인슈타인은 말했다. 음, 적어도 노엄은 아인슈타인이 그렇게 말했다고 했다. 플랜스키 부인은 들은 바 없었지만 노엄이 그렇게 말했다면 그런 거다. 이제, 아침 식사를 마치고 방으로 돌아온 후 시간은 거의 정지했다. 그건 플랜스키 부인이 현재 빨리 움직이고 있다는 뜻이어야겠지만 현실은 그렇지 않았다. 부인은 미동도 없이 완벽하게 가만 앉아서 창밖으로 용감왕 미카엘의 조상을 내다보고 있었다. 조상 역시 아무런 움직임이 없었지만 적어도 미카엘은 계획이 있었다. 그 날이 넓은 세이버인지 뭔지로 누군가의 목을 베겠다는 계획이. 하지만 부인은 맥스의 전화를 가만히 기다리는 걸 빼면 아무런 계획도 없었다. 아인슈타인이 부인이었다면 뭘 했을까? 이게 수학 문제라면 아마도 물 만난 고기였겠지. 그리고 부인의 문제는 적어도 일부는 수학적인 문제였다. 예컨대 세이프모의 측면에서 보면 말이다. 알고 리즘이니 하는 온갖 것들 있잖은가. 하지만 다른 한편으로 보면 그건 또한 사람 문제 아닌가? 부인은 아인슈타인에 관한 어떤 생각이 얼핏 떠올랐다. 수학의 귀재, 그렇다. 사람 다루기의 귀재, 특히 여성과 관련해서. 아니야. 그 순간 뭔가가 딱 하고 제자리에 맞아떨어졌다. 두 번째 통화! 플랜스키 부인은 좀 더 똑바로 자세를 고쳐 앉았다. 둘째 통화, 페리먼과 맥스 둘 다 불필요하다고 지적했던 그것은 사람 문제였다. 그게 바로 흥미로운 점이었다.

또는 비정상적이거나 중요한 점이었다. 아니면 셋 다일 수도 있고. 자문 업계에서 말하듯이—부인과 노엄은 한때 아주 잠깐 자문을 고용했다—깊이 파 들어가보면 그건 어떤 특정한 사람에 관한 문제였다. 구체적으로 말하면 가짜 월에 관한. 따라서 설령 아인슈타인이 여기 있었대도, 바로 이 방에서 어슬렁거린다 해도 부인에게는 별 도움이 안 됐을 것이다. 플랜스키 부인은 산책 가기로 결심했다. 바깥은 춥고 바람이 불지만 건조해 보였다. 부인은 한 가지 결심을 더 했다. 부츠 말고 퀼트로 된 따뜻한 실내외 겸용 슬리퍼를 신고 가야지.

그렇다. 날은 춥고 바람은 거셌다. 플랜스키 부인은 두체 정문에서 바람을 등지고 우회전했다. 몇 블록 더 가서 지도를 확인하니 답사의 표면적 목적지인 카르파티아 역사박물관은 반대 방향에 있었다. 하지만 부인은 계속 걸었다. 바람이 걸음에 활기를 더해주어 마치 몇십 년은 더 어려진 기분이었다. 아니, 최소한 1, 2년은 더. 그러다 문득 부인은 자신이 비주 파리지엔 바로 옆을 지나가고 있음을 깨달았다. 멈춰서 창 안을 들여다보았다.

플랜스키 부인이 처음 본 것은 자신의 모습이었다. 아이고, 맙소사. 부인은 머리를 다독여 정돈했다. 적어도 약간이라도. 그 후 각도를 살짝 바꾸자 부인의 모습은 사라지고 창 안에 진열된 것들이 보였디. 줄지어 놓인 진주들이 보기 좋았다. 커다랗고 뚱뚱하고 과한 신주들. 그리고 오토만이 이 지역을 호령하던 시대의 물건들처럼 보이는, 작은 루비들이 박힌 금반지도 있었다. 사실 부인은 오토만에 관해서는 아무것도 몰랐지만—

그때, 가게 안에서 누군가가 부인의 주의를 끌려 하는 게 느껴졌다. 진열창 너머를 들여다보니 테런스 선생님이 흔히 쓰던 표현을 빌리자면 말끔하고 나무랄 데 없는 차림의 여자가 우호적으로 활짝 웃으며 안으로 들어오라고 손짓하고 있었다. 플랜스키 부인은 뭔가를 살 의향도, 수단도(!) 전혀 없었지만, 잠입 수사 작전의 요령이 사람들과 거리를 두는 거였던가 아니면…… 아니면 친해지는 거였던가! 플랜스키 부인은 비주 파리지엔으로 들어갔다.

"어서 오세요, 마담." 여자가 플랜스키 부인이 아주 잘 아는 언어인 프랑스어로 말했다. "기왕 보실 거면 따뜻한 곳에서 보시는 게 낫죠?"

"당연히 그렇죠." 플랜스키 부인이 영어로 말했다. 프랑스어로도 똑같이 말할 수 있었지만 그러려면 노력이 좀 필요했고, 부인은 자신의 프랑스어 억양이 늘 여자 페페 르 퓨(만화에 등장하는 줄무늬 스컹크 캐릭터—옮긴이) 같다고 느꼈다.

"미국인이세요?" 여자가 영어로 바꿔 물었다.

"네."

"아마 오늘 알바제미나에 계신 유일한 미국인일 거예요. 따로 찾으시는 게 있나요?" 여자가 전문가의 눈으로 부인의 장신구를 훑어보았다. 평범하고 작은 에메랄드 반지와 사슬에 꿰어 목에 걸고 다니는 노엄의 결혼반지를 빼면 딱히 볼 것은 없었다. 부인의 결혼반지는 노엄과 함께 묻었다.

"그건 그렇고 귀고리가 정말 예쁘네요." 여자가 말했다.

이런. 플랜스키 부인은 귀고리를 잊고 있었다. 그것 역시 평범하고 작은, 거의 보이지도 않는 에메랄드였다. 그리고 반지와 한 쌍이었다. 비록 귀고리를 한참 나중에 사긴 했지만.

"고마워요." 플랜스키 부인이 말했다. "가게가 참 좋네요."

"메르시, 마담. 편하게 둘러보세요."

플랜스키 부인은 짐짓 둘러보는 척하며 머릿속에서 점차 형체를 갖춰가는 생각을 행동으로 옮길 틈을 노렸다. 하지만 서둘러선 안 된다.

"바로 요전에, 어디선지는 기억이 안 나는데……" 부인이 입을 열었다. 아이고, 처음부터 영 아니었다. "마음에 드는 목걸이를 봤어요. 금사슬에 사파이어였는데, 아마 오블롱 컷이었지 싶어요."

여자의, 그 자체로 아르데코풍 예술 작품 같은 눈썹이 치켜 올라갔다. "여기, 알바제미나에서 보신 건가요?"

"음…… 음, 잘 모르겠어요." 플랜스키 부인이 말했다.

"왜냐하면 요전 날 부인이 말씀하신 거랑 무척 비슷한 걸 제가 판매했거든요."

“정말요.”

“네. 불행히도 그건 딱 한 점뿐이었어요. 사파이어 세 개가 박힌 아주 예쁜 브로치는 있는데, 이탈리아풍 스퀘어 컷이에요.”

“말만 들어도 예쁘겠네요. 하지만 전 브로치는 원래 안 해서요.” 플랜스키 부인은 명랑하게 웃으며 대꾸했다. 사기꾼이 된 기분이었다. 그 순간 부인은 유다와 막상막하였다. “혹시 그 목걸이를 산 사람을 알려주실 수 있을까요!”

“파르동?” 여자가 다시 프랑스어로 물었다. **파르동**은 **익스큐즈 미**로는 절대 불가능한 깊이로 폐부를 찌를 수 있었다.

“그냥, 혹시나 해서요.” 플랜스키 부인이 말했다.

“제 고객한테 연락을 하라는 건가요?”

“중고 거래 비슷한 그런 거죠.”

“중고 거래요? 무슨 말씀이신지.”

“음—” 플랜스키 부인은 과감히 덤벼들었다. “사파이어 목걸이 말이에요. 제가 구매자를 안다면 전…… 전 그 남자분에게 거절할 수 없는 제안을 할 수 있어요!” 여자의 얼굴에 떠오른 반응은 부인이 원한 것이 아니었다. “아니면 여자분이나요.” 플랜스키 부인은 덧붙였다. 가냘픈 희망이지만 자신이 삐끗한 부분이 제발 그것이길 바라며. 하지만 그것도 아니었다. 뭔가 〈대부〉와 관련해서 설명해볼까 생각했지만 다행히도 곤란한 상황을 피할 수 있었다. 새 고객이 상점에 들어온 덕분에 여자가 서둘러 맞으러 간 것이다. 잠시 후 플랜스키 부인은 다시 거리로 나와 있었다.

이제는 바람이 한층 더 거세졌다. 시간을 보려고 주머니에 든 휴대전화를 꺼내다 허둥대는 바람에 하마터면 떨어뜨릴 뻔했다. 그러면 온갖 일이 벌어졌을 테고, 그중에 좋은 일은 하나도 없었으리라. 플랜스키 부인은 서둘러 길 건너편의 쑥 들어간 문간으로 가서 다시 시간을 보았다. 시간: 14:11. 문자 및 음성 메시지: 0건. 그러다 부인은 거기서 또 다른 창에 비친 자신의 모습을 보았다. 정신없어 보이고 바람 때문에 머리가 산발이 된, 보기 썩 좋지 않은 모습의 숙녀. 사실 약간은 혼란스럽고 불안해 보이고, 심지어 길을 잃고 겁먹은 듯 보이기까지 했다. 내가 뭘 두려워해야 하지? 아무것도 없었다. 적어도 확실한 건.

"정신 차리자." 방금 소리 내서 말했나? 혹시 안 했을지도 모른다 싶어 부인은 이번에는 확실히 소리 내서 말했다. "정신 차리자!" 그 후―이것을 뭐라고 해야 할까?―추락의 한복판에서 부인에게 또 다른 행운의 기회가 찾아왔다. 창유리에 이렇게 적힌 점포명을 발견한 것이다. 살롱 드 코아푸라. **코아푸라**는 프랑스어 **쿠아퓌르**(coiffure는 프랑스어로 '머리 손질', '이발', '미용'이라는 뜻―옮긴이)와 너무나 비슷했다. 이건 단순히 유리창의 점포명이 아니라 저 하늘에서 보낸 신호다! 그래도 부인은 망설였다. 딜리아 온 워터웨이에서 머리를 한 지 얼마나 됐다고? 내가 이런 사치를 부릴 형편이 되나? 전혀 아니지. 하지만 딜리아 온 더 워터웨이에 갔던 건 이제 마치 전생의 일처럼 느껴졌고, 자세히 들여다보니 진열창에 가격표가 보였다. 만약 단위가 레우라면 여긴 정말 싼 곳이었다. 달러라면 비벌리힐스급일 테지만 알바제미나는 비벌리힐스가 아니지. 플랜스키 부인은 문을 열고 들어가면서 지금만큼은 비벌리힐스보다 알바제미나가 더 마음에 든다고 생각했다.

20분 후, 셈을 잘못 한 게 아니라면 팁 포함 미화 12달러에 머리를 감고 드라이까지 마친 부인은 다시 거리로 나섰다. 기분도 한결 좋아졌고, 부인 생각에는 겉모습도 한결 좋아진 것 같았다. 약간 유럽인처럼 보인달까. 단순히 유럽 여성이 아니라 예컨대 카트린 드뇌브 같은 신비스러운 타입 있지 않나. 플랜스키 부인은 미모로 말하자면 자신과 카트린 드뇌브가 다른 행성에 살고 있다는 걸 잘 알았다. 그리고 자신에게 신비로운 구석이 있다고는 단 한 번도 생각해보지 않았지만, 지금은 달랐다! 게다가 카트린 드뇌브도 알고 보면 사실 자신에게 신비로운 구석이 없다고 느낄 수도 있다. 어쩌면 이렇게 생각할지도 모른다. 아, 카트린, 넌 정말 지루해! 뭐 꼭 그럴 것 같진 않지만, 왜, 세상은 공평하다고들 하지 않는가. 플랜스키 부인은 휴대전화를 다시 확인했다. 16시가 다가오고 있었지만 아직도 맥스의 연락은 없었다. 부인이 좋은 속도로, 통통 튀는 발걸음으로 길을 나서는데 길 건너편에서 한 여자가 같은 방향으로 재빨리 걸어가는 것이 눈에 띄었다. 아니카였다. 청바지와 운동화에 소매가 빨갛고 모자 테가 모피로 된 흰 재킷을 걸치고 있었다.

어떤 사람의 걷는 모습을 보고 그 사람에 관해 뭔가를 알 수 있을까? 그 질문이 플랜스키 부인의 머릿속에 떠오른 건 이때가 처음이었다. 아니카는 고개를 축 늘어뜨리고 있었다. 팔은 흔들리지 않고 옆구리에 딱 붙어 있었다. 그럼에도 속도는 빨랐다. 플랜스키 부인은 아마 뭔가 하기 싫은 일을 하러 가는 모양이라고 짐작했다. 뒤를 따라가봐야 할 이유가 있을까? 아니, 전혀 없었다. 그리고 플랜스키 부인은 지금까지 살면서 단 한 번도 누굴 미행할 마음이 든 적이 없었다. 하지만 이 순간은 특별했다, 플랜스키 부인은 처음으로 신비로워진 기분을 느끼고 있었으니까. 그대로 길 건너편에서 거리를 두고, 부인은 아니카를 따라갔다. 바람은 차가웠지만 등 뒤에서 불어오고 있었다.

28장

이기는 판

잠입 수사 경관이라면 확실히 눈에 띄지 않고 미행하는 전략이 수두룩하겠지만 플랜스키 부인은 하나밖에 몰랐다. 가까이 가지 말 것. 그거면 충분히 좋은 전략 같았고, 어차피 아니카는 한 번도 뒤돌아보지 않았다. 그저 그 잔뜩 굳은 자세로 걸음을 재촉할 뿐이었다. 어쩌면 갈수록 더 빨라지는 것 같기도 했다. 맞다. 확실히 더 빨라졌고, 부인과의 거리도 더 벌어지고 있었다. 긴 블록 마지막에 다다랐을 때, 플랜스키 부인은 아니카를 놓치고 골목으로 접어들었다. 가까이 가지 않기 전략의 단점을 그제야 깨달았다. 속도를 올렸지만 갑자기 숨이 찼다. 어떻게 이럴 수 있지? 부인은 일주일에 서너 번씩 테니스를 쳤고 그것도 거의 늘 더블이었다. 정말로. 하지만 숨이 찬 적은 한 번도 없었고 가슴이 이렇게 답답해진 것도 처음이었다. 통증이라고 할 만한 건 한 번도 느껴본 적 없었다. 그런데 어쩜 이럴 수가. 온통 검은색으로 빼입고 양손에 쇼핑백을 두 개씩 든 땅딸막한 여자가 조금도 힘든 기색 없이 플랜스키 부인을 지나쳤다.

플랜스키 부인은 블록 끝에 다다라서 방향을 틀었지만 행인들 중에 아니카는 보이지 않았다. 행인은 열두어 명, 어쩌면 그 이상 되는 것 같았다. 그때, 적어도 100미터 앞에서 붉은색과 흰색의 뭔가가 언뜻 눈에 들어왔다. 아니카가 길을 건너고 있었다. 한때 5킬로미터를 24분에 주파한 적 있는 플랜스키 부인은 속도를 올리려 했지만 불가능했다. 가슴이 더 조여왔다. 조임은 점점 심해지기만 했다. 아니카는 다시 시야에서 사라졌다. 어쩌면 시야가 좀 흐릿해진 것일까. 플랜스키 부인은 멈춰서 가로등에 등을 기대고 숨을 고르려 애썼다. 시간이 필요했다.

그러는 동안 바람은 기세가 한풀 꺾이고 해는 뉘엿뉘엿 지고 있었다. 휴대전화를 확인했다. 16시가 코앞이었지만 전화도 문자도 전혀 없었다. 이상하게 멍한 기분이었지만 컨디션이 조금 나아져서 부인은 다시 걸음을 옮겼다. 어쩌면 아니카의 행적을 다시 찾을 수 있을지 모른다는 가냘픈 희망을 버리지 못했지만 지금 부인의 몸은 느린 속도를 선호하는 듯했다. 부인은 자신이 구시가지를 벗어나고 있음을 깨달았다. 건물들이 일종의 빛바랜 중세풍 힙함과 뒤섞인 장엄함에서 어쩐지 스탈린을 떠오르게 하는, 좀 더 음침한 4층과 5층 아파트 블록으로 바뀐 것이다. 살풍경한 공터들이 각 건물들을 갈라놓았다. 여기저기에 쓰레기가 마구 나뒹굴었다. 부인은 루마니아 역사에 관해서는 거의 백지상태였지만 어쩐지 이 길에서는 그 역사가 삼투압으로 저절로 몸에 흡수되는 듯한 기분이 들었다. 그런 생각에 잠겨 있는데 문득 아니카가 눈에 띄었다. 길 건너편의 어떤 아파트 건물 입구에 서 있었다. 20미터도 안 되는 거리였다. 플랜스키 부인은 보도로 파고든 작고 지저분한 공터에 심어진, 잎사귀가 다 떨어지고 말라비틀어진 나무 뒤로 몸을 감췄다. 오줌 지린내가 코를 찔렀다.

아니카가 전화기를 귀에 갖다 대고 살풍경한 건물 전면을 올려다보았다. 발코니도 없다고? 그건 좀 우울한데, 하고 플랜스키 부인은 생각했다. 3층 창에 누군가의 얼굴이 나타났다. 남자였고, 얼핏 보니 젊어 보였다. 남자는 다시 모습을 감췄다. 아니카는 휴대전화를 주머니에 집어넣었다. 길고 깊은 한숨을 쉬는 듯했다.

아파트 현관문이 열렸다. 아무런 활력도 느껴지지 않는, 아무런 장식도 없는 철문이었다. 한 남자가 나왔다. 앞판에 스키 타는 사람이 그려진 티셔츠를 입은 젊은 남자였다. 한 손, 그러니까 왼손은 붕대를 둘렀거나 부목을 댄 것 같았다. 바람이 한쪽 눈을 가린 앞머리를 날렸다. 아, 그리고 남자는 카우보이 부츠를 신고 있었다. 플랜스키 부인은 남자의 얼굴을 자세히 살폈다. 거리가 있어서 확신할 수는 없었지만 오토바이를 타고 있던 그 두 남자애 중 하나 같았다. 로메오 말고…… 걔 말고 다른 쪽. 이름이 또 기억에서 도망쳤다. 답답해! 하지만 좌절감 속에서 플랜스키 부인은 반짝 생각을 떠올렸다. 휴대전화를 꺼내어 그 현장을 촬영한 것이다! 정말 영리하기도 하지! 몇 초 후 부인은 엄지와 검지로 화면을 확대했다. 아마 그 동작을 설계한 디자이너는 그게 직관적이라고 생각했겠지만 부인의 경우에는 달랐다. 부인은 사진을 확대했다. 그렇다, 그 다른 아이였다. 확실했다. 그예 이름이 떠올랐다. 디누! 부인은 제대로 흐름을 탔다.

테니스에서는 이기는 판을 굳이 바꾸지 않는 법이다. 지금 여기서도 그 원칙을 적용하여, 플랜스키 부인은 길 건너에서 휴대전화 화면을 통해 그 장면을 계속 감시하며 이따금씩 사진을 찍었다. 뭔가 이야기가 진행되고 있었다. 아니카가 디누의 붕대 감긴 손을 가리키자 디누는 손을 엉덩이 뒤로 보냈다. 안 보이게 숨기려는 것 같았다. 아니카가 약간 머뭇거리며 손을 뻗어 디누의 어깨를 건드렸다. 아니카의 얼굴에 눈물이 흘렀다. 물기가 빛을 받아 은색으로 반짝였다. 그때 아니카가 주머니에서 뭔가를 꺼냈는데, 플랜스키 부인은 정확히 뭔지 알 수 없었다. 그냥 아주 작은 뭔가였는데, 파란색과 금색이 반짝거렸다. 아니카는 그걸 디누에게 주려고 했지만 디누는 받지 않으려 뒷걸음쳤다. 아니카는 디누의 다치지 않은 손을 잡고 꽉 쥔 주먹을 부드럽게 펴서 그 파란색과 금색의 뭔가를 손바닥에 놓은 후 다시 주먹을 쥐여주었다. 그 후 뒤돌아 뛰어갔다. 디누는 아니카가 사라질 때까지 계속 지켜보다 이윽고 건물로 다시 들어가 등 뒤로 철문을 닫았다.

놀라움과 충격과 당황 속에서 플랜스키 부인은 그 말라비틀어지고 이파리가 다 떨어지고 악취 풍기는 나무 뒤에 그대로 서 있었다. 어디서 시작하지? 디누가 아니카랑 아는 사이였나? 음, 어쩌면 그렇게 놀라운 일은 아닐지도 모른다. 디누의 삼촌인 드라고미르 티리아크가 호텔 주인이고 아니카는 카지노 개발 일을 잠깐 쉴 때 거기서 드문드문 일했으니까. 플랜스키 부인은 머리를 천천히 작동시키며 지금까지 알아낸 모든 사실을 펼쳐놓았다. 신규 고객 후보를 대상으로 프레젠테이션을 할 때 늘 하던 일이었다. 부인은 계획을 짤 때는 차근차근 생각하는 게 최선임을 배웠다. 빨리 생각하는 건 응급 상황에서 하는 일이었다. 하지만 잠깐! 부인의 제멋대로인 늙은 머리가 또 딴 길로 샌 모양이었다. 지금은 이럴 때가 아니었다. 부인은 휴대전화에서 방금 찍은 사진들을 살폈다.

우선 그 반짝이는 파란색과 금색. 그렇다, 그 사파이어 목걸이였다. 아니카의 손과 디누의 손바닥에 놓인 그 목걸이는 선명히 찍혀 있었다. 또한 건물로 다시 들어가기 전에 디누는 목걸이를 보려고 손을 폈었다. 왜였는지 부인은 그 장면을 실시간으로는 보지 못했지만, 여기 찍혀 있었다. 그때 디누의 얼굴에 떠오른 표정은? 너무도 복잡했다. 어른의 표정과 전혀 어른스럽지 않은 표정이 기묘하게 뒤섞여 있었다. 그 아이를 거의 알지도 못했고 무슨 상황인지도 전혀 몰랐지만 플랜스키 부인은 디누가 안됐다고 느꼈다. 아이의 다친 손을 확대해보았다. 붕대가 감겨 있었고, 끝 세 손가락은 하나로 모아 부목을 대어놓았다.

부인은 지금까지 알아낸 사실들을 검토했다. 누군가가 비주 파리지엔에서 미화 3195달러를 내고 그 사파이어 목걸이를 샀다. 그 액수는 어디서도 절대 껌값이 아니지만, 여기서는 더욱 아니었다. 드라고미르 티리아크가 아니카에게 그 목걸이를 주려 했을 때 아니카는 경악한 눈치였다. 이제 아니카는 디누에게 그걸 주었지만 디누 역시 받고 싶어 하지 않았다. 그 목걸이는 동화 속의 어떤 부적 같았다. 플랜스키 부인이 처음 듣는, 알지 못하는 언어로 된 동화였다.

부인은 다른 사진을 확대했다. 눈물을 흘리고 있는 아니카의 사진이었다. 디누와 아니카 둘 다 표정이 풍부한 얼굴을 가졌다. 거의 배우 같았다. 부인은 어딘가에서 배우들이—어쩌면 영화배우들한테만 해당되는 이야기일 수도 있지만—머리통에 비해 얼굴의 비율이 크다고 읽은 적이 있었다. 디누나 아니카에게는 해당되지 않는 이야기 같았다. 하지만 다시금 생각이 딴 길로 새고 있었다. 아니카의 얼굴에서 또 뭘 봤지? 그게 핵심이었다. 내가 본 게 혹시 슬픔이었나? 마치 누군가가 죽은 것 같은.

이 동일한, 눈물로 얼룩진 아니카의 사진에서 디누는 카메라에 등을 돌리고 있었다. 입고 있는 티셔츠에는 뭐라고 쓰여 있었다. 플랜스키 부인은 이미지를 좀 더 확대해 글자를 읽었다. **보그단 배관 및 온열, 화강암 주 1위 업체**. 플랜스키 부인은 그 작은 글자를, 마치 거기에 숨겨진 의미라도 있는 양 찬찬히 뜯어보았다. 외국인들에게서 기묘하고 심지어 우스운 미국 문화의 파편을 발견하는 게 드문 일은 아니었지만, 여기서는 뭘 의도한 걸까? 풍자? 역설? 조롱? 신비화? 하지만 티셔츠는 그냥 단순히 티셔츠일 수도 있었다. 그럼에도 플랜스키 부인은 보그단 배관 및 온열 생각을 완전히 밀어낼 수 없었다. 뭔가가 부인을 괴롭혔는데 그게 뭔지 콕 집어 말할 수 없었다. 화강암 주 부분인가? 예전에, 어렸을 때 부인의 학급이 화이트산맥에 스키 여행을 갔는데 부인 혼자 의자식 리프트에 갇힌 적이 있었다. 거의 한 시간 동안 황홀한 비탈 풍경 위로 하늘 높이 떠 있어야 했다. 바람은 거셌고 기온은 한 자릿수였다. 하지만 부인은 오랫동안, 수십 년간 그 일을 잊고 있었다. 설마 그 옛날 옛적 기억이 지금 날 괴롭히고 있는 것일까? 아무래도 그건 아닐 성싶었고, 어쨌거나 부인은 해결되지 않은 트라우마나 찾아다니며 인생을 허비할 마음이 없었다.

시간을 확인했다. 16시 22분이었다. 맥스는 전화도 문자도 전혀 없었다. 건물로 들어가 디누를 찾아볼까 생각했다. 그렇다, 이 우연히 마주친 상황은 다소 수수께끼 같았지만 부인의 수수께끼와는 아무 관련도 없었다. 그럼에도 부인은 거리 주소가 눈에 띌 때까지 건물을 훑어보았다. 971이었다. 사진을 찍은 후 가장 가까운 모퉁이로 가서 거리 표지판을 촬영했다. 스트라다 이즈보르. 이거지! 손에 잡히는 사실. 부인의 사건과는 무관할 게 거의 확실했지만, 그럼에도 부인은 기분이 좋아졌다. 마치 어떤 목적을 달성하기라도 한 것처럼. 디누는 스트라다 이즈보르 971번지에서 살았다. 그때 부인은 자신이 알바제미나에서 사는 또 다른 사람의 주소를 알고 있다는 사실을 깨달았다. 이름 하여 맥스 레온테. 명함에 그렇게 적혀 있지 않았나? 부인은 지갑을 뒤져 명함을 찾아냈다.

맥스의 명함은 루마니아어와 영어로 쓰여 있었고 왼쪽 맨 위에 얼굴 스케치가 그려져 있었다. 나쁘지 않았다. 부인이 직접 확인한 맥스의 지성적인 분위기를 잘 포착한 스케치였다. 그리고 부인이 확인하지 못한, 아마도 뭔가 상대를 판단하는 듯한 분위기도 있었다. "맥스 레온테, 언론인, 작가, 진실 추구자"라고 쓰여 있었고 그 밑에는 이미 부인의 휴대전화에 입력된 전화번호가 적혀 있었다. 맥스는 거기에 뉴 선샤인 클럽의 볼펜으로 주소를 추가로 적어놓았다. 알바제미나 스트라다 불칸 56번지. 부인은 지도에서 스트라다 불칸을 찾았다. 강을 등진 작은 거리로, 부인이 이 시에 처음 들어올 때 건넜던 다리와 멀지 않았다. 아하! 부인은 이제 이 시의 지리를 알 것 같았다. 부인이 지금 있는 소비에트풍인 지역은 동쪽에 있고, 그리고 서쪽으로 가면 구시가지, 주요 쇼핑가, 강. 부인은 맥스에게 **연락이 없네요**라는 문자를 보내고 걷기 시작했다. 꾸준했지만 빠르다고는 절대 말할 수 없는 속도였다.

스트라다 불칸 56번지는 알고 보니 가파른 언덕 꼭대기 부근이었는데, 그건 지도상으로는 알 수 없었던 사실이었다. 플랜스키 부인은 오르막길에서 자신이, 아니 폐인지 심장인지 하여튼 내부의 어떤 배신자가 쉬고 싶어 한다는 걸 깨달았다. 이런 일이 일어난 건 처음이었다. 도대체 이게 어떻게 된 거지? 그 후 머릿속에 퍼뜩 떠올랐다. 뒤늦은 시차 적응. 부인은 구독한 적도 없는데 왠지 날아오는—부인에게 현실을 일깨워주고 싶은 것일까—AARP(미국 은퇴자 협회—옮긴이) 잡지에서 그걸 읽은 적 있었다. 그렇다, 이젠 이유를 알았으니 이 짧은 휴식을 소금이라도 더 쉴 이유는 없었다. 플랜스키 부인은 가쁜 숨을—아니면 적어도 헉헉대는 소리라도—통제하려 애쓰며 언덕을 올라갔다.

스트라다 불칸에는 새로 지은 것처럼 보이는 2층짜리 타운하우스가 즐비했다. 모두 단순하고 꽤 비슷하게 생겼지만 저마다 다른 색으로 칠해져 있었다. 강가 건물은 짝수, 플랜스키 부인이 걷고 있는 동쪽 건물들은 홀수였다. 타운하우스들 틈새로 얼핏얼핏 보이는 강은 저물어가는 햇살 속에 진빨강으로 물들어 있었다. 하늘은 거의 완전히 어두워졌고, 별 몇 개가 벌써 모습을 드러냈다. 숫자 56이 시야에 들어왔다. 건물은 단층으로, 분홍색으로 칠해져 있었다. 창은 어두웠지만 차 한 대가 앞에 서 있었다. 플랜스키 부인은 걸음을 멈추고 문자를 하나 더 보냈다. 맥스? 지금 문 두드리려고요.

다음 순간 문이 열렸다. 플랜스키 부인이 이제 드디어 일이 좀 진전을 보려나 생각하는데 한 남자가 밖으로 나왔다. 맥스가 아니라 그보다 덩치가 훨씬 큰 남자였다. 두꺼운 종이 뭉치와 공책 같은 것을 손에 든 남자는 재빨리 차로 가서 그 커다란 몸을 욱여넣고 떠났다. 부인 쪽은 한번 거들떠보지도 않았다. 부인은 이 거대한 남자를 알았다. 그 어깨 근육은 심지어 멀리에서도, 흐릿한 빛 속에서도 절대 몰라볼 수 없었다. 마리우스였다. 부인의 여행 가방을 프레지덴셜 스위트로 옮겨다 준, 닉슨 이야기를 하고 팁을 거절한 남자. 마치 이건 자기 본업이 아니라는 듯 여행 가방을 선뜻 들어다 주려고 하지 않았지. 그럼 뭐가 본업이었을까?

플랜스키 부인은 길 건너편에서 56이란 숫자를 지켜보면서 뭔가 일이 일어나기를 기다렸다. 아무 일도 일어나지 않았다. 얼마 후 부인은 핸드백을 어깨에 걸치고 양손의 먼지를 털고 업무에 돌입했다. 스트라다 불칸을 건너서 맥스의 집 문을 두드렸다.

대답은 없었다. 다시 노크했다. "맥스? 안에 있어요? 나예요, 로레타." 아마 목소리가 너무 작았던 거겠지. 부인은 평상시 목소리로 다시 말했다. 왜 대답이 없지? 무슨 이상한 일이라도 일어난 것일까? 영문 모를 노릇이었다. 다시 더 세게 문을 두드렸다. 맥스는 4시쯤 전화하겠다고 했다. 여기는 약속 시간을 어기는 게 당연하게 여겨지는 그런 나라인가? 부인이 알기로는 아니었다. "맥스? 맥스!"

대답은 없었다. 플랜스키 부인은 문손잡이를 돌려보았다. 수많은 누아르 영화에서 본 행보였다. 노엄이 누아르 영화를 참 좋아했지. 어두운 밤 비 오는 거리가 나온다 하면 무조건 봤는데. 하지만 맥스의 집 문은 영화에서 본 것들과는 달리 잠겨 있었다.

플랜스키 부인은 마치 무슨 흉계라도 꾸미는 사람처럼 주위를 둘러보았다. 그건 사실이 아니었지만. 은밀하게 굴 필요는 없었다! 가뜩이나 주위에 아무도 없는데. 부인은 당당하기 그지없는 걸음으로 타운하우스 뒤편으로 돌아갔다.

맥스의 집 뒤편에는 작고 예쁜 파티오가 있었다. 연철에 유리 상판을 얹은 비슷한 탁자가 있다는 것만 빼면 리틀 파인 레이크에 있는 부인의 집 파티오와는 전혀 달랐다. 빈 맥주병이 탁자 위에 서 있었고 그 옆에는 페이퍼백이 놓여 있었다. 부인은 병 라벨을 확인했다. 제조사 이름은 길었고 악센트 부호로 가득했는데 글자가 너무 작고 전부 루마니아어였다. 짐작하기에 아마도 트란실바니아산 필스너 맥주인 듯했다. 책은 영어로 돼 있었는데, 플로리다 안내서였다. 플랜스키 부인은 책을 집어 들고 후루룩 넘겨 보다 귀퉁이가 접힌 페이지에서 멈췄다. 부인이 사는 푼타도로를 다룬 페이지였다. 카운티에서 가장 오래된 건물인 도서관 사진이 실려 있었다. 앞에 서 있는 사람은 사서인 엘리너 푸엔테스로, 플랜스키 부인과 인사하는 사이였다. 부인은 그곳, 맥스의 파티오에서 기묘한 감정을 느꼈다. 일종의 외로움 같았다.

플랜스키 부인은 집 뒤쪽을 살폈다. 유리 미닫이문이 있었는데 이것 또한 부인의 파티오와는 달랐다. 안쪽에는 커튼이 쳐져 있었다. 어쩌면 그것 때문에 부인은 곧장 보았어야 할 것을 놓쳤는지도 모른다. 유리에 난, 디저트 접시 크기의 완벽하게 동그란 구멍. 구멍은 창틀 근처에, 창 중간 정도 높이에 나 있었다. 부인은 가까이 다가갔다. 그렇다, 구멍은 마치 그 목적을 위해 만들어진 도구 같은 것으로 도려낸 듯 완벽한 원형이었다. 부인은 어떤 주택 경비 회사 광고에서 악당으로 분장한 남배우가 그런 작업을 하는 걸 본 적이 있었다. 악당은 하키 퍽처럼 생긴 창에 붙이는 도구와 작토(X-Acto) 칼 같은 걸 사용했었다. 광고에서는 곧장 커다란 경고음이 울렸지만 이곳 파티오는 조용했다. 강물이 물결치고 꾸르륵대는 소리까지 들릴 정도였다. 부인은 어쩌면 좋을지 갈피를 잡을 수 없었다.

고향에서 이런 상황이었다면 어떻게 했을까? 음, 고향에서라면 이런 상황에 처해 있지 않을 것이다. 적어도 이런 최근 사건들 이전에는—가짜 월, 세이프모, !NorManConQuest!, 그 외의 그 온갖 일. 하지만 그게 핵심, 즉 부인 인생의 새로운 원점이 아니었나? 최근에 일어난 그 모든 사건! 그게 모든 걸 바꿔버렸나? 고향에서였다면, 그리고 이전 삶의 마지막 지점에서였다면 부인은 경찰을 불렀으리라. 알바제미나에서도 그게 과연 좋은 생각일까? 로물루 경찰서장이 나타날지도 모르는데? 그게 첫째 이유였다. 둘째 이유는, 심지어 고향에서도 부인은 커튼 뒤를 엿보고 싶은 유혹에 저항하지 못했으리라는 것이다. 적어도 이 오랜 세월을 살았으면 자신에 관해 조금은 알아야 한다. 그리하여 아무리 낯선 상황에서라도 자신에게 충실하고자, 플랜스키 부인은 디저트 접시 크기의 구멍 안에 조심스레 손을 집어넣었다.

작은 커튼을 잡아당겼다. 아무 일도 일어나지 않았다. 더 세게 당겼다. 커튼은 단단히 닫혀 있었다. 어쩌면 커튼레일을 잘못 설계하는 것처럼 사소하지만 거슬리는 일들은 지구를 한 바퀴 돌아 온 이곳에서도 피할 수 없는 것일까. 그 누구도 깊이 생각해보지 못한 인류의 공통분모. 플랜스키 부인은 창틀 안쪽, 자물쇠 장치가 있을 법한 부분으로 손을 뻗었다. 그러고 마침내 미닫이문이 잠겨 있지 않음을 깨달았다. 애초에 유리에 구멍이 왜 나 있었겠는가! 부인은 민망함에 얼굴을 붉히며 손을 빼고 망할 놈의 문을 밀어 열었다.

플랜스키 부인은 커튼도 열어젖혔다. 작은 거실로, 탁상용 전등 하나가 유일한 조명이었다. 하지만 전등은 탁상 위가 아니라 바닥에, 모로 누워 있었다. 전체 방 안은 어떻게 보아도 쓰레기장 같은 상태였다. 소파와 의자는 몽땅 뒤집혔고 책장은 모로 넘어져 정말 많은 책이 바닥에 널브러져 있었다. 유일하게 건드리지 않은 물건은 맥스가 자신과 아주 닮았지만 훨씬 젊은 여자와 함께 찍은 사진 액자였다. 특히 눈이 닮았는데 둘 다 웃고 있었다.

플랜스키 부인은 복도로 나가 전등을 켰다. 침실을 들여다보니 칼로 그어 놓은 매트리스가 보였다. 부엌으로 가자 찬장이 몽땅 열려 있었고 냄비와 프라이팬은 모조리 벽의 고리에서 떨어져 있었다. 화장실은 약품 정리함 문이 경첩 하나만 남아 달랑거렸고 작은 서재는 책상 서랍이 다 꺼내져서 내용물이 바닥에 쏟아진 채였다. 하지만 몸싸움의 흔적은 보이지 않았다. 예컨대 혈흔 같은 것은 아무 데에도 없었다. 하지만 부인은 이런 일에 전문가가 아니었다. 종이 뭉치를 옆구리에 끼고 서둘러 떠나던 마리우스를 떠올렸다.

플랜스키 부인은 들어갈 때 상태 그대로 두고 집을 나와 커튼과 미닫이문을 차례로 닫았다. 다만 탁상용 전등은 거실에 똑바로 세워두었다. 혹시라도 화재가 나면 안 되니까. 화재는 애초에 싹을 잘라버리라는 게 테런스 선생님의 가장 중요한 규칙이었고 플랜스키 부인은 그걸 한 번도 잊지 않았다.

29장

통역

플랜스키 부인은 맥스의 집에서 일어난 일에 대한 뭔가 온건한 설명을 찾으려 애쓰며 걷고 또 걸었다. 하지만 철저히 실패했다. 달빛 아래에서 손을 들어 올리자 덜덜 떨리는 게 보였다. 플랜스키 부인은 떨림을, 손만이 아니라 전신의, 머리와 마음의 떨림까지 진정시키려 했다. 합리적인 생각을 하려 애썼다. 아마도 그 덕분일까, 아니면 한참 걸어서일까. 아니면 부인의 본성에 있는 다른 무언가, 어떤 콩깍지를 낀 낙천주의 같은 망가진 무언가 덕분일까. 하여튼 뭔가가 부인을 진정시켰고 부인은 배고픔을 느꼈다.

플랜스키 부인은 절대 끼니를 거르는 사람이 아니었다. 호텔로 돌아가는 길에 카페 데자르티스트에 들르려고 살짝 돌아갔다. 그게 그나마 아는 곳이어서이기도 했지만 맥스가 거기 있을지 모른다는 희망도 없지 않았다. 알고 보면 맥스는 시간 약속에 둔감하고 잘 깜빡깜빡하는 외국인일지도 모른다. 하지만 그건 사실이 아니었다. 부인은 램 촙과 잘 모르는 루마니아산 적포도주를 주문했다. 첫 한입, 첫 한 모금. 그게 때로는 얼마나 강력한 힘을 발휘하는지 부인은 그제야 깨달았다. 특히 사람이 익숙한 인생 궤도를 벗어났을 때는 더욱 그랬다. 부인은 포도주 잔을 들여다보았다. 사실은 잔을 보는 게 아니라, 대식가가 아니었고 심지어 음식에 까탈스럽기까지 했던 노엄이 이렇게 말했던 그 모든 순간을 떠올리고 있었다. "난 당신이 먹는 걸 보는 게 좋아." 부인은 흔히 볼을 가득 메운 채로 이렇게 대답하곤 했다. "기력을 유지해야 하거든."

고향에 있는 루크레시아에게서 문자가 왔다. 여행이 즐거우셨으면 좋겠네요. 잠깐만 여쭤볼게요. 오늘 앨의 A1 주류 판매점에서 크루그 샴페인 세 상자가 배달됐어요. 아버님이 부인이 거기 회원이라고 하셔서 확인해보니 정말이더라고요. 부인이 어제 가입하신 건가요? 그냥 괜찮은 건지 확인하려고요.

플랜스키 부인의 손가락은 뇌에서 뭔가 신호를 보내오기를 기다리며 화면 위를 맴돌았다. 뇌는 어리둥절해하고 있었다. 뭐가 어찌 됐든, 아버지의 이 최근 헛짓거리는—헛짓거리'들'이 더 적절하겠지만—괜찮지 않았다. 하지만 이전 삶에서라면 부인은 그냥 됐다고 하고는 앨의 A1 주류 판매점과 개인적으로 약조를 맺고 앞으로 주문을 받지 못하게 한 후 넘어갔을 것이다. 하지만 이제, 뭔가 기적에 가까운 방법을 짜내지 않는 한 급속하고 영구적인 재정적 추락까지 겨우 몇 주, 아니 심지어 며칠 남지 않은 지금, 크루그 세 상자는 괜찮지 않았다. 플랜스키 부인은 루마니아 적포도주를 마저 비운 후 잔을 쾅 하고 내려놓고 자신에게 내기를 걸기로 결정했다. **괜찮아요**, 부인은 문자를 보냈다. **건배**. 앨—만약 그런 가게가 정말 있다면—또한 부인에게 의존하고 있었다. 부인은 자신이 사회에 의무를 다하고 있다는 거창한 생각을 떠올렸다. 그러고 그 생각을 즉시 지워버렸다.

호텔로 돌아와 로비를 지나가는데 데스크에 있던 아니카가 서둘러 나와왔다.

"아, 플랜스키 부인. 찾고 있었어요."

"그래요?" 부인은 아니카가 그날 아침 기대어 울 어깨를 빌려준 데 대해 감사하려는 게 아니길 바랐다. 나중에 자신이 아니카를 염탐한 걸 생각하면 마음이 불편해질 것이다. 어쩌면 잠입 수사 경관의 삶에서는 흔한 상황일지도, 어쩌면 심지어 좋은 신호일지도 모른다. 부인은 강해지고 더 영리해져야 했다. 지금 이 순간부터.

하지만 아니카의 의도는 그게 아니었다. "저희 사장님이 환영의 뜻으로 술을 사고 싶다고 하셔서요."

"사장님이라면…… 아침 식사 때 그 신사분 말인가요?"

아니카의 눈동자에서는 아무런 표정도 드러나지 않았다. "그분 맞아요. 티리아크 씨요. 마침 지금 바에 계세요."

이 새롭게 강해지고 더 영리해진 플랜스키 부인은 지금까지 알아낸 사실들을 머릿속에 펼쳐놓았다. 티리아크 씨는 아니카의 사장이고, 마리우스의 사장이기도 하며, 맥스에 따르면 뭔가 미심쩍은 그 로물루 서장의 술친구였다. 그리고 맥스는 이제 약속한 시각에서 몇 시간이 지나도록 연락이 없으며 맥스의 집은 마리우스에게 수색당한 게 분명했다. 자기 몫을 제대로 하는 잠입 수사 경관이라면 이런 순간에 뭐라고 말할까?

"이런, 너무 좋죠. 정말 친절한 분이시네요."

플랜스키 부인은 방으로 올라가 옷을 갈아입고 발레 플랫 슈즈로 갈아 신은 뒤 다시 내려왔다. 아니카가 부인을 바로 안내했다. 프랑스 음악 홀 포스터들이 걸려 있고 화분이 식당보다도 많은 작고 어두운 방이었는데, 바텐더와 구석의 원형 탁자에 앉아 있는 두 남자를 빼면 손님은 아무도 없었다. 두 남자 중 하나는 드라고미르 티리아크였다. 부인은 드라고미르의 어원을 찾아보자고 머릿속으로 다짐했다.

"플랜스키 부인이세요." 아니카가 말했다. "플랜스키 부인, 이곳 단골이신 드라고미르 티리아크 씨와 보그단 교수님이세요."

보그단 교수가 일어섰다. 한쪽 눈 밑에 뒤집힌 초승달 모양에 보라색과 노란색으로 물든 작은 멍이 보였다.

"두 분 다 만나서 반가워요." 플랜스키 부인이 악수를 나누며 말했다. 보그단 교수의 손은 가늘고 축축한 반면 드라고미르의 손은 거대하고 건조했다.

"교수님이 통역해주실 거예요." 아니카가 말했다. "영어 선생님이세요."

교수가 고개 숙여 인사하고 자리에 앉았다. 아니카는 뒤돌아 방을 나갔다. 플랜스키 부인은 의자를 끌어다 놓고 앉았다.

"한잔하시겠습니까?" 드라고미르가 영어로 말했다.

"네, 감사합니다." 플랜스키 부인이 말했다.

"샴페인 괜찮으세요?" 드라고미르가 물었다.

"너무 좋죠." 부인이 대답했다.

드라고미르가 손가락을 튕기자 바텐더가 서둘러 다가왔다. 드라고미르가 루마니아어로 뭐라고 말하자 바텐더는 양 뒤꿈치를 서로 부딪친 후—플랜스키 부인이 그 동작을 실제로 본 건 이번이 처음이었다—다시 바로 돌아갔다.

"당신 미국인?" 드라고미르가 영어로 물었다. 이 남자는 모든 것이 다 지나치게 크고 위협적이었지만 눈만은 예외였다. 눈은 작고 동그랗고 반짝거렸다. 하지만 역시 무서웠다.

"맞아요." 플랜스키 부인이 대답했다.

드라고미르가 보그단에게 루마니아어로 뭐라고 말했는데, 요청이라기보다는 명령에 가깝게 들렸다.

"미국 어디세요?" 교수가 물었다.

"플로리다요."

교수의 말투가 좀 더 자연스럽게 바뀌었다. 통역하는 게 아니라 그냥 자기 말을 하는 듯했다. "뉴햄프셔에는 가보셨나요?"

"아, 그럼요." 부인은 그 질문에 놀라지 않았다. 교수의 성을 들은 순간부터 뉴햄프셔와 디누의 티셔츠 생각을 하고 있었던 것이다. "그건 왜 물으세요?"

보그단 교수가 막 뭐라고 대답을 하려는 순간에 드라고미르가 루마니아어로 끼어들었다.

"루마니아에 잘 오셨습니다." 교수가 말했다.

"감사합니다."

드라고미르가 교수에게 뭐라고 말했다.

"티리아크 씨가 우리 나라에 처음 오신 거냐고 물어보시네요." 보그단이 말했다. 보그단은 무서운 외모가 아니었다. 마르고 늙은 남자였다. 음, 플랜스키 부인에 비하면 아마 상당히 젊다고 해야겠지만 말이다. 니코틴에 물든 손가락과 입고 있는 버튼다운 셔츠 목깃에 비해 너무 가느다란 목이, 딱 집

돌이 타입이었다. 모직 넥타이와 고대의 것처럼 보이는 트위드 재킷을 걸치고 있었는데 가슴 주머니에 담뱃갑이 들어 있었다.

"맞아요."

"그리고 이곳에서 어떤 인상을 받았는지 궁금하답니다."

비록 근거는 전혀 없지만, 플랜스키 부인은 드라고미르가 영어를 꽤 잘 알아듣는다고 판단하고 직접 말하기로 했다. "아직 확실하게 말하긴 너무 이르지만 현재까지는 아름다운 나라고 사람들도 친절한 것 같아요."

드라고미르가 고개를 끄덕였다. 보그단 교수가 통역했다. 드라고미르가 다시 고개를 끄덕이고는 1, 2분쯤에 걸쳐 교수에게 뭐라고 말했다.

"티리아크 씨가 부인이 지금까지 이 나라가 마음에 든다니 기쁘다고 하시네요." 교수가 말했다. "연중 이맘때 이곳 알바제미나를 찾는 관광객들은 흔치 않은데, 혹시 방문하신 특별한 목적 같은 게 있나요? 아니, 좀 더 미국식으로 말하면, 무엇이 부인을 이곳으로 데려왔나요?"

이 소박하고 다정한 환영 모임의 목적이 뭐든, 플랜스키 부인은—구버전과 신버전 모두—한 가지는 확실히 알았다. 진실은 답이 아니라는 것이었다. 하지만 어떤 거짓이 최선일까? "특별한 목적은 없어요." 부인이 말했다. "어디로든 잠깐 떠나고 싶었는데 마침 부쿠레슈티로 오는 싼 항공편이 눈에 띄었죠."

교수가 드라고미르에게 중계했다. 드라고미르는 부인을 잠시 응시했는데, 플랜스키 부인이 해석하기에는 이리저리 재보는 듯한 눈빛이었다. 부인을 좀 얄팍한 사람으로 보는 듯했다. 그건 잘된 일이었다. 얄팍한 사람인 척하는 것, 그건 부인이 조금도 애쓰지 않고도 자신 있게 할 수 있는 일이었다.

"춥다." 드라고미르가 말했다. 가슴 앞에 팔짱을 끼고 몸서리를 쳤다. 부인은 그 모습에서 뜻밖에도 약간의 매력을 느꼈다. "겨울 춥다."

플랜스키 부인은 활짝 웃음을 지어 보이며 속으로 그 웃음이 지나치게 밝아 보이길 빌었다. "플로리다에 살면 날씨 좋은 곳으로 여행갈 필요가 없죠."

드라고미르가 교수를 돌아보았다. "체?"

보그단이 설명하자 드라고미르는 무시하는 손짓을 했다. 손이 어찌나 큰지 플랜스키 부인은 탁자 건너편에서 작은 바람이 이는 걸 느꼈다.

"알바제미나에 무슨 일?" 드라고미르가 영어로 물었다.

"아, 그거요." 플랜스키 부인이 대답이 얼른 떠오르길 빌며 대꾸했다. 그러자 마치 멍청함의 여신이 굽어살피기라도 하듯 딱 완벽한 답이 떠올랐다. "전 말 탄 조상에 관심이 있는데 우연히도 여행안내 책자에서 당신네 조상을 봤어요. 직접 보고 싶었죠."

"체?" 드라고미르가 말했다. 하지만 교수는 당혹한 표정이었다.

"우리요?" 교수가 물었다.

"저 밖에 있는 거요. **용감왕 미카엘.**"

"하지만 여기 사람들은 전혀 신경도 안 쓰는데요. 그냥 복제품이에요. 그것도 형편없는 복제품이죠. 이런 말은 좀 그렇지만요. 원본은 나치나 아마 러시아인들이 폭파했을 겁니다. 사실은 영원히 논쟁 중이죠."

그 말은 마치 지나치게 밝은 미소를 지으라는 신호 같았다. "그럼 더한층 흥미롭죠!"

"체?" 드라고미르가 말했다.

교수가 설명을 시작했지만 이내 드라고미르가 끼어들어서 뭐라고 말했다. 아마 중요한 질문인 듯했다. 플랜스키 부인은 딱 한 단어밖에 이해하지 못했다. 그 말은 **일, 가, 니**처럼 들렸고 처음에는 선혀 이해가 되지 않았다. 보그단에게 부인이 얼, 가, 니 같아 보이느냐고 묻는 거면 좋을 텐데. 얼, 가, 니가 아니고선 부인을 믿지 않을 거라는 말이면 곤란할 것이다.

그 순간 웨이터가 도착했다. 보그단 교수와 드라고미르와 플랜스키 부인은 코르크를 따고 샴페인을 따르는 웨이터를 지켜보았다. 아니, 드라고미르는 예외였다. 드라고미르는 주로 그 광경을 지켜보는 부인을 지켜보고 있었다. 부인은 보지 않고도 느낄 수 있었다.

세 사람은 잔을 부딪쳤다. 교수가 "사나타테"라고 말했다. 플랜스키 부인은 아마도 건강을 기원하는 말일 거라고 짐작했다.

"시 보가티에." 드라고미르가 말했다.

"무슨 말이죠?" 플랜스키 부인이 물었다.

"부(富)요." 교수가 말했다.

"영어로는 라임이 맞아요." 부인이 말했다. "헬스와 웰스."

"헬스와 웰스?" 드라고미르가 되풀이했지만 번데기 발음이 잘되지 않았다. "어이! 당신 마음에 들어!" 그게 진심이라면 드라고미르의 눈은 혼자 따로 놀고 있었다. 드라고미르는 샴페인 잔을 단숨에 비우고 내려놓은 뒤 말했다. "시 아쿰 레온테."

"무슨 뜻이죠?" 플랜스키 부인의 심장이 뇌보다 빨리 반응해 마구 뛰기 시작했다.

"티리아크 씨가 당신과 맥스 레온테의 관계를 알고 싶답니다." 보그단이 말했다.

"이런, 맙소사." 플랜스키 부인이 말했다. "그 작가분 말인가요?"

보그단이 고개를 끄덕였다.

"정말 희한하네요." 부인의 놀란 작은 가슴 속에서 사실 **희한하다는 겁난** 다를 뜻했다. 부인은 모험을 걸어보았다. "그분과 무슨 관계라고 할 만한 사이는 전혀 아니에요. 그분 책을 우연히 알게 돼서 출판사를 통해서 질문 두어 개를 이메일로 보낸 게 다죠. 그건 왜 물으시는데요?"

그러자 보그단과 드라고미르 사이에 주거니 받거니 긴 대화가 이어졌다. 덕분에 플랜스키 부인은 자신의 작은 즉흥연기에 숭숭 뚫린 구멍과 지뢰밭을 생각해볼 시간이 넉넉했다. 예컨대 드라고미르가 부인과 맥스가 전날 밤 로얄레 호텔 바에 있었다는 걸 혹시 알고 있다면? 알았다면, 뭐가 그 신호일까? 그리고 모른다면 두 사람을 어떻게 엮었을까? 지금 부인이 드라고미르의 목소리에서 감지할 수 있는 건 짜증뿐이었다.

마침내 두 남자가 부인을 돌아본 순간 부인은 마침 무심한 척 샴페인을 홀짝이고 있었다. 다행이었다. 타이밍은 아마 굳이 점수를 매기자면 플랜스키 부인의 강점에 속하지 않을 테니까.

"왜 묻느냐면……" 보그단이 말했다. "이 남자, 레온테가 좋은 부류가 아니라서요. 최선은―"

드라고미르가 끼어들어 뭔가 "무울트"처럼 들리는 말을 했다.

"훨씬 낫죠." 보그단이 말을 이었다. "그 사람을 모르는 편이 훨씬 낫습니다. 확실히 부인처럼 번듯한 숙녀 여행객에게는요."

"좀 놀랍네요." 플랜스키 부인이 말했다. "좋은 부류가 아니라는 게 무슨 뜻이죠?"

"이 남자는 애국자가 아니에요." 보그단의 말에 드라고미르가 고개를 끄덕였다. "사실 이 남자는 루마니아 국민을 해치려 하는 외세와 결탁하고 있습니다."

"정말요? 어떻게요? 궁금하네요."

그건 드라고미르와 보그단의 또 다른 의견 교류로 이어졌다.

"우리 국내문제에 개입함으로써요." 보그단이 말했다. "잘못된 정보를 전파하고. 의혹을 제기하죠. 루마니아는 길고 자랑스러운 역사가 있지만 그 대부분은 어지러웠습니다. 우리가 안정을 갈망하는 성향이 있는 건 그 때문입니다. 이해하시겠습니까?"

"이해가 가네요."

드라고미르는 가운뎃손가락으로 탁자를 두 번 두드렸다. 보그단이 앞으로 몸을 기울였다.

"그게 이유입니다." 보그단이 말했다. "선량한 시민으로서 부인께 여쭙지 않을 수 없군요. 부인은 외국의 요원이십니까?"

플랜스키 부인은 잠시 그대로 꼼짝도 하지 않았다. 이윽고 가슴에 손을 얹고 깔깔 웃기 시작했다. "제가요? 제가 그렇게…… 제가 스파이처럼 보이나요? 맙소사! 농담하시는 거죠?" 처음으로 드라고미르의 눈에서 표정이 드러났다. 조바심과 영리함이 반복해서 자리를 바꾸었지만 표면 아래에서는 폭력적인 뭔가가 계속 자리를 지키고 있었다. 그리고 불명확하고 혼란스럽게 변했다.

"그럼 아니라는 말씀이시죠?" 보그단이 말했다.

"제가 진술서에 서명이라도 할까요? 지워지는 잉크를 사용할 수도 있으니까 잘 보세요!"

"진술서가 뭐죠?" 보그단이 물었다.

"죄송해요. 그냥 농담이에요." 플랜스키 부인이 말했다. "전 외국 요원이 아니에요. 사실 아예 직업이 없어요. 은퇴했죠."

보그단이 그걸 드라고미르에게 중계하는 동안 플랜스키 부인은 자신이 맥스를 안다는 걸 어떻게 알았는지 물어볼지, 아니면 그냥 입을 다물고 그 질문을 하기엔 너무 멍청하다고 생각하게 놔둘지 궁리했다. 답은 명백해 보였다. 한편 드라고미르는 예의 무시하는 손짓을 또 한 번 했다.

"만나서 반가웠습니다." 교수가 부인을 돌아보고 말했다. "티리아크 씨가 이곳에서 즐겁게 지내시길 빈답니다." 드라고미르는 주머니에서 봉투를 하나 꺼내어 플랜스키 부인에게 건넸다. "그리고 이건 클럽 프레스토의 상품권입니다. 그곳도 이분 소유죠."

플랜스키 부인은 바를 나왔다. 부인은 로비에서 밖에서 방금 들어온 마리우스를 지나쳤다. 마리우스는 손에 종이 한 장을 들고 있었다.

30장

소음

플랜스키 부인은 밤중에 소음을 들었다. 처음에는 아직 거의 꿈속에 잠겨 있던 터라 그 소리가 광장에서 들려오는 줄 알았다. 심지어 나치나 러시아인들이 다시 쳐들어왔나 하는 정신 나간 생각까지 했다. 이번에는 그 복제본 동상마저 파괴하려고. 하지만 그 후 그게 아님을 알았다. 그렇다. 그 소리는 현실이었지만 광장에서 나는 게 아니었다. 그보다 훨씬 가까운 곳이었다. 부인은 침대에 일어나 앉아 침대 옆 협탁 등에 손을 뻗었다. 하지만 아무것도 잡히지 않았다. 당연했다. 여긴 집이 아니고 그 자리엔 아무것도 없으니까. 여기 프레지덴셜 스위트룸의 등은 반대편에 있었다. 그러나 시트에 몸이 엉킨 채 그쪽으로 몸을 돌린 순간 그 소리가 방 안에서 나고 있음을 깨달았다. 부인은 그대로 얼어붙었다.

끼익, 끼익, 끼익, 끼익. 긁는 소리에 뭔가 금속성이 섞여 있었나? 자물쇠에 열쇠가 잘 들어가지 않아 애쓸 때처럼?

끼익, 끼익. 아니, 그건 방 안에서 들려오는 게 아니었다. 하지만 가까이에서, 벽 뒤에서, 어쩌면 옆방에서 들려왔다. 아니면…… 아니면 부인의 방 욕실에서. 부인은 아주 조용히 침대에서 나왔다. 발밑에 밟히는 타일이 차가웠다. 어쩜 슬리퍼를 챙기는 걸 깜빡했지? 부인은 그 거대한 욕실을 향해 갔다. 그러자 끼익 소리가 더 명확히 들렸다. 하지만 욕실 안에서 들려오는 건 아닌 듯했다. 그 소리는 움직이고 있는 것 같았다. 더 나직해지고, 흐려지고, 어쩌면 계단으로 내려가고 있는 것도 같았다. 옆방은 도대체 어떤 방이 길래 계단이 있지? 로열 스위트룸인가? 별 도움 안 되는 생각이었지만 다른 추측은 전혀 떠오르지 않았다.

한편, 요즘 적응이라는 면에서 그다지 빠르지 못한 부인의 눈은 어둠에 적응 중이었다. 칠흑 같은 어둠은 아니었다. 달빛이 아주 좁은 커튼 틈새로 새어 들어왔다. 어느 새 부인은 샤워 부스 옆에 서 있었다. 문손잡이도 열쇠 구멍도 없는 그 무거운 나무문이 바로 앞에 있었다. 플랜스키 부인은 이번 에도 그 문을 한번 밀어보았다. 하지만 문은 이번에도 꿈쩍도 하지 않았다. 문에 귀를 갖다 댔지만 아무 소리도 들리지 않았다. 정확히 어느 시대인지 는 몰라도 용감왕 미카엘의 시대로 시간을 거슬러 여행이라도 한 듯한 묘한 기분이 엄습했다.

플랜스키 부인은 침대로 돌아갔다. 하지만 틀렸다. 잠은 이미 물 건너갔 다. 심지어 눈을 감는 것조차 불가능했다. 시간을 때우려고—아니면 최소 한 자신을 달래서 잠들게 하려고—노엄에 관해, 그리고 두 사람이 함께 한 일들에 관해 생각하기로 마음먹었다. 평소에도 때때로 하는, 사실은 꽤 자 주 하는 일이었다. 백일몽에 빠져 둥둥 떠다니곤 했다. 하지만 지금은, 정말 처음으로, 부인의 머리가 그 생각을 거부했다. 노엄의 기억에 머물길 거부 하고, 애초에 그리로 가려는 노력조차 하지 않았다. 아무리 애를 써도 노엄 쪽으로 생각을 몰아갈 수 없었다. 마치 바람 부는 방향으로 움직이지 않으 려 하는 돛단배 같았다. 플랜스키 부인은 일어나 앉아 양손으로 얼굴을 감 쌌다. 부인은 혼자였다.

자기 연민? 맙소사. "뭐 잘못 먹었어?" 부인은 입 밖으로, 큰소리로 명확 하게 말했다. 질문이 아니었다. 다시 목소리를 낮추어 말했다. "다른 사람들 의 처지를 생각해봐. 넌 너무 쉽게 지나왔어. 응석받이가 됐지! 아주 제대로 망할 놈의 응석받이가 됐어."

부인은 침대에서 나와 욕실로 씩씩하게 걸어갔다. 지금은 달빛도 들어 오지 않아서 방 안이 아까보다 어두웠지만 방향을 생각할 필요도 없었다.

수돗물을 틀고 얼굴에 찬물을 튀겼다. 내가 정말로, 태어나서 처음으로, "망할"이라고 말했나? 부인은 무너지고 있었다. "샌드백이 되지 마. 주먹질을 해!"

플랜스키 부인은 어두운 허공에 주먹을 날렸다.

원래 공기를 때릴 생각이었던 부인의 주먹은 뜻밖에도 딱딱하고 물러나지 않는 뭔가에 부딪쳤다. 음, 완전히 물러나지 않는 건 아니었다. 뭔가가 쪼개지는 소리가 들렸다. 큰 소리는 아니고 아주 작은 소리였다. 벽을 더듬어 스위치를 찾아낸 플랜스키 부인은 불을 켜고 갑작스러운 빛에 눈을 깜빡이며 주위를 둘러보았다. 부인이 때린 건 그 무겁고 낡은, 손잡이 없는 문이었다. 문은 이제 2, 3센티미터쯤 열려 있었다. 부인이 무슨 마이크 타이슨이라도 되는 것처럼. 플랜스키 부인은 벌써부터 욱신거리는 손을 문질렀다. 권투 선수들은 아픈 손을 평생 그냥 감수하고 살아야 하나? 부인은 늘 권투 선수들이 안됐다고 생각했다. 무겁고 낡은 문을 살짝 밀어보았다. 문은 끼익 소리와 함께 3에서 5센티미터쯤 더 열렸다.

플랜스키 부인은 앞으로 발을 내디디고 그 작은 틈새를 엿보았다. 욕실에서 새어 나간 좁은 빛기둥을 통해 숲처럼 무성한 거미줄이 보였고, 거미줄 틈새로 1미터쯤 되는 거리에 돌벽 같은 것도 보였다. 벽은 낡고 표면이 거칠었다. 가볍고 선선한 바람이 느껴졌고, 희미한 담배 냄새가 바람에 실려 왔다. 부인은 손가락을 펴서 다시 한 번 밀어보았다. 이번엔 아무 소리 없이 문이 좀 더 넓게 열렸다. 부인만 한 몸집의 사람 한 명이 딱 통과할 만한 폭이었다. 플랜스키 부인은 거미줄을 옆으로 걷어 치우고 그 공간에 발을 들여놓았다.

부인은 욕실에서 나오는 작은 빛의 웅덩이 속에 선 채로 양편을 둘러보았다. 빛은 얼마 안 가 어둠에 삼켜졌지만 이게 일종의 돌바닥으로 된 통로라는 건 알 수 있었다. 한쪽 벽은 돌이었고 다른 쪽 벽은 목재였다. 부인은 쪼그려 앉아 발자국이 있는지 확인했다. 전혀 보이지 않았다. 하지만 누군가가 여기 있었던 게 아닐까? 아마도 어딘가로 갔거나? 결국 이건 통로니까. 어쩌면 룸서비스용인가? 아니면 통로 양편으로 다른 방들이 있을 수도 있나? 중세에 쓰였던 하인들의 방이라거나. 어쩌면 지금은 직원들이 사용하고 있다거나? 하지만 그럼 이 거미줄은 다 뭐람? 아무런 타당한 설명도 떠오르지 않았다. 오른쪽으로 몇 걸음 더 가자 완전한 어둠이 부인을 삼켰다.

어떤 여행객들은, 어쩌면 부인보다 노련한 사람들은 여행할 때 장비를 잔뜩 챙겨 다녔다, 예컨대 스위스 아미 나이프라든가 아니면 소형 손전등이라든가. 소형 손전등이 지금 딱 있으면 얼마나 도움이 될까. 하지만 플랜스키 부인은 그냥 잠옷 바람에 빈손으로 거기 서 있었다. 돌바닥을 디딘 맨발이 차가웠다. 약하지만 차가운 미풍에 다시금 용감왕 미카엘의 시대로 거슬러 올라간 듯한 느낌이 들었다. 시간 여행을 하는 느낌, 그게 어떤 지역을 여행하는 것의 매력 요소 아니던가? 그런 생각에 잠겨 헤매고 있는데 갑자기 휴대전화에도 손전등이 있다는 사실이 생각났다.

부인은 방으로 돌아가 휴대전화를 챙기고 플랫 슈즈로 갈아 신은 후 다시 통로로 돌아갔다. 휴대전화 전등을 켜서 왼쪽을 비췄다. 통로는 몇 미터 못 가 좁아지다 좁은 벽돌 벽으로 끝났다. 하지만 그 반대편, 오른쪽은 휴대전화 빛의 범위를 넘어서 계속 이어졌다. 플랜스키 부인이 그쪽으로 막 출발하려는데 잠옷 차림이라는 사실이 떠올랐다. 좀 짧지만 무척 편안했고, 당연히 아무도 본 적 없는 차림새였다.

앞으로도 아무도 볼 일이 없겠지. 플랜스키 부인은 방으로 돌아가서 회색 캐시미어 반목폴라와 검은 모직 정장 바지로 갈아입었다. 모직은 얇았지만 따뜻하고 안락했다. 그 후 통로로 돌아가 문을 밀어 닫고 어둠 속에서 손전등 빛을 따라가기 시작했다.

그리 멀리 가지 않아 통로에 변화가 생겼다. 바닥의 납작한 판석이 광장에 깔린 것과 같은 울퉁불퉁한 자갈로 바뀌었다. 통로는 좁아졌고, 그 후 곧 손전등 빛은 허공을 탐사하는 듯했다. 천천히 조심스럽게 앞으로 움직이던 플랜스키 부인은 내려가는 계단에 이르렀다. 그리고 계단을 실제로 한 칸 한 칸 세면서 내려갔는데 딴에는 꽤 영리한 생각 같아 으쓱했다. 계단은 총 열다섯 칸이었다. 맨 밑으로 내려가 손전등으로 주위를 비춰 보니 그곳은 일종의 지하 저장고로, 바닥은 습기 찬 흙바닥이었다. 아주 오래되고 낡은 거대한 나무통들이 한쪽 벽에 주르르 놓여 있었다. 가까이 가서 손전등으로 그중 한 통의 측면에 찍힌 뭔가를 비췄다. MDCLXXXIV. C는 100, L은 50, 그러면 어떻게 되지? 플랜스키 부인에게 로마자 숫자는 암호나 다름없었다. 솔직히 말하면 아마 로마인들에게도 그렇지 않았을까. 역사를 거슬러 돌아간 느낌이 이곳에서는 거의 현실이 될 듯했다. 마치 어떤 역사적 인물이—확실히 드라큘라도 그중 하나일 수 있으리라—당장이라도 통 뒤에서 걸어 나올 것만 같았다. 너무 짧은 잠옷을 입고 돌아다니는 것이 왜 잘못된 생각인지 지금 이 상황만 봐도 알 수 있었다. 부인은 고대의 술 냄새 같은 게 나지 않을까 하고 허공을 킁킁거려보았지만 어렴풋한 담배 냄새밖에 맡지 못했다. 통을 두드리자 공허하고 텅 빈 소리가 났다.

마지막 통 너머에는 돌벽으로 가로막힌 직사각형 공간이 있었는데 그곳은 다시 계단처럼 보이는 뭔가로 이어졌다. 이번 것은 나무였다. 그곳을 통과하려면 고개를 숙여야 했지만 거길 벗어나자 똑바로 설 수 있었다. 계단에 손전등을 비추니 무척 가파르고 거칠어 보였지만 오래된 계단은 아니었다. 벽은 합판으로 되어 있었다. 부인은 이번에도 계단을 세면서 올라가기 시작했다. 이번 것은 알고 보니 서른한 칸이어서 플랜스키 부인은 꼭대기에서 잠시 멈추어 헉헉대며 숨을 골라야 했다. 손전등으로 방금 올라온 계단을 다시 비췄다. 그때, 지하 저장고 바닥에 서서 맨 밑 계단에 앞발을 얹은 체 부인을 올러디보고 있는 존재가 보였다. 거대한, 수엄이 아주 신 쉬었나. 발톱 또한 거대했고, 빛을 반사하고 있었다. 플랜스키 부인의 심장이 가슴 속에서 펄떡 뛰었다. "저리 가!" 부인은 분노 섞인 속삭임으로 내뱉었다. 하지만 그건 쥐에게 아무런 영향도 미치지 못했다. 부인은 쥐를 향해 손전등을 휘둘렀다. 앞뒤로 흔들리는 빛기둥은 틀림없이 쥐에게 위협적으로 보였으리라. 쥐는 재빨리 보이지 않는 구석으로 사라졌다. **끼익, 끼익**, 그 거대한 발톱이 소리를 냈다. **끼익, 끼익**.

플랜스키 부인은 다시 돌아보았지만 휴대전화는 아직 측면 아래를 비추고 있었다. 덕분에 그 강력한 빛줄기에 가려지지 않은, 앞쪽의 흐릿한 빛을 볼 수 있었다. 부인은 전등을 껐다. 이번에도 눈이 적응하기까지 시간이 걸렸지만 결국 자신이 있는 곳이 긴 복도임을 알아차렸다. 바닥에는 장판이 깔려 있었고 벽은 석고 벽이었다. 흐릿한 빛은 6미터쯤 떨어진 앞쪽 오른편에서 흘러나오고 있었다. 부인은 빛을 향해 다가갔다.

오른쪽에 창문이 나타났다. 땅에서 70에서 80센티미터 높이에 있는 좁은 창인데, 수평으로는 무척 길었다. 시야가 미치는 한도까지 멀리 이어져 있었다. 부인은 몸을 숙여 기묘하게 어두운 유리창 안쪽을 재빨리 엿보았다.

플랜스키 부인은 처음엔 자신이 뭘 보고 있는지 이해하지 못했다. 아래에 있는 건 거대한 방으로, 천장에는 불이 꺼진 샹들리에와 멈춰 있는 미러볼이 매달려 있었다. 바닥은 번쩍번쩍 광을 낸 붉은색과 검은색의 정사각형 대리석에, 유리 상판을 얹은 황금색 테이블 몇 개, 뮤직 스탠드가 있는 무대, 그리고 긴 반투명 바가 설치돼 있었는데, 이 모든 걸 비추는 조명은 오로지 벽의 촛대 두어 개가 전부였다. 그때, 부인은 제일 먼저 알아차렸어야 할 것을 그제야 알아차렸다. 바 뒤의, **클럽 프레스토**라고 적힌 네온사인이었다. 부인이 간판을 응시하면서 머릿속에서 뭔가가 재배치되는 걸 느끼고 있는데 그 순간 아래쪽에서 뭔가가 움직였다. 머리에 스카프를 쓴 여자가 방 다른 쪽 끝에서 대걸레와 양동이를 들고 들어온 것이다. 여자는 청소 도구를 내려놓고 황금색 의자들을 전부 탁자 위로 올리기 시작했다. 아마도 플랜스키 부인의 또래인 듯한 여자의 움직임은 뻣뻣해 보였는데—

그 순간 그 어떤 경고도 없이, 스카프를 쓴 그 여자가 고개를 돌려 플랜스키 부인을 똑바로 쳐다보았다. 플랜스키 부인은 그 자리에 꽁꽁 얼어붙은 채로 중요한 교훈을 배웠다. 인간은 철저한 공황 상태에서는 그렇게 얼어붙어버린다는 것. 꽁무니가 빠져라 도망치는 건 철저한 공황 상태가 아닐 때나 가능했다. 부인은 프레스토의 상품권과 관련된 핑계를 머릿속으로 꾸며내기 시작했다. 그 여자는—너무 말랐고 플랜스키 부인이 처음 짐작했던 것보다 훨씬 젊었다—고개를 돌려 다시 일하기 시작했다.

그게 무슨 뜻일까? 그건 그 여자가 플랜스키 부인을 못 봤다는 뜻이었다. 비록 플랜스키 부인은 확실히 그 여자를 봤지만. 그렇다는 건? 여자가 눈이 멀었거나—여자의 직업과 움직임과 눈빛을 생각하면 말도 안 되는 생각이었다—이 창이 사실 일방향 창으로, 플랜스키 부인 쪽에서는 창문이지만 클럽 프레스토 쪽에서는 거울이라는 거였다.

아하! 부인은 6미터쯤 더 가서 창문 끝에 다다랐다. 복도 역시 거기서 끝났다. 앞에는 마감이 되지 않은 나무문이 있고 스프레이로 다음과 같이 쓰여 있었다. 캄비오. 캄비오란 유럽 전역의 간판에서 보이는 글자로, 환전소라는 뜻이었다. 플랜스키 부인의 경험상 여기는 그게 있을 법한 장소가 아니었다. 부인은 문 앞에 서서 귀를 기울였지만 아무 소리도 들리지 않았다. 캄비오는 한밤중에는 닫혀 있을 테고, 아울러 당연히 잠겨 있을 것이다. 하지만 문손잡이를 잡고 돌려보니 돌아갔다. 살짝 밀어보니 가볍게 소리 없이 열렸다. 안쪽은 작은 방이었고, 다른 어두운 창에서 흐릿한 빛이 들어오고 있었다. 그리 크지 않은, 부인 집의 부엌 싱크대 창 정도의 크기였다. 그 창으로는 밝은 햇살 속에서 활짝 피어 있는 작은 노랑데이지 화단을 볼 수 있었다.

이 작은 방은 전혀 캄비오 같지 않아 보였다. 창가의 작은 카드놀이용 테이블 하나만 빼면 가구는 전혀 없었다. 뒤편 벽에 놓인 것은 수많은 음악 장비였다. 마이크 스탠드, 앰프, 키보드 몇 개, 베이스 드럼에 기대어 놓인 스탠드업 베이스. 창 밑에는 넓은 선반이 있었고, 선반 위에는 담배꽁초가 든 재떨이와 반쯤 빈 조니 워커 블루 병이 놓여 있었다. 더 가까이 가자 선반에 짜 넣어진 엽서 크기의 스피커 그릴이 눈에 띄었다. 옆에는 빨간 버튼이 하나 있었다. 플랜스키 부인은 유리 너머로 들여다보았다.

아래에는 라디오 스튜디오와 우주 비행사들을 우주로 보내기 위한 관제 사령실을 합쳐놓은 것처럼 보이는 방이 있었다. 플랜스키 부인은 그 모두를 이해하려 노력했다. 수많은 화면, 코일 케이블로 연결된, 차곡차곡 쌓인 채 불빛을 깜빡거리는 모듈 상자들, 마이크, 헤드폰, 그리고 그 밖에도 부인이 이름을 모르는 수많은 디지털 장비들. 비트코인 채굴인가 하는 게 있다고 하지 않았나? 그러니 어쩌면 이건 결국 일종의 환전소인 걸까? 부인은 비트코인 채굴에 관해 자신이 아는 걸 떠올리려 애썼다. 아니면 그냥 전반적인 비트코인에 관한 뭐라도. 그냥 쥐꼬리만 한 견고한 사실 하나라도. 그때, 관제 장치가 있는 반대편 벽의 문이 열리고 사람들이 들어오기 시작했다. 모두 플랜스키 부인이 아는 사람들이었는데, 맨 처음 들어온 남자 하나만 예외였다. 왁스칠을 한 자전거 핸들 같은 콧수염과 검은 눈동자, 작고 여위었지만 강단 있어 보이는 몸매를 가진 남자였다. 다른 남자들은 순서대로 마리우스, 로메오, 디누, 그리고 드라고미르였다. 그들이 들어온 방식, 그리고 각자가 자기 자리에 가서 앉는 방식은 마치 경기 시작 직후 빠른 걸음으로 구장에 들어서는 홈팀 같았다. 일행은 한 팀이었다.

그리고 더 자세히 들여다본 플랜스키 부인은 그곳이 로커 룸 비슷한 느낌이라는 걸 알아차렸다. 바닥에 나뒹구는 찌그러진 탄산음료 캔들, 구석에 말려 있는 후드 티―어쩌면 심지어 방임형 부모를 둔 10대 남자아이의 지하실 같기도 했다.

드라고미르는 한쪽 구석의 울퉁불퉁한 의자에 앉아 주머니에서 담배를 꺼냈다. 그 옆에는 술병과 유리잔이 놓인 사이드 테이블이 있었다. 그로부터 대각선 방향에 놓인 스툴에 앉은 마리우스는 발목 칼집에서 칼을 꺼내어 칼끝으로 손톱 때를 빼기 시작했다. 그 마른 콧수염 남자는 반대편 벽에 등을 돌린 채 서서 주위를 휘휘 둘러보았다. 남자의 시선은 플랜스키 부인 바로 위를 곧장 지나갔다. 안 그래도 너무 빠르게 뛰고 있던 부인의 심장이 약간 더 속도를 높였다. 상대가 자길 못 본다는 걸 알고 있으면서도. 뭔가가―어쩌면 인간의 기하학적 구조일까―부인에게 그 세 남자, 그 거칠고, 그렇다, 위험한 남자들이 서로를 좋아하지 않는다고 말해주었다. 노엄이 해준 이야기가 맞다면, 그건 어떤 팀의 특징 같은 것일 수 있었다. 양키스 팀의 그 유명한 두 선수가 서로 싫어하지 않았던가? 부인은 그렇게 기억했지만 이름은 떠오르지 않았다.

두 남자애로 말하자면―세 남자 사이에 있으니 그 둘의 어른스러운 인상은 지워지고 아이 같은 인상이 부각됐다―부인은 그 둘이 함께 걷는 것만 봐도 친구 사이임을 알 수 있었다. 둘 다 상태가 썩 좋아 보이지 않았다. 디누는 창백한 낯빛에 손에는 여전히 부목을 대고 있었다. 아마도 아픈 눈치였다. 로메오로 말하자면, 불쌍한 로메오, 그 아이는 코에 두꺼운 붕대를 둘렀고 윗입술은 보라색으로 끔찍하게 부어 있었다. 오토바이 사고라도 당한 것일까? 그게 부인이 떠올릴 수 있는 유일한 설명이었다.

남자들은 라디오 스튜디오 비슷한 테이블에서 서로 나란히 앉았다. 로메오가 인쇄물을 꺼내어 디누와 함께 훑어보았다. 둘의 머리가 서로 닿을락 말락 했다. 로메오가 손가락으로 몇 군데를 짚었고, 두 남자애는 이따금씩 대화를 나눴지만 유리 너머에 있는 플랜스키 부인에게는 전혀 들리지 않았다. 1, 2분쯤 지나고 디누가 고개를 끄덕이자 로메오는 인쇄물을 옆에 내려놓고 모듈 부품들을 가지고 분주하게 뭔가를 했다. 케이블을 분리했다 다시 연결하고, 스위치를 바꾸고, 다이얼을 돌리고, 여러 대의 모니터를 들여다보았다. 모니터 화면은 온통 숫자로 가득한 듯 보였는데 일부는 깜빡거렸다. 디누가 테이블 마이크를 좀 더 가까이 당겼다. 그러는 내내, 그 자전거 핸들 같은 콧수염을 기른 마른 남자는 뒤쪽 벽에 기댄 채 두 아이에게서 한순간도 눈을 떼지 않았다.

정신을 차려보니 플랜스키 부인은 창가의 카드 테이블 의자에 앉아 있었다. 고개는 유리에서 10센티미터도 떨어져 있지 않았다. 드라고미르가 뭐라고 말하자 로메오가 허리를 굽히고는 하던 작업의 속도를 높이려는 듯 보였다. 마침내 로메오가 등을 펴고 디누에게 고개를 끄덕이자 두 남자아이는 헤드폰을 썼다. 드라고미르는 담뱃불을 붙였다. 마리우스는 손톱 소제를 마치고 칼을 칼집에 도로 넣었다. 마른 남자는 벽에 기댄 채 남자아이들의 뒤통수를 응시했다. 로메오가 한 모듈에 달린 커다란 버튼을 눌렀다. 플랜스키 부인은 무슨 일이 일어나고 있는지 들을 수 있으면 얼마나 좋을까 생각했다. 하지만 그때, 아마도 다른 사람이었으면 벌써 깨달았을 것을 뒤늦게 깨달았다. 그걸 가능하게 해주는 버튼이 있다는 거였다. 창가 선반에 놓인 스피커 그릴 측면에 있던 그 빨간 버튼.

부인은 버튼을 눌렀다. 아무 일도 일어나지 않았다. 아마도 느려터진 뇌에 답답했던지 부인의 손이 저절로 버튼을 비틀었다. 아, 다이얼이구나. 그릴 망을 통해 잡음이 들어왔다. 하지만 그 소리는 몇 초 만에 끊겼다. 그 후 잡음은 모두 사라지고, 어쩐지 거대하게 느껴지는 침묵이 흘렀다. 그 뒤 다이얼 톤이 들렸다.

그렇다, 확실히 다이얼 톤이었다. 이윽고 수신자 쪽의 전화벨 소리가 들렸다. 벨소리가 네 번 울리는 동안 디누와 로메오는 가만히 불안한 시선을 주고받고 있었다. 그때, 작은 딸깍 소리가 들리고 뒤이어 여자 목소리가 들렸다.

"여보세요?" 여자는 영어로 말했다.

31장

누 데란자

"여보세요?" 여자가 다시 말했다. 미국인 여자였다. 젊지 않았다. 그리고 어딘가 남부 지역 사람이었다. 플랜스키 부인은 그냥 그 한마디만으로 알 수 있었다. "여보세요?"

디누가 마이크에 몸을 가까이 기울였다. "여보세요, 할머니." 디누가 인쇄물을 보며 말했다. "저에요, 앤디."

"앤디라고?"

"네, 할머니. 할머니 손자 앤디요. 저 잊어버리셨어요?"

루메오의 눈썹이 올라갔다. 디누에게 엄지를 치켜올렸다.

"아, 아니지, 우리 손자, 무슨 그런 밀이 있니! 하시만 너한테 선화 온 시가 하도 오래돼서, 세상에, 이게 얼마 만이니! 그리고 너무 감이 멀구나."

로메오가 다이얼을 돌렸다.

"이런, 맙소사, 할머니, 비버 주는 너무 멀어요."

"비버 주?"

"비버 주…… 오리건요. 전 오리건의 대학교에 있어요, 할머니."

"당연하지, 당연하지. 알고 있었단다. 그냥 너무 오랜만이라 그래. 하지만 그게 문제가 아니지. 너랑 통화하니까 너무 좋구나, 앤디. 여긴 때때로 좀 외롭거든. 대학 생활은 어떻게, 할 만하니?"

"무척 좋아요, 할머니. 배우는 게 너무 많아요! 실용적인 것들요! 지금은 좀 문제가 있지만요."

"아이고 이런. 무슨 문제니? 할머니가 도와줄 만한 게 있을까?"

안 돼, 안 돼, 안 돼, 그 말 하지 마! 플랜스키 부인은 숨도 쉬기 힘들었다. 절대 그것만은 안 돼! 아니면 아무것도, 아무 말도 하지 마. 할머니! 전화 끊어요!

"음, 그래서 전화하는 거예요, 할머니. 제가 의지할 사람이 할머니밖에 없어요."

그렇다, 여긴 관제 사령부였다. 그들은 비행기를 착륙시키는 중이었고, 비행기는 이제 착륙을 앞두고 있었다. 얼마나 끔찍한가! 손주를 사랑하는 딱한 할머니를! 이건 너무 잘못됐다. 플랜스키 부인은 유리를 쾅쾅 두드리며 고함치고 싶었다. 당장 그만둬! 그 할머니는 너랑 똑같은 인간이야! 네가 무슨 짓을 하고 있는지 생각해봐! 당연히 부인은 그렇게 소리 내서 저항하기에는 너무 겁이 많았다. 실은 움직이기도 겁났는데—

하지만 그때, 갑자기 드라고미르가 고개를 들었다. 그 시선이 똑바로 부인을 향했기 때문에, 보일 리 없는데도 마치 부인을 본 것만 같았다. 드라고미르의 시선에 붙들린 죄수처럼, 플랜스키 부인은 고개를 돌릴 수조차 없었다. 혹시 부인이 실제로 그 생각을 입 밖에 냈을 수가, 그 상황에 소리 내서 저항했을 수가 있나? 아니, 아니야, 아무리 그래도 거기까지 갔을 리는 없었다. 하지만 어쩌면 뭔가 소리를 냈을지도 모른다. 부인은 소리를 낸 기억이 없었지만, 그렇지 않다면 드라고미르가 지금 마른 남자에게 루마니아어로 나직이 뭐라고 말하는 것을 어떻게 설명하겠는가? 그 말은 디누와 할머니의 대화에 가려져, 플랜스키 부인은 첫 단어밖에 알아듣지 못했다. "팀보"였다. 아마도 이름일까? 그러고 이제 팀보는, 그게 그 남자의 이름이라면, 가까운 쪽 방문을 향해 가고 있었다. 그러고 간결하고 빠른 움직임으로 문을 열고 나간 뒤 뒤꿈치로 차서 닫았다. 다른 상황이었다면 플랜스키 부인은 남자의 움직임을 우아하다고 묘사했을 것이다.

하지만 지금은 그렇지 않았다. 부인은 마치 포식동물 앞에서 두려움으로 최면 상태에 빠지는 동물들처럼 아주 느릿느릿 일어나 주위를 둘러보았다.

캄비오의 문은 클럽 프레스토를 내려다보는 복도로 다시 나가는 것 하나뿐이었다. 부인은 당밀 속을 움직이는 것처럼 천천히 그 방향으로 움직였다. 하지만 간신히 두어 걸음 떼었을 때 복도에서 부드럽고 빠른 발걸음 소리가 들려왔다. 플랜스키 부인은 다시금 철저한 공황에 사로잡힌 채 얼어붙었다. 그리고 자기혐오에 가까운 감정과 함께 분노가 치밀었다. 할 일은 하나뿐이었다. 부인은 안쪽 벽에 줄지어 놓인 음악 장비들 쪽으로 서둘러 가서 네 발로 무릎을 꿇었다. 그리 쉬운 일은 아니었다. 그리고 스탠드업 베이스와 커다란 베이스드럼 사이를 기어가서 몸을 아주 작게 웅크렸다.

캄비오 문이 열리는 소리에 이어 다가오는 발걸음 소리가 들렸다. 그리고 비록 일부였지만 남자의 모습이 부인의 시야에 들어왔다. 네 발로 바닥에 엎드린 플랜스키 부인은 베이스 드럼 가장자리, 그림자에 가려진 어두운 공간에서 눈 위쪽을 제외하면 완전히 몸을 감춘 채 바깥을 살짝 엿보았다. 드럼 뒤로 좀 더 깊이 비집고 들어가야 할까? 하지만 드럼이 넘어지기라도 하면 엄청 큰 소리가 날 텐데. 부인은 그 자리를 지켰다.

그러는 동안 부인의 눈은 팀보의 보이는 부분에—처음에는 그냥 하반신에만—고정돼 있었다. 팀보는 운동화에 몸에 딱 붙는 청바지에 무거운 금 버클이 달린 벨트를 차고 있었다. 다리와 자세가 마치 스포츠 챔피언을 연상시켰다.

그러는 동안 관세 사령부에서 니누는 설성을 향해 가는 숭이었다. 유리창 근처의 선반 스피커를 통해 할머니와의 대화가 들려오고 있었다.

"비번?" 할머니가 말하고 있었다.

"계좌 비번요, 할머니. 암호화돼서 아주 빨리 사라져요…… 할머니가 잭 로빈슨이라는 말을 끝내기도 전에요!"

팀보가 스피커를 돌아보고는 "헤이!" 하고 말했다. 그리고 마치 아기에게 하는 듯한 말투로 뭐라고 계속해서 지껄이며 창가로 갔다. 그때 부인은 방 안에 있는 새로운 존재를 알아차렸다. 선반의 빨간 버튼—실제로는 다이얼이었다—옆에 서 있는 것은 쥐였다. 긴 수염에 거대하고 굽은 발톱을 가진 거대한 쥐. 그렇다, 부인이 아는 쥐였다. 녀석은 부인의 뒤꿈치에 바짝 따라

붙어서 여기까지 줄곧 따라온 것일까? 아니면 다른 통로를 발견했나? 어쨌든 이제 그 쥐는 여기 있었고, 팀보의 관심을 독차지했다.

"헤이." 팀보가 다시 말하고 쥐에게 다가갔다. 이제는 팀보의 상반신이 플랜스키 부인의 시야에 들어왔다. 아까는 왁스칠을 한 자전거 손잡이 같은, 꾸밈의 극한을 보여주는 콧수염에 눈길을 빼앗겨 얼굴의 다른 부분을 제대로 보지 못했지만 이제는 제대로 보았다. 팀보의 이목구비에는 그 어느 것도 평범하지 않은 게 없었고 눈빛은 심지어 다정하기까지 한 것 같았다. 어째서인지 그것은 팀보를 더한층 불안한 존재로 만들었다.

팀보는 쥐에게 다가갔고, 확실히 쥐를 향해 말하고 있었다. 루마니아어로, 아기에게 말하는 투로. 네 발로 엎드려 있던 쥐는 이제 앉은 자세로 일어섰다. 포유류라기보다는 오히려 파충류에 가까워 보이는 무척 긴 꼬리가 붉은 손잡이를 감고 있었다. 팀보는 다정하게 웃으며 계속해서 다가갔다. 플랜스키 부인은 이게 무슨 상황인지 몰랐고 알고 싶지도 않았지만 왠지 고개를 돌릴 수 없었다. 팀보는 걸어가던 도중에 손을 뻗었다. 딱히 빠른 동작도 아니었다. 그러고 쥐꼬리 끝을 잡고는―

하지만, 아, 그 악의라니. 플랜스키 부인은 너무 늦게 고개를 돌렸다. 팀보는…… 팀보는 쥐 대가리를 선반 가장자리에 부딪쳤다. 그러고 이제 그 동물은 생명을 잃은 채 머리에서 피를―많은 피는 아니었다―뚝뚝 흘리며 팀보의 손에 매달려 있었다.

스피커에서 디누의 목소리가 들려왔다. "다 됐어요, 할머니. 정말 고마워요!"

"몸조심하고. 그럼 끊으마, 앤디."

"그럴게요. 끊어요!"

팀보가 캄비오를 나갔다. 여전히 손에 든 쥐를 달랑거리며 앞서와 똑같이 뒤꿈치로 문을 닫았다.

플랜스키 부인은 꼼짝도 하지 않았다. 음, 엄밀히 말하면 꼭 그렇지는 않았다. 위치는 그대로였지만, 떠는 것도 움직이는 거라고 치면 부인은 움직이고 있었다. 하지만 토하지는 않았다. 플랜스키 부인은 늘 비위가 강했다.

288

스피커는 딸깍 소리에 이어 잠잠해졌다. 부인은 일어서서 핏자국을 밟지 않게 조심하며 창으로 다가갔다. 아래 관제 사령부에서는 팀보가 마치 보여주고 말하기 수업 시간에 하듯 쥐를 손에 든 채로 관찰실에서 용의자를 발견한 상황을 설명하고 있었다. 마리우스는 웃음을 터뜨렸고 드라고미르는 아무 반응도 보이지 않았으며 남자아이들은 약간 역겨워하는 표정이었다. 특히 로메오는 겁먹은 것처럼 보이기도 했다. 그 후 드라고미르가 담배를 재떨이에 비벼 끄고 일어서더니 남자아이들 앞에 밝은색 지폐를 몇 장 떨궜다. 어른 남자들은 방을 나가고 남자아이들은 뒤에 남았다. 디누는 문서들을 한데 그러모았고 로메오는 기계 스위치들을 끄기 시작했다. 로메오의 뺨에 눈물 자국이 보였다. 플랜스키 부인은 번뜩 생각이 떠올랐다. 휴대전화를 꺼내어, 디누가 부목 댄 손을 로메오에게 얹고 위로하는 순간을 사진으로 포착했다. 로메오는 옷소매로 뺨을 닦았다. 그 순간 부인은 그 부상의 원인이 바이크 사고라는 설명을 버렸다. 로메오는 지폐를 한데 모아 나눴다. 남자아이들은 불을 끄고 관제 사령실을 나갔다.

이윽고 플랜스키 부인은 완전한 어둠 속에 혼자 남았다. 감히 휴대전화 손전등을 켤 엄두는 나지 않았지만, 그것 없이도 캄비오 문으로 가는 길을 찾을 자신이 있었다. 다른 편에서 다시 클럽 프레스토의 벽 촛대에서 나오는 빛이 보이기를 기대했지만 그것 역시 꺼져 있었다. 흠, 상관없었다. 부인은 온 길을 기억했다. 처음에는 길고 좁은 빙이 있고, 그다음에는 고대의 지하 저장고로 내려가는 서른한 칸짜리 계단이 있고, 거기서는 확실히 휴대전화 손전등을 써도 안전할 것이다. 짜잔! 계획이 있다는 건 참으로 안심되는 기분이었다. 비록 마이크 타이슨은—또 이렇게 빨리 그 사람 생각을 하다니—얻어터지기 전까지는 누구나 계획이 있다고 말했지만 말이다. 부인은 중요한 사실을 하나 깨달았다. 난 이미 얻어터졌어, 마이크. 하지만 아직 남아서 버티며 계획을 세우고 있지. 부인은 이 허세는 조용히 머릿속에만 담아두자고 다짐했다.

플랜스키 부인은 이따금씩 오른쪽 석고 벽을 손으로 짚으며 좁은 복도를 따라 움직였다. 복도는 예상보다 길어서, 점점 뭔가 실수를 저지른 게 아닌가 하는 생각이 들었다. 하지만 그때 문손잡이 같은 것에 손이 닿았다. 부인은 걸음을 멈췄다. 복도 옆에 문이 있었나? 본 기억은 없었지만 놓쳤다 해도 이상할 건 없었다. 그렇다고 달라질 것도 없었고. 지금 부인의 임무는 그냥 서른한 칸짜리 계단까지 가는 거였다. 그렇게 첫걸음을 떼는 순간, 문 뒤에서 뭔가 소리가 들렸다. 사람이 내는 소리, 숨죽인 신음이었다.

플랜스키 부인은 그대로 멈춰 섰지만 몸은 이미 앞으로 기운 상태였다. 도박사들이 흔히 쓰는 표현 중에 운을 지나치게 시험한다는 표현이 있었다. 그리고 부인은 이 짧은 여행에서 지금까지 매우 운이 좋았다. 그러니까, 로레타, 이제 업무에 집중해야지! 어쩌면 그 신음은 단순히 상상일 수도 있고, 만약 사실이라 해도 그 신음의 주인이 나쁜 사람일 수도 있었다. 아니면 저 문 뒤에서 벌어지고 있는 건 뭔가 부인의 이해를 벗어나는 일이고, 따라서 가만두는 게 최선일지도 몰랐다. 그거야! 부인의 논리는 완벽했다. 부인은 첫걸음을 떼기 위해 발가락을 들어 올렸다. 그런데 그때, 다시 그 신음이 들렸다.

젠장, 플랜스키 부인은 속으로 욕설을 내뱉었다. 문손잡이를 돌리고 살짝 밀었다. 반대편에는 바닥이 흙으로 된 좁은 방이 있었다. 조잡한 목제 테이블과 의자들, 그리고 유일하게 그 방을 비추고 있는, 한쪽 구석에 놓인 불빛 약한 전등이 보였다. 그 신음의 주인인 듯한, 얼굴이 후드로 덮인 남자가 청테이프로 의자에 묶여 있었다. 발목에서 목까지 테이프로 온통 꽁꽁 둘러쳐진 채였다. 플랜스키 부인은 남자가 자신이 들어왔다는 걸, 아니면 적어도 문이 열렸다는 걸 알아챘음을 느낄 수 있었다. 부인은 강철같이 각오를 다지고 남자에게 성큼성큼 다가가 후드를 벗겼다.

맥스였다.

둘의 눈이 마주쳤다. 입 역시 청테이프로 막혀 있어서 말은 하지 못했지만 맥스의 눈은 놀라움을 드러냈다. 그리고 고통 또한 드러냈다.

플랜스키 부인은 맥스의 입을 덮은 청테이프 귀퉁이를 잡아서 살살 벗기려 했다. 하지만 살살 벗겨질 게 아니었다.

"이건 반창고처럼 해야겠어요." 부인은 그렇게 말하고 확 잡아 뜯었다.

맥스는 비명을 지르지 않았다. 아니, 아예 아무 소리도 내지 않았다. 그저 1, 2초쯤 눈을 감았다 뜨고는 아주 나지막한 목소리로 말했다. "고맙습니다."

"뭘요." 플랜스키 부인은 뭔가 날카로운 게 없는지 주위를 둘러보았다. 방 안에는 아무것도 보이지 않았다. 부인은 맨손으로 청테이프를 제거하는 수밖에 없었다.

"여긴 어떻게 오셨어요?" 맥스가 물었다. "그리고 제발, 좀 더 조용히 해주세요."

"당신 먼저요." 플랜스키 부인이 목소리를 낮추어 따졌다.

"전 미국인처럼 굴었어요. 유럽인답게 의뭉스럽게 굴었어야 했는데."

"우리가 의뭉스럽지 않다고요?"

"의도적으로 그러려 하면 티가 나죠. 적어도 우리가 보기에는요. 전 드라고미르에게 단도직입적으로 다가갔어요. 클린트 이스트우드 스타일로요." 이제 맥스의 어깨가 자유로워졌다. 맥스는 어깨를 으쓱하고 고통으로 얼굴을 찡그렸다.

"다쳤어요?"

"굳이 말할 정도는 아니에요. 제 잘못이에요. 사이버범죄에 관한 책을 쓰는 중인데 익명으로 코멘트를 좀 따고 싶다고 놈한테 접근했거든요."

상황을 감안하면 맥스는 좀 수다쟁이 같았나. 하지만 아무래도 삭가니까 그렇게 이상한 일도 아니겠지. 플랜스키 부인은 청테이프를 좀 더 빨리 어떻게 해보려고 애쓰는 동시에 그 모든 이야기를 머리에 입력하기가 쉽지 않았다.

"예컨대……" 맥스는 계속 말을 이었다. "혹시 피해자들의 신분 관련 기록을 갖고 있느냐고 물었어요. 그랬더니 폭발하더군요. 피해자는 없다고 고함을 쳤죠. 오로지 만족한 고객만 있다고요. 뭐 거의 반박할 틈도 안 주고 마리우스, 그 거한이 절 덮쳤어요. 그리고 안대를 씌워서 여기로 끌고 왔죠." 맥스가 주위를 둘러보았다. "여기가 어딘지는 모르겠지만요. 그리고 절 심문했죠. 주로 제가 책을 누구랑 계약했는지, 누구랑 이야기를 했는지 캐묻더군요. 대충 넘어갈 수 있는 건 하나도 없었어요. 부인에 관해서도 물었죠."

"그래요?"

"걱정 마세요. 부인이 그런 흔한 독자라는 인상을 줬으니까."

"무슨 독자를 말하는 거죠?" 지금쯤 플랜스키 부인은 무릎을 꿇고 있었다. 팔을 몸통에 동여매놓은 청테이프가 특히 떼기 힘들었다.

"갈수록 집착하는 부류요."

"집착이라면 무슨?"

"그러니까…… 빠순이처럼요."

"그 남자한테 내가 빠순이라고 말했다고요?" 긴 청테이프 띠가 마침내 중간에서 갈라졌다. 그러느라 부인의 손톱 하나 끝이 쪼개졌다.

맥스가 다소 소심하게 고개를 끄덕였다. "우린 그 말을 그대로 갖다 쓰고 있거든요."

부인이 올려다보자 맥스는 눈길을 피했다. "그렇게 멍청한 이야기는 처음 들어봐요." 부인이 말했다.

"하지만 드라고미르는 물어보지도 않고 그걸 믿었어요. 그러니 놈들이 피해자들의 이름을 가지고 있지 않다는 걸 확실히 알 수 있죠. 놈들은 아마 모든 기록을 삭제할 거예요. 그게 말이 되죠."

갑자기 훨씬 강해진—빠순이는 무엇보다도 우선 젊으니까—플랜스키 부인은 남은 청테이프를 몇 초 만에 다 뜯어버리고 일어섰다. 무릎이 요란한 삐걱 소리를 냈지만 통증은 없었다.

"일어설 수 있어요?" 부인이 물었다.

"네."

하지만 그건 말뿐이었고, 부인은 맥스를 부축해야 했다.

"어쩌면 여기서 잠깐 쉬는 게 좋을지도 모르겠네요." 부인이 맥스의 팔을 어깨에 걸치자 맥스의 무게가 확 실렸다.

"아, 아니, 안 돼요." 맥스가 말했다. "전 괜찮아요. 놈들이 돌아올 거예요. 이번에는 팀보라는 친구를 데리고요."

그건 절대 안 될 일이지. 플랜스키 부인은 맥스를 끌고 가다시피 하며 앞으로 걸음을 내디뎠다. 맥스는 차츰 기운이 나는 듯했다. 여전히 부인에게 기대고 있었지만 좀 전보단 가벼워졌다. 두 사람은 함께 바닥이 흙으로 된 방을 나섰다.

"어디로 가는 겁니까?" 맥스가 물었다.

"두고 보면 알 거예요."

"아무것도 안 보여서요."

"날 믿어요."

얼마나 이상한 말인가! 그 말을 들으면 부인이 지금 뭘 하는지 확실히 알고 있는 것 같았다. 하지만 사실 플랜스키 부인은 심지어 자신이 통로로 돌아왔는지 아니면 어디 다른 곳, 예컨대 지하 감옥을 헤매고 있는지조차 확신이 없었다. 왼팔은 맥스의 허리에 두른 채 오른손으로 벽을 더듬어가며 길을 찾았다. 부인을 믿는지 안 믿는지는 몰라도 맥스는 입을 다물고 있었다. 얼마쯤 지나자 플랜스키 부인은 얼굴에 희미하고 약간 습기 찬 미풍이 불어오는 걸 느꼈다. 걸음을 멈추고 주머니에서 휴대전화를 꺼내어 플래시를 켰다. 그러자 거기, 반걸음 앞에 공백이 있었다. '날 믿어요' 좋아하네! 찰나의 순간 공포가 엄습했지만 그 공백은 잘못된 게 아니었다. 부인은 빛기둥을 약간 아래로 내려 서른한 칸짜리 계단을 비췄다.

"이게 뭐죠?" 맥스기 물었다.

"십중해요." 부인이 말했다. "난간이 없거든요."

"놈들이 내 휴대전화를 빼앗아 갔어요."

"당연하죠. 약삭빠른 놈들이니까."

플랜스키 부인은 먼저 계단을 내려갔지만 맥스의 손을 놓지 않고 한 칸 한 칸 착실히 안내했다. 처음에는 맥스의 손을 쥐고 있는 게 어색하게 느껴졌지만 맨 밑에 다다랐을 때쯤엔 완벽하게 정상으로 느껴졌다.

플랜스키 부인은 지하 저장고 전체에 빛을 비추다 거대한 술통 위에서 멈췄다.

"맙소사." 맥스가 여전히 부인의 손을 쥔 채로 말했다. "짐작도 못 했어요."

"그리고 우리의 모든 탐험의 끝은……" 플랜스키 부인이 말했다. "우리의 출발점에 도달해서 그곳을 처음인 듯 새롭게 알게 되는 거죠." 부인은 늘 그 말을 사랑했다. 그런데 이제 실제로 그 말을 할 기회가 생겼다니? 상황이 좋아지고 있었다. 한편 맥스의 시선은 부인에게 꽂혀 있었다. 부인은 볼 필요가 없었다. 그냥 알았다.

"이제 다 왔어요." 플랜스키 부인이 손잡이 없는 문 틈새에 손을 집어넣어 문을 열면서 속삭임에 가까운 낮은 목소리로 말했다. 두 사람은 부인의 욕실로 들어섰다. "프레지덴셜 스위트룸에 잘 왔어요." 부인이 불을 켜면서 말했다. 맥스의 얼굴은 백지장 같았다. 연푸른 눈동자가 거의 투명에 가깝게 흐려졌다. 하지만 맥스는 웃음을 짓고 있었다.

"문에 닉슨 사진이 붙어 있는 방인가요?" 맥스가 물었다.

"맞아요."

절뚝대며 세면대로 간 맥스는 수돗물을 틀고 흐르는 물 아래로 고개를 숙여 마시고 또 마셨다. 마침내 고개를 다시 들었을 때는 좀 나아진 듯 보였다.

"우리 이제 뭘 하죠?" 맥스가 물었다. "사실—투덜대려는 건 아닙니다만—전 아직 뭔가 약에 취해 있어요. 혹시 무슨 계획 있으세요?"

"일단 자야죠." 플랜스키 부인이 말했다. "아침이 되면 뭐든 계획이 떠오르겠죠."

하지만 알고 보니 계획은 그보다 빨리 떠오르기 시작했다. 맥스가 잘 곳은 소파밖에 없었지만 그러기엔 너무 좁았다. 그래서 플랜스키 부인은 소파 쿠션을 바닥에 침대 같은 형태로 놓았다. 그 후 자기 침대의 베개 하나를 더 가져오고 남는 담요를 덮어서 맥스가 편안히 눕게 해주었다. 이 모든 준비를 하는 동안 부인은 맥스에게 자신이 클럽 프레스토에서 목격한 상황과 그것이 뜻하는 바를 간단히 설명해주려고 했지만 맥스는 아무래도 잘 알아듣지 못하는 것 같았다. 그 후 부인은 방문에 **누 데란자**(Nu Deranja. 루마니아어로 '방해하지 마시오'라는 뜻—옮긴이)라고 쓰인 간판을 걸고 잠자리에 들었다.

무척 조용했다. 호텔도, 도시도, 그 밤의 나머지도. 유일한 소리는 맥스가 부인을 깨우지 않으면서 어떻게든 편안한 자세를 찾으려고 애쓰느라 내는 소리뿐이었다. 부인은 알 수 있었다. 그 소리를 들을 만큼 들은 후 부인은 실용적인 결정을 내렸다.

"여기 올라오는 편이 더 잘 잘 수 있을 거예요."

"아뇨, 전 정말이지 그건 아닌 것—"

"말대꾸하는 거예요?"

맥스가 일어나서 약간 힘겹게 방을 가로질러 와 침대로 올라오는 소리가 들렸다. 물론 부인의 몸을 건드리거나 그런 건 전혀 없었다. 맙소사. 그냥 그 모든 이유를 생각해보라.

그러니까, 건드리거나 그런 건 전혀 없었다. 처음에는 그랬다. 하지만 『누구를 위하여 종은 울리나』에서도 비슷한 일이 일어나지 않았던가? 영문학 기초 수업에서 그 장면을 처음 읽었을 때 플랜스키 부인은 그걸 믿지 않았다. 하지만 지금은 달랐다.

스코틀랜드 스카프는 벽장에 신중하게 걸려 있었다. 노엄은 늘—그리고 지금도—아주 눈치 빠른 남자였다.

32장

헝가리

"우리 뭘 하지?" 로메오가 물었다.

"뭘 하다니, 뭘?" 디누가 물었다.

"전부 다." 로메오가 지난밤에 보수로 받은 400레우를 꺼내어 식탁 위에 놓으며 말했다. 두 아이는 디누의 집에 있었다. 구름으로 뒤덮인 회색빛 동이 막 트려는 참이었고 디누의 엄마는 아직 잠들어 있었다. 벽이 얇아서 코고는 소리가 그대로 들렸다. "내 말은, 이걸 보라고. 우린 이제 농노야." 디누는 인스턴트커피를 타서 잔에 따르고 의자에 앉으며 대꾸했다. "그냥 당분간만이야. 삼촌은 다 잊어버릴 거고, 그러면 우린 원래대로 돌아갈 거야."

로메오가 커피를 홀짝이고 잔을 내려놓았다. 뜨거운 게 닿자 디누는 부어오른 입술이 아팠다. 그동안은 적어도 심하게 거슬리지는 않았던 손이 이제 욱신거리기 시작했다.

"어쩌면 예전에 받던 보수로 돌아갈지도 모르지." 로메오가 말했다. "하지만 우린 계속 목줄에 매인 꼴일 거야. 그게 공평해? 재주는 우리가 다 부리는데."

"네가 부리는 거지." 디누가 말했다.

로메오가 고개를 저었다. "넌 이제 영어를 아주 잘하잖아."

"네가 어떻게 알아?"

"보그단이 너희 삼촌한테 그렇게 말했어."

사실 디누도 자기 영어가 좋아지고 있다는 걸 알았다. 일종의 언어의 다리를 건넜달까. 이제 되돌아갈 걱정은 없었다. 다음번에 만나면 교수님한테 고맙다고 인사해야지. 비록 더는 영어로 큰돈을 못 번다고 해도 영어 그 자체가 좋았다. 예컨대 돼지 입술에 립스틱이라든가, 바람을 쏜다 같은 표현들 있잖은가.

"마리우스가 보그단을 손봐준 거 알아?" 로메오가 물었다.

"응. 그런데 뭐 때문에?"

"보그단이 자기가 농노인 걸 잊었거든. 그래서지. 그걸 일깨워주려고 그런 거야."

"돈을 얼마나 받는데?" 디누가 물었다.

"쥐꼬리만큼, 우리처럼."

"지난밤에는 얼마나 챙겼지?"

"그 할머니한테서? 1만 4000달러 남짓. 우린 계좌를 싹 비웠어. 썩 나쁘지 않았지만 거기서 또 다른 게 나오진 않았지. 그 다른 할머니 때처럼…… 그게 언제였더라? 이름이 전부 뒤섞였어. 이름이 뭐였더라?"

디누가 어깨를 으쓱했다.

"이름만 그렇고 숫자는 아니야. 난 숫자는 안 헷갈리거든. 380만이었어. 3개월간 거의 최고액이었지. 하지만 난 계속 이런 생각을 하고 있었어."

"무슨 생각?"

"AI를 이용해서 뭔가 다른 게 더 나올 사람들로만 범위를 좁히자는 생각. 심지어 코드 몇 개를 대충 짜놓기도 했어. 하지만 잠깐 미뤄뒀지."

"왜?"

"왜냐하면……" 로메오가 손가락으로 400레우를 톡톡 두드렸다. 그러고 돈을 응시하며 말했다. "헝가리에는 루마니아 사람이 많이 살아."

"그래서?"

"국경 근처에만이 아니야. 부다페스트에도 그래. 부다페스트에 사촌이 있어. 거기 가봤어?"

"아니."

“거긴 좋아. 좀 더 서구적이야.”

“무슨 소릴 하는 건데?”

로메오가 올려다보았다. 부은 눈에서는 당장이라도 눈물이 쏟아질 것 같았지만 다른 눈은 건조했다.

“무슨 소린지 알잖아.”

“헝가리로 가겠다는 거야?”

“내가 아니고 우리 둘 다. 우리 둘이 헝가리로 가는 거지.”

“가서 뭘 하는데?”

“지금 하는 일. 하지만 우릴 위해 하는 거지. 우린 이미 어떻게 하는지 알잖아. 잊었어? 한 방에 3만 8000달러야, 디누! 그냥 곱셈을 해봐!”

“학교는 어쩌고?”

“학교는 헝가리에도 있어.”

“우린 헝가리어 할 줄 모르잖아.”

“그래서? 배우면 돼. 가정교사를 고용하지 뭐. 예쁜 여자로.”

그 순간 디누의 엄마가 복도 문간에 나타났다. 다 닳아빠진 호랑이 줄무늬 로브 차림에 머리 망도 그대로 쓴 채였다.

“예쁜 가정교사?” 엄마가 물었다. “너희 무슨 이야기 하는 거야?”

“아무것도 아니에요.” 디누가 말했다.

로메오를 자세히 뜯어본 엄마가 말했다. “맙소사. 너 어떻게 된 거니?”

“제가 사고 났을 때 같이 바이크를 타고 있었어요.” 디누가 부목 댄 손을 들어 올리며 대답했다.

“그런 말 없었잖아.”

“지금 말하잖아요.”

로메오가 자리에서 일어나 “커피 잘 마셨어” 하고는 디누의 엄마를 돌아보았다. “만나서 반가웠어요, 아주머니.”

“앞으론 좀 더 조심하렴.” 디누의 엄마가 말했다.

엄마는 식탁에 앉았다. 디누는 로메오의 컵을 헹구고 엄마가 마실 커피를 새로 따랐다. 엄마는 설탕을 숟가락으로 잔뜩 퍼 넣었다.

"무슨 일이니?"

"아무것도 아니에요."

"드라고미르하고 별일 없는 거지?"

"무슨 일이 있겠어요?"

"버릇없이 말하지 마."

디누는 오늘 아침 엄마에게 베풀 인내심이 없었다. 엄마 얼굴에는 주름이 매일 느는 것 같았다. 그래서 짜증이 나는 와중에도 엄마가 안돼 보였다. 이렇게 엄마를 영원히 측은해해야 하는 건가? 디누는 주머니에서 무슨 주인지에 사는 그 할머니에게서 받은 쥐꼬리만 한 보수의 절반을 꺼내어 엄마에게 주었다.

"이게 뭐니?" 엄마가 물었다.

"뭐 같아 보여요?"

엄마가 돈을 로브 주머니에 집어넣으며 추궁했다. "드라고미르랑 확실해? 엄마 말은, 문제없는 거냐고."

디누가 목소리를 높였다. "그만 물어보세요!"

"엄마한테 무슨 말버릇이니!"

두 사람은 식탁을 가운데 놓고 서로 노려보았다. 요즘에는 드문 일이었는데, 디누가 집에 있는 시간이 얼마 안 돼서였다. 디누는 커피를 한 모금 벌컥 마셨다.

"우린 헝가리로 갈 거예요."

"뭐라고?"

"들었잖아요."

"헝가리로? 언제? 얼마나 가 있을 건데? '우리'는 누구고?"

자세하게 설명하려던 디누는 이내 마음을 바꿨다. 엄마는 모르는 편이 더 좋았다. "오랫동안은 아니고, 금방요. 우린 돈을 벌 거예요. 엄마한테도 좀 보낼게요." 디누는 엄마의 로브 주머니를 고갯짓으로 가리켰다. "그것보다 더 많이, 훨씬 많이요."

엄마는 예고도 없이 눈물을 터뜨리고 콧물을 훌쩍이며 온갖 쇼를 다 했다. 디누는 그런 식으로 생각하고 싶지 않았지만 한두 번 본 쇼가 아니었다. "네 딱한 아빠가 그 끔찍한 화재 때문에 죽지만 않았어도! 애초에 헝가리로 가는 게 아니었어. 너도 가지 마. 거긴 재수 없는 곳이야."

그렇다면 엄마는 정말 남편의 죽음의 진실을 모르는 걸까? "하지만 거긴 몰도바였어요. 헝가리가 아니고요." 디누가 말했다.

"누가 그러던? 드라고미르? 그야 당연히 네 삼촌은 헝가리 이야기를 안 좋아하겠지. 네 삼촌은 거기 다신 못 가거든."

"왜 못 가요?"

"그날 밤에 한 짓 때문에 체포당할 테니까. 여기서야 안전하지만." 엄마가 엄지와 검지를 마주 비비며 돈 세는 동작을 했다.

"그날 밤에 뭘 했는데요?"

"네 딱한 아빠가 뒤집어쓴 그 온갖 나쁜 짓을 했지. 하지만 헝가리에서 그랬어. 몰도바가 아니라. 몰도바에는 훔칠 돈이 없었거든. 헝가리에는, 그래, 있지." 엄마는 양손에 얼굴을 파묻었다.

디누는 어느 쪽 말을 믿어야 할지 알 수 없었다. 욕실로 가서 샤워를 했다. 온수가 나오지 않아서 냉수로만 해야 했다. 옷을 입고 칫솔질을 하고 머리를 빗고 나니 엄마는 다시 침대로 돌아간 뒤였다. 디누는 줄곧 억누르고 있던 갈망에 두 손 들고 타사에게 전화했다. 하지만 타사는 전화를 받지 않았다.

밖으로 나오니 바람이 거세졌고 눈이 내리고 있었다. 많이 오는 건 아니었지만 각도가 날카로웠고 눈송이가 얼굴을 아프게 때렸다. 길에는 개미 한 마리 없었다. 거리 전체가 몹시도 누추해 보였다. 타사에게 문자를 보냈다. **너희 집에 가도 돼?** 곧장 답장이 왔다. **아니.**

디누는 길을 건넜다. 아까는 미처 보지 못했던 웬 여자가 작고 배배 틀린 가로수 옆에 서 있었다. 나이가 지긋한 여자로, 이 동네에 안 어울리게 너무 고급인 남색 외투 차림에 스카프까지 두르고 있었다. 스코틀랜드풍 무늬가 들어간, 영화 〈브레이브하트〉에서 본 것만 같은 그런 스카프였다. 여자는 디누를 보고 있었다. 어디서 본 것 같은데? 아하, 맞다. 전망대에서 만난 미국인 여자, 로메오와 같이 도시로 안내해준 그 여자였다. 무척 착한 아주머니였다. 팁을 주려고 했었지. 그리고 이름이, 그 광부의 딸 같았는데. 그때 디누는 앞으로 하고 싶은 일이 하나 떠올랐다. 유럽인 청중에게 컨트리 음반을 들려주는 거야! 부다페스트의 어떤 작은 스튜디오에서! 자유 디누 방송! 디누는 서둘러 여자에게 다가갔다.

"안녕하세요, 로레타! 저 디누예요!"

여자가 디누의 따귀를 후려갈겼다.

지금 이게 실제 상황인가? 예전의 플랜스키 부인이라면 절대 믿지 못했겠지만, 필요하다면 증거는 바로 눈앞에 있었다. 디누의 왼쪽 뺨은 선홍색으로 물들었고 부인의 오른손은 뜨겁고 따끔거렸다. 그리고 디누의 눈빛. 마침내 부인의 핵무기고가 열리고 중화기가 굴러 나온 것이다.

디누가 눈을 깜빡이며 뒷걸음쳤다. "로레타? 저 디누예요, 기억하세요?"

"내 기억엔 아무 문제도 없어." 음, 엄밀히 사실은 아니지만 이 상황에서 달리 대답할 도리는 없었다.

디누가 뺨에 손을 갖다 댔다. "그럼 왜 이러시는 거예요?"

"그야 넌 그래도 싸니까! 네가 그 딱한 여자한테 한 짓은…… 부끄러운 줄 알아야지!"

"딱한 여자요?" 디누는 당혹스러운 표정이었다. 그건 디누가 한 짓을 더 한층 냉혹해 보이게 했다.

"정말?" 부인이 물었다. "벌써 잊어버린 게야? 겨우 어젯밤 일인데."

디누는 입만 뻐끔거릴 뿐 아무 말도 하지 못했다. 그 순간에는 확실히 열 살짜리 어린아이처럼 보였다. 플랜스키 부인은 약해지려는 마음을 억눌렀다.

"'할머니, 앤디예요'? 다시 기억해봐. 아마 앨라배마에 살고 있을 네 할머니를—그곳의 별명이 '면화 주'인 건 분명히 알고 있겠지? 때때로 외로움을 타는 그 할머니는 사랑하는 손자의 전화를 받고 그렇게 기뻐했어. 그 손자가 자기 남은 인생을 망쳐버리고 있다는 걸 알지도 못하고. 넌 그러고도 발 뺄고 잘 수 있니? 그…… 짓거리를 네 머릿속에서 곧장 지워버리는 거야?"

그 짓거리? 너무 멜로드라마처럼 들렸다. 돈벌이만을 목적으로 쓴 빅토리아조의 삼류 소설에 나올 법한 표현이었다. 부인은 덜덜 떨고 있었다. 난생처음으로, 두려움이 아니라 분노 때문이었다. 두려움도 아주 없지는 않았지만 동시에 기묘한 고양감 같은 게 느껴졌다. 그리고 아이에게는 가능한 한 심한 말을 해줘야 했다. 플랜스키 부인은 물론 딱 맞는 단어를 알았지만, 아무리 지금 같은 순간이라도 그 말만은 도저히 입 밖에 낼 수 없었다.

한편 디누의 얼굴은 따귀 맞은 곳만 빼고 하얗게 질려 있었다. "어떻게…… 어디서…… 이해가 안 가요."

"나도야." 플랜스키 부인의 목소리는 낮았지만 적어도 부인 자신이 듣기에는 더한층 무시무시하게 들렸다. 마치 뚜껑을 단단히 닫은 용기 안에서 뭔가가 끓고 있는 듯한 느낌이었다. "나도 이해 안 가는 게 많아. 우선 네가 할머니한테 다시 전화를 걸지 않은 것부터 시작하자. 왜 전화를 다시 안 걸었지?"

"다시 전화를 걸어요?" 디누가 되물었다.

"멍청한 척하지 마. 네가 멍청하지 않다는 건 내가 더없이 잘 알고 있어. 네 문제는 멍청한 게 아니지. 네가 첫 통화 뒤에 다시 전화 거는 걸 말하는 거야. 네가 네 그 불타는 작은 손에 닿는 걸 몽땅 훔친 후에 말이지."

"하지만 제가 왜…… 그게 무슨 의미가 있죠? 심지어, 어, 그렇다 치고…… 부인이 말씀하신 다른 게 몽땅 사실이라고 치면요? 도대체 뭐죠? 혹시 전부 녹음된 건가요? 테이프를 보셨어요?"

플랜스키 부인은 도저히 억누르지 못하고 깔깔 웃음을 터뜨렸다. "한 가지는 확실하네—넌 법정에서 증언하지 마라. 득이 안 될 거야."

마치 당장 죄수 호송차가 모퉁이를 돌아 나타나기라도 할 것처럼 디누는 주위를 둘러보았다. "혹시…… 혹시 경찰에서 나오셨어요?"

"정직한 경찰이지." 플랜스키 부인이 말했다. "영적인 경찰. 그러니까 넌 원래 두 번째 통화는 절대 안 한다는 거니?"

디누는 부인을 멍하니 보았다. 디누 역시 떨고 있었는데, 마치 벌로 교장실에 보내지기 직전의 어린 남자아이 같았다. 하지만 아마도 요즘 학교에서는 그러지 않겠지. 디누는 아주 살짝 고개를 끄덕였다.

"하지만 디누, 넌 나한테는 다시 전화를 했잖니. 나한테는 두 번째 전화를 걸었어. 왜 그랬지?"

"로레타? 그게……? 아주머니가…… 아주머니가 그중 한 명이었어요?"

"로레타 플랜스키, 그중 한 명이었지. 그 이름, 플랜스키라는 이름이 생각이 안 나니?"

디누는 고개를 저었다.

"네가 내 손자 윌인 척한 그날 밤을 잊은 거야? 콜로라도의 어떤 동네에 갇혀 있다고, 보석금이 간절히 필요하다고 했잖니? 그건 그렇고 사전 조사는 잘했더라. 누가 담당이니? 너? 아니면 로메오?"

디누의 동공이 흔들렸다. "로메오요." 작은 목소리였다.

"그럼 기억하는구나?"

디누가 고개를 끄덕였다.

"말해! 기억한다고 말하라고!"

"기억해요."

플랜스키 부인은 한숨을 내쉬고 마음을 가라앉혔다. "좋아, 그럼, 그 두 번째 전화 이야기를 해보자. 왜 그랬니?"

"모르겠어요."

"생각해."

디누는 눈을 질끈 감았다. 기억을 불러내려 애쓰는, 측은한 열 살짜리 어린애. "저한테 법정에 출두하려면 변호사를 구해야 한다고 하지 않으셨어요?" 디누가 눈을 다시 떴다. 이제 그 눈동자는 새로운 감정을 담고 있었다. 부인이 해석하기에는 도움을 요청하는 것 같았다.

"그래, 하지만 넌 그것 때문에 전화한 게 아니었어. 왜 그랬니? 넌 돈을, 380만 달러를 손에 넣었어. 그리고 그 밖의 이런저런 것도. 왜 그랬니, 디누? 넌 나한테 대답해줘야 해."

"그것 때문에 오신 거예요? 그냥 제가 다시 전화한 이유를 알아내려고 이 먼 곳까지 오셨다고요?"

"멍청하게 굴지 마라." 플랜스키 부인이 말했다. "난 내 돈 때문에 온 거야. 네 돈이 아닌 내 돈 말이야. 되찾고 싶어. 그러니까 내놔."

디누는 기묘한 표정으로 부인을 보았다. 보고 있는 사이에 점점 더 나이가 들어가는 것 같았고, 심지어 실제 나이보다 더 들어 보였다. "애초에 통화 내용이 뭐였든 전…… 전 아주머니와 이야기해서 즐거웠어요. 막, 그러니까, 제가 정말……"

"정말 뭐?"

디누가 어깨를 으쓱했다. "손자가 된 것 같았어요. 아주머니의 손자가요. 그거예요. 틀림없이 그것 때문일 거예요. 안 믿으셔도 할 수 없지만요."

디누는 반응을 기다리며 침묵을 지켰다. 부인은 아무 말도 하지 않았다.

"그럼 이제 제가 하나 여쭤봐도 돼요?" 디누가 물었다. "어젯밤 일은 어떻게 아셨어요?"

"그 답은 너와 나 사이가 어떻게 풀려가느냐에 달려 있지." 내가 이렇게 위협적일 수 있다고? 플랜스키 부인은 스스로 놀랐다. "우린 여기서 직접 만났어." 부인이 말을 이었다. "지금 우리에게 필요한 건 그 돈이고, 이야기는 그다음에 시작하자. 이번에는 대등한 위치에서. 돈은 어디 있니?"

"이미 없어요. 죄송해요, 로레타."

"죄송하다는 말은 듣고 싶지 않아. 어떻게 없어졌는데?"

"그래도 죄송해요. 여기 오신 걸 보니까요. 이 먼 길을 오신 거예요?"

부인은 고개를 끄덕였다.

"돈을 되찾으시려고요?"

"그건 이미 명확히 말했잖니."

"이런 일은 한 번도 없었어요."

"심란하지, 안 그래?"

"심란하지가 뭐예요……?"

"속이 뒤집힌다고."

디누는 눈을 내리깔았다. 아이의 시선은 카우보이 부츠에 머물렀지만 그 너머의 뭔가를 보는 듯했다.

"왜?" 부인이 물었다. "뭐가 그렇게 속이 뒤집히는데?"

디누가 고개를 들었다. 얼굴이 살짝 일그러져 보였다. 눈물이 쏟아질 것 같았지만 정작 눈은 물기 없이 건조했다. "그럴 수만 있다면 돈을 되돌려드리고 싶어요. 그건 믿으셔도 돼요."

"앨라배마에 있는 할머니한테 돈을 돌려줄 거니? 그리고 다른 사람들은? 그 사람들한테도 돈을 돌려줄 거니?"

"아뇨." 디누가 말했다. "아주머니한테만요."

딱딱하고 작은 눈송이들이 살갗을 찔러대는 차갑고 바람 부는 날, 누추하기 이를 데 없는 구소련 시대의 거리에서 플랜스키 부인은 깔깔 웃음을 터뜨렸다. "널 정말 어떻게 하지, 디누야?"

그 말을 진짜 질문으로 착각했는지 디누는 잠시 생각에 잠겼다 입을 열었다. "전 미국에서 살고 싶어요."

어쩌면 그건 정말 질문이었을지도 모른다. 그렇든 아니든 그 대답에는 일말의 전망이 담겨 있지 않나? 플랜스키 부인의 머릿속에서 잠재적인 거래가 형태를 갖추기 시작했다.

"우리 지금은 그걸 상자 안에 넣어두자꾸나." 부인이 말했다.

"무슨 상지요?"

"우리 머릿속 상자에. 때가 오면 열어볼 수 있게 말이야. 하지만 그 '때'는 돈이 어디 있는지 알아야만 올 거야. 물질은 새로 생기지도 사라지지도 않아. 학교에서 아직 안 배웠니?"

"안 배운 것 같은데요."

"신경 쓰지 마. 그냥 그 돈이 어딘가에 반드시 있을 거라는 뜻이야."

디누는 그것도 잠시 궁리해보는 눈치더니 이윽고 거리를 둘러보았다. 행인이 몇 명 있었는데 다들 바람 때문에 몸을 잔뜩 웅크리고 지나가기 바빠서 두 사람에게는 신경도 쓰지 않았다. "로메오를 보러 갈 수도 있어요." 디누가 말했다. "걔도 아주머니를 좋아할 거예요."

그것 참 다행이군. 이 나라의 남자들은 왜들 이러지? 다는 아니라도 적어
도 일부는 부인에게 환장하는 것 같았다. 그럴 리가 없는데! 그날 아침 '누
데란자' 안내판이 걸린 프레지덴셜 스위트룸을 나올 때 본 맥스의 눈빛 역
시 그렇게 말하는 듯했다. 내 포로이자 연인인 맥스……. 그 생각에 부인은
하마터면 얼굴을 붉힐 뻔했다. 내가 여기서 자랐다면 어땠을까? 부인은 다
른 삶을 상상하려 해보았다. 화려한 누군가로 자라는 삶을. 하지만 잘되지
않았다.

로메오는 자기 아파트 밑에 눅눅하고 악취 나는 사무실 비슷한 공간을 가
지고 있었다. 거기까지 가는 길은 고난의 행군이었다. 거미줄을 몇 번이나
얼굴로 끊고 찌걱거리는 것들을 밟아야 했고, 가는 내내 묵은 오줌 냄새와
새 오줌 냄새가 코를 찔렀다. 마침내 세 사람은 카드 테이블을 가운데 놓고
마주 앉았다. 로메오의 수많은 모니터에서 나오는 화면 광을 제외하면 그곳
에는 아무런 조명도 없었다. 디누와 로메오가 루마니아어로 한참 뭐라고 주
고받았다. 로메오의 생김새는 극적인 표정을 짓기에 딱 어울렸다. 로메오의
표정이 바뀌는 것만 봐도 플랜스키 부인은 꽤 많은 내용을 파악할 수 있을
것 같았다. 충격과 놀라움이 먼저 나타났지만 대부분을 차지하는 건 공포였
다. 끝에 이르자 눈이 반짝거렸다.
로메오가 플랜스키 부인에게 몸을 가까이 기울여 말했다. "돈은 새로 생
기거나 사라지지 않고 돌아다니기만 한다. 그 말 참 좋아요."
"제가 아주머니의 말을 옮겼어요." 디누가 설명했다.
"그랬을 거라 짐작했어." 플랜스키 부인이 말했다.
로메오가 웃음을 터뜨리고는 화면에 줄줄이 떠 있는 숫자들을 가리키며
외쳤다. "저기!"
"저기 뭐가 있는데?" 플랜스키 부인이 물었다.
"아주머니 돈요." 디누가 말했다.
플랜스키 부인은 화면을 보았지만 여전히 오리무중이었다. 하지만 그래
도 지금 이 순간은 얼마나 기분이 좋은지! 부인이 포상금 이야기를 꺼내자

아이들은 처음엔 그 개념이 낯설어 어리둥절해하는 눈치였지만 이내 숨을 헉 들이켰다. 세 사람은 테이블 위로 손을 맞잡았다. 승승장구하는 스포츠 팀의 탈의실에서 흔히 보는 그런 제스처였다. 그것 역시 무척 기분 좋은 순간이었다. 그 후 헝가리 이야기가 등장했다. 이윽고 로메오가 주위를 뒤적이더니 나일론 끈 타래를 찾아냈다. 얇지만 질긴 끈이었는데, 가장 좋은 건 검은색이라는 점이었다. 다들 하이파이브를 했다. 아이들은 점점 들뜨고 있었다. 하지만 플랜스키 부인은 큰 계획을 앞두고 지나치게 들뜨면 좋지 않다는 걸 잘 알았다.

"너희 둘의 흥분을 어떻게 가라앉히지?" 부인이 말했다.

"가라앉혀요?" 로메오가 손으로 하늘을 떠받치는 동작을 하며 말했다. "안 가라앉아요!"

디누는 그 말이 너무 우스웠는지 웃음을 터뜨렸다. 그 웃음은 로메오에게, 심지어 부인에게까지 전염됐다. 부인은 생각했다. 내가 도대체 왜 이런담?

"아, 그리고 그 계좌." 로메오가 말했다.

"계좌?"

"은행요." 디누가 말했다. "그리고 비번도요."

"지금 하는 거야?" 부인이 물었다.

"지금은 아니고요." 디누가 말했다. "마지막으로 할 거에요. 하지만 준비는 다 해놔야죠."

이번엔 상황이 달랐지만, 부인은 다시금 디누에게 은행 정보를 알려주었다. 완전히 한 바퀴 돌아왔다는 모종의 성취감이 느껴졌다.

"노먼 컨퀘스트에 느낌표요?" 디누가 말했다. "그건 기억나요."

"같은 비번을 계속 쓰시는 거야?" 로메오가 물었다.

두 아이가 다시 웃음을 터뜨리자 부인의 한 바퀴 돌아왔다는 성취감은 사그라들었다. 이번에 부인은 함께 웃지 않았다. 앨리슨 수아레스가 전화해서 곧장 비번을 바꾸라고 한 게 얼핏 기억났다.

33장

인과응보

"나무늘보." 프레지덴셜 스위트룸으로 돌아온 플랜스키 부인이 여전히 침대에 누운 채 반짝거리는 호텔 잡지를 뒤적거리고 있는 맥스에게 말했다.

맥스가 고개를 들고 웃음을 지었다. 확실히 상당한 미남이었고, 특히 그 덧니 하나가 부인의 시선을 사로잡고 놓아주지 않았다.

"나무늘보요?" 맥스가 말했다. "너무 좋네요. 부인의 표현인가요?"

"내가 그 말을 만들었느냐는 뜻이에요? 맙소사, 아뇨. 그냥 흔한 표현이에요."

"하지만 당신에게는 흔한 구석이 한 군데도 없어요." 맥스가 침대의 빈자리를 두드리며 말했다.

"카페 데자르티스트에서 샌드위치를 사 왔어요." 부인은 그 권유를 무시하고 가방에서 종이봉투를 꺼내며 말했다. "훈제 가슴살이나 아마 자쿠스카라고 하는 것 같은데…… 구운 가지랑 양파, 홍피망이에요. 냄새를 보니 맛있을 것 같아요. 그쪽이 골라요." 부인은 침대의 빈자리에 봉투를 내려놓고 네이비색 울 코트를 벗었다. 한쪽 어깨에는 검은색 나일론 끈 타래가 감겨 있었다.

맥스의 얼굴이 즉시 흐려졌다. "그게 뭐죠?"

"샌드위치를 사 온 이유죠." 플랜스키 부인이 말했다. "당신이 얼른 일어서야 하거든요."

“그래요?” 맥스의 얼굴에 다시 웃음이 돌아왔다. “부인이 제 세우는 능력에 불만이 있으신 줄은 몰랐네요. 그게 맞는 말인지는 모르겠지만―”

“거기까지만 해요.” 플랜스키 부인이 말했다.

부인은 창가로 갔다. 바깥 광장에서는 용감왕 미카엘이 여전히 전쟁을 갈구하고 있었다. 눈송이가 머리를 에워싸고 소용돌이쳤다. 광장은 너무 훤히 트여 있었지만 어쩔 수 없었다. 문제는 닻이었다. 닻으로 쓸 만한 게 도무지 눈에 띄지 않았다. 플랜스키 부인은 욕실로 갔다.

“뭐 하세요?” 맥스가 물었다.

“그냥 먹기나 해요.”

플랜스키 부인은 욕실 창에서 바깥을 확인했다. 침실과 거의 다를 게 없었지만 구식 방열기가 창틀 바로 밑에 서 있었다. 노끈을 풀어서 한쪽 끝을 바닥에서 방열기로 들어가는 두꺼운 파이프에 묶었다. 플랜스키 부인은 테런스 선생님 수업 때 배운 매듭 묶는 법을 기억했다. **잠깐 잡아줄 때는 반매듭**(물체에 끈을 한 번만 감아 묶는 가장 기본적인 매듭―옮긴이)**이지만 오래가는 건 가지매듭**(둥근 기둥 등에 밧줄을 묶을 때 쓰는 매듭―옮긴이)**이란다.** 부인은 가지매듭을 묶고 노끈을 감아 방열기 밑에 보이지 않게 집어넣었다.

침실로 돌아와 보니 맥스가 훈제 가슴살 샌드위치를 깨끗이 먹어치우고 종이 냅킨으로 입가를 두드리고 있었다.

“말도 안 되게 깅해진 기분이에요.” 맥스가 밀했다.

“오늘 밤을 위해 아껴놔요.”

“오늘 밤에 뭐가 있는데요?”

플랜스키 부인은 침대 가장자리에 걸터앉았다. “진척이 좀 있었어요.”

맥스가 똑바로 일어나 앉았다. “저 옷 입을까요?”

아니, 아직은. 플랜스키 부인의 머릿속에 처음 떠오른 대답은 그거였다. 하지만 방종한 충동을 억누르고 이렇게 말했다. “그게 늘 최선이죠.”

맥스는 한쪽 눈썹을 들어 올리고―플랜스키 부인은 왠지 그 순간 맥스에게 확 끌렸다―도로 누웠다. “무슨 진척이요?”

“어젯밤 기억해요?” 부인이 물었다.

"절대 못 잊죠."

"그만. 난 내가 클럽 프레스토에서 본 걸 말하는 거예요."

"스캠요?"

"그거요. 거기 있던 남자애들 기억해요?"

"디누랑 로메오요."

"맞아요. 두 시간쯤 전에 걔들이랑 만났어요."

"어떻게요?"

"그냥 운이었죠. 음, 살짝 유도를 좀 하기도 했고요."

"당신이 유도했나요?"

"네."

"부인은 유도에 능하세요. 거의 전 지구급으로—"

"닥쳐요. 핵심은 우리가 계획이 생겼다는 거예요. 혹시 헝가리에 가봤어요?"

"당연하죠. 부인은요?"

"오늘 밤에 처음 갈 거예요. 이 계획의 핵심은 일종의 인과응보예요. 잘 만 풀린다면요. 최근에 그 남자애들은 자기들이 독립적으로 사업을 차리는 게 좋겠다고 결정했대요."

"맙소사."

"물론 드라고미르에게 들켰고, 이제 체벌을 받고 나서 다시 드라고미르 밑으로 들어갔어요. 보수는 더 깎인 채로요. 아마 한참 깎였겠죠. 그뿐 아니 라 드라고미르는 그 애들이 직접 번 걸 다 내놓게 했어요. 3만 달러도 넘는 돈을요. 하지만 다크웹이라는 데에 있는 계좌를 통해 그 돈을 실제로 이체 하는 일은 로메오한테 맡겼죠. 다크웹이라는 게 실제로 있는 건가요?"

"마침 그것에 관한 챕터를 쓰고 있었어요."

"이런, 잘됐네요. 그럼 진짜 있는 거군요." 플랜스키 부인이 말했다.

"당신처럼 진짜는 아니죠." 맥스가 말했다.

두 사람의 눈이 마주쳤다. "왜 그런 눈으로 봐요?" 플랜스키 부인이 말했다.

"알잖아요."

"넣어둬요."

"하!"

"그리고 사춘기 남자애처럼 굴지 말아요. 일에 집중해야죠."

"집중하고 있어요. 핵심은 로메오가 이제 다크웹 계좌에 접속하는 법을 알았고, 드라고미르는 로메오가 잔뜩 겁을 집어먹었다고 믿고 경계심을 버렸다는 거죠. 부인은 돈을 되찾을 거고요. 어쩌면 녀석들에게 포상금을 줄 수도 있겠군요. 어쩌면 녀석들은 국경 지대에서 다시 사업을 차리고 돈을 엄청 벌어들일 거라 포상금이 필요 없을 수도 있고요. 어쩌면 녀석들이 아직 그저 어린애들일 수도 있고, 어쩌면 그냥 당신이 너무 너그러운 사람일 수도 있겠죠. 하지만 이체는 마지막 순간에 이뤄질 거예요. 우리 넷이 전부 헝가리로 떠나기 전에요. 맞나요?"

"거의 맞아요."

"내가 이해가 안 가는 부분은 왜 하필이면 헝가리냐예요."

"왜냐하면 거긴 드라고미르가 못 가거든요. 오래전에 저지른 어떤 범죄로 수배 중이래요."

"당신한테서 집필 자료를 정말 많이 얻어 가네요."

플랜스키 부인은 맥스를 무섭게 노려보았다. "전부 다 써도 되는 건 아니에요."

"당신 사진은요?"

"포기해요."

"전에는 그런 말 안 했잖아요."

"지금 말하잖아요."

맥스가 고개를 끄덕였다. "알겠어요. 하지만 대신 날 도와줘야 해요."

"어떻게요?"

"책을 쓰게요. 얼개를 짜는 거죠. 사이버범죄의 세계에 관해서. 개인적인 건 빼고요."

"나 없이도 할 수 있잖아요."

"아뇨, 못 해요. 생각해봅시다."

"그냥 그러면 돼요? 생각하면 책이 저절로 써져요?"

"당신이 도와주면 되죠."

"어떻게요?"

"예컨대, 인간은 누워 있을 때 생각이 더 잘 난다는 사실은 익히 알려져 있죠."

플랜스키 부인은 깔깔 웃음을 터뜨린 후 이윽고 침대에 누웠다. "하지만 난 옷 안 벗어요."

노크 소리가 들렸다. 플랜스키 부인은 눈을 떴다. 꿈꾼 건가. 이상한 기분이었다. 아마 평소엔 절대 안 자는 낮잠을 자서 그런 거겠지. 이상했지만 불쾌한 기분은 아니었다. 옆을 보니 맥스가 깊이 잠들어 있었다. 커튼 틈새로 들어온 저녁의 마지막 햇살이 짧게 깎은 흰색 턱수염에 붉은 색조를 입혔다. 수염을 밀면 어때 보일까? 흠. 생각해보니―

똑똑똑.

플랜스키 부인은 벌떡 일어나 앉았다.

문 틈새로 목소리가 들렸다. "플랜스키 부인? 플랜스키 부인?" 아니카였다.

맥스가 뒤척이기 시작했다. 플랜스키 부인은 맥스의 입에 손을 갖다 댔다. 맥스가 눈을 번쩍 떴다. 부인은 한 손가락을 입술에 갖다 댄 후 문을 가리켰다. 맥스가 고개를 살짝 끄덕였다.

"나가요." 플랜스키 부인이 외쳤다. 이제는 계획이 서 있었다. "잠깐만요."

부인은 침대에서 일어났다. 알몸은 아니었지만 옷매무새가 엉망이었다. 재빨리 매무새를 갖추는 동시에 맥스에게 손짓으로 일어나라고 신호했다. 맥스는 알몸이었고 옷가지가 바닥에 여기저기 흩어져 있었다. 부인이 몸짓으로 '제발 저거 얼른 주워요'라고 말하자 맥스는 옷을 줍기 시작했다. 부인은 손짓으로 맥스를 재촉하고 거의 즉시 조용히 하라는 몸짓을 다시 했다. 그 후 맥스의 손을 잡고 욕실로 이끌었다. 맥스의 눈동자는 물음표로 가득했다. 부인은 손짓 한 번으로 그 물음표를 모조리 일축했다. 조바심이 났다. 손잡이 없는 낡은 나무문 앞으로 가서 소리 나지 않게 아주 살짝 밀어 문을 열었다.

"플랜스키 부인? 플랜스키 부인?"

"나가요! 나간다고요!"

부인은 다시 문을 조용히 밀어 열고 맥스를 통로로 내보냈다. 문을 닫고 문 앞으로 타월 걸이를 당겨다 놓았다. 그런 다음 머리카락을 차분하게 매만지고 도로 침실로 나갔다. 재빨리 침대로 가서 시트를 정돈하고 소파 쿠션을 소파 쪽으로 걷어찬 후 문을 열어주었다.

아니카가 복도에 서 있었지만 혼자가 아니었다. 팀보가 뒤에 서 있었다. 팀보는 플랜스키 부인을 보고 있지 않았다. 전문가의 시선으로 방 안을 탐색하고 있었다.

"방해해서 죄송해요, 플랜스키 부인." 아니카가 말했다.

"아, 방해는요. 전혀 그렇지 않아요."

"감사합니다. 전에 묵었던 손님이 뭔가 가치 있는 물건을 두고 가신 것 같아서요. 잠깐 찾아봐도 될까 해서 팀보 씨를 보내셨어요."

"아, 그럼요." 플랜스키 부인은 옆으로 비켜서며 말했다.

"그러고 싶으시면 나가 계셔도 돼요." 아니카가 말했다. "바에 가 계시면 샴페인을 보내드릴 수 있어요. 호텔에서 사는 거예요."

"샴페인을 더요? 세상에, 고맙지만 됐어요. 난 그냥 여기 있을게요. 가치 있는 물건이라는 게 뭔지 물어봐도 될까요?"

아니카가 팀보를 돌아보고 루마니아어로 뭐라고 말하자 팀보의 동공이 흔들렸다. 정말로? 플랜스키 부인은 생각했다. 그런 당연한 질문에도 대비를 안 했다고? 마침내 팀보가 아니카에게 뭐라고 말했다. 아니카는 플랜스키 부인에게 그걸 옮겼다. "팀보 씨 말로는 컬런상자래요."

"쿠바산인가 봐요." 플랜스키 부인이 말했다.

그러자 다시 루마니아어로 대화가 오갔다.

"팀보 씨 말로는 상자가 백금이래요."

"아." 플랜스키 부인이 말했다. "그런 게 내 눈에 띄었다면 당연히 프런트 데스크로 가져갔을 거예요."

"암요, 암요." 아니카가 말했다. 아니카가 살짝 몸짓으로 신호를 보내자 팀보가 방으로 들어왔다. 플랜스키 부인은 팀보에게 집주인이라도 된 듯한 여유로운 미소를 지어 보였다. 하지만 팀보는 부인에게 눈길 한 번 주지 않고 곧장 옷장으로 가서 문을 열고 그 안을, 그러니까 선반 위에 말끔하게 정돈된 플랜스키 부인의 옷가지를 살폈다. 그러는 동안 방 안을 헤매던 플랜스키 부인의 시선이 맥스의 속옷에 가닿았다. 문과 침대 사이의 중간 지점에, 눈에 훤히 보이는 곳에 나뒹굴고 있었다. 부인은 그리로 가서 가능한 한 태연한 동작으로 그걸 밟고 섰다.

"아직 눈이 오나요?" 부인이 아니카에게 물었다.

"조금요. 하지만 더 올 거예요."

"이런, 이런, 날씨는 참 알 수가 없다니까요."

아니카가 천치를 보는 듯한 눈길로 부인을 보았다. 그도 당연했다. 한편 플랜스키 부인은 맥스의 속옷을 완전히 감추려고 발을 살짝 움직였다. 하느님, 제발 제게 섬세한 동작을 허락하소서. 노엄은 늘 헐렁한 사각팬티를 입었는데 맥스는 알고 보니 삼각팬티 이용자였다. 삼각팬티치고도 꽤 짧은 삼각팬티라 평소 같으면 부인에게는 감점 요소였겠지만 이 상황에서는 아주 유리했다. 하지만 맥스는 옷을 전부 주우라고 명령했는데도—뭐, 명령은 아니고 권유였지만—그 팬티를 그대로 내버려두었다. 평소 남자를 일반화하길 좋아하지 않는 플랜스키 부인은 오로지 그 평소의 성향 때문에 그 문제를 그냥 눈감아주기로 했다.

한편 팀보는 네 발로 엎드려 침대 밑을 들여다보고 있었다. 사실 플랜스키 부인은 원래 팬티를 침대 밑에 숨길까 했었으니, 이는 처음 떠오른 생각이 제일 낫다는 오래된 격언이 거짓이라는 증거였다. 아니카를 흘끗 보니 아니카는 휴대전화를 스크롤하고 있었다.

팀보가 욕실로 들어갔다. 마치 팀보가 어떤 인간인지 잊어버린 듯, 희극 속의 멍청한 등장인물처럼 다소 붕 떠 있던 플랜스키 부인의 기분이 덜컥 내려앉았다. 심장이 마구 뛰었고 손끝에서부터 떨림이 시작됐다. 팀보의 동향을 파악하려고 귀를 쫑긋 세웠지만 아무 소리도 들리지 않았다. 하지만 팀보는 발소리를 거의 내지 않아서, 무슨 짓을 하고 있는지 전혀 짐작도 가지 않았다. 혹시 비밀 문을 알고 있을 수도 있나? 사실 비밀도 아니었다. 누구든 한번 보기만 하면 바로 알 수 있었다. 다만 손잡이와 열쇠 구멍이 없어서 사용 중인 문이 아닐 뿐이었다. 그러니 제발, 오래전, 몇 세기 전에 재건축하면서 쓰이지 않게 된 흔적일 뿐이길. 그리고 잊지 마, 로레타, 처음 그 통로로 들어갔을 때 거미줄이 얼마나 빽빽하게 쳐져 있었는지. 그러니 팀보! 그만! 거긴 아무것도 볼 게 없어!

팀보가 욕실에서 나왔다. 여전히 눈길 한 번 주지 않고 플랜스키 부인을 쓱 지나쳐 방문을 나섰다. 아니카 역시 거들떠보지도 않았다. 아니카가 보고 있던 휴대전화에서 고개를 들었다.

"자, 그럼." 아니카가 말했다. "담배는 없나 보네요."

플랜스키 부인은 깔깔 웃었다. 아니카의 눈빛에서 어쩐지 갈망 비슷한 것이 보였다. 하지만 플랜스키 부인은 아니카를 도울 수 없었다. "난 내일 떠나요, 아니카." 플랜스키 부인이 나지막한, 심지어 달래는 듯한 목소리로 말했다. "청구서를 준비해줘요."

"당연하죠. 문자로 보내드릴게요. 휴대전화로 결제하실 수 있어요. 다시 뵀으면 좋겠네요."

"고마워요." 플랜스키 부인이 말했다.

아니카는 문을 닫고 자리를 떴다. 플랜스키 부인은 깊은숨을 내쉬었다. 숙박비를 떼먹는 건 절대 있을 수 없는 일이었다. 그건 말할 필요도 없었다. 하지만 그건 또한 상대의 허를 찌르기 위한 영리한—뭐 엄청나게 영리하다고까지는 할 수 없어도—계책이기도 했다. 실제 체크아웃 시간은 그보다 훨씬 빠를 테니까. 그렇다, 젠장, 사실은 엄청나게 영리한 것 맞아! 부인은 너무 짧은 팬티를 집어 들고 성큼성큼 욕실로 향했다.

"전 사실 등산은 한 번도 안 해봤어요." 맥스가 말했다. "부인은요?"

“나도요.” 플랜스키 부인이 말했다. “그래서 어쩌라고요?”

두 사람은 불이 꺼진 프레지덴셜 스위트룸의 욕실에 있었다. 맥스는 옷을 완전히 갖춰 입은 채 창가에 서 있었고, 플랜스키 부인은 방열기 파이프에 묶은 검은 나일론 끈의 끄트머리를 잡아당기며 매듭이 얼마나 단단한지 시험 중이었다. 맥스는 밤의 어둠 속을 응시했다.

“이런 걸 ‘레펠 하강’이라고 하던가요?” 맥스가 물었다. “등산 용어로요.”

“너무 깊이 생각하지 말죠.” 플랜스키 부인이 말했다.

“무슨 뜻이에요?”

“다른 방법은 왈츠를 추며 로비로 나가는 것뿐이라고요. 내 말뜻은 그거예요.”

“화내실 필요까진 없잖아요.”

“화 안 냈어요.”

두 사람이 아웅다웅하는 단계로 어찌나 빨리 돌입했는지! 하지만 아웅다웅하는 건 삶의 일부였다. 그 순간 플랜스키 부인은 생명력이 솟구치는 걸 느꼈다. 다 꾸려놓은 여행 가방 손잡이에 밧줄 끝을 반매듭으로 묶었다.

“준비됐어요?” 플랜스키 부인이 물었다.

“네, 사령관님.”

부인은 맥스의 어깨를 살짝 꼬집고는 여닫이창을 활짝 열었다. 광장은 어둡고 인기척이 없었으며 바람은 여전히 거셌다. 자갈과 호텔 앞에 주차된 차 몇 대가 앞서 내린 눈으로 얇게 한 겹 덮여 있었다. 가장 먼 곳에 세워진 부인의 차가 보였다. 플랜스키 부인은 시간을 확인했다. 지금은 디누가 이런 문자를 보낸 지 딱 30분 후였다. **발사!!!** 부인은 여행 가방을 창턱으로 들어 올렸다.

“제가 하죠.” 맥스가 말했다.

정말 예의 바른 친구라니까. 플랜스키 부인은 뒤로 물러섰다. 맥스가 여행 가방을 창밖으로 던진 후 아래로 내리기 시작했다. 밧줄은 맥스의 아름답고 강력하고 모양 좋은 두 손 사이로 천천히 미끄러졌다. 부인은 가까이 다가가서 여행 가방이 자갈밭 위에 소리 없이 내려앉을 때까지 지켜보았다.

"이제 당신 차례예요." 부인이 말했다.

"설마 그런 생각 하시는 건—"

"아니에요."

"부인은 때때로 좀 강압적이신 것 같아요."

"좋을 대로 생각해요."

나쁜 농담은 아니라고 부인은 생각했다. 맥스도 단번에 알아들었다. 맥스는 한쪽 다리를 휘두르며 몸을 틀어 창턱에 걸터앉았다. 그 후 양손으로 밧줄을 잡고 다른 쪽 다리를 들어 올렸다. 마치 이런 식으로 탈출하는 것쯤은 늘 있는 일이라는 듯 모든 동작이 지극히 매끄러웠다. 이제 맥스는 바깥에 밧줄로 매달린 채 부인을 응시했다.

"아비앵토(프랑스어로 '또 보자'라는 뜻의 작별 인사—옮긴이)." 맥스는 그 말과 함께 아래로 내려가기 시작했다. 굳이 호텔 벽을 발로 버티려고도 하지 않고 양손에만 의지해, 한 손 한 손 번갈아 밧줄을 잡으며 내려갔다. 플랜스키 부인은 한 가지는 확실히 알았다. 자신은 절대 그렇게 못 한다는 것. 그런 식으로는 불가능했다. 어쩌면 맥스도 그걸 알았는지도 모른다. 바닥에 닿자마자 계획을 바꿔서 재빨리 여행 가방에 맨 밧줄을 풀고 부인에게 밧줄을 끌어 올리라는 신호를 보냈으니까.

'아비앵토'가 뭐더라? 프랑스어이고 익숙한데 무슨 뜻인지 생각이 안 났다. 맥스는 몸짓으로 부인에게 새로운 계획을 알려주었는데, 맥스가 쓴 방식에 비하면 뭔가 할 일이 훨씬 많아 보였다. 우선은 허리에 밧줄을 감아야 했다. 플랜스키 부인은 자신도 모르는 사이에 이미 그렇게 하고 있었다. 밧줄을 튼튼하게 감고 반매듭을 단단하게 지은 후 앞서 맥스가 했듯이 한 다리를 창턱에 올렸다. 음, 물론 그렇게 손쉽거나 빠르게 하지는 못했고, 부인은 그 점에서 자신을 속일 생각이 없었다. 그리고 얼마 지나지 않아 창턱에 걸터앉았는데, 부인의 몸은 창밖으로 완전히 나갈 방법을 전혀 모르는 게 분명했다. 이 와중에 부인의 새 고관절은 그 자세를 전혀 마음에 들어 하지 않아 금세 못 견디겠다고 보챘다. 부인은 생각했다. 허리를 밧줄로 감고 있는데 뭐가 잘못되면 얼마나 잘못되겠어? 물론 밧줄을 목에 감는다면 이야기가 달라지겠지. 하지만 부인은 그렇게 어리석지 않았다. 플랜스키 부인은 자신이 얼빠진 구석이 있다는 걸 태어나서 처음으로 깨달았다. 아마 아주 처음부터 있었으리라. 마침내 안쪽 다리를 밖으로 빼고 아래로 내려가기 시작하면서도 부인은 여전히 그 새롭게 깨달은 사실을 생각하고 있었다. 아니, 아래로 내려간다기보다는 재빨리 미끄러지는 밧줄을 놓치지 않으려 안간힘을 쓰고 굽 낮은 부츠로 건물 측면을 악착같이 긁음으로써 추락을 간신히 피했다고 하는 편이 더 정확하겠지만 말이다. 마침내 맥스가 부인을 양팔로 받았다. 신사답게 끙 소리도 내지 않았다.

"잘하셨어요." 맥스가 속삭였다. "하지만 그걸 먼저 떨어뜨렸어야 했어요."

플랜스키 부인은 내려오는 내내 한쪽 어깨에 가방을 메고 있었음을 그제야 깨달았다. 하지만 가방은 당연히 필요했다. 가방을 창밖으로 떨어뜨리는 건 절대 현명한 짓일 리 없었다.

부인은 밧줄을 풀었다. 욕실 창에서 늘어뜨려진 밧줄은 거의 눈에 띄지 않았다. 운이 따른다면 동틀 때까지는 아무도 알아차리지 못할 테고, 그때쯤이면 부인은 맛있는 아침 식사를 즐기는 중일 것이다. 굴라시 와플이라든가, 뭐든 헝가리의 별미를. 두 사람은 부인의 차로 향했다. 플랜스키 부인이 트렁크를 열자 맥스가 여행 가방을 실었다. 두 사람은 주위를 둘러보았다. 지금쯤 아이들이 올 때가 됐는데. 휴대전화를 확인했다. 디누에게서는 아직 아무런 연락도 없었다.

맥스가 부인의 귀에 나지막이 속삭였다. "걔들은 스트라다 피아타로 올 거예요." 그리고 부인의 손을 잡고 광장에서 나가는 길로 인도했다. 몇 걸음 안 가서 부인은 기묘한 소음을 들었다. 멀리서 들려오는, 끼익거리고 우르릉거리는 소리였다. 그 후 갑자기 어둠 속에서 남자아이들이 나타났다. 무슨 수레 같은 걸 밀고 당기며 오고 있었다. 두 아이가 가로등 밑을 지날 때 보니 수레는 평상형 트레일러였고 그 위에 바이크 두 대가 실려 있었다. 바이크라고? 바이크 이야기는 전혀 없었던 것 같은데? 확실히 한마디도 없었다.

맥스가 앞으로 달려 나갔다.

"헤이!" 로메오가 외쳤다. 목소리가 너무 컸다.

"쉿!" 맥스 역시 큰 소리로 외쳤다.

플랜스키 부인이 따라잡았을 때쯤 세 사람은 씩씩대며 대화를 나누고 있었다. 맥스가 부인을 돌아보았다. "애들이 바이크를 가져가고 싶대요."

"로메오가 연결 장치를 만들었어요. 어떤 차에도 연결할 수 있대요."

"좋아. 가자."

일행은 다시 광장으로 향했다. 맥스와 플랜스키 부인이 앞장서고 두 아이는 트레일러를 끌고 뒤따랐다. 하지만 스트라다 피아타 가장자리에 도착해 모퉁이를 돌았을 때 플랜스키 부인은 상황에 커다란 변화가 일어났음을 알아챘다. 엔진이 켜진 또 다른 차가 부인의 렌터카 바로 뒤에 서 있었다. 이 차는 지붕에 경광등이 달려 있었는데 지금은 켜져 있지 않았다. 앞문이 열리더니 제복 입은 남자가 차에서 내렸다. 로물루 서장이었다. 서장은 손전등을 켜고 렌터카 주위를 빙빙 돌기 시작했다.

플랜스키 부인은 뒤로 물러났다. 맥스도 뒤로 물러나면서 남자애들에게 멈추라는 손짓을 보냈다. 네 사람은 트레일러 옆에 모여 섰다.

"이제 어쩌죠?" 디누가 물었다.

"바이크에 연료는 채웠니?" 플랜스키 부인이 물었다.

로메오가 고개를 끄덕였다.

"전 바이크 몰 줄 모르는데요." 맥스가 말했다.

"괜찮아요." 플랜스키 부인이 대꾸했다. "당신은 로메오 뒤에 타면 돼요. 난 디누랑 같이 타고."

디누가 다친 손을 들어 보이며 반박했다. "전 운전 못 해요."

이어진 침묵 속에서 로물루 서장의 목소리가 들렸다. 아마도 전화기나 경찰차에 있는 장비로—플랜스키 부인은 그 명칭이 떠오르지 않았다—통화하는 모양이었다.

"내가 몰 줄 알아." 플랜스키 부인의 말은 적어도 어느 정도는 사실이었다. 열아홉 살 때 몬태나의 농장에서 할리 슈퍼 글라이드로 바이크 타는 법을 배웠다. 지금은 나이가 들었고 바이크는 야마하였지만, 당장은 긍정적인 면을 봐야 할 때였다. 부인은 세 남자의 눈빛을 살폈는데, 의심의 빛은 전혀 보이지 않았다. 혹시 그게 이 사람들이 품고 있는 미국 여성의 이미지인가? 아니면…… 아, 제발. 부인은 이 남자들에게 이상한 효과를 발휘하는 게 분명했다! 한 가지는 확실했다. 부인은 이 나라와 사랑에 빠졌다.

막상 닥쳐보니 그 두 바이크와, 열아홉 살과 일흔한 살의 차이는 생각보다 컸다. 하지만 극복 불가능할 정도는 아니었다! 한두 번 요란한 소리와 함께 시동이 꺼지긴 했지만 이윽고 일행은 출발했다. 로메오와 맥스가 앞장서고 플랜스키 부인과 디누는 그 뒤를 따랐다. 이탈리아풍 발레 플랫이 들어 있는 부인의 여행 가방을 포함해 큰 짐들은 몽땅 버려두고 광장을 벗어났다. 강을 건너는 다리가 나타났을 때쯤, 부인은 이 바이크가 슈퍼 글라이드보다 훨씬 다루기 쉽다는 걸 깨달았다. 우선 엄지 스로틀이 상당히 개선돼 있었다. 부인은 다리 위에서 앞선 두 사람을 따라잡았다. 디누는 부인의 허리에 가볍게 손을 얹은 채 앞으로 몸을 숙여 귓가에 속삭였다.

"바이크를 꽤 잘 타시네요."

"네 헬멧은 어디 있니?" 플랜스키 부인이 물었다.

"그건 신경 못 썼어요. 하지만 두 개밖에 없었어요. 그리고 전 아주머니를 믿어요."

"맙소사." 부인은 가방을 확인했다. 어깨에 잘 매달려 있었다.

"다리 건너서 두 번째 교차로에서 우회전요." 디누가 말했다.

"국경까지는 얼마나 돼?"

"150킬로미터요. 쭉 시속 100킬로미터로 가면 한 시간 반 거리예요. 금방이에요. 아, 그건 그렇고…… 아니, '그건 그렇지만'인가요?"

"상황에 따라 다르지."

"아주머니는 정말 머리가 좋으세요. 어쨌든 아주머니 돈은 되찾게 될 거예요. 로메오가 전부 준비해놨어요. 팜 코스트 신탁은행의 아주머니 계좌에 있어요. 380만 하고 조금 더요. 정확한 액수는 까먹었어요."

부인은 깊디깊은 숨을 들이쉬었다. 디누의 '발사'라는 문자 역시 그 뜻이었지만, 이렇게 직접 만나 들으니 훨씬 현실로 와닿았다. 머리부터 발끝까지 전율이 꿰뚫었다. 너무나 깊은 전율이라 민망할 정도였다. 참으로 묘하게도, 그리고 설명하기 어렵게도, 그건 돈하고는 아무런 상관이 없었다.

다리를 건너 둘째 교차로에서 우회전하자 금방 알바제미나를 벗어났다. 길은 점차 산으로 올라갔고, 뒤에 처져 따라오는 로메오 말고는 아무도 없었다. 하지만 부인의 속도는 100킬로미터에 한참 못 미쳤는데, 우선 2차선 도로가 너무 굽이진 데다 눈이 다시 내리기 시작한 탓이었다. 그것도 앞서처럼 작은 눈송이가 아니라 폭설이었다. 눈송이가 크고 뚱뚱했다. 타이어가 자꾸만 미끄러지고 갈수록 앞을 보기가 힘들어졌다. 얼마쯤 지나 커브 길 하나를 돌고 산마루 하나를 넘자 사이드미러에 멀리 떨어진 불빛 하나가 비쳤다. 처음에는 로메오의 전조등인 줄 알았지만 그렇게 멀리 떨어져 있을 리는 없었다. 그 후 로메오가 모퉁이를 돌아 나타나면서 로메오의 전조등이 보였다. 멀리서 보이는 빛은 로메오보다 훨씬 멀었지만 부인이 생각한 것만큼 멀지는 않은 듯했다.

일행은 한 산등성이의 측면을 내려와 다른 산등성이를 오르기 시작했다. 눈송이는 더욱 굵어졌고 포장도로는 더 미끄러워졌다. 플랜스키 부인은 앞으로 몸을 숙여 기어를 내리고 속도를 늦추며 앞쪽을 바라보았다. 눈송이가 전조등 빛을 받아 까맣게 보였다. 거울에 한두 번 빛이 깜빡거렸다. 로메오는 이제 갈수록 뒤처지고 있었고 다른 빛은 더 가까이 다가오고 있었다. 그린데 그 빛은 하나가 아니라 두 개였다.

"F-350이에요." 디누가 말했다.

"F-350이 뭔데?"

"삼촌 차요. 눈길에서 잘 달려요." 디누가 부인의 옆구리를 토닥였다. "하지만 우린 거의 다 왔어요. 마지막 산등성이 하나만 넘으면 평지가 나오고 그다음은 국경이에요."

제발, 플랜스키 부인은 속으로 빌었다. 딱히 누군가를 대상으로 비는 건 아니었다. 지그재그로 뻗은 도로를 달리기 시작했다. 가능한 한 속도를 올리고 굴곡을 돌 때마다 몸을 기울였다. 디누도 부인을 따라 몸을 기울였다. 로메오는 한참 더 뒤처졌고, F-350은 점점 더 가까워지고 있었다. 디누의 말이 옳았던 것이다. 길이 평평해지면서 작은 마을이 나타났다. 도로 양편은 벽돌담으로 둘러쳐졌고 빛은 전혀 보이지 않았다. 플랜스키 부인은 속도를 140까지 올리고 그대로 마을을 통과해서 반대편에 있는 산의 더 낮고 더 완만한 부분에 도달했다. 그러자 긴 커브 길이 잇따라 나타났는데 계속 오르막길이었다. 부인은 속도를 늦춰야 했다. 이번엔 40킬로미터까지 쭉 내렸다. 맙소사! 40이라고? 부인은 거울을 확인했다. 커브 몇 개 뒤에서 쌍라이트가 로메오의 하나짜리 전조등을 따라잡았다. 이제는 확실히 보였다. 픽업 트럭이었다. 다시 앞을 봐, 로레타! 정신을 차려보니 길을 왼쪽으로 벗어나 거의 경사면으로 들어서기 직전이었다. 부인은 핸들을 미친 듯 꺾었다. 그러자 바이크는 양옆으로 미끄러졌다. 지금은 뭘 하든 상황이 나빠질 뿐임을 아는 플랜스키 부인은 굳이 저항하지 않았다. 바이크가 길 위로 미끄러졌다. 디누가 숨을 들이켰다. 이윽고 타이어가 다시 도로면과 접지하면서 상황이 저절로 해결됐다. 몇백 미터 앞에 짧은 직선 도로가 펼쳐져 있었다. 플랜스키 부인은 그 틈을 놓치지 않고 거울을 확인했다. 이제 F-350과는 커브 길 하나만을 사이에 두고 있었다. 로메오의 하나짜리 전조등은 훨씬 뒤쪽에 보였다. 놈들은 로메오와 맥스를 관심도 없다는 듯 곧장 지나친 것이다. 그야 그들을 해치울 기회는 나중에 넘쳐날 테니까.

그 생각에 플랜스키 부인은 분통이 터졌다. 아마도 비합리적인 분노겠지만 어쨌든 강렬했다. 부인이 속도를 도로 올리자 바이크는 오르막길을 오르며 포효했다. 길은 이제 눈으로 뒤덮여 있었다. 이내 훨씬 강력한 포효가 그들을 집어삼키고, F-350의 강력한 전조등 빛이 그들을 뒤덮었다. 플랜스키 부인은 마지막 커브에서 배짱이 허락하는 만큼 속도를 올렸다. 바람이 으르렁거리고, 부인의 바이크도 으르렁거리고, F-350도 으르렁거렸다. 그리고 산마루에 도착해 다시 하강하려 하는, 시야에 허공밖에 보이지 않는 그 순간, F-350이 부인 옆으로 바짝 다가왔다. 부인은 놈들의 얼굴을 볼 수 있었다. 드라고미르가 운전대를 잡고 있었고 마리우스는 조수석에, 팀보는 뒷좌석에 있었다. 드라고미르가 부인을 정면으로 노려보았다. 내면에서 활활 타오르는 분노로 얼굴이 잔뜩 일그러져 있었다.

부인이 아닌 누군가가 핸들을 잡았다. 그 누군가는 이런 상황쯤은 아무 것도 아니라는 듯 너무나 편하게 스로틀을 마구 올리다 마지막 순간에 엄지를 핸들에서 떼고 부드럽기 그지없게 브레이크 페달을 밟았다. 그러는 동안 F-350은 계속 부인 옆에 바짝 붙어 있었다―그 마지막 브레이크 페달을 밟을 때까지. 차는 앞으로 내달렸고, 드라고미르는 이제야 뒤늦게 브레이크를 밟고 있었다. F-350은 붕 떠올라 산마루를 지나 허공을 날았다. 이런, 정말 끔찍한 광경이었다. 비록 플랜스키 부인은 그걸 실시간으로 인지하지는 못했지만 말이다. 부인과 디누는 다시금 미끄러졌다. 바이크가 너무 바짝 눕는 바람에 스로틀을 쥔 부인의 손이 눈에 닿았고, 계속해서 미끄러지던 바이크는 그예 돌로 된 낡은 표지판을 살짝 들이받았다. 플랜스키 부인은 안장에 간신히 엉덩이만 걸친 모양새였다.

모터가 멈췄다. 바람 소리를 빼면 주위는 온통 고요했다. 플랜스키 부인은 모든 기력을 소진하고 엉망인 꼴로 바이크와 눈에 반쯤 파묻혀 있었다. 눈물을 쏟을 기운조차 없었다.

디누가 바이크 밑에서 기어 나와 부인을 짓누른 바이크를 들어 올렸다.

"로레타? 로레타? 괜찮아요?"

"곧 알게 되겠지." 플랜스키 부인이 대꾸했다.

34장
포상금

날씨가 급격히 바뀌었다.

"이런 산맥에서는 늘 그래요." 디누가 말했다. "트란실바니아의 산맥이 원래 그렇죠. 혹시 모르셨을까 봐서요."

일행은 오래돼서 글자가 전부 지워진 표지판 근처에 나란히 서 있었다. 바람은 잠잠해졌고 눈도 그쳤으며 구름이 엷어지고 달이 모습을 드러냈다. 은색 빛줄기가 어두웠던 공간에 스며들었다. 산림이 울창한 계곡이 두 사람 앞에 펼쳐져 있었다. 측면은 가팔랐고 나무들은 눈에 뒤덮였다. F-350은 그 나무들 사이로 길을 냈다. 나뭇가지를 꺾고 나무들을 통째로 쪼개놓고는 이제 사람 머리 높이에서 꺾인 거대한 나무 등걸과 두 개의 거대한 바위 사이에 긴 채 뒤집혀 있었다. 아주 커다랗고 근육질인, 딱 마리우스만 한 덩치의 시신이 얼굴을 아래로 한 채 그중 한 바위의 밑부분에 미동도 없이 누워 있었다. 주위의 눈은 온통 새빨갛게 물들었다. 팀보도 근처에 있었다. 팀보는—아이고, 이런—마치 말뚝 박기를 당한 듯 창처럼 뾰족한 나뭇가지에 몸이 꿰어 있었다. 플랜스키 부인은 바로 요전에 '말뚝 박기'라는 단어를 읽고 공포에 질린 적이 있었는데 이제 그 단어가 현실화된 걸 보니 악몽을 꿀 것만 같았다.

"그 사람이 안 보여요." 디누가 말했다.

부인은 누구를 말하는지 이해했다. "나도 안 보여."

디누가 부인을 돌아보았다. "떨고 계시네요."

"아닌데."

"외투는 어디 있어요?"

자기 몸을 내려다본 부인은 외투를 입고 있지 않은 걸 그제야 깨닫고 깜짝 놀랐다. 하지만 어떻게 된 일인지 가방은 여전히 어깨에 잘 매달려 있었다. 어떻게 이럴 수가 있지? 그리고 스코틀랜드풍 스카프도 여전히 하고 있다니? 바이크를 탈 때 스카프를 매면 위험하지 않나? 부인은 정말이지 얼빠진 짓을 할 때가 더러 있었다.

"여기 제 재킷이요."

"정말 친절하구나. 하지만 됐어."

부인이 외투를 찾아 나서자 디누가 뒤를 따랐다.

"로레타? 아주머니 가방이…… 열려 있어요."

부인은 가방을 보았다. 정말 열려 있었고 거의 몸통 뒤로 돌아가서 부자연스럽게 뒤틀려 있었다. 손가락 역시 부자연스러운 느낌이었고, 왠지 가방을 닫을 수가 없었다. 디누가 다가와서 허둥대며 도와주려고 애썼다. "됐어요."

"고맙다, 디누."

"천만에요."

로메오기 비이크 뒷지리에 맥스를 테우고 디가왔을 때 두 시람은 여전히 외투를 찾고 있었다. 로메오와 맥스는 둘 다 얼굴이 달빛처럼 하얬다. 달뜬 대화가 시작됐는데, 주로 루마니아어로 디누와 로메오 사이에서 이루어졌다. 플랜스키 부인은 맥스가 때때로 자신을 응시하는 걸 의식하긴 했지만 대체로 혼자만 동떨어진 기분이었다. 심지어 맥스가 드라고미르를 찾아 계곡을 내려갔을 때에도 별 관심을 가질 수 없었다. 드라고미르는 흔적도 보이지 않았는데 플랜스키 부인은 딱히 놀랍지도 않았다. 그보다 어머니의 유품인 여우 털 안감을 두른 장갑을 생각하고 있었다. 그 장갑이 있었으면 참 좋았을 텐데. 어디로 간 걸까? 이내 일행은 다시 바이크에 올랐다.

몇 시간이 지나 헝가리의 작은 도시에 도착한 후에야 플랜스키 부인은 감각이 도로 돌아오는 걸 느꼈다. 새벽녘에 네 사람은 작은 카페에 들어섰다. 맥스는 유창한 헝가리어로 부인이 마실 토스트와 잼과 핫 초콜릿을 주문해주었다. 부인은 다리를 뻗고 스트레칭했다.

잠시 후 맥스는 차를 빌리고 바이크를 트럭에 실어 부다페스트에 사는 로메오의 사촌네 집에 보낼 준비를 했다. 그 후 일행은 차를 몰아 출발했다. 맥스가 운전대를 잡고 플랜스키 부인은 조수석을, 아이들은 뒷좌석을 차지했다.

"너희가 잠들기 전에." 플랜스키 부인이 말했다. "포상금 문제를 결론짓는 게 좋겠어."

"아, 아니에요. 그러실 필요 없어요." 디누가 말했다.

"어쩌면 조금쯤은?" 로메오가 말했다.

디누가 팔꿈치로 꽤 세게 찔렀다.

"뭐?" 로메오가 말했다.

"타사 일은 이해해." 디누가 로메오에게 이를 드러냈는데, 플랜스키 부인은 무슨 상황인지 이해할 수 없었다.

그건 로메오 역시 마찬가지인 듯했다. "뭐?" 로메오가 다시 물었다.

"타사가 누구니?" 맥스가 물었다.

뒷좌석에서는 아무런 대답도 들리지 않았다.

"우선, 디누." 플랜스키 부인이 말을 이었다. "이건 내 약속 대신이 아니야. 난 널 어떻게든 미국으로 데려갈 거야. 정 안 되면 방문 비자로라도. 둘째로, 통상적인 포상금은 10퍼센트야. 이 경우에는 한 명당 각각 10퍼센트고. 어떻게 생각하니?"

아이들은 아무 생각도 없는 것 같았지만 맥스는 생각이 있었다.

"뭐라고요? 애들한테 30만 달러도 넘게 주겠다는 거예요? 그것도 각각?"

"맞아요."

"하지만 그러면 어떻게 되겠어요! 애들은 어린애들이에요."

플랜스키 부인은 잠시 생각해보았다. "좋은 지적이에요." 부인이 마침내 말했다. "지금은 각자에게 10퍼센트의 10퍼센트를 줄게. 그리고 나머지는 스물한 살이 되면 주는 거지. 귀국하는 즉시 내 변호사를 시켜서 그렇게 처리할게. 좋지?"

"좋아요." 두 아이가 말했다.

부인은 로메오에게 전화기를 건넸다. "지금 해. 10퍼센트의 10퍼센트." 부인은 얼굴에 와닿는 맥스의 시선을 느꼈다. 아마도 놀라움이 가득한 시선이겠지. "운전할 땐 앞을 봐야죠." 부인이 말했다.

로메오는 계산을 마치고 포상금을 자신과 디누의 계좌에 각각 이체했다. 몇 초 안 걸린 것 같았다. 부인에게 전화기를 돌려주면서 동시에 루마니아어로 디누와 재빨리 대화를 나눴다.

"로메오가 비번을 바꾸시래요."

"당장요, 제발." 로메오가 말했다.

"커서를 입력창에 갖다놨어요." 디누가 말했다. "그냥 입력하고 저장만 하시면 돼요."

"정말? 내 눈에는—"

"당장요, 제발." 로메오가 다시 말했다.

플랜스키 부인은 재빨리 생각했다. 불현듯 암호가 떠올랐다. 잠깐 머릿속으로 검토한 후 입력하고 저장을 눌렀다. PresiDentialSweeT! 정말 유머러스하지 않은가? 그리고 대문자도 들어가 있었다. 게다가 느낌표는 전체 암호에 실질적 의미를 주었다! 상당히 영리한 암호였다. 플랜스키 부인은 자신이 퍽 마음에 들었다.

남자아이들은 잠들었다. 차 안은 마치 사이좋은 가족의 여행길 같은 안락한 분위기에 잠겼다.

"이젠 어쩌죠?" 맥스가 물었다.

"음, 아이들을 로메오의 사촌네 집에 내려주고, 그 후 괜찮으면 날 공항에 데려다줘요. 그런 다음 당신은 알바제미나로 돌아가고요."

"그 전에 그곳이 안전한지 확인해야죠." 맥스가 말했다. "그리고 내가 당신을 공항에 데려다주는 게 괜찮지 않다면요?"

부인이 맥스를 돌아보았다. 맥스의 시선은 앞 도로에 꽂혀 있었다. 정말 잘생긴 남자야. 그리고 눈동자에 담긴 우수는 부인의 착각이 아니었다. 부인은 그게 사실이라는 걸 알았다.

"몇 살이에요, 맥스?"

"나이가 무슨 상관인지 모르겠는데요."

"맥스?" 부인은 예순하나나 심지어 쉰아홉 같은 낮은 숫자를 들을 걸 대비해 마음을 굳게 다졌다.

"11월에 마흔일곱 살이 됩니다."

"아이고, 맥스." 부인은 콘솔 너머로 몸을 기울여 맥스의 목에 팔을 감고 얼굴에 입을 맞췄다. 그리고 한 번 더 입을 맞췄다. "난 일흔한 살이에요."

"그건 알고 있어요."

부인은 팔을 풀고 자기 자리로 돌아왔다. "몰랐잖아요. 지금도 모르고요."

이윽고 침묵이 흘렀다. 서쪽으로 저 멀리 떨어진 교회 첨탑까지.

"제가 휴가 때 플로리다로 가게 되면요?" 맥스가 물었다.

플랜스키 부인은 잠깐 생각해보았다. 플로리다에서 휴가를? 수백만 명이 휴가를 보내러 그곳을 찾았다. 맥스가 그러지 못하게 막는다면 너무 속 좁은 짓 아닌가? "그러면 좋겠죠." 부인이 대꾸했다. 그 순간 부인은 '아비앵토'의 의미가 생각났다. 곧 또 보자는 뜻이었다. 부인은 하마터면 그걸 소리 내서 말할 뻔했다.

공항 외부 주차장에 세워둔 차를 찾아 집으로 돌아오는 길에 플랜스키 부인은 제일 처음 눈에 띈 팜 코스트 신탁은행 지점에 들렀다. 운전면허증을 제시하고 잔고를 보여달라고 요청했다.

"수기로 적어주실 수 있나요?" 부인이 물었다.

"수기로요?"

플랜스키 부인은 글씨 쓰는 동작을 해 보였다. 은행원은 잔고를 적은 쪽지를 부인에게 건넸다. 고스란히 거기 있었다. 두 아이에게 준 10퍼센트의 10퍼센트만 빼고. 부인은 쪽지를 가방에 넣었다. 그런데 그때, 가방 맨 밑바닥에 숨겨져 있던 사파이어 목걸이가 눈에 띄었다. 이게 어떻게 여기 들어 갔지? 언제? 아아.

"좋은 하루 보내세요." 은행원이 말했다.

"나 왔어요!" 플랜스키 부인은 리틀 파인 레이크 콘도에 들어서며 외 쳤다. 아버지는 부엌 식탁 옆에서 좀 크다 싶은 쿠바식 샌드위치를 먹고 있 었다.

"아, 왔니." 아버지가 대꾸했다.

아버지는 맨발이었다. 그리고 아버지 맞은편에 앉아서 역시 쿠바식 샌드 위치를 먹고 있는, 아버지 또래거나 어쩌면 조금 위인 것 같은 여자 역시 맨 발이었다. 아버지의 맨발이 여자의 맨발 위에 얹혀 있었다.

루크레시아가 마개를 딴 맥주병 두 개를 들고 들어왔다.

"로레타! 다녀오셨어요! 여행은 즐거우셨나요?"

"네, 고마워요."

"저희 어머니, 클라라를 소개하고 싶어요." 루크레시아가 식탁 위에 맥주 병을 내려놓으며 말했다. "엄마, 이쪽은 제가 말씀드렸던 로레타예요."

"올라!" 클라라가 병을 들어 올리며 외쳤다.

"엄마랑 부인 아버님이 잘 맞으시는 것 같아요." 루크레시아가 말했다. "제가 여행 가방 들여놓을까요?"

"안 그래도 돼요." 플랜스키 부인이 말했다. 어차피 그럴 수도 없다고, 부 인은 속으로 말했다.

하지만 그로부터 몇 주 후, 놀랍게도 부인의 여행 가방이 나타났다. 레인 스 요원이 갖다주었다.

"자말 페리먼과 지극히 흥미로운 대화를 나눴습니다." 요원이 말했다. "우리 첩보부의 부쿠레슈티 지부장을 맡고 계신데, 그분 아시죠?"

"조금은요."

"우선, 드라고미르 티리아크가 자취를 감췄다는 소식을 부인께 전해달라고 하더군요. 러시아에 갔을 가능성도 있는데, 저희가 소재를 파악 중입니다. 하지만 더 중요한 건 저희가 부인의 보고를 듣고 싶다는 거죠. 플랜스키 부인, 부인이 몸소 그 전체 이야기를 들려주셨으면 합니다. 페리먼 씨 생각도 그렇고 저도 강력히 동의하는데, 부인의 경험은 저희가 사이버범죄와 싸우는 데 대단히 큰 도움이 될 겁니다."

"다른 사람들도 돈을 되찾게 될 거라는 뜻인가요?"

"그러면 정말 좋겠죠?" 레인스 요원이 되물었다. "하지만 아닙니다. 페리먼 씨는 실제로 우리 부다페스트 대사관에 그 남자애들을 불러다 놓고 돈의 행방을 수색했지만 흔적조차 없었습니다. 그래도 부인이 고견을 주시면 정말 감사하겠습니다."

"당연하죠." 플랜스키 부인이 말했다. "디누의 비자가 준비되는 즉시 그렇게 할게요. 영구적인 비자면 더없이 좋겠죠."

플랜스키 부인의 가족은 역동적이었다. 그러니까 끊임없이 변화한다는 의미다. 우선 니나가 그 매트인지 매티인지 매슈인지와 헤어진 모양이었다. 몇 가지 설이 있었는데, 그중 하나는 매슈가, 또 하나는 니나가 다른 사람을 만났다는 거였고, 셋째 설은 둘 다 다른 사람을 만났다는 거였다. 어쨌든 '사랑과 카리브해' 스타트업을 위한 25만 달러가 더는 필요 없어졌다는 게 결론이었다.

잭으로 말하자면, 템피의 그 콜드 체인 사업 파트너인 레이와 루디가 연방 정부에 금융 사기와 조세 회피 및 돈세탁, 그리고 그 밖에 잘 기억나지 않는 한두 건을 포함한 다수의 혐의로 기소됐다. 그래서 75만 달러 역시 필요 없어졌다. 그리고 잭은 부인에게 한번 써보라며 새 테니스 라켓을 보냈다. 부엌에서 라켓을 휘둘러본 부인은 잭에게서 희망을 느꼈다.

니나와 잭은 부인의 여행이 잘 끝나서 기뻐했지만 둘 다 워낙 공사가 다망한지라 더 캐묻지는 않았다. 반면 손주인 에마와 윌은 훨씬 더 관심을 보였다. 윌이 전화 통화 도중 요란한 함성을 지르는 바람에 부인은 실제로 하루이틀쯤 그쪽 귀가 잘 들리지 않았다. 그리고 에마는 부인을 미국 전역에서 가장 용감한 할머니라고 불렀다. 부인은 에마의 생일에 그 사파이어 목걸이를 선물하기로 다짐했지만 이내 이런 이기적인 생각이 고개를 들었다. 하지만 내가 갖고 싶은데. "정신 차려." 부인은 자신을 타일렀다. 그 목걸이는 에마 거야, 끝.

한편 부인은 마치 뭔가 없어진 걸 찾기라도 하는 듯 집 안을 배회하는 버릇이 생겼다. 그러던 어느 날 아침, 노엄의 멋진 사진 앞에 멈춰 선 부인은 고개를 뒤로 젖히고 웃음을 터뜨렸다.

"조언 좀 해줄래?" 부인이 말했다.

노엄은 들려줄 조언이 잔뜩 있었다. 전부 좋은 조언이었다. 부인은 노엄의 눈을 이루는 픽셀들에서 그 메시지를 읽어냈다.

그날 아침, 그로부터 몇 시간 지나지 않아 케브 디나르도가 전화했다.

"그동안 어디 가 계셨다면서요."

"지금은 돌아왔어요."

"잘됐네요. 시간이 좀 빠듯하긴 하지만 제 친구들이, 부부인데, 테니스를 아주 잘 치거든요. 그 친구들이 내일 여기 오는데 부인과 제가 한 수 가르쳐주면 어떨까 싶어서요. 그러니까, 클럽에서 4시쯤 어떠세요? 그 후엔 부인만 좋다면 제가 저녁을 사죠. 정박지 근처에 새로 생긴 스시집이 괜찮다고들 하더라고요."

흠, 안 될 거 있나? 맙소사! 부인은 테니스가 좋았고 새 라켓을 써먹어봐야 했으며 케브는 뛰어난 선수이고 코트 매너도 좋았다. "고마워요, 재미있겠네요." 플랜스키 부인은 말했다. 제아무리 온갖 핑계를 갖다 대도 바빌론의 음녀가 된 기분은 떨칠 수 없었다. 하지만 묘하게도 그 기분은 썩 나쁘지 않았다.

감사의 말

플랜스키 부인이 아직 아이디어로만 존재할 때부터 뜨거운 반응을 보내준 내 에이전트 몰리 프레드릭과 루시 카슨에게 감사드린다. 처음 원고를 읽어준 다이애나와 메기와 앨런에게도 감사한다. 그리고 크리스틴 세빅과 토르 출판사의 전체 팀에게도. 어떤 작가도 섬이 아니다.

옮긴이 김지선

서강대학교에서 영어영문학을 전공하고 출판사 편집자를 거쳐 전문 번역가로 활동 중이다. 『풋 워크』, 『기사도에서 테러리즘까지』, 『런웨이 위의 자본주의』, 『페미니스트 유토피아』, 『북유럽 세계사』 같은 인문서와 『따르는 사람들』, 『살인자의 사랑법』, 『출구는 없다』, 『폴른 : 저주받은 자들의 도시』, 『엠마』, 『오만과 편견』 같은 소설을 포함해 다양한 책을 한국어로 옮겼다.

플랜스키 부인의 우아한 복수극

1판 1쇄 인쇄 2026년 1월 14일
1판 1쇄 발행 2026년 1월 26일

지은이 스펜서 퀸 **옮긴이** 김지선
펴낸이 김영곤 **펴낸곳** (주)북이십일 아르테

책임편집 원보람 **문학팀장** 김지연
교정교열 이승학 **표지** 김단아 **본문** 최원석
출판본부 본부장 장미희
해외기획팀 최연순 소은선 홍희정
출판영업팀 정지은 한충희 강경남 김도연 장철용 황성진 남정한 나은경 이성은
제작 이영민 권경민

출판등록 2000년 5월 6일 제406-2003-061호
주소 (우 10881) 경기도 파주시 회동길 201(문발동)
대표전화 031-955-2100 **팩스** 031-955-2151

아르테는 (주)북이십일의 문학 브랜드입니다.

ISBN 979-11-7357-735-2 03840